岩 波 文 庫

32-619-7

復　　活

（上）

トルストイ作
藤 沼　貴 訳

岩 波 書 店

Л. Н. Толстой

ВОСКРЕСЕНИЕ

1899

目　次

復活
(上)

主な登場人物

ネフリュードフ（ドミートリー・イワーノヴィチ）　この作品の主人公。公爵。ロシアの貴族階級の最上層に属する。恵まれた青年時代の一夏《ひとなつ》、地主の叔母の邸《やしき》でカチューシャと出会って恋をするが、やがて欲望を満たしてしまうと捨て去り、忘れてしまう。のちにまったくの偶然で、女囚としてのカチューシャと再会、深い後悔の念にさいなまれ、彼女を救う決意をする。

カチューシャ（エカテリーナ・マースロワ）　私生児。ネフリュードフの叔母たちに育てられ、小間使いで養女のような境遇にあったが、大学生のネフリュードフに身も心も捧げ、捨て去られ、身ごもった子も死に、娼婦にまで身を落とし、無実ながら殺人犯として法廷に引き出される。のちにシベリア流刑の旅で政治囚のシモンソンを知り、一人の人間として生きようとする。

マリア・イワーノヴナ　ネフリュードフの叔母で独身の女地主。

ソフィア・イワーノヴナ　マリア・イワーノヴナの妹。やはり独身の女地主で姉といっしょに暮らしている。

ミッシー　コルチャーギン公爵家の令嬢。ネフリュードフの結婚相手として自他ともに認められている。

マスレンニコフ　ネフリュードフの年長の旧友。県の副知事。

ファナーリン　腕の立つ弁護士。

ナターリア　ネフリュードフの姉。

ラゴジンスキー　その夫で裁判官。

シモンソン　政治犯でシベリア流刑囚の一人。誠実な人柄と愛でカチューシャを立ち直らせる。

マリア・シチェチニナ　父は将軍。革命運動に加わり、政治犯となる。自己犠牲に徹した美しい娘。カチューシャに強い影響を与える。

フェドーシア　カチューシャの最も親しい女囚。農民の若く美しい妻。

第一編

「マタイによる福音書」第一八章二一節　そのとき、ペトロがイエスのところに来て言った。「主《しゅ》よ、兄弟がわたしに対して罪を犯したなら、何回赦《ゆる》すべきでしょうか。七回までですか」　二二節　イエスは言われた。「あなたに言っておく。七回どころか七の七十倍までも赦しなさい」

「マタイによる福音書」第七章三節　あなたは、兄弟の目にあるおが屑《くず》は見えるのに、なぜ自分の目の中の丸太に気づかないのか。

「ヨハネによる福音書」第八章七節　……「あなたたちの中で罪を犯したことのない者が、まず、この女に石を投げなさい」

「ルカによる福音書」第六章四〇節　弟子は師にまさるものではない。しかし、だれでも、十分に修行を積めば、その師のようになれる。

1

人間が一つの小さな場所に何十万も寄り集まって、自分たちがひしめき合っているその土地を、どんなに傷つけ損なおうと努めても、その地面に何ひとつ生《は》えないようにどんなに石を敷きつめても、芽をふこうとしているありとあらゆる小さな草もきれいに摘《つ》み取り、どんなに石炭や石油の煙でいぶしても、どんなに木々の枝を切りちぢめ、動物や小鳥たちを残らず追い払おうとしても——春は都会の中でさえも春だった。太陽があたためると、草は生き返り、摘み取られなかったところではどこでも、並木路《なみきみち》の芝生ばかりでなく道路の敷石の間にも生えて伸び、青々とした色を見せていた。そして白樺《しらかば》、ポプラ、実桜《みざくら》はいいにおいのするねばっこい葉を出し、菩提樹《ぼだいじゅ》ははじけかけていくつぼみをふくらませていた。烏《からす》や雀《すずめ》や鳩《はと》は、春らしく、うれしそうに巣を作りはじめ、蠅《はえ》たちは家々の壁で日光にあたためられて唸《うな》っていた。植物も、鳥も、昆虫も、子どもたちも楽しそうだった。けれども、人間たち——もう一人前の大人たちは、自分をあざむいたり、苦しめたり、またたがいにだまし合ったり、苦しめ合ったりすることをやめなかった。人間たちはこう考えているのだった――神聖であり大切なのはこの春の朝ではない、存在するすべてのもののよき幸せのために与えられた神の世界のこの美しさ――平和と調和と愛こそがいとおしいと思わせる美しさではないのだ、神聖であり大切なのは、たがいに他人を支配するために人間たちが勝手に考え出したことなのである。

こうして、この県営監獄の事務所でも、神聖で大切なことと見なされていたのは、すべての動物や人間たちに春の感激と喜びとが与えられていることではなかった。神聖であり大切なのは、四月二十八日の午前九時、三人の未決囚――二人の女囚と一人の男の囚人を地方裁判所へ出頭させよという捺印《なついん》と頭書と番号入りの書類が、その前日に受け取られたことだった。女囚の一人は最も重要な犯人として、単独で護送しなければならなかった。そこで、この命令書にもとづいて、四月二十八日の午前八時、うす暗いいやなにおいのする女囚監房の廊下へ看守長が入って行った。彼に続いて、やつれた顔で、白髪《しらが》のちぢれた、モールの袖章《そでしょう》つきの上着に青い縁《ふち》飾りのあるベルトをしめた一人の女がやってきた、それは女の看守だった。

「あなたはマースロワにご用なのですか?」廊下に面した監房のドアの一つへ当直の看守長といっしょに近づきながら、彼女は訊《たず》ねた。

看守長は鉄の音をガチャガチャさせながら錠をはずし、監房のドアをあけると、中から廊下よりもいっそうひどい悪臭のこもった空気がむっとおそってきたが、彼は大きな声で言った。

「マースロワ、出廷だ！」そして出てくるのを待ちながら、またいったんドアを閉めた。

監獄の外庭にさえ、風が市中へ運んでくるさわやかな生気に満ちた野原の大気が漂っていた。けれども廊下には、排泄物《はいせつぶつ》やタールや腐った物などの悪臭にひたされた、気分が悪くなり、悪い病気に感染させるような空気がこもっていて、新たに入ってくる者を誰でもすぐに陰気なめいった気分にさせてしまうのだった。外庭から入ってきた女看守も、この悪い空気には馴れていたのに、その気分を身にしみて味わった。廊下へ入ると、たちまち彼女はぐったりしたような感じがして眠くなった。

監房の中ではあわただしい気配――何人かの女の声とはだしの足音が聞こえていた。

「急げ、さっさとしろ、マースロワ、そう言ってるだろう！」看守長が監房のドアに向かって怒鳴った。

二、三分ほどすると、ドアの中から元気のいい足どりで出て来て、すばやく向きを変えると、看守長のそばに立ち止まったのは、あまり背の高くない、とても胸の豊かな、白い上着と白いスカートの上に灰色の囚人服を着た若い女だった。足には麻布の靴下、それに囚人用の毛皮長靴をはいていた。頭には白い三角のネッカチーフが結ばれていたが、あきらかにわざとしたのだろう、そのネッカチーフのかげからはちぢれた黒髪のまるい房が覗《のぞ》いていた。女の顔は全体が、長いあいだ家の中にとじこもっていた者によくある、穴倉のじゃがいもの芽を連想させるような独特の白さを見せていた。小さいがふっくらした手も、囚人服の大きな襟《えり》の下から見えている白い肉づきのいい首すじも、やはりそういう感じだった。その顔の中で、ことにその顔のつやのない青白さをバックにして特に人目を驚かせたのは、真っ黒で、光っていて、いくらか腫《は》れぼったいけれども、とても生き生きしていて、片方がちょっと斜めを向いている目だった。彼女は豊かな胸を突き出すようにしながら、ひどくまっすぐな姿勢をしていた。廊下へ出ると、少し頭を後ろにそり返るようにして、まともに看守長の目を見つめながら、要求されることは何でも果たしますよ、というような様子で立ち止まった。看守長がもうドアに鍵をかけようとしたとき、不意に中から、ネッカチーフもかぶっていない白髪頭の老婆の青白いしわだらけのいかつい顔が突き出てきた。老婆はマースロワに何か言いはじめた。だが、看守長がドアを老婆の頭にたたきつけたので、その頭は消えてしまった。監房の中では女の高笑いが聞こえた。マースロワもちょっと笑って、ドアの小さな格子づきの小窓を振り返った。老婆は内側から小窓に顔をくっつけるようにして、しゃがれた声で言った。

「何はさておき、余計なことを言うんじゃないよ、一つことだけ言ってねばるんだよ、それでいいのさ」

「そうね、一つだけでも何か言うことがあったらね、これ以上悪くなることもあるまいさ」頭を振ってマースロワは言った。

「わかりきったことだ、一つだ、二つじゃない」と、看守長は彼なりのユーモアの中に役人らしい自信をこめて言った。「さあ、ついてこい、進めい！」

小窓から見えていた老婆の目が消えると、マースロワは廊下の中ほどへ出て、小きざみな速足で看守長の後について歩き出した。二人は石の階段をおりて、女子監房よりもっといやなにおいがして騒がしい男子監房のそばを通り過ぎたが、そこでは至る所、ドアの小窓から囚人たちの目が二人を見送っていた。こうして、銃を手にした二人の護送兵が立っている事務所へ入った。そこにすわっていた書記は兵士の一人に煙草《たばこ》の煙のしみこんだ書類を渡すと、入ってきた女囚を指さして言った。

「引きとれ」

兵士は――赤い顔をした、あばたの穴のある、ニージニー・ノヴゴロド出身の農民だったが、書類を制服外套《がいとう》の袖の折り返しへ突っこむと、ちょっと笑顔を見せながら、頬骨《ほおぼね》の高いチュワシ人の相棒に向かって、女囚のほうをちらと目くばせして見せた。兵士たちは女囚を連れて階段を下り、表玄関のほうへ向かって歩き出した。

表玄関のドアのところではくぐり戸が開かれた。くぐり戸の敷居をまたいで外庭に出ると、二人の兵士は女囚を連れて塀の外に出、石で舗装された街路の真ん中を通って町を進み出した。

客待ちの馬車の御者、小店の商人、料理女、労働者、官吏《かんり》たちなどが足を止めて、ものめずらしそうに女囚を眺めていた。中には首をひねりながら《おれたちと違って、悪いことをすると、ほれ、こんなふうになるんだよ》と考える者もいた。子どもたちは恐ろしそうにこの女の悪者を眺めていたが、兵隊たちがついて進んでいるので、この女はもう今は何もできはしまいと思い、安心していた。田舎《いなか》から来た一人の農民が炭を売り終わって、大衆食堂でお茶をたらふく飲んだところだったが、女囚のそばへ寄ってきて、十字を切り、一コペイカめぐんでやった。女は顔を赤くして頭をさげ、何やらぽつりと言った。

人々の視線が自分に向けられているのを感じると、女囚は目立たないように頭は振り向けずに、自分を見ている者たちを横目で見た、そしてみんなの注意が自分にそそがれていることで、うきうきした気持ちになった。監獄にくらべるときれいな春の大気も彼女の気持ちを浮き立たせたが、歩く習慣をなくしてしまった、しかも粗製乱造の囚人靴をはいた足では石だたみを踏んで行くのがつらかったので、彼女は自分の足もとをよく見つめながら、できるだけそっと足を踏むように努めていた。粉屋のそばを通り過ぎるとき、誰にも意地悪なことをされないまま、数羽の鳩が店の前をよちよち歩き回っていたが、女囚は一羽の青鳩をあやうく足で踏みつけそうになった。鳩は舞い上がって、羽ばたきながら女囚に羽の風を浴びせかけ、耳のすぐそばをかすめて飛び去った。女囚はにこりと笑ったが、その後で自分の身の上を思い出し、苦しそうにため息をついた。

2

女囚マースロワの身の上はまったくありふれた身の上だった。マースロワは結婚していない、お屋敷づとめの女の娘だった。その女は未婚の二人姉妹の女地主の村で家畜番をしていた母親のもとで暮らしていた。女は夫がいないのに毎年子どもを産んでいたが、ふつう田舎でよくあるように、赤ん坊に洗礼はさずけるものの、その後では、望みもしないのに生まれた、必要のない、仕事のじゃまをする子どもに母親が乳を飲ませないので、赤ん坊はまもなく飢えて死んでいくのだった。

こうして五人の子どもが死んだ。みんな洗礼を受けた後、乳を飲ませてもらえずに死んでいったのだ。渡り者のジプシーに父《てて》なし子として産ませられた六番目の子どもは女の子で、この子の運命も同じようになるところだったが、二人のオールド・ミスのうちの一人がたまたまクリームが牛臭いと、家畜番の女たちに小言を言いに家畜小屋へ立ち寄った。その家畜小屋に、とてもかわいい丈夫そうな赤ん坊を抱いて産婦が寝ていた。老婦人はクリームのことや産婦を家畜小屋へ入れていることで小言を言い、もう立ち去ろうとして、ふと赤ん坊を見て心を動かされ、自分がその子の名付け親になってやろうと言い出した。彼女はその女の子に洗礼をさずけたが、やがて自分の名付け子がかわいそうになり、母親に牛乳や金を与えてやったので、娘は生き残った。老婦人たちはそこでこの子を「助かりっ子」と呼んでいた。

娘が三つのとき、母親は病気にかかって死んでしまった。家畜番の婆さんには孫娘が重荷だったので、老婦人たちが娘を自分たちの手もとに引き取った。黒い目をした娘はとてもぴちぴちしたかわいらしい娘になったので、二人のオールド・ミスのお嬢さまはこの子を楽しみにするようになった。

オールド・ミスのお嬢さまは二人いて、妹で気立てのやさしいほうがソフィア・イワーノヴナだった、このソフィアが娘に洗礼をさずけてやったのだ。姉の少しきびしいほうがマリア・イワーノヴナだった。ソフィア・イワーノヴナは娘に着飾らせたり、読むことを教えたりして、彼女を養女にしたい気持ちを持っていた。マリア・イワーノヴナのほうはこの子を働き手、つまり、りっぱな小間使いに仕上げなければならないと言い、そのためにきびしく当たり、機嫌のよくないときには娘に罰を加え、たたくことさえあった。こうして二通りの影響の間にあったため、娘が成長したときには、半ば小間使い、半ば養女のようになった。彼女を呼ぶのにも、カーチカとかカーチェンカなどの普通の愛称を使わずに、中間の呼び名を使ってカチューシャ（カチューシャの正式名はエカテリーナ。前記の三つはいずれもその愛称）と呼んでいた。彼女は縫い物をしたり、部屋の掃除をしたり、チョークで聖像をみがいたり、コーヒーを煎《い》ったり、ひいたり、食卓に出したり、ちょっとした洗濯をしたり、また、ときには老婦人たちのそばにすわって、本を読んで聞かせたりすることもあった。

　嫁入りの話もあったが、彼女は誰のところへも行く気にならなかった。というのは、彼女の相手に選ばれた男たちは働いて暮らしている者だったので、そういう人たちとの生活は、お屋敷の楽な生活にあまやかされた彼女にはつらいものになるからだった。

　こうして彼女は十六になるまで暮らしてきた。満十六になったとき、老婦人たちのところへ、甥《おい》の大学生で金持ちの公爵がやってきた。カチューシャは相手に向かっても、自分に向かってさえも、それをはっきり認める勇気はなかったけれども、その青年に恋をしたのだった。それから二年後に、この同じ甥の公爵が戦場へ向かう途中、叔母たちのところへ立ち寄り、四日滞在して、出発の前夜カチューシャを誘惑した、そして最後の日に百ルーブル紙幣を彼女の手に握らせたまま、出発してしまった。その出発の五カ月後に、彼女は自分が妊娠していることをはっきりと知った。

それ以来、彼女は何もかもいやになって、ただ自分を待ち受けている恥をどうして逃れることができるかと、それればかり考えていた。老婦人たちにもいやいやいい加減なお勤めをしたばかりでなく、いったいどうしてそんなことになったのか自分でもわからなかったが――とつぜん彼女はぷつんと切れてしまった。老婦人たちに向かってさんざん乱暴なことを言い、それを自分でも後で後悔したが、暇をくれと言い出した。

老婦人たちもすっかり愛想をつかし、彼女に暇を出した。そこを出ると、彼女は地方区の警察署長の家に女中に入ったが、そこで過ごせたのはわずか三カ月にすぎなかった。というのは、もう五十にもなる老人の署長が彼女にうるさくつきまといはじめ、あるとき、その気になってきたので、彼女はかっとなり、ばかだとか、老いぼれの畜生だとか言ったあげく、相手の胸をひどく突き飛ばして倒してしまった。乱暴なことをしたというので、彼女は追い出された。職につこうにも何もなかった、お産が間近だったので、酒を売っていた村のやもめの産婆の家に住みついた。お産は軽かった。だが、村の病気の女を取り上げた産婆がカチューシャに産褥熱《さんじょくねつ》をうつし、赤ん坊は男の子だったが、養育院へ送られることになった。そこへ連れて行った婆さんの話によると、赤ん坊は着くとすぐに死んでしまった。

　この産婆の家へ住みついたとき、カチューシャは百二十七ルーブル持っていた。二十七ルーブルは働いて稼いだもので、百ルーブルは彼女を誘惑した男がくれたものだった。だが、産婆の家を出たときには、たった六ルーブルしか残っていなかった。彼女は金を大切に使うことができず、自分のことにもぱっぱと使い、頼む者には誰にでも貸してやった。産婆は生活費――食費とお茶代――として二カ月分で四十ルーブルとったし、二十五ルーブルは子どもを送り出してやるのにかかった、四十ルーブルは牝牛を買うといって産婆が借りたし、二十ルーブルほどは何となく――着る物や土産物《みやげもの》に――消えてしまった、そんなわけで、カチューシャが健康を回復したときには、金はなくなってしまっていて、働き口を探さなければならなかった。働き口は山林監督官の家に見つかった。山林監督官には妻がいたが、警察署長とまったく同じように、最初の日からカチューシャにまといつきはじめた。カチューシャはその男がいやで、男を避けるように努めていた。しかし男のほうが彼女より経験も積んでいるし、悪知恵も上だ、それにだいいち主人だから、好きなところへ彼女を使いに出すことができたので、うまい機会をとらえ、彼女をものにしてしまった。それを女房が嗅《か》ぎつけ、あるとき夫とカチューシャだけが一間《ひとま》にいるところを見つけ、彼女をなぐろうとしてとびかかった。カチューシャも負けてはいなかったので、つかみ合いの喧嘩《けんか》が始まった。その結果、彼女は給金ももらわないまま、その家から追い出されてしまった。そのときカチューシャは町へ出て、伯母の家に身を寄せた。伯母の夫は製本屋で、元はいい暮らしをしていたのだが、今はすっかりお得意をなくして、酒にふけり、手あたり次第のものをすべて酒にかえて、飲んでしまうのだった。

伯母のほうは小さな洗濯屋をやっていたので、それで子どもたちをかかえて生計を立て、しようのなくなった夫を養っていた。伯母はマースロワに彼女の家の洗濯婦になるようにすすめた。しかし、伯母の家に住みこんでいる洗濯婦たちのつらい生活ぶりを見ると、マースロワは決心がつかず、あちこちの斡旋屋《あっせんや》に頼んで女中の口を探した。そして職が見つかったのは、二人の中学生の息子をかかえて暮らしている、上流の奥さんの家だった。住みこんで一週間たつと、中学六年生で、ひげの生《は》えた長男のほうが、勉強もほったらかしてつきまとうようになり、マースロワにじっとしている暇も与えなくなった。母親は一切をマースロワのせいにし、彼女をくびにした。新しい口はなかなか出てこなかったが、たまたま女中の口の斡旋屋へ行き、そこでマースロワはふっくらとした、肌もあらわな手に指輪や腕輪をはめた一人の奥さんに出会った。この奥さんは、働き口を探しているマースロワの事情を知ると、自分のアドレスを渡し、一度訪ねてくるようにと言った。マースロワは彼女の家へ出かけた。奥さんはやさしく彼女を迎えてくれ、ピロシキやあまいお酒をごちそうし、自分の小間使いに書きつけを持たせて、どこかへ使いに出した。夕方になって、白髪《しらが》が出てきた長髪の、白いあごひげを生やした背の高い男が部屋へ入ってきた。この老人はさっそくマースロワのそばに腰をおろし、目をギラギラさせ、にこにこ笑いながら、彼女を観察し、冗談を言いはじめた。女主人は男を次の間《ま》へ呼びこんだ。そしてマースロワは、「うぶでぴちぴち、田舎出ですよ」と女主人が言っているのを耳にした。それから女主人はマースロワを呼び、この人はうんとお金を持っている作家だから、お気に召しさえすりゃ、何ひとつ惜しんだりはなさらないよ、と言った。マースロワは作家のお気に召して、二十五ルーブルもらい、作家はたびたび会おうと約束した。お金は伯母に食費を払ったり、新しい服や帽子やリボンを買ったりして、たちまちなくなった。四、五日して、作家は彼女を呼びに二度目の使いをよこした。出かけて行くと、また二十五ルーブルくれて、独立した住居へ引っ越すようにとすすめた。

作家の借りてくれた家で暮らしているうちに、マースロワは中庭が共通の家に住んでいた陽気な番頭が好きになった。彼女はそのことを自分からはっきり作家に打ち明けて、自分専用の小さな部屋へ引っ越してしまった。ところが、結婚すると約束したその番頭は彼女には何ひとつ言わず、おそらく彼女を捨ててしまったのだろう、ニージニーへ行ってしまったので、マースロワは一人ぼっちになってしまった。彼女は一人のまま今までの家で暮らしていきたかったのだが、それは許されなかった。警察の分署長が言うには、黄色い鑑札をもらって、定期検診を受けない限り、そのまま暮らして行くことはできない。そのとき、彼女はまた伯母のところへ行った。伯母は、流行の服を着て、ケープをはおり、帽子をかぶった彼女を見て、尊敬をこめて迎え、もうあえて洗濯婦になるようにすすめたりなどしなかった。今では彼女が一段高い暮らしをしていると考えたからだった。マースロワにとっても、今では洗濯婦になるかならないかはもう問題でなくなっていた。彼女は今や、あの青白い顔をし、やせた腕の洗濯婦たちが、入口に近いいくつかの部屋で送っている懲役人のような生活を、同情の目でながめていた。その中に、もう肺病にかかっている者もあったが、夏も冬も窓を開け放しにして、三十度の石けん液の湯気の中で洗濯をしたり、アイロンをかけたりしているのだ、そして自分もこの懲役のような境遇におちるかもしれなかったと考えると、彼女はぞっとした。

マースロワが一人もパトロンが出てこなくて、特別みじめだったちょうどそのとき、娼家へ女を斡旋する女衒《ぜげん》がマースロワを掘り出した。

マースロワはもうかなり前から煙草《たばこ》を吸っていたが、例の番頭と関係ができた終わりごろ、そしてその男が彼女を捨てて以来、だんだん酒を飲む癖がついた、彼女が酒にひかれていったのは、酒がうまいと感じたからばかりではない、何よりまして酒にひきつけられたのは、自分がくぐってきたつらかったことをすべて忘れさせ、心を解きほぐしてくれ、自分だって立派なものだという自信を与えてくれたからで、酒なしではそういう気持ちにはなれなかった。酒を飲まないと、いつも彼女は気がしずみ、気恥ずかしかった。

女衒は伯母にごちそうをし、マースロワに酒を飲ませて、町でも一流のりっぱな家へ勤めに入るようにすすめ、この境遇が有利ですぐれていることを彼女に並べ立ててみせた。マースロワは選択をせまられた。一つはいやしい女中奉公で、かならず男から追い回され、そのときどきに秘密の姦淫《かんいん》をする境遇、もう一つは生活を保証されて、落ち着いた正当な境遇と、法律で許された公然の、いい報酬をもらえる不断の姦淫だった、そして彼女は二番目のほうを選んだ。それだけでなく、そうすることで、彼女は自分を最初に誘惑した男にも番頭にも、自分にたいして悪事を働いた者たちすべてに復讐《ふくしゅう》してやろうと考えたのだ。そのうえ、彼女を誘惑して最終的な決断をさせる理由の一つになったのは、服はビロードでも繻子《しゅす》でも絹でも、肩や腕をあらわにした夜会服でも、何でもお好み次第に注文できるという女衒の言葉だった。黒ビロードの飾りのついたあざやかな黄色の絹の服——デコルテを着ている自分の姿を思い描いたとき、マースロワは頑張りぬくことができず、身分証明書《パスポート》を渡してしまった。すると、さっそくその晩、女衒は馬車を雇って、有名なキターエワの家へ彼女を連れて行った。

そのとき以来、マースロワにとっては、神と人間との掟《おきて》をやぶる慢性的な罪の生活が始まった。それは自国の一般市民の幸福を配慮する政府当局の許可を得ているばかりか、保護さえ受けながら、何百、何十万もの女たちが送っている生活であり、そしてその女性たちの十人のうち九人までが、痛々しい病気、早老、死で終わるものなのだ。

夜の躁宴《そうえん》の後、午前と昼間は重苦しい眠り。二時から三時過ぎに汚い寝床から疲れたまま起き出す、二日酔いをさますためのミネラル・ウォーター、コーヒー、化粧着《ペニョワール》や短上着《コフタ》やガウンをまとってけだるく部屋部屋を歩き回る、カーテンのかげから窓の外を覗《のぞ》く、おたがい同士のだらだらと生気のない口喧嘩。その後で顔を洗う、白粉《おしろい》を塗る、自分の体や髪に香水をかける、衣裳《いしょう》合わせをする、その衣裳でおかみといさかいをする、自分の姿を鏡に映してながめ回し、化粧を、眉《まゆ》を引き、あまい、あぶらっこい食事。それが済むと、肌をあらわにするはでな絹の衣裳を身につける、それから飾り立てられ、明るく照明された大広間へ出る。お客たちが来る。音楽、ダンス、菓子、酒、煙草、そして姦淫、相手は青年、中年、まだ半ば子どもの男、死にかけた老人、独身者、女房持ち、商人、番頭、アルメニア人、ユダヤ人、タタール人、金持ち、貧乏人、健康な男、病人、酔っぱらい、素面《しらふ》の者、乱暴者、なよなよした者、軍人、文官、大学生、中学生——ありとあらゆる階級、年齢、性格の男たちだ。こうしてわめき声と、冗談、つかみ合いの喧嘩と音楽、煙草と酒、それからまた酒と煙草、そして音楽が夕方から夜明けまで。やっと朝になって解放され、重苦しい眠り。そんな調子で毎日、一週間続く。週末には、国家のお役所——警察署へ出かける。そこでは国家勤務の官吏《かんり》である医師が、つまり男たちがときにはまじめでいかめしく、またときにはふざけた陽気さで、自然が犯罪を防ぐために、人間だけではなく動物にも与えている羞恥心《しゅうちしん》を踏みにじってこの女性たちを検診し、彼女たちがその共犯者たちと一週間続けてきた犯罪を続けてもよいという許可を与えるのだ。こうしてまた同じような一週間。それが毎日、夏も冬も、平日も祭日も。

こうしてマースロワは七年間過ごした。その間に、二度家を変え、病院へも一度入った。彼女が娼家へ入ってから七年目、最初の堕落から八年目、二十六歳になったとき、ある事件が起こって彼女は監獄へ収容され、殺人犯や泥棒たちといっしょに六カ月過ごしたのち、いま法廷へひかれて行くことになったのである。

3

長い移動に疲れはてたマースロワが護送兵といっしょに地方裁判所の建物に近づこうとしていたとき、彼女を養育してくれた婦人たちの甥《おい》、ドミートリー・イワーノヴィチ・ネフリュードフ公爵、つまり彼女を誘惑した男は、羽ぶとんを敷いて、もみくちゃになったバネつきの高い寝床に寝たまま、胸のひだにアイロンをかけたオランダ製の清潔なパジャマの襟《えり》のボタンをはずし、巻煙草《まきたばこ》を吹かしていた。彼はじっと目をすえて前のほうを見つめていた、そして今日しなければならないこと、昨日あったことを考えていた。

裕福で名門で、その家の令嬢とネフリュードフは結婚するにちがいないとみんなから思われているコルチャーギン家で過ごした昨夜のことを思い浮かべながら、彼はため息をつき、吸い終わった巻煙草を放り出し、銀のシガレット・ケースからもう一本取り出そうとしかけたが、思い直して、すべすべした白い足をベッドからおろし、その足でスリッパを探り当て、肉づきのいい肩に絹のガウンをひっかけると、重い足どりで寝室に隣り合っている化粧室に行った、そこはエリキシールやオーデコロンやチックや香水など、人工的なにおいが一面にしみこんでいた。彼はあちこち充塡《じゅうてん》した歯を特製の歯みがき粉でみがき、いいにおいのするうがい液で口をすすぎ、その後で体をくまなく洗い、いろいろなタオルでぬぐいはじめた。香料入りの石けんで手を洗い終わってから、長くのばした爪をブラシで念入りにみがき立て、大きな大理石の洗面台で顔や太った首すじをきれいに洗い終わると、シャワーの準備されている寝室わきの三番目の部屋へ行った。その部屋で、よく脂肪のついた筋肉隆々とした白い体を冷たい水ですっかり洗い、ふかふかした大きなタオルでふき取ると、彼はきれいにアイロンのかけられた肌着をつけ、鏡のようにみがきあげられた靴をはいて、化粧台を前に腰をおろし、二つのブラシを使って、あまり大きくはないが、ちぢれた黒いあごひげと、額《ひたい》にかけて少し薄くなった巻毛の髪をとかしはじめた。

彼が使っている身だしなみのための物――肌着、衣服、靴、ネクタイ、ピン、カフスやカラーのボタンなど――はすべて最上級品で高価なものばかりだったが、目立たず、さりげなくて、丈夫で、貴重な品だった。

十種ほどのネクタイやネクタイ・ピンの中から、最初に手にしたものを取り上げて――かつてはこれも新しくて心を楽しませてくれたのだが、今ではまったくどうでもよかった――ネフリュードフは、ブラシをかけて椅子《いす》の上にそろえてある服を身につけ、若々しさに満ちているとはいえなかったが、身ぎれいで、香水を匂わせながら、昨日下男が三人がかりでみがきあげた寄木細工の床の細長い食堂へ出て行った。そこには大きな樫《かし》の木製の食器棚と、同じ木で作られた伸縮自在の大テーブルが置かれていたが、ライオンの足の形にひろく踏ん張ったその彫刻の脚は何か堂々たる感じがあった。苗字と名前の大きな頭文字の入った、糊《のり》のきいたテーブルクロスで覆われたこのテーブルの上には、香りの高いコーヒーの入った銀製のコーヒー沸かし、やはり銀製の砂糖入れ、煮立てたクリームの入ったクリーム入れ、焼きたての丸パン、乾パン、ビスケットなどを盛った籠《かご》が置かれていた。食器のそばには、届いた手紙や新聞など、それに新刊の雑誌『両世界評論《ルヴュー・デ・デュー・モンド》』が置いてあった。ネフリュードフが手紙を取り上げようとしたちょうどそのとき、廊下へ出る戸口から、少しふとった、もう年配の喪服を着た女がしずしずと入ってきた。頭にはレースの頭飾りをつけ、それで広がって道のようになった髪の分け目をかくしていた。それは最近この家で亡くなったネフリュードフの母の小間使いアグラフェーナで、今は息子である彼のもとに家政取締役として残っていた。

アグラフェーナはネフリュードフの母親といっしょに、いろいろな時期に通算して十年ばかり外国で過ごしたことがあり、見かけも物腰も奥さま風だった。彼女は子どものころからネフリュードフ家で暮らしていて、ドミートリー・イワーノヴィチ・ネフリユードフのことを、まだ彼がミーチェンカちゃんと呼ばれていたころから知っていた。

「おはようございます、ドミートリーさま」

「おはよう、アグラフェーナ。何か変わったことでもあったのかい？」とネフリユードフは冗談まじりの調子で訊《き》いた。

「公爵夫人からか、公爵令嬢からかお手紙が参っております。だいぶ前に女中が持ってまいりまして、わたくしの部屋で待っております」とアグラフェーナは手紙を渡しながら、意味ありげに微笑を浮かべて言った。

「よろしい、今すぐ」とネフリユードフは手紙を受け取って答えた、そしてアグラフェーナの微笑に目をとめると、眉《まゆ》をひそめた。

アグラフェーナの微笑が意味していたのは、手紙はコルチャーギン公爵令嬢から来たもので、アグラフェーナの考えでは、ネフリユードフはその令嬢と結婚しようとしているということだった。アグラフェーナの微笑に現れていた予想は、ネフリユードフには不愉快だった。

「それでは、少し待っていてくれるようにと、こう申しておきますから」とアグラフェーナは、食卓をふくブラシが定位置にないのを取り上げて、それを別の場所へ置き直すと、静かに食堂から出て行った。

ネフリュードフはアグラフェーナから受け取った香水のにおいのする手紙の封をあけて読みはじめた。

「わたくし、あなたの記憶係のお役目をお引き受けいたしましたので、その義務を果たすためにご注意申し上げますが」と縁《ふち》の不揃《ふぞろ》いな厚い灰色の紙に、するどい感じだが一字一字ひろく間隔を置いた筆跡で書かれていた。「あなたは本日、四月二十八日、陪審員法廷へご出頭なさらなければなりません。ですから、わたくしどもやコーロソフ様とごいっしょに絵を見にいらっしゃることはけっしてできないわけです、昨日あなたは持ち前の軽はずみでお約束なさいましたけれども。À moins que vous ne soyez disposé à payer à la cour d'assises les 300 roubles d'amende, que vous vous refusez pour votre cheval.〔もっとも、あなたは馬一頭をお買い上げになるのに三百ルーブル出すのをお惜しみになりましたが、もしも同額のお金を、地方裁判所にお払いになるおつもりがない場合のことでございますが〕つまり、あなたが定刻に出頭なさらなかった罰金としてでございます。わたくし昨日あなたがお帰りになったすぐ後でこのことを思い出しましたので、ではお忘れなきよう。M・K」

裏側には次のような追伸がしてあった。

「Maman vous fait dire que votre couvert vous attendra jusqu'à la nuit. Venez absolument à quelle heure que cela soit. M. K〔母はあなたさまに、こうお伝えしてほしいと申しております、あなたさまのお席は深夜まであなたをお待ち申し上げております。御随意のときにかならずお越し下さいますように、と。M・K〕」

ネフリュードフは顔を曇らせた。この手紙はもう二カ月あまりコルチャーギン公爵令嬢が彼にしかけてきた、巧妙なしわざの続きだった。彼女は目に見えない糸で、次第に強く彼を自分に縛りつけようとしているのだった。だが一方、ネフリュードフには、青春の時期を過ぎて恋愛に熱中できない者たちがふつう結婚の前に感ずるためらいのほかに、もう一つの重大な理由があったので、たとえ腹をきめたとしても、すぐに結婚の申し込みはできなかった。その理由というのは、十年前にカチューシャを誘惑して捨ててしまったことではない、そのことは彼にはまったく忘れられていたので、彼はそれを自分の結婚の障害とは考えていなかった。その理由というのは、ちょうどそのころ彼は人妻と関係していて、今では彼のほうから手を切っていたものの、女のほうではまだ切れたと認めていなかったのだ。

ネフリュードフは女のことではとても臆病で、ほかでもない、その臆病さが相手の人妻に彼を征服したいという欲望を起こさせたのである。相手の女というのは郡貴族団長の夫人で、ネフリュードフはその郡の選挙によく出向いていたのだった。その女が彼を愛人関係に引きこみ、ネフリュードフは一日一日と深みにはまっていきながら、同時にだんだん嫌気がさしてきていたのだ。はじめネフリュードフは誘惑に抵抗する力がなかったのだが、やがて相手に悪いと感じて、女の同意なしでこの関係を断ちきってしまうことができずにいた。ネフリュードフが、たとえ自分がその気になっても、コルチャーギナに結婚を申し込む資格がないと考えた理由は、つまりこれだったのだ。

テーブルの上には、ちょうどこのときその夫人の夫から来た手紙が置かれていた。その筆跡と消印とを見ると、ネフリュードフは顔を赤くした、そして危険のせまったときに彼がいつも感じる、エネルギーの高揚を感じた。しかし、彼の興奮はいわれのないものだった。ネフリュードフの主な領地がいくつもある郡の貴族団長だったその夫は、五月末に臨時地方自治体会議がひらかれること、その会議で学校や鉄道引き込みなどの重大な問題で、反動派の強力な反対が予想されるので、かならず出かけてきて力を貸してほしい、と知らせてきたのだった。

貴族団長は自由思想の男で、数人の同じ考えの同志といっしょに、アレクサンドル三世（在位一八八一―一八九四年）の即位後に起こった反動とたたかっていた。そしてその運動にすっかり没頭して、自分の不幸な家庭生活については何ひとつ知らなかった。

ネフリュードフはこの男との関係で、自分の経験した苦しい瞬間を一つ残らず思い出した。一度は夫に知られたと思い、彼との決闘を覚悟し、決闘になったら自分は空中へ発射しようと考えたことも、また彼女がやけになって庭へ飛び出し、身投げをするつもりで池のほうへ走って行くのを、彼女を探して追いかけた、あのおそろしい場面も思い出した。《あの女から返事を受け取らないうちは、自分は今度出かけて行くこともできないし、また何ひとつすることもできないのだ》とネフリュードフは思った。彼は一週間ほど前に、彼女にあてて思いきった手紙を書き、その中で自分の悪かったことを認め、自分の罪をつぐなうためには、どんなことでもする覚悟でいる、しかしあなた自身の幸福のために、二人の関係は永久に終わってしまったものと認める、と書いた。その手紙にたいする返事を彼は待っていたのだが、まだ来ていなかった。返事が来ないのは、いくらかいい徴候でもあった。もし絶縁に同意しないのなら、彼女はもっと早く手紙をよこすか、それとも、前にもそうしたように自分でやって来ただろう。ネフリュードフは今は彼女を追い回している士官が向こうにいるという噂《うわさ》を聞いていて、そのことは彼を嫉妬《しっと》で苦しめていたが、同時に自分を苦しめていた虚偽から解放されるかもしれないという期待で、彼を喜ばせてもいたのだった。

もう一通の手紙はいくつかの領地の総支配人から来たものだった。支配人は相続権を確保するために、彼、つまりネフリュードフ自身が村に来るのが必要なこと、そのほかに領地経営をどのように続けたらよいかという問題も解決する必要がある、亡き母上のときと同じようにするか、あるいは、支配人が亡き奥さまにすすめ、また現に若い公爵にもすすめている方法、つまり農具をふやし、農民たちに分与している土地を領主側で耕すことにするかなどを、書いてよこしていた。支配人はそういう経営方法のほうがはるかに有利だと書いていた。そのついでに、支配人は予定では、一日までに送るはずの三千ルーブルの送金が多少遅れたことをわびていた。その金は次の郵便で送ることにする。送金の遅れた理由は、どうしても農民から取り立てることができなかったからで、農民たちの不誠実さは極度に達していて、彼らに納金を強制するには、当局の力を借りなければならなかったほどだというのだった。この手紙はネフリュードフにとって快くもあり、また不愉快でもあった。快かったのは、莫大《ばくだい》な財産にたいする自分の力を感じること、また不愉快だったのは、自分の青年時代の初期に、彼はハーバート・スペンサー(一八二〇—一九〇三。イギリスの哲学者)の熱狂的な賛同者であり、特に自分が大地主だったので、『社会平衡論〔Social Statics〕』の中での、正義は土地の私有を許さず、という彼の命題に衝撃を受けたことだった。彼は青年らしい率直さと思い切りのよさで、土地は私有の対象にはなりえないと言いもし、また大学時代にはそのことについて論文を書いたばかりでなく、実際でも、土地のちょっとした一部（それは母の所有でなく、父親から相続した彼個人の所有だった）を農民たちに渡してしまったのだが、それは自分の信念に反して土地を所有することを望まなかったからだ。いま遺産相続で大地主になった彼は、二つのうち一つを選ばなければならなかった、つまり、十年前、父の土地二百ヘクタールにたいしてしたのと同じように、自分の財産を放棄してしまうか、それとも自分の以前の考えをすべて誤った、偽りのものと黙認するかだった。

第一の方法を彼はとることができなかった。というのは、土地の他に彼は何ひとつ生活の手段を持たなかったからだ。彼は勤務をする気持ちはなかったが、そのくせぜいたくな生活の習慣がすでに身についてしまっていて、それから離れることはできないと考えていた。それにそうする理由がなかった。というのは、青年時代にいだいていた信念も、決断力も、他人をびっくりさせてやろうという虚栄心や、願望も、もうなかったからだ。第二の道――当時彼がスペンサーの『社会平衡論』から汲《く》み取った、土地所有の非合法性の明快で反駁《はんばく》できない論拠、そしてその後かなり後にヘンリー・ジョージの著書に見出した、そのみごとな再確認を拒否することも、彼にはどうしてもできなかった。

つまり、こういうわけで、支配人の手紙は彼には不愉快だったのである。

4

コーヒーをたっぷり飲んだ後で、ネフリュードフは法廷へ何時に出頭しなければならないかを通告状で調べてみるために、また公爵令嬢へ返事を書くために、書斎へ向かった。書斎へ行くにはアトリエを通らなければならなかった。アトリエには書きかけの絵を裏返しにしてのせてある画架《イーゼル》が置いてあり、習作が掛けつらねてあった。二年間苦労したこの絵や、習作や、アトリエ全体の様子が、もう自分は絵画ではこれ以上進歩する力はないという、最近特に痛感した気持ちを彼に思い出させた。この気持ちを彼はあまりにも繊細に発達しすぎた自分の美意識のせいにしていたが、やはりこの意識は不愉快だった。

七年前、絵画に自分の使命があるときめて、彼は勤務を放棄し、芸術活動の高みからほかのすべての人間の活動をいくらか軽蔑的に見くだしていた。今になると、彼はその資格さえも持っていないことがわかってきた。そんなわけで、それを思い出させることはすべて不愉快だった。彼は重苦しい気持ちで、こうしたありとあらゆるぜいたくなアトリエの設備へちらりと目をやり、沈んだ気分で書斎へ入った。書斎はとても大きな、天井の高い部屋で、あらゆる種類の装飾、設備、便宜《べんぎ》をそなえていた。

要至急書類の入っている大きなテーブルの引出しの中に、裁判所の通告状はすぐに見つかり、それには十一時に出頭しなければならないことが記載されていた。ネフリュードフは公爵令嬢にあてて、ご招待を感謝します、そして正餐《せいさん》のころまでには参上するよう努めます、という手紙を書くため腰をおろした。しかし一通書き終わると、それを引き破ってしまった。あまりにも打ち解けすぎていたからだ。それからもう一通書いたが――これは冷たくて、ほとんど侮辱《ぶじょく》に近い調子になってしまった。彼はまた引き破り、壁のベルを押した。戸口にグレーのキャラコの前掛けをした、相当年配の陰気くさい顔つきの従僕が入ってきた、頰《ほお》ひげだけを残してきれいに顔を剃《そ》っていた。

「ひとつ、馬車を呼びにやってくれないかね、頼むよ」

「かしこまりました」

「それから伝えてくれ、向こうにコルチャーギン家からの使いが待っているが、感謝します、なるべくおうかがいすることにいたしますからって」

「かしこまりました」

《無礼だが、書けない、なに、どうせ彼女には今夜会うんだから》とネフリュードフは考え、服を着替えに行った。

彼が服を着替えて入口階段へ出ると、おなじみのゴム付き車輪の馬車（鉄の車輪にゴムをつけた馬車は当時の新しい流行だった）がすでに彼を待っていた。

「ところで昨日、あなたさまがコルチャーギン公爵家からお帰りになったすぐ後で」と御者はルバーシカの白い襟《えり》の中で、丈夫そうな日に焼けた首を半ば回しながら言った。「私が来ましたら、『たった今お帰りになった』と玄関番が申すのです」

《馬車屋までがおれとコルチャーギン家との関係を知っているんだな》とネフリュードフは思い、コルチャーギン公爵令嬢と結婚すべきかどうかという、最近たえず彼の心をとらえている未解決の問題が目の前に立ち上がってきたが、このごろ彼の前に立ち現れている多くの問題と同じように、右とも左ともどうしても決着をつけることができずにいた。

一般に結婚をよいとする理由の中には、まず第一に、この結婚は家庭の団欒《だんらん》の楽しみのほかに、性生活の不規則を取り除き、道徳的な生活ができるようにしてくれる。第二に、これが肝心なことなのだが、ネフリュードフは家庭、子どもたちが、今は無内容な彼の生活に意義を与えてくれることを期待していた。このことが一般に結婚をよいとする理由だった。一般に結婚を否定する理由の第一は、もう若くないすべての独身者に共通の、自由を奪われるおそれであり、第二には女性という神秘的な存在にたいする無意識的なおそれだった。

特に、ほかでもないミッシー(コルチャーギナはマリアという名だったが、特定の階層のすべての家庭の例にもれず、彼女にもこういう外国風の呼び名が使われていた)との結婚の利点は、第一に彼女が血統のいいこと、そしてあらゆる点、つまり服装から、話したり、歩いたり、笑ったりするしぐさまで、何か特別の違いというのではないが、《きちんとしていること》で、普通の者たちよりすぐれていたことだった――彼はこの特質をほかの言葉でうまく言いあらわすことができなかったが、この特質をとても高く評価していた。第二に、彼女は彼をほかの誰よりも高く評価していた、つまり、彼の考えによると、自分を理解してくれていたのだ。そしてこの理解、つまり彼のすぐれた長所を認めてくれているということは、ネフリュードフにとっては彼女の頭脳と判断力の正しさを証明していたのだった。ミッシーとの結婚に反対する個別的な理由は、まず第一に、ミッシーよりはるかに多い長所をそなえている、つまり、もっと彼にふさわしい未婚の女性を見出すことも、きわめてありうるだろうということだった。第二に、彼女はもう二十七歳なので、きっと過去にすでにいくつかの恋愛の経験があったにちがいない――そして、そう考えるのはネフリュードフにとってはつらいことだった。彼女が仮に過去のことだろうと、彼以外の人間を愛したかもしれないという思いは、彼の誇りがゆるせないものだった。もちろん、彼女は彼に出会うことを知らなかったわけだが、しかし、彼女が以前に誰か他の男を愛したかもしれないと思うと、彼は侮辱されたような気持ちになった。

こういうわけで、論拠は賛成も反対も同じくらいあった。少なくとも、このような論拠の力は同じ程度だったので、ネフリュードフは自嘲《じちょう》しながら、自分をビュリダンのろば（飢えたろばが二つのまぐさの束のうち、どちらをとろうか迷っているうちに、餓死してしまったというたとえ話。中世フランスの司祭、哲学者ビュリダンの教えと伝えられている）と呼んでいた。それでもやはり、相変わらずビュリダンのろばのままで、二つのまぐさの束のうちどちらを取っていいのかわからなかった。

《もっとも、マリア（貴族団長の夫人）から返事をもらって、あのことをきれいに片づけてしまわなければ、何ひとつできやしないのだ》と彼は一人つぶやいた。

そして、自分は決断をのばすことができるし、また、のばさなければならないと意識すると、彼はいい気持ちになった。

《もっとも、このことは後ですっかりよく考えてみるとしよう》一頭立ての馬車がまったく音も立てずに、アスファルトで舗装された裁判所の車寄せに乗りつけたとき、彼はこう一人つぶやいた。

《今はいつもしている通り、誠心誠意、社会的義務を果たさなければならない。おれはそれを自分の当然なすべきことと思っているし、それにこういうことが興味を感じさせることもよくあるんだからな》と彼は自分自身に言って、守衛のわきを通り、裁判所の玄関へ入った。

5

ネフリュードフが裁判所へ入ったとき、その廊下ではもう人の行き来が激しくなっていた。

守衛たちは急ぎ足で歩き回ったり、それどころか小走りで、足を床から上げずにすり足で、息を切らし、命令や書類を持って、前後に駆け回ったりしていた。裁判所の事務官、弁護士、裁判官たちが向こうへ、また、こちらへ行きかい、請願人や監視をつけられていない被告たちは沈んだ様子で壁ぎわをうろついたり、順番を待ちながら、すわったりしていた。

「地方裁判所の法廷はどこですか？」とネフリュードフは守衛の一人に訊《たず》ねた。

「どちらの法廷にご用です？　民事と刑事とがありますが」

「私は陪審員です」

「刑事部ですね。そうおっしゃって下さればよかったのに。こちらのほうを右へ行って、それから左へ曲がると、二つ目のドアです」

ネフリユードフは、教えられた通りに歩き出した。

教えられたドアのところに、開廷を待って二人の男が立っていた。一人は背の高いふとった商人で、好人物らしく、一杯ひっかけて、何かつまんできたのだろう、とびきりの上機嫌だった。もう一人はユダヤ人の番頭だった。ネフリユードフがそのそばへ寄り、陪審員室はここですかと訊ねたとき、二人は羊毛の値段の話をしていた。

「ここですよ、だんな、ここです。ご同様にお仲間で、陪審員でいらっしゃいますか?」と人のよさそうな商人は機嫌よくウインクをしながら訊《き》いた。「よろしい、じゃあごいっしょにひと骨折るとしましょうや」と、彼はネフリユードフがそうだと答えたのに応じて続けた。「第二級商人でバクラショーフというものですが」と、彼は、幅の広い、やわらかい、握るのも楽でない手を差し出しながら言った。「ひと骨折らないことにゃ。ところで、だんなはどなたで?」

ネフリユードフは自分の名前を言って、陪審員室へ入った。

あまり大きくない陪審員室には、十人ほどいろいろな種類の人間がいた。みんな今やってきたばかりで、ある者は椅子《いす》にすわり、ほかの者は歩き回りながら、おたがいの顔を見つめ合って、初対面のあいさつをしていた。軍服を着た退役軍人がいたが、あとはフロックコートや背広で、一人だけが庶民風の半外套《はんがいとう》を着ていた。

すべての者——その多くはこのために仕事から引き離されたのだし、やっかいなことだと言ってはいたものの——すべての者の顔に、重大な公共の仕事を成しとげるのだという意識から、一種の満足感がはっきり現れていた。

陪審員たちは、たがいに名乗り合ったり、また、誰が誰なのか、ただ推測するだけにとどめて、おたがい同士、天気のこと、春が早く来たこと、目の前に控えている裁判事件のことなどを話し合っていた。まだ知り合っていなかった者たちは、どうやらそれを特別な光栄と思ったらしく、いそいでネフリュードフに自己紹介をした。ネフリュードフもまた、知合いでない者たちの中に混じるといつもそうなのだが、それを当然のこととして受けていた。どうしてお前は自分を多くの人間たちより上だと思っているのかと訊かれたら、彼は答えることができなかっただろう。というのは、彼はこれまでずっと生きてきて、何ひとつ特にすぐれたものを現わしていなかったからだ。彼が英語、フランス語、ドイツ語の発音がうまいということ、また一流のこうした商品の納入業者が持ってきた下着、服や、ネクタイ、カフスボタンを身につけていることも、けっして——彼自身それをよく承知していた——自分の優越を認める理由になるはずがなかった。ところが、彼は疑いもなく自分のこの優越を認めており、他人が見せる敬意のしるしを当然のこととして受け、そうでないと侮辱《ぶじょく》を感じるのだった。陪審員室では、他人が敬意を表してくれないために感じるこの不快感をまさに彼は経験することになった。陪審員たちの中にネフリュードフの顔見知りの男が一人居合わせた。それはピョートル先生といって(ネフリュードフはいまだかつてこの男の苗字を知っていたこともなく、またそれをいくらか誇りにさえしていた)、以前彼の姉の子どもたちを教えていた男だった。このピョートル先生は学校の課程を終え、今ではエリート中学の教師をしていた。彼はその馴れ馴れしい態度、うぬぼれたような高笑い、またネフリュードフの姉の言うところによれば、いろいろな点で彼が《共同体主義的であること》で、ネフリュードフには耐えられない男だった。

「ああ、あなたも引っぱり出されたんですな」とピョートル先生は大声で高笑いをしながら、ネフリュードフを迎えた。「逃げをうつ手はなかったんですかね?」

「ぼくは逃げをうとうなんて考えてもみなかった」と、きびしくいやな顔をしてネフリュードフは言った。

「いや、そりゃ公民的献身というもんですな。が、まあ待っててごらんなさい、今にお腹《なか》が空《す》いてはくるし、眠らせてもくれないとなると、あなたも音《ね》をあげますよ!」ますます大きな声で笑いながらピョートル先生は言った。

《この坊主の小せがれめ、今におれのことを「君」呼ばわりすることになるぞ》とネフリュードフは思い、ただ一家一族みんなの死を知った場合にだけふさわしいと思われるような悲しみを顔に表わして、その男のそばを離れた。そして何か活発にまくし立てている、顔をきれいに剃《そ》った、背が高くて、恰幅《かっぷく》のいい紳士のまわりにできたグループに近づいた。この紳士は裁判官や有名な弁護士たちを親しそうに「さん」づけで呼びながら、いま民事法廷でおこなわれている訴訟事件を、よく知りぬいている事件のように話していた。有名な弁護士がその事件にやってのけた、あっというようなどんでん返しの話をしていたのだった。そのどんでん返しで一方の側の老婦人がまったく正当であるにもかかわらず、何の理由もなく莫大《ばくだい》な金を相手方に支払わなければならないだろうと言うのだった。

「天才的な弁護士ですな！」と彼は言った。

人々は敬意をこめてその話に聞き入っていて、なかには自分の意見をさしはさもうとする者もあったが、この男は、すべてを本当に知ることができるのは自分一人だというように、みんなの話を横どりしてしまうのだった。

ネフリュードフは遅く来たのに、長いこと待たされた。まだ出勤しない裁判官の一人が開廷を遅らせているのだった。

6

裁判長は早く裁判所に来た。裁判長は背の高い、肉づきのいい男で、白髪《しらが》のまじりはじめた大きな頬《ほお》ひげを生《は》やしていた。彼には妻がいたが、ひどくふしだらな生活をしており、妻のほうもそれと同じだった。二人はおたがいにじゃまをしないようにしていた。今朝《けさ》も彼はスイス生まれの女家庭教師から手紙を受け取った、その女は去年の夏、彼らの家に住みこんでいたのだが、いま南方からペテルブルグへ向かう途中で、この町に来て三時から六時までの間、彼をホテル「イタリア」で待っているとのことだった。そこで彼は六時にこの赤毛のクララを訪ねるのに間に合うように、今日の裁判を早めに始めて、早めに切り上げたかった。彼はこの女と去年の夏、別荘で恋愛関係をむすんだのだった。

自分の個室へ入ると、ドアに鍵をかけ、書類棚の下の段からダンベルを二つ取り出して、上、前、左右、下に二十回動かし、それから、今度はダンベルを頭上に差し上げて、三回軽く腰を落とした。

《冷水浴と体操ほど頼りになるものはない》と薬指に金の指輪をはめた左手で、右手の緊張した二の腕の筋肉を触ってみながら、彼は思った。これから腕をぐるぐる回す運動をやらなければならないところだったが(彼はいつも裁判で長時間すわる前には、この二種類の運動をすることにしていた)、そのときドアが軽く動いた。誰かがあけようとしたのだ。裁判長はいそいでダンベルを元の場所へ戻し、ドアをあけた。

「失礼」と彼は言った。

部屋へ入ってきたのは、金縁《きんぶち》眼鏡をかけ、あまり背は高くないが、肩をいからし、陰気な顔つきをした判事の一人だった。

「またマトヴェイ・ニキーチッチが来ていないんですよ」と判事は不服そうに言った。

「まだ来てないのか」制服を着ながら裁判長はそれに答えた。「いつも遅れてばかりいる」

「驚きますよ、よくも恥ずかしくないことだ」と判事は言い、巻煙草《まきたばこ》を取り出しながら腹立たしそうに腰をおろした。

この判事はとても几帳面《きちょうめん》な男だったが、今朝奥さんと面白くない衝突をしてしまった。というのは、一月《ひとつき》分の費用として渡しておいた金を、奥さんが期限より早く使い果たしてしまったからだ。彼女は前渡しをしてくれるように頼んだが、彼は自分の言い分を譲ろうとしなかった。そこでひと騒ぎ持ち上がったのだ。奥さんは夕食の支度はしませんからね、家へ帰って食事しようなどと当てにしないで下さい、と言った。そのまま彼は、奥さんがそのおどし文句をきっと実行するだろうとびくびくしながら、家を出たのだった。何しろ奥さんはどんなことだってやりかねない女なのだ。《ほら、こんなふうにりっぱな道徳的生活をしなけりゃだめだな》と健康に輝く、快活で気のよさそうな裁判長をながめながら彼は思った。裁判長は両肘《りょうひじ》をひろく張って、美しい白い手で、ふさふさとした長い白髪まじりの頰ひげを、金モールの襟《えり》の両側へなでつけていた。《この人なんかいつも満足して楽しそうだが、このおれは苦しい思いばかりしている》

書記が入ってきた、何かの書類を持ってきたのだ。

「どうもご苦労さん」と裁判長は言い、巻煙草を吹かしはじめた。「どの事件から先に始めるかね?」

「そうですね、毒殺事件でしょうか」と、さりげないような口調で書記は言った。

「じゃ、よろしい、毒殺事件なら毒殺事件で」と裁判長は、あの事件だったら四時までには片づけて退廷できると算段して言った。「ところで、マトヴェイ・ニキーチッチはまだかね?」

「まだ見えませんが」

「じゃ、ブレーヴェは来ているかね？」

「見えております」と書記は答えた。

「それでは、彼に会ったら言ってくれたまえ、毒殺事件から始めることにするからって」

ブレーヴェというのはこの裁判で論告に当たることになっている検事補だった。廊下へ出ると、書記はブレーヴェに出会った。彼は肩をいからし、制服のボタンをはずしたまま着て、折りかばんを脇にかかえ、靴の踵《かかと》をコツコツと鳴らし、空《あ》いている片手を進行方向に直角になるように振りながら、足早に廊下を進んでいた。

「裁判長があなたのご用意はできているかどうか、確かめてくれということでした」と書記は彼に訊《たず》ねた。

「もちろん、ぼくのほうはいつでも用意ができている」と検事補は言った。「どの事件が最初だね？」

「毒殺事件です」

「いや、けっこう」と検事補は言ったが、それはけっこうどころではなかった。昨夜は一晩じゅう寝ていなかったのだ。同僚の送別会があって、さんざん飲んだあげく、二時までトランプをし、それから女たちのところへ、六カ月前にはマースロワが住みこんでいたあの娼家へくりこんだのだった。そんなわけで、彼はほかでもないこの毒殺事件の関係書類を読んでいなかったので、いま走り読みをしておきたいと思っていたところだった。書記のほうは彼がこの毒殺事件の関係書類を読んでいないことを承知の上で、わざとこの事件から取り上げるように、裁判長にすすめたのだ。書記は自由主義的な、というより急進的な考え方の男だった。ところがブレーヴェのほうは保守的で、ロシアで勤務しているすべてのドイツ人と同じように、ギリシア正教に特別熱心だったので、書記は彼を嫌っていたし、それに彼の地位をうらやましく思ってもいた。

「ところで、去勢宗徒（十八世紀末ロシアに生じた狂信的な宗派で、去勢により肉体とたたかうことを説く）の事件はどうです？」と書記は訊《き》いた。

「あれはぼくには無理だと言ったじゃないか」と検事補は言った。「何しろ証人がいないんだからな、裁判所にもそう申し立てるよ」

「でも、どっちでも同じでしょう……」

「ぼくにはやれないよ」と検事補は言って、同じように片方の手を振りながら、自分の部屋へ走りこんだ。

　彼が事件にそれほど重要でもなければ、必要でもない証人たちがいないのを理由に、去勢宗徒の事件を延期しようとしたのは、陪審員の構成がインテリ層になる法廷でこの事件が審理されれば、無罪に終わるおそれがあったからだった。裁判長との申し合わせでは、郡役所所在地の町の会議へ移されるはずだった。そこでなら農民が多くなるので、有罪のチャンスが多くなるのだ。

廊下での動きはますます激しくなっていた。いちばん人だかりがしていたのは民事法廷のあたりで、そこでは訴訟事件の好きな恰幅《かっぷく》のいい紳士が陪審員たちに話していた事件が進行中だった。休憩が宣告されて、法廷から一人の老婦人が出てきたが、その婦人から天才的な弁護士が彼女の財産にたいして何の権利も持たない投機屋のために、うまく財産をまき上げてしまったのだった。そのことは裁判官たちも知っていたし、原告とその弁護士はなおのことよく知りぬいていた。しかし、彼らの考え出したやり方がひどく巧妙で、老婦人の財産を取り上げ、それを投機屋へ渡さないわけにはいかなかった。老婦人ははでな身なりをしたふとった女で、帽子には大きな花をつけていた。戸口から出ると、廊下に立ち止まり、太く短い両手をひろげながら、ひっきりなしに繰り返していた。「これは、いったいどうなるんでしょう？　お願いしますよ！　いったい、まあなんてことでしょう？」と自分の弁護士に訴えかけていた。弁護士は相手の帽子の花をじっと見つめたまま、何か考えをめぐらしながら、彼女の言葉には耳を傾けずにいた。

老婦人の後に続いて、民事法廷のドアから、大きく開いたチョッキの胸飾りと、満足そうな顔をまばゆいばかりに輝かせながら、例の高名な弁護士が急ぎ足で出てきた。この男が、帽子に花をつけた老婦人を無一文《むいちもん》にし、彼に一万ルーブルの報酬を出した投機屋が十万以上の金を手に入れるようにやってのけたのだ。一同の目は弁護士にそそがれたので、彼もそれを感じ、《なにもそんなたてまつるような顔をすることはないさ》と言いたそうな様子を、顔や姿全体で示し、急ぎ足で一同のそばを通り過ぎた。

7

やっとマトヴェイ・ニキーチッチも来たので、首の長いやせた男で、横向きに歩く癖があって、下唇まで同じように横へ突き出している裁判所の事務官が陪審員室へ入ってきた。

この裁判所の事務官は誠実な男で、大学教育を受けていたが、ひどい飲んだくれのせいで、どこへ勤めても長続きしなかった。三カ月ばかり前、女房に目をかけてくれている一人の伯爵夫人が彼にこの裁判所の口を世話してくれ、それ以来今まで勤めつづけて、本人もそれを喜んでいた。

「どうです、みなさんおそろいになりましたですか?」と彼は鼻眼鏡をかけ、そのレンズごしに見渡しながら言った。

「みなさんいるようですな」と陽気な商人が言った。

「では確かめてみましょう」と事務官は言って、ポケットから一枚の紙を取り出し、呼び出されている者を、鼻眼鏡ごしに上目《うわめ》をつかったり、またレンズを通したりして顔を見ながら、出席をとりはじめた。

「五等官イー・エム・ニキーフォロフさん」

「はい」と、裁判事件にはすべて精通している恰幅《かっぷく》のいい紳士が答えた。

「退役陸軍大佐、イワン・セミョーノヴィチ・イワノフさん」

「出席」と退役軍人の軍服を着たやせた男が答えた。

「第二級商人、ピョートル・バクラショーフさん」

「おります」と善良そうな商人は、口いっぱいに微笑をたたえて言った。「用意はできております」

「近衛兵《このえへい》中尉、ドミートリー・ネフリュードフ公爵さん」

「はい」とネフリュードフが答えた。

裁判所の事務官は特に丁寧に感じよく鼻眼鏡の上から彼をながめ、会釈《えしゃく》をし、そのしぐさでほかの者たちと彼を区別しているようだった。

「ユーリー・ドミートリッチ・ダンチェンコ大尉さん、商人グリゴーリー・エフィモヴィチ・クレショフさん」などなど。

二人を除いて全員集まっていた。

「では、どうぞみなさん、法廷へ」と気持ちのいい身ぶりでドアのほうを指しながら、事務官は言った。

一同は動き出した。ドアのところでたがいに先を譲りながら、廊下へ出、廊下から法廷へ向かった。

法廷は大きな長い部屋だった。その一方の端は高い壇になっていて、そこへのぼる段が三つ付いていた。壇の中央にはテーブルがあり、それは緑のラシャで覆われていて、それよりもっと濃い緑色の房飾りがついていた。テーブルの後ろには、ひどく高い樫《かし》の木彫りの背のついた肘掛椅子《ひじかけいす》が三脚置いてあった、その背後には、軍服をつけ、リボン付きの勲章をつけ、片方の足を後ろへ引き、片手を軍刀にかけた将軍のあざやかな全身像が、金縁《きんぶち》の額にはめられて掛かっていた。右の一隅には、荊《いばら》の冠をつけたキリスト像をおさめた聖像龕《せいぞうがん》が掛けられ、聖書台が置かれ、右側には検事用の斜面机があった。その斜面机に向き合った左側の奥まったところには、書記用の小テーブルが置かれ、傍聴席に近いところには、彫り飾りをほどこした樫の格子があり、その後ろには、まだ空席の被告用のベンチがあった。壇の右側には、やはり高い背のついた陪審員用の椅子が二列に並べられ、その下には弁護士用のテーブルが置かれていた。これらはすべて、格子で二つに分けられた法廷の前のほうに配置されていた。後ろのほうは全部傍聴者用のベンチで占められており、それは一段また一段と高くなって壁に達していた。法廷の後部の前列のベンチには、女工か小間使いらしい女が四人と、やはり労働者らしい男が二人腰をおろしており、法廷の調度や飾りつけのものものしさに圧倒されて、そのせいでおたがい気おくれしたように、ひそひそ声でささやき合っていた。

陪審員の入廷後まもなく、事務官が横にそれるような歩き方で中央に進み出ると、出席者たちをおどかそうとでもするような大声でさけんだ。

「開廷！」

一同が起立すると、法廷の壇上に裁判官たちが進み出た。筋骨たくましく、みごとな頰《ほお》ひげをした裁判長、それから金縁眼鏡をかけた陰気な顔の陪席判事、今この男は前よりいっそう陰気くさい顔つきになっていた。というのは、開廷直前に法廷勤務候補の妻の弟に会ったところ、さっき姉のところへ寄ったら、姉は、夕飯は出ないと言っていましたよ、と彼に伝えたからである。

「だからね、飲み屋でいっしょに食事することになりそうですな」と義弟は笑いながら言った。

「笑いごとじゃありゃしない」と陰気な陪席判事は言い、いっそう陰気くさい顔になった。

そして最後に、三人目の陪席判事はいつも遅刻ばかりしている、例のマトヴェイ・ニキーチッチだった――それはあごひげを生《は》やし、目じりのさがった、善良そうな大きな目の男だった。この判事は胃カタルにかかっていて、今朝《けさ》から医師のすすめで新しい治療法を始め、この新しい治療法のために今日はいつもよりもっと家でぐずぐずしていたのだった。いま壇上に入ってくると、彼は何かに集中したような様子をしていた。というのは、彼には、自分で自分に問いを出しては、ありとあらゆる方法でそれを占ってみる癖があったからだ。いま彼が占おうとしていた問題は、自分の部屋の戸口から法廷の席までの歩数が三できれいに割り切れたら、新しい治療法で胃カタルは治るが、もし割り切れなかったら、だめだというのだった。歩数は二十六歩になったが、彼は小きざみに一歩ふやして、ちょうど二十七歩目に自分の席にたどりついた。

襟《えり》に金モールのついた制服を着て、壇上にのぼった裁判長や陪席判事たちの姿は人々を大いに威圧するものだった。彼ら自身もそれを感じていて、三人とも自分たちの威厳に照れたように、そそくさと、つつましやかに目を伏せながら、緑色のラシャに覆われたテーブルに向かい、彫刻入りの肘掛椅子に腰をおろした。テーブルの上には鷲《わし》のついた三角形の道具、よく食堂などで菓子を入れるガラス鉢、インクびん、ペンが置いてあり、またりっぱな白紙、大小さまざまの削りたての鉛筆が置かれていた。裁判官たちといっしょに検事補も入廷した。彼もまた急いで、小脇に折りかばんをかかえ、相変わらず片手を振りながら、窓ぎわの自分の席まで通って行き、一瞬を惜しんで案件の準備をしながら、さっそく書類の下読みとその検討に没頭した。この検事補が法廷で論告をするのはこれでやっと四度目だった。彼はひどく名誉欲が強かったので、かたく立身出世を決意していた。それで、自分が起訴するどんな事件も必ず有罪にしなければならないと考えていた。毒殺事件の要点は彼も大体のところのみこんでいて、もう論告の試案も作成していたが、しかし、まだ多少材料が必要だったので、今それを大急ぎで書類から書きぬいているところだった。

書記は壇の反対側に腰をかけて、朗読の必要がありそうな書類いっさいを下準備したのち、昨日手に入れて読みかけた発売禁止の論文に目を通していた。彼はこの論文について、彼と見解を同じくしている長いあごひげの判事と話してみたかったので、話をする前にまず内容をよくのみこんでおこうと思ったのである。

8

裁判長は書類に目を通してから、事務官と書記に二、三質問をし、その通りですという返答を得てから、被告たちを連れてくるように指図した。さっそく格子の向こう側のドアがあいて、帽子をかぶった憲兵が二人、抜き身のサーベルを構えて入ってきた。その後に続いて、まず最初に被告の一人、そばかすの赤毛の男、それから二人の女が入ってきた。男は体に合わないだぶだぶで長すぎる囚人服を着ていた。法廷へ入ってくるとき、両手の親指を突き出し、ズボンの縫い目に沿ってぐっとのばし、その手の構えで長すぎる袖《そで》がずりさがるのを押さえていた。彼は裁判官や傍聴人たちを見ようともせず、自分が回って通りすぎるベンチを一心に見つめていた。ひと回りすると、ほかの被告たちのすわる場所を残して、きちんと端に腰をかけ、裁判長にじっと目をすえたまま、何かぼそぼそ言っているように頬《ほお》の筋肉を動かしはじめた。彼に続いて、やはり囚人服を着た、あまり若くない女が入ってきた。女の頭は囚人用の三角ネッカチーフで覆われ、灰色にくすんだ白いその顔は眉《まゆ》もまつ毛もなかったが、目は赤かった。この女はまったく平気でいるようだった。自分の席へ進んで行ったとき、その囚人服が何かにひっかかった、すると女はあわてずに、ていねいにそれをはずして腰をおろした。

三人目の被告はマースロワだった。

彼女が入ってきたとたん、法廷にいた全部の男たちの目が彼女の上にそそがれた。そして、つやつやと光る黒い目をした色白の顔や、囚人服の下から突き出ている高い胸から、その目は長いこと離れなかった。彼女がそのわきを通り過ぎて行った憲兵でさえ、通り過ぎて席につくまで、彼女から目をはなさず、じっと見つめていた。やがて彼女が席につくと、まるで自分が悪いことをしたのを意識するように、あわてて目をそらし、さっと体をひと振りして、自分の正面にある窓を食い入るように見つめた。

裁判長は、被告たちが自分の席につくのを待ち、マースロワが腰をおろすとすぐに書記のほうを振り返った。

いつもの手続きが始まった――陪審員たちの点呼、欠席者たちについての審議、彼らにたいする罰金の賦課《ふか》命令、免除を申請した者たちについての決定、予備員による欠席者の補充。それから裁判長は小さなカードを折って、それをガラス鉢の中に入れ、金モールのついた制服の袖を少したくし上げて、ひどく毛ぶかい腕をむき出し、手品師のような手つきでカードを一枚一枚取り出しては、それらをひろげて読みはじめた。それから裁判長は袖をおろし、司祭に向かい、陪審員たちを宣誓に向かわせるようにうながした。

年寄りの司祭は腫《は》れぼったい黄色く青ざめた顔をして、褐色の法衣をまとい、胸には金の十字架をさげ、おまけに法衣の横側に何か小さな勲章をつけており、法衣の裾《すそ》の下で自分の腫れた足をのろのろ運びながら、聖像の下に置かれた聖書台に近づいた。

陪審員たちは立ち上がり、ひとかたまりになって聖書台のほうに移動した。

「どうぞ」と司祭はふっくらした手で自分の胸の十字架にふれ、陪審員一同がそばへやってくるのを待ちながら言った。

この司祭は四十六年間司祭職を勤めており、あと三年したら、つい先ごろこの町の大寺院の司祭長がしたのと同じように、在職記念祝賀式をあげようとしていた。この地方裁判所で彼は裁判所が開設されて以来勤務を続けてきたのだが、これまで数万人の者たちに宣誓をさせたこと、またこの老齢になっても、教会と祖国と家族の幸福のために働きつづけていることを、とても誇りにしていた。その家族のために彼は、家屋のほか、有価証券で少なくとも三万の財産を残すことになっているのだ。だが、明らかに誓いというものを禁じている福音書を前にして、人々に宣誓をさせるというこの法廷での仕事がよくない仕事だということは、一度も彼の頭に浮かんだことがなかったので、彼はそれを苦にしないばかりか、それを機会にして上流の人たちと知合いになれることもよくあるので、この馴れきった仕事が好きだった。今も彼は高名な弁護士と知り合って、一種の満足感を味わった。その弁護士は帽子に大きな花をつけたおばあさんの事件ただ一つで一万ルーブルも手に入れたというので、彼に大きな尊敬の念をいだかせたのだ。

陪審員一同が小さな階段を壇上へのぼって行くと、司祭ははげた白髪頭《しらがあたま》をかしげ、法衣の首かけ帯のあぶらじみた穴へその頭をすっぽり通し、まばらな髪をととのえてから、陪審員たちに声をかけた。

「右手をあげて下さい、それから指をこんなふうにして組んで下さい」と彼は年寄りじみた声でゆっくり言って、どの指のつけ根にも小さいくぼみのある、ふっくらした手をあげ、つまむように指を合わせた。「さて、今度は私の後について言って下さい」と言って始めた。「聖なる福音書と、生命の源なる主《しゅ》の十字架のおん前において、全知全能の神に約束し、かつ誓う。この法廷にて、審理される事件……」と彼は一句一句間《ま》をおいて言った。「手をおろしてはいけません、こんなふうにそのままに」と、彼は手をおろしていた若い男に向かって言った。「この法廷にて審理される事件……」

頬ひげを生《は》やした恰幅《かっぷく》のいい紳士と、大佐と、商人などは、司祭の要求通りに指を組んだ両手を、特別気持ちよさそうに、ひどくしっかり、高々と差し上げていたが、ほかの連中は気の進まない様子で、中途半端に差し上げていた。ある者たちは、まるでいきり立って《おれはともかくちゃんと唱えてやるぞ》というような表情で、大きすぎるほどの声で司祭の言葉を繰り返していた。またある者たちは、ただぼそぼそ言うだけで、司祭から遅れそうになると、はっと驚いたように、遅ればせながら追いつこうとするのだった。ある者は何かを手から放しては大変というように、勢いこんで、自分の組み合わせた指をかたくかたく握っており、ある者は指先をひらいたり、また合わせたりしていた。みんな気まずそうで、ただ司祭のおじいさん一人だけが、自分は非常に有益で重大な仕事をしていることを疑わずに信じきっていた。宣誓が終わると、裁判長は陪審員たちに議長を選出するように提案した。陪審員たちは立ち上がって、たがいに押し合いながら協議室へ入って行き、そこへ入ると、ほとんどみんながすぐに巻煙草《まきたばこ》を取り出し、吸いはじめた。誰かが恰幅のいい紳士を議長にしてはと言い出して、一同はすぐそれに賛成し、吸差しを捨て、火を消して、法廷へ引き返した。選出された議長が、誰が選ばれたかを裁判長に報告し、一同はふたたびおたがいの足をまたいで、高い背の椅子《いす》に二列になって腰をおろした。

すべてはとどこおりなく手早く、しかも多少荘重に進行し、この規則正しさ、整然とした流れ、荘重さはそれに加わっている者たちに、自分たちは厳粛で重大な社会的な勤めを果たしているという意識をしっかり感じさせ、満足感を与えたようだった。ネフリュードフもその気持ちを味わった。

陪審員たちが着席すると、さっそく裁判長は、陪審員たちの権利と義務と責任について発言した。その発言をしながら、裁判長は絶えず姿勢を変えていた。左手で肘《ひじ》をついたり、右手でついたり、椅子の背についたり、椅子の腕についたり、書類の端をそろえたり、紙切りナイフをなでたり、鉛筆に触ったりするのだった。

裁判長の言葉によると、陪審員の権利は裁判長を通じて被告に質問すること、紙と鉛筆を持ってよいこと、証拠物件の点検ができることだった。また義務は虚偽でない、公正な判断を下《くだ》すこと。また、責任は会議の秘密を守らなかったり、局外者と連絡をとったりした場合には、処罰されるということだった。

一同はうやうやしく耳を傾けて聞いていた。商人はあたりに酒のにおいをぷんぷんさせ、大きな音のげっぷをこらえながら、ひと区切りごとに、なるほどその通りというようにうなずいていた。

9

自分の発言を終わると、裁判長は被告たちに声をかけた。

「シモン・カルチンキン、起立して下さい」と彼は言った。

シモンは神経質そうにさっと立ち上がった。頬《ほお》の筋肉はいっそう早くひくひく動きはじめた。

「名前は？」

「シモン・ペトロフ・カルチンキン」ひび割れるような早口で彼は言った、前もって返事を用意していたらしい。

「身分は？」

「農民です」

「何県、何郡ですか？」

「トゥーラ県、クラピヴェンスキー郡、クピャンスカヤ郷、ボルキ村です」

「何歳ですか？」

「やがて三十四歳になるところで、千八百……年生まれです」

「信仰は何？」

「あっしどもはロシアの、つまり正教で」

「妻帯していますか？」

「全然しておりません」

「どんな仕事をしていますか？」

「あっしらは《マウリタニア》旅館のルーム係をしておりました」

「前にいつか裁判を受けたことがありますか？」

「裁判を受けたことは一度もございません、そのわけはあっしどもの暮らしは以前には……」

「以前に裁判を受けたことはないのですね？」

「めっそうもねえ、一度だって」

「起訴状の写しは受け取っていますか？」

「受け取りました」

「腰かけてよろしい。エウヒーミア・イワーノワ・ボチコワ」と裁判長は次の女被告に向かって言った。

だが、シモンは立ちつづけたままでボチコワの姿をさえぎっていた。

「カルチンキン、すわりなさい！」

しかし、カルチンキンはずっと立ったままで、駆け寄った事務官が首を横へかしげ、不自然に目を見ひらいて悲痛なひそひそ声で《すわるんだ、すわるんだ！》と言ったとき、やっと腰をおろした。

カルチンキンは立ち上がったときと同じくらいすばやく腰をおろし、囚人服の前をかき合わせると、また音もなく両方の頬をひくひくさせはじめた。

「名前は？」と裁判長はぐったりしたようなため息をもらし、被告の顔を見ようともせず、前に置かれた書類の中の何かを調べながら、二番目の被告に問いかけた。裁判長にとってはこんな事件はまったくありふれたものだったので、審理を早めるために一度に二つの仕事をすることができたのだ。

エウヒーミア・ボチコワは四十三歳で、身分はコロムナの町人、職業は同じく《マウリタニア》旅館のルーム係だった。彼女もこれまで裁判を受けたことも、予審の調べを受けたこともなく、起訴状の写しも受け取っていた。エウヒーミアは答えるとき、ずいぶん大胆な口のきき方をし、その言葉の調子は、まるで一つ答えるたびに《そうです、エウヒーミアです、そしてボチコワです、写しは受け取りました、わたしゃそれが自慢さ、笑ったりすることは誰にも許さないよ》とでも言っているようだった。ボチコワは腰をかけて、と言われるのも待たずに、質問が終わると、すぐに腰かけてしまった。

「名前は？」と女好きの裁判長は特別愛想のいい口調で、三番目の被告に問いかけた。「立たなくてはいけないよ」と、彼はマースロワが腰かけたままでいるのに気づいて、ものやわらかに、やさしく付け足した。

マースロワはすばやい動作で立ち上がり、もう覚悟はできているという表情で、自分の盛り上がった胸を突き出すようにしながら、返事も返さず、その微笑をふくんだ少し斜めを向いた黒い目で、まともに裁判長の顔を見つめていた。

「名は何というのかね？」

「リュボーフィです」と彼女は早口に言った。

ネフリュードフはその間、鼻眼鏡をかけ、一人ずつ尋問を受ける順に、被告たちをながめていた。《いや、そんなはずはない》と彼は被告の女から目をはなさずに思った。《でも、どうしてリュボーフィなんだ？》と彼は女の答えを聞いて思った。

裁判長は尋問を先に進めようとしたが、眼鏡をかけた陪席判事が何か怒った口調でささやいて、彼を押しとどめた。裁判長は同意のしるしにうなずいて、女被告に向かって言った。

「どうしてリュボーフィなのかね？」と彼は言った、「書類には違って書かれているがね」

女被告は黙っていた。

「本当の名前は何というのかと訊《き》いているんだよ」

「洗礼を受けたときの名は何というのだ？」と腹を立てた陪席判事が訊いた。

「前にはエカテリーナと呼ばれていました」

《いや、そんなことがあるはずがない》とネフリュードフは自分に言い聞かせつづけたが、それでいて彼はもう何の疑いもなく、この女は彼女だ、養女で小間使いだったあの娘、彼があるとき恋をし、間違いなく恋をして、その後で何か狂ったようにわけがわからなくなって誘惑したうえ、捨ててしまった女だということがわかっていた、そして彼はその後一度も彼女のことを思い出そうとしなかった、それはそのことを思い出すのがあまりにも苦しかったからであり、あまりにもはっきりと自分の罪をあばきたてるからであり、自分の品性の正しさを誇っている彼が、品性が正しくないばかりか、この女にたいしてまったく卑劣な行いをしたことを明らかにするからだった。

そうだ、それは彼女だった。彼は今では一人一人の人間の顔をほかの人間の顔と区別し、その顔を特別な、ただ一つしかない、二つとないものにしている、際立ったふしぎな特徴を、はっきり見分けたのだった。顔の色が不自然に白くて、まるくはなっていたけれども、その特徴が、かわいらしい、二人とない特徴が、その顔にあった、唇にも、少し斜めを向いた目にも、ことに、あの無邪気な微笑をふくんだまなざしにも、顔ばかりか、その姿全体にも見られる、何でも受け入れるつもりのような表情にもあったのだ。

「ちゃんとそう言わなければいけなかったんだよ」と裁判長はまたしても特別ものや

わらかに言った。

「父称は？」

「わたしは私生児です」とマースロワは言った。

「でも、名付け親の名では、どう呼ばれていた？」

「ミハイロヴナ」

《でもいったいあの子が何かをしたなんて？》とネフリュードフはその間に息をつくのも苦しくなって、考えつづけた。

「姓は、呼び名は何という？」と裁判長は続けた。

「母の姓ではマースロワと届けました」

「身分は？」

「町人です」

「信仰は正教かね？」

「正教です」

「仕事は？　何をしていましたか？」

マースロワは黙っていた。

「どんな仕事をしていた？」と裁判長は繰り返した。

「お店におりました」と彼女は答えた。

「どんな店か？」と眼鏡をかけた判事はきびしい調子で訊《たず》ねた。

「どんな店か、ご自分でご存じのくせに」とマースロワは答えて、うす笑いをし、すぐにすばやくあたりを見回すと、また裁判長の顔をまともに見すえた。

その顔の表情には何か普通でないものがあり、彼女が言った言葉の意味にも、その微笑にも、またそのとき彼女が法廷をさっと見回したそのすばやい視線にも、何かおそろしくてあわれなものがあったので、裁判長は目を伏せ、また法廷は一瞬静まり返った。その静寂は傍聴席にいる誰かの笑い声でやぶられた。誰かがしっと制止した。裁判長は頭をあげ、質問を続けた。

「裁判や予審を受けたことはないかね？」

「ありません」とマースロワは、ため息をつきながら低い声で言った。

「起訴状の写しは受け取ったね？」

「受け取りました」

「すわってよろしい」と裁判長は言った。

被告は、着飾った婦人たちが裳裾《もすそ》を直すあの手つきで後ろからスカートを持ち上げて、白い小さな手を囚人服の袖《そで》の中で組み、裁判長から目をはなさずに腰をおろした。

証人の点呼が始まり、証人たちの退廷、鑑定人である医師についての決定、法廷へのその召喚がおこなわれた。やがて書記が立ち上がり、起訴状の朗読が始まった。彼ははっきりと大きな声で読みあげたが、とても早口なので、ＬとＲの発音の不明瞭なその声は眠気を誘う切れ目のない一つの低い音に溶けていった。裁判官たちは肘掛椅子《ひじかけいす》の腕木の右や左や、テーブルや、椅子の背に肘をもたせたり、目をとじたり、あけたり、ひそひそ声でささやき合ったりしていた。一人の憲兵はあくびが痙攣《けいれん》のようにこみ上げてくるのを何度もこらえていた。

被告たちのうち、カルチンキンはひっきりなしに頰をひくひく動かしていた。ボチコワはまったく落ち着き払って、姿勢よく腰かけていたが、ときどき指をネッカチーフの下へつっこんで、頭をかいていた。

マースロワは朗読に耳を傾け、読んでいる者の顔を見つめながら、じっとすわっているかと思うと、身を震わせたり、異議の申し立てでもしたそうに、さっと顔を赤らめたりしていたが、やがて重苦しいため息をつきながら、両手の位置を変え、あたりを見回し、そしてまた朗読者をじっと見つめるのだった。

ネフリュードフは第一列の、端から二つ目にある背の高い椅子に腰をおろし、鼻眼鏡を取りはずして、マースロワを見つめていた、そしてその心の中では複雑な、苦しい営みがおこなわれていた。

10

起訴状は次のようなものだった。

「一八八×年一月十七日、旅館《マウリタニア》で、旅客、クルガン市の二等商人フェラポント・エメリヤノヴィチ・スメリコフが急死した。

当地第四区警察署付き警察医の証明するところによると、この死は、アルコール性飲料の過度の摂取により生じた心臓破裂によるものである。スメリコフの死体は土葬に付された。

数日後、ペテルブルグより帰ってきたスメリコフの同郷人で同輩である商人チモーヒンは、スメリコフの死にともなう事情を知り、同人が身につけていた金を窃取《せっしゅ》する目的で同人は毒殺された疑いがあると申し出た。

この嫌疑は予審で確認され、それにより次の点が明らかとなった。一、スメリコフは死の少し前に銀行から銀換算三千八百ルーブル受け取っていること。ところが保管中の故人の所持品目録によれば、現金はわずか三百十二ルーブル十六コペイカにすぎないこと。二、前日は終日、また死の直前は終夜、スメリコフは娼婦リュープカ（エカテリーナ・マースロワ）と娼家および旅館《マウリタニア》で過ごしていること、また彼の不在中のその旅館へ、エカテリーナ・マースロワはスメリコフの依頼を受け、娼家より金を取りに出かけ、旅館《マウリタニア》のルーム係、エウヒーミア・ボチコワおよびシモン・カルチンキン立ち会いのうえ、スメリコフのトランクを彼が彼女に渡した鍵でひらき、その中より金を取り出したこと。スメリコフのトランクの中には、マースロワがこれを鍵であける際、その場にいたボチコワおよびカルチンキンは百ルーブル紙幣の束を見かけたこと。三、スメリコフが娼婦リュープカをともない、娼家より旅館《マウリタニア》へ帰着後、後者はボーイのカルチンキンの助言により、コニャックの酒盃《さかずき》にカルチンキンから受け取った白い粉末を入れて、スメリコフに飲ませたこと。四、翌朝、娼婦リュープカ（エカテリーナ・マースロワ）は娼家の経営者なる女主人、証人キターエワに、スメリコフが彼女に贈ったものと称し、ダイヤの指輪を売却したこと、五、旅館《マウリタニア》のルーム係エウヒーミア・ボチコワはスメリコフの死の翌日、当地の商業銀行の自分の当座預金に、銀換算千八百ルーブルを預金したこと。

法医学的検視、死体解剖、およびスメリコフの内臓の化学的検査の結果、故人の体内に疑う余地なき毒物の存在が発見され、死は毒殺によるものであると結論する根拠が与えられた。

容疑者として罪を問われたマースロワ、ボチコワおよびカルチンキンは次のごとく申し立て、自分らが有罪であることを認めなかった。マースロワの申し立てによれば、彼女はスメリコフから頼まれて、彼女の表現によれば、働いているその娼家より商人に金を持ってくるために旅館《マウリタニア》に確かに使いに出された、そしてそこで彼女に渡されていた鍵で商人のトランクをあけ、命じられた通り、四十ルーブルをその中より取り出したが、それ以上の金は取り出さなかった、そのことは彼女がトランクを鍵であけて閉め、金を取り出した際に立ち会ったボチコワおよびカルチンキンが立証することができる。さらに彼女は次のことを申し立てた――彼女は二度目に商人スメリコフの部屋へ自分が行った際、カルチンキンの教唆《きょうさ》により確かに何かの粉薬をコニャックに入れて商人に飲ませたが、その粉薬を睡眠薬と思ったからであり、飲ませたのは商人が眠り、早く彼女を解放してくれるためであった。指輪はスメリコフが彼女をなぐり、彼女が泣き出し、彼のもとから帰り去ろうとした後で、商人が自分で彼女に贈ったものである。

エウヒーミア・ボチコワの申し立てによると、彼女は紛失した金のことなど何も知らない、彼女は商人の部屋へ足を踏み入れたことはなく、そこで主人顔にふるまっていたのはリユープカだけである、もし商人のところで何かが盗まれたとすれば、その盗みはリユープカが商人から鍵を預かって金を取りに来たときにしたことだ。」

朗読がこの箇所になったとき、マースロワはぶるっと体を震わせ、口をあけ、エウヒーミアのほうを振り返った。「エウヒーミア・ボチコワは千八百ルーブルの銀行手形を示されたとき」と書記は朗読を続けた。「どこからこのような金を手に入れたのかという尋問にたいし、これは自分がシモン・カルチンキンと十二年間働いて儲《もう》けたもので、自分はシモンと結婚するつもりだった、と申し立てた。シモン・カルチンキンは、自分の言い分として、最初の申し立てのときに、娼家から鍵を持ってきたマースロワにそそのかされて、ボチコワといっしょに金を盗み、それをマースロワ、ボチコワの三人で山分けした旨《むね》を自白した」。このとき、マースロワはまたぶるっと身震いし、ちょっと腰を浮かしまでして、真っ赤に顔を赤らめ、何か言いはじめたが、事務官が彼女を押しとどめた。「最後に」と書記は朗読を続けた。「カルチンキンは商人を眠らせるために粉薬をマースロワに与えたことも自白したが、第二回目の陳述では、自分は窃盗《せっとう》に加わったことも、マースロワに粉薬を渡したこともないと言って否定し、いっさいをマースロワ一人の罪にした。ボチコワが銀行へ預けた金については、彼もボチコワにならって、これは自分ら二人が十二年間旅館で働いて、だんな方からサーヴィスの報酬としてもらったものであると申し立てた」

ついで起訴状における対審の記述、証人たちの証言、鑑定人たちの意見等々が続いた。

起訴状の結びは次の通りだった。

「上述のすべてにより、ボルキ村の農民シモン・カルチンキン、三十三歳、町人エウヒーミア・イワーノワ・ボチコワ、四十三歳、および町人エカテリーナ・ミハイロヴナ・マースロワ、二十七歳は、次の点において起訴されるものとする、すなわち一八八×年一月十七日、彼らはあらかじめ共謀し、商人スメリコフの所持金と指輪、総計銀換算二千五百ルーブルを奪い、生命を奪わんとする犯意をいだいて、彼、すなわちスメリコフに毒を飲ませ、その結果、彼、すなわちスメリコフを死に至らしめたものである。

この犯罪は刑法第一四五三条第四および第五項に該当する、よって刑事訴訟法第二〇一条にもとづき、農民シモン・カルチンキン、町人エウヒーミア・ボチコワおよび町人エカテリーナ・マースロワは、陪審員参与のうえ地方裁判所の公判に付せられるものとする」

こうして、書記はその長たらしい起訴状の朗読を終えると、書類をたたみ、その長い髪の毛を両手でととのえながら、自分の席に腰をおろした。一同は、これでやっと審理が始まり、すぐにすべてが明らかになり、正義感が満足させられるだろうという快い意識をいだきながら、ほっとため息をついた。ただネフリュードフだけはそんな気持ちを味わわなかった。彼は十年前には無邪気な、そしてすばらしい少女として知っていた、あのマースロワがしでかしたかもしれないことにたいし、ぞっとするような思いにすっかりのみこまれてしまっていたのである。

11

起訴状の朗読が終わると、裁判長は陪席判事たちと打合せをして、カルチンキンに声をかけた、その表情は今度こそすべてをしっかり詳細に突きとめるぞと、はっきり語っていた。

「農民シモン・カルチンキン」と彼は左のほうへ身を傾けながら口をきった。

シモンはズボンの縫い目にそって両手を伸ばし、体全体を乗り出すようにして、音もなく頰《ほお》をひくひく動かすのをやめずに、立ち上がった。

「あなたは一八八×年一月十七日、エウヒーミア・ボチコワおよびエカテリーナ・マースロワと共謀して、商人スメリコフのトランクからその所持金を窃取《せっしゅ》し、そのあと砒素《ひそ》を持参し、エカテリーナ・マースロワを説得し、その毒薬を酒にまぜて商人スメリコフに飲ませ、その結果スメリコフを死に至らしめたというかどで起訴されている。あなたは自分を有罪であると認めますか?」と彼は言い、右のほうへ身を傾けた。

「そんなことは決してあるわけはございません、あっしらの仕事はお客さま方にサーヴィスすることでして……」

「それは後で言いなさい、自分が有罪であると認めますか?」

「けっしてそんなことはありません。あっしはただ……」

「それは後で言いなさい、自分を有罪と認めますか?」と裁判長は静かだが、強い口調で繰り返した。

「あっしがそんなことをするわけがねえ、なぜと申して……」

またもや事務官がシモン・カルチンキンのそばへ飛んで行き、悲痛な声でひそひそささやきながら、彼を押しとどめた。

裁判長はこれでこの件は片づいたという表情で、書類を持っている片方の肘《ひじ》をほかの場所へつきかえて、エウヒーミア・ボチコワのほうへ向き直った。

「エウヒーミア・ボチコワ、あなたは一八八×年一月十七日、旅館《マウリタニア》で、シモン・カルチンキンおよびエカテリーナ・マースロワと共謀して、商人スメリコフのトランクから彼の所持金と指輪を盗み出し、盗品を分配したのち、犯行を隠すために商人スメリコフに毒を飲ませ、その結果彼を死に至らしめた件で起訴されている。あなたは自分を有罪と認めますか？」

「わたしには何の罪もございません」と元気のいい、しっかりした口調で被告は言いはじめた。「わたしはあの部屋へは入りもしませんでした……あのあばずれ女が入ったんですから、あいつがやったしわざですよ」

「そんなことは後で言えばよろしい」と裁判長はやはりものやわらかくて強い口調で言った。

「自分には罪はないと言うのだね？」

「お金を取ったのはわたしではありませんし、また毒を飲ませたのもわたしではありません、わたしはあの部屋にはおりませんでした。もしわたしが居合わせたら、こいつをおっぽり出してやったことでしょう」

「あなたは自分の罪を認めないのだね？」

「けっして」

「けっこうです」

「エカテリーナ・マースロワ」と裁判長は三人目の被告に向かって言いはじめた。「あなたが起訴されているのは、商人スメリコフのトランクの鍵を持って娼家から旅館へ行き、そのトランクの中から金と指輪を盗み出して」と彼は、すっかり暗記した宿題を言うように、同時に証拠物件目録の中にガラスびんが入っていませんよと注意する、左側の陪席判事のほうに耳を傾けながら、言いつづけた。「トランクの中から金と指輪を盗み出して」と裁判長は繰り返した。「そうして盗品を分配したのち、もう一度商人スメリコフといっしょに旅館《マウリタニア》へ引き返し、毒の入った酒をスメリコフに飲ませ、そのため彼を死に至らしめたということです。あなたは自分の罪を認めますか？」

「わたしには何の罪もありません」と彼女は早口に言い出した。「最初に申しました通り、今でも同じことを申し上げます、わたしは盗んでおりません、盗んでおりません、盗んでおりません、何ひとつ盗んでおりません、指輪はあの人が自分でわたしにくれたのです……」

「ではあなたは二千五百ルーブルの金を盗んだことで、自分には罪はないと言うのですね？」と裁判長は言った。

「申し上げます、何もとったりしませんでした、四十ルーブルのほかには」

「それでは、商人スメリコフに粉薬を酒の中に入れて与えたという点では、自分に罪を認めますか？」

「それは認めます。ただわたしは言われた通りに、それが眠り薬で、何の障りもないと思ったのです。考えもしなかったし、しようとも思いませんでした。神さまに向かって誓います、そんなことしようとは思いませんでした」と彼女は言った。

「それでは、あなたは商人スメリコフの金と指輪を盗んだ件については、自分には罪はないと言うのですね」と裁判長は言った。「しかし粉薬を飲ませたことは認めるのですね？」

「そんなわけで、それは認めます、ただわたしは眠り薬だと思ったのです、早くあの人が眠るように飲ませただけです。殺そうなんて思わなかったし、考えもしませんでした」

「けっこうです」と得られた結果に明らかに満足して裁判長は言った。「では、そのときの様子を話してみなさい」椅子《いす》の背に肘をついて、両手をテーブルの上に置きながら彼は言った。「そのときの様子をすっかり話してみなさい。正直に白状したら、自分の立場を軽くすることができるんだからね」

マースロワは相変わらず裁判長をまっすぐ見つめながら黙っていた。

「そのときの様子を話してみなさい」

「そのときの様子ですって？」不意に早口でマースロワは始めた。「旅館へ着くと、わたしは部屋へ連れて行かれました、そこにはあの人がいて、もうとても酔っていました」彼女は特別な恐怖の表情で、目を大きく見ひらき、あの人という言葉を発音した。

「わたしが帰ろうとすると、あの人は放してくれませんでした」

彼女は急に話の筋道を失ったか、あるいはほかのことを思い出したように、黙りこんでしまった。

「で、それから？」

「それから何をしたかですか？　それからちょっとそこにいて、家へ帰りました」

このとき検事補は、不自然に片肘をつきながら、中途半端に立ち上がった。

「質問を希望されますか？」と裁判長は言い、検事補がそうだと答えると、質問の権利を与えることを身ぶりで示した。

「私は一つ質問をしたいと思います。被告は前からシモン・カルチンキンと知合いであったのかどうか」と検事補はマースロワのほうを見ないで言った。

そして質問をすると、彼は唇をむすび、眉《まゆ》をひそめた。

裁判長は問いを繰り返した。マースロワはおびえたように検事補をじっと見すえた。

「シモンとですか？　知っておりました」と彼女は言った。

「そこで今度私が訊《き》きたいと思うのは、被告とカルチンキンの知合いがどんなものであったか、ということです。二人はおたがいにたびたび会っていたのかね？」

「知合いがどんなものかって？　お客が来ると、わたしを呼んでくれたので、知合いではありません」落ち着きなく視線を検事補から裁判長へ、裁判長から検事補へ、そしてまた逆に移しながら、彼女は答えた。

「私は知りたいのですが、どうしてカルチンキンは、ほかの女たちでなく、もっぱらマースロワを呼んだのですか？」と、目を細めながらも、メフィストフェレスのような狡猾《こうかつ》な微笑をちょっと浮かべて、検事補は訊いた。

「わたしは存じません。どうしてわたしが知るもんですか」とマースロワはおびえたようにあたりを見回し、一瞬ネフリュードフに視線を止めて答えた。「呼びたい者を呼んだのですわ」

《気がついたのか？》とネフリュードフは顔に血がのぼってくるのを感じながら、ぞっとして思った。しかしマースロワは、彼をほかの者たちと区別することもなく、すぐに顔をそむけて、またおびえた表情で検事補をじっと見つめた。

「被告は、つまり、特にカルチンキンと何ら密接な関係はなかったと、言うのだな？」

「けっこうです。これ以上、私は質問することはありません」

そして、検事補は斜面机から肘を離して何か書きこみ出した。だが実は何も書きこみはせず、ただ自分のメモの文字をペンでなぞっただけだった。しかし、彼は検事や弁護士たちがそういうことをするのを、つまり、巧妙な質問の後で、相手を粉砕するにちがいない注釈を自分の論告に書きこんでいるのを見ていたのだった。

　裁判長は被告のほうへすぐには向き直らなかった。というのは、彼はちょうどそのとき、眼鏡をかけた陪席判事に、すでに前もって準備され、書類に記載されている質問を出すことに、異議はないかどうかを訊いていたからである。

「では、それからどうなったのかね?」と裁判長は尋問を続けた。

「家へ帰りました」と、もう前より大胆に裁判長だけを見つめながら、マースロワは続けた。「家のおかみさんにお金を渡して寝ました。やっと寝入ったばかりに、ベルタといううちの妓《こ》がわたしを起こして『行っておくれ、あんたのお客の商人がまたやってきたよ』と言うんです。わたしは出て行きたくなかったんですが、おかみさんの言いつけです。行ってみるとあの人は」——彼女はまたしても、はっきり恐ろしそうな表情で、あの人という言葉を言った。「あの人はうちの妓《こ》たちにさんざん酒を飲ませて、それからまたお酒を注文しようとしたのですが、お金がすっかりなくなっていました。おかみさんはあの人に信用貸《つけ》はさせてくれませんでした。それであの人はわたしを旅館の自分の部屋へ使いに行かせたのです。どこにお金があって、どれだけとってくるかを言いました。それでわたしは出かけたのです」

　裁判長はちょうどそのとき、左側にいた陪席判事とひそひそ話をしていたので、マースロワの言っていることを聞いていなかったのだが、すっかり聞いているように見せかけるため、彼女の言ったおしまいの言葉を繰り返した。

「出かけたのだね。それで、それからどうしたのかね？」と彼は言った。

「着いてから、すっかりあの人の言いつけ通りにしました。部屋へ入って行きました。部屋へ入ったのは一人だけではありませんでした。シモンさんとあの女《ひと》も呼びました」と彼女はボチコワを指さして言った。

「こいつ嘘《うそ》言ってる、わたしは入ることなんかしなかった」とボチコワは言いかけたが、制止された。

「二人の前で、赤札（十ルーブル紙幣）を四枚取り出しました」とマースロワは眉をひそめ、ボチコワのほうを見ずに続けた。

「ところで、被告は四十ルーブル取り出したとき、いくら金があったか気づかなかったかね？」とまた検事補が訊いた。

　検事補にそう問いかけられると、たちまちマースロワはぶるっと身を震わせた。どうして何をということはわからなかったが、彼が自分に悪いことをしようとしているのを感じた。「わたしは数えてはみませんでしたが、百ルーブル紙幣があったことだけは目にとまりました」

「被告は百ルーブル紙幣を見たというんだね――もうそれ以上何もありません」

「ところで、どうだね、その金を持って帰ったのだね？」と裁判長は時計を見ながら、続けた。

「持って帰りました」

「そうか、で、それから」と裁判長が訊いた。

「それから、あの人はまたわたしを連れて帰りました」とマースロワは言った。

「それで、あなたはどのようにして酒に粉薬を入れて与えたのだね？」と裁判長は訊いた。

「どんなふうに与えたかですって？　お酒の中へ入れて出しただけです」

「いったいなぜ与えたのかね？」

彼女は答えずに、重苦しい、そして深いため息をついた。

「あの人はいつまでもわたしを放してくれないものですから」と彼女はちょっと黙っていた後で言った。「あの人のお相手でわたしはへとへとになってしまいました。それで廊下へ出て、シモンさんに『いい加減に放してくれたらいいのに。疲れちまったわ』

と言いますと、シモンさんは『あの男にはおれたちもうんざりだ。おれたちはあいつに眠り薬をやったらいいと思っているんだ。あいつが眠ったら、出て行けるさ』。わたしは『それはいいわね』と言いました。べつに毒にはならない薬だと思ったものですから。シモンさんはわたしに小さな紙包みを渡しました。部屋へ入ってみると、あの人は仕切りの向こうに寝ていましたが、コニャックを持ってこいとすぐに言いつけました。わたしはテーブルから上等のシャンパンのびんを取って、二つのコップにつぎました。自分のとあの人のです。わたしはあの人のコップに粉薬を入れて渡しました。もし知っていたら、どうして渡せますか」

「ところで、どうして指輪があなたのところにあったのかね？」

「指輪はあの人が自分でわたしに贈ってくれたのです」

「いったいいつそれを贈ってくれたのかね？」

「わたしたちが二人で旅館の部屋へ着いて、わたしが帰ろうとしたら、あの人はわたしの頭をなぐりつけて、櫛《くし》を折ってしまいました。わたしは怒って、帰ろうとしました。するとあの人ははめていた指輪をはずして、わたしにくれたんです、わたしが帰らないようにするためです」と彼女は言った。

そのとき検事補はまた腰を浮かせて、わざとらしい無邪気な様子で、さらに二、三の質問をお許し願いたいと言い、許しを受けると、金モール付きの襟《えり》の上で頭をかしげて訊いた。

「わたしは知りたいと思うのですが、被告は商人スメリコフの部屋にどのくらいの時間いましたか？」

マースロワはまた恐怖におそわれた。彼女は落ち着きなく、検事補から裁判長へと目を走らせながら、急いで言った。

「おぼえておりません、どれぐらいの時間だったか」

「では、被告は商人スメリコフのところから出ると、旅館内のどこかへ立ち寄ったかね？」

マースロワはちょっと考えた。

「すぐ隣のあいている部屋へ立ち寄りました」と彼女は言った。

「どうして立ち寄ったのですか？」と検事補は熱が入って、直接彼女に向かって訊いた。

「身づくろいをしに入って、馬車が来るのを待っていたのです」

「カルチンキンは被告といっしょにその部屋にいたのか、それともいなかったのかね？」

「あの人もやっぱり入りました」

「彼はどうして入ったのかね？」

「商人の飲んだ上等のシャンパンが残っていたものですから、わたしたちはいっしょに飲みました」

「ははあ、いっしょに飲んだ。いや、よろしい」

「で、被告はカルチンキンと話をしたかね、また、何を話したかね？」

マースロワは不意に眉をひそめ、真っ赤になって早口に言った。

「どんなことを話したかですって？　わたしは何も話しませんでした。あったことは、わたしすっかりお話ししました、これ以上何ひとつ存じません。どうなりといいようにわたしをして下さい。わたしには罪はありません、それだけです」

「もうわたしは何もありません」と検事補は裁判長に向かって言い、不自然に肩をいからして、自分の論告の要約の中に、シモンといっしょに空き部屋へ入ったという被告自身の申し立てを手早く書きとめた。

すっかり沈黙した。

「あなたはまだ何か言うことはありませんか？」

「わたし何もかもすっかり申し上げました」と彼女は言って、ため息をつきながら腰をおろした。

それから裁判長は書類に何か書きこんで、左側の陪席判事がひそひそ声で伝えるのを聞き終わると、十分間の休憩を宣し、大急ぎで立ち上がり、法廷から出て行った。大きなやさしそうな目の、背の高い、あごひげを生《は》やした左の陪席判事と裁判長とが協議したのは、この陪席判事が少し胃の具合が悪いのを感じ、マッサージをして、水薬を飲みたいということだった。それを裁判長に伝えたので、その頼みで休憩になったのである。

判事たちに続いて、陪審員、弁護士、証人たちも席を立った。そして重大な仕事の一部分はすでに終わったという快い意識をいだいて、あちこち動きはじめた。

ネフリュードフは陪審員室へ入り、その窓ぎわに腰をおろした。

12

そうだ、それはカチューシャだった。

ネフリュードフとカチューシャの関係は次のようなものだった。

初めてネフリュードフがカチューシャに会ったのは、彼が大学三年在学中、土地私有論についての論文を書こうとしながら、二人の叔母のもとで一夏《ひとなつ》を過ごしたときのことだった。例年彼は母や姉といっしょに、夏はモスクワ近郊の母の大きな領地で暮らしていた。しかし、その年、姉は結婚し、母は外国の温泉へ出かけてしまった。ネフリュードフのほうは論文を書かなければならなかったので、一夏を叔母のところで過ごすことにきめた。人里離れた叔母たちのところは静かで、気をまぎらすものもなかった。二人の叔母は自分たちの跡をつぐ甥《おい》をやさしくかわいがってくれたし、ネフリュードフも叔母が好きで、その生活の古風さや素朴さが好きだった。

ネフリュードフはこの夏、叔母のところで喜びにあふれる気持ちを経験した――それは、初めて青年が他人に教えられてではなく、自分自身で、人生の美しさと重大さ、人生で人間に与えられている任務の意義を残りなく認識し、自分自身も全世界も無限に完成に向かうことができると認めてその完成に心身を打ちこみ、自分が自分自身に思い描いている完全無欠さを残らず手におさめたいという希望ばかりか、おさめることができるという確信までいだいているときに経験する気持ちだった。その年、まだ大学の授業中、彼はスペンサーの『社会平衡論』を読んだ、特にネフリュードフ自身が大地主の息子だったために、スペンサーの土地私有論は彼に強い印象を与えた。彼の父は裕福ではなかったが、母は持参金として一万ヘクタールほどの土地をもらっていた。ネフリュードフはそのとき初めて、土地私有が残酷で不当なことをすみずみまで理解した。そして、彼は道徳的要求のための犠牲が最高の精神的な喜びになるタイプの人間だったので、土地私有権を行使しないことにきめ、すぐに、父の遺産として彼のものになっていた土地を農民たちに譲り渡してしまった。彼は論文もやはりこのテーマで書こうとしていたのだった。

その年、田舎《いなか》の叔母のところで彼の生活はこんなふうに進んでいた――朝はとても早く、ときには三時に起きる、そして、日の出前に山かげの川に水浴びに行く、ときにはまだ朝もやが立ちこめている。それから、まだ草や花に露《つゆ》が宿っているうちに戻ってくる。午前中は、ときにはコーヒーをたっぷり飲んでから、机に向かって論文を書いたり、論文のための文献を読む、しかしたいていは、読んだり書いたりするかわりに、ふたたび家を出て、野や林をぶらつく。昼食前には庭のどこかでひと眠りする、それから食事をしながら、持ち前の陽気さで叔母たちを楽しませたり、笑わせたりする、それから、馬に乗って出かけたり、ボートに乗ったりし、夜はまた読書をしたり、叔母たちのそばにすわってトランプ占いをしたりする。夜は、ことに月夜は、あまりにも大きな胸ときめかす生の喜びを感じているだけで、眠れないことが多かった、そして眠るかわりに、ときには夜明けまで、空想やもの思いを道づれに庭を歩き回るのだった。

こんなふうに幸福、平穏に、彼は叔母の家で暮らす最初の一月《ひとつき》を過ごし、半ば小間使い、半ば養女の、瞳の黒い、足の速いカチューシャには目もくれなかった。

当時、母の翼の下で育てられたネフリュードフは、十九歳でまったく純潔な青年だった。彼は妻としてしか女性を思い描くことはなかった。自分の妻になることができないと思える女性はすべて、彼にとって女ではなく人間だった。ところが、この夏の昇天祭の日に、叔母たちのところへたまたま隣村の婦人が子どもたち、つまり二人の令嬢と中学生の息子、それに自分たちのところにお客に来ていた農民出身の若い画家を連れてやってきた。

お茶の後、もう刈り取られた家の前の小さな草地で、二人ずつ組になって逃げる鬼ごっこが始まった。カチューシャも仲間に加えられた。何度か組合せが変わった後、ネフリュードフはカチューシャと組んで逃げることになった。ネフリュードフはいつもカチューシャと顔を合わせるのが楽しかったが、二人の間に何か特別な関係ができようなどとは、考えたこともなかった。

「さて、今度の二人はとてもつかまりっこないぞ」と鬼になった陽気な画家が言った、彼は短くてがにまただが、農民らしい丈夫な足で実にすばやく走り回るのだった。「つまずかない限りはね」

「あなたじゃね、それでもつかまりませんよ！」

「一、二、三！」

三度手をたたいた。やっと笑いをこらえながらカチューシャはすばやくネフリュードフと位置を変え、頑丈ながさがさした小さな手で彼の大きな手を握ると、糊《のり》のついたスカートを大きな音で鳴らしながら、左のほうに駆け出した。

ネフリュードフは足が速かった、それに彼は画家にはつかまりたくなかったので、全力で走り出した。振り向くと、カチューシャを追いかけている画家が見えた、しかし、彼女はばねのきいた若々しい足をすばしこく動かしながら、追いつかれずに、左へ遠ざかって行った。前のほうにはライラックの植込みがあった、その向こう側まで逃げる者は一人もいなかったのだが、カチューシャはネフリュードフのほうを振り向くと、植込みのかげで落ち合うように首で合図をした。彼はその意味をさとって、植込みのかげへ走って行った。ところが、そのライラックの茂みのかげには、彼の知らない、刺草《いらくさ》に覆われた溝があった。ネフリュードフはそこでつまずき、手に刺草のとげを刺し、もう日暮れ近くなって下りていた露でぬらしたあげく、転んでしまった、しかし、すぐに自分の醜態を笑いながら立ち直ると、平らなところへ走り出た。

カチューシャは笑顔とぬれたスグリの実のような黒い目を輝かせながら、ネフリュードフのほうに向かって飛んできた。二人は駆け寄って手を握り合った。

「とげをお刺しになったんでしょ」彼女は握られていない手で、ゆがんだおさげをととのえ、大きく息をついて微笑を浮かべ、下からまっすぐネフリュードフを見つめながら言った。

「知らなかったなあ、ここに溝があるなんて」彼もやはり微笑を浮かべながら、カチューシャの手をはなさずに言った。

彼女はネフリュードフに寄り添った、すると、彼は自分でもどうしてそうなったのかわからないまま、彼女に顔を寄せた。カチューシャは避けなかった。彼はいっそう強くその手を握ると、唇にキスをした。

「まあ、何を！」彼女はそう言うと、すばやい身のこなしで手をふりほどき、駆け去ってしまった。

ライラックの茂みの近くに駆け寄ると、彼女は白い花のもう散りかけたライラックの小枝を二本折り、それでほてった自分の頬《ほお》をたたき、ネフリュードフのほうを振り返りながら、元気よく体の前で両手を振って、遊んでいる連中のほうへ戻って行った。

このとき以来、ネフリュードフとカチューシャの関係は変わってしまい、たがいにひかれ合うけがれのない青年と、同じようにけがれのない娘の間にある、特別な関係ができあがった。

カチューシャが部屋に入ってきたり、遠くからその白いエプロンが見えただけで、たちまちネフリュードフには何もかもがまるで日の光に照らされたようになり、何もかもがひときわ面白く、楽しく、意味深いものになる。人生がひときわ喜びに満ちてくる。同じことをカチューシャも経験した。しかし、ネフリュードフがこんな気持ちにさせられるのは、カチューシャが目の前や近くにいる場合だけではなかった。彼がそんな気持ちになるには、あのカチューシャが存在していることを、カチューシャのほうは、ネフリュードフが存在していることを意識するだけでよかった。ネフリュードフは母親から不愉快な手紙を受け取ったり、論文がうまくいかなかったり、青春の原因もない憂愁《ゆうしゅう》を感じたりしても、カチューシャがいることや、彼女に会えることを思い起こすと、ただそれだけで、何もかも消し飛んでしまうのだった。

カチューシャは家事がたくさんあったが、遅れずに片っぱしからやりあげてしまい、わずかな暇に読書をした。ネフリュードフは自分が読み終わったばかりのツルゲーネフやドストエフスキーのものを、彼女に貸してやった。いちばん彼女の気に入ったのは、ツルゲーネフの『静寂』だった。二人は廊下やバルコニーや庭で会ったときに、短い間だけ話をした、ときには叔母たちの老女中マトリョーナの部屋で話すこともあった。カチューシャは彼女といっしょに寝起きしていたし、ネフリュードフもときおりその女の部屋に来て、農民風に砂糖をかじりながらお茶を飲むのだった。そして、そんなふうにマトリョーナの前で話をするのがいちばん楽しかった。二人だけのときに話をするのは、それほどよくなかった。たちまち目が口とは何か全然別のこと、もっとはるかに重大なことを語りはじめ、唇はこわばり、なんとなくこわくなってくる、そして二人はいそいで別れてしまうのだった。

ネフリュードフが初めて叔母の家に滞在したときはずっとこんな関係が彼とカチューシャとの間に続いていた。二人の叔母はこの関係に気づき、驚いて、外国にいるネフリュードフの母、公爵夫人エレーナ・イワーノヴナに、そのことを手紙で知らせたほどだった。マリア叔母さんはネフリュードフがカチューシャと関係を結びはしないかと心配していた。しかし、その心配は無駄だった——ネフリュードフは、自分でもそれと知らずに、純潔な人間らしい愛し方でカチューシャを愛していた、そのため、彼の愛情は自分自身にとってもカチューシャにとっても、堕落を防ぐ根本的な支えになっていた。彼はカチューシャを肉体的に自分のものにしたいと思わなかったばかりでなく、彼女にそんな態度をとることができると思うだけで、おそろしくなるのだった。一方、ロマンチックなソフィア叔母さんは、ネフリュードフが生一本《きいっぽん》な思いきりのいい気性なので、一人の娘を好きになってしまったら、生まれや身分を問題にせずに結婚する気を起こすのではないかと心配していたが、このほうがはるかに根拠のあるものだった。

そのとき、もしネフリュードフがカチューシャにたいする自分の愛情をはっきり自覚したら、ことにそのとき、あんな娘にあなたの運命を結びつけることは絶対にできないし、してはならないと言い聞かされたりしようものなら、彼はすべてに一本気な持ち前の性格で、自分が愛している以上、どんな娘だろうと結婚していけない理由は何ひとつないと断定してしまったかもしれない。それはごく簡単に起こるかもしれないことだった。しかし、二人の叔母は自分たちの不安をネフリュードフに言わなかった。そして、彼はそのままカチューシャにたいする自分の愛情を意識せずに立ち去ってしまった。

ネフリュードフは、カチューシャにたいする自分の気持ちは、そのとき自分の全身全霊を満たしており、あのかわいい快活な少女も分け合った人生を喜ぶ感情の一つの現れにすぎない、と信じていた。だが、彼が出発することになり、カチューシャが叔母たちといっしょに玄関の段に立って、涙をいっぱいためた少し斜めを向いた黒い目で彼を見送ってくれたとき、ネフリュードフはさすがに、もう二度と繰り返されることのない、何かすばらしい大切なものを捨てるような気がした。そして、彼はたまらなく悲しくなった。

「さようなら、カチューシャ、いろいろとありがとう」彼は馬車に乗りながら、ソフィア叔母さんの室内帽《ボンネット》ごしに言った。
「さようなら、ドミートリーさま」彼女はいつもの感じのいい、耳をくすぐるような声で言った、そしてまぶたにあふれる涙をやっとこらえながら、思いきり泣ける玄関へ駆けこんでしまった。

13

そのとき以来三年の間、ネフリュードフはカチューシャに会わなかった。そして、彼がようやく彼女に会ったのは、将校に任命された直後、軍隊へ赴任する途中に叔母のところへ立ち寄ったときのことで、彼はもう、三年前に叔母の家で一夏《ひとなつ》を過ごした人間とはまったく別人になっていた。

あのころ、彼は誠実な自己犠牲的な青年で、よいことならたとえ何であろうと、自分の一身をささげる覚悟を持っていた——今では、彼は自分の楽しみだけを好む、堕落した、みがきあげられたエゴイストだった。あのころ、彼にはこの世が一つの神秘のように思えていた、それは、喜んで、夢中になって、懸命に解き明かしていく神秘だった——今ではこの世のすべてが単純明快で、彼がその中にいる生活条件によって決定されるものだった。あのころ、必要で重要だったのは、自然に接することであり、自分よりも前に生き、思索し、感じていた人々に(哲学や詩に)接することだった――今では、必要で重要なのは、人間の作った制度であり、仲間に接することだった。あのころ、女性は神秘的でこよなくすばらしい、神秘的だからこそ、こよなくすばらしい存在だった――今では、女、つまり、自分の家族や、親友の妻を除くすべての女の意義は実にはっきりしていた。女とは、すでに経験ずみの快楽の一番いい道具の一つだった。あのころ、金は不必要で、母がくれる額の三分の一ももらわずにやっていけた、父の領地の相続を拒否して、それを農民たちに譲り渡すこともできた――ところが今では、母がくれる一月《ひとつき》千五百ルーブルでは足りず、母との間にもう何度か金のことで不愉快な話し合いがあった。あのころ、彼が本当の自己と見なしていたのは精神的な存在だった――今では、彼が自分自身と見なしているのは、健康で、血気さかんで、動物的な自己だった。

そして、このおそろしい変化はすべて、ただ、彼が自分自身を信じることをやめ、他人を信じはじめたために起こったのであった。また、彼が自分自身を信じるのをやめて、他人を信じるようになったのは、自分を信じて生きるのがあまりにも難しかったためだった。つまり、自分を信じると、楽な喜びを求める動物的な自己にかならず不利に、たいていはそれに逆らって、あらゆる問題を解決しなければならない。ところが、他人を信じると、何も解決する必要はなかった、何もかもすでに解決されていたし、しかも、かならず精神的な自己に逆らって、動物的な自己に都合よく解決されていた。そればかりではない、自分を信じると、彼はいつも人々の批判にさらされた——他人を信じると、彼は周囲の人々の賛同を受けたのである。

こうして、ネフリュードフが神、真理、富、貧困について考え、読み、話していたときには、周囲の者はみな、それを見当違いな、いささかこっけいなものと見て、母も叔母も悪気のない皮肉をこめて、彼を notre cher philosophe〔うちの哲学者さん〕と呼んでいた。ところが、彼が小説を読み、いかがわしい小話《こばなし》を聞かせ、こっけいなヴォードヴィルを見にフランス劇場に通い、上機嫌でその内容をかいつまんで話すと、みんなが彼をほめそやし、励ましてくれるのだった。彼が欲望を節制しなければならないと考えて、古いオーヴァーを着、酒を飲まずにいると、みんながそれを妙なこと、何かこれ見よがしないっぷう変わったことと考えた。ところが、彼が狩猟やとびきりぜいたくな書斎の造作に大金を使うと、みんなが彼の趣味をほめ、高価な贈り物をくれた。彼が童貞で、結婚までそのままでいたいと思っていたとき、身内の者は彼の健康を心配した、そして彼が一人前の男になり、フランス人の女性を友人から横取りしたのを知ったとき、母親までが悲しまずに、むしろ喜んだ。ところが、ネフリュードフが結婚する気になるかもしれないという、カチューシャとのいきさつを考えると、公爵夫人である母親はぞっとせずにはいられなかった。

ネフリュードフが成年に達してから、土地所有を不当と考えたので、父から相続した少しばかりの領地を農民に譲り渡したときもまったく同じだった――その行為は母親と親戚たちを震えあがらせ、彼にたいする親族一同の絶え間のない非難と嘲笑《ちょうしょう》の的《まと》になった。土地をもらった農民たちはゆたかになるどころか、村に三軒も飲み屋をひらき、すっかり働くのをやめて、貧乏になってしまったという話を、彼はひっきりなしに聞かされた。ところが、ネフリュードフが近衛《このえ》連隊に入ってから、りっぱな地位の仲間たちといっしょにずいぶん浪費をし、ギャンブルで負けて、母が財産をくずして金をこしらえなければならなくなったとき、彼女はそれを当然のことと思い、若いうちに、よい仲間の間でそんな種痘をしてもらえば、むしろよいことと考えて、ほとんど悲しまなかった。

はじめのうちネフリュードフはたたかった、しかし、たたかうのはあまりにもつらかった。というのは、彼が自分を信じていたときに、よいと考えていたものがすべて、他人には悪いものと見なされ、逆に、自分を信じていたときに、彼が悪いと考えていたものはすべて、周囲のあらゆる人からよいものと見なされていたからだった。そして結局、ネフリュードフは屈服し、自分を信じるのをやめ、他人を信じるようになった。最初、そんなふうに自分にそむくのは不愉快だった、しかし、その不愉快な気持ちはごく短い間しか続かず、すぐにネフリュードフは――やはりこの時期に煙草《たばこ》や酒も飲みはじめて――その不愉快な気持ちを感じなくなり、大いに気が楽になったように思ったほどだった。

それからネフリュードフは、天性の熱しやすさで、この新しい、周囲の人すべてに認められている生活に没頭し、何か別のものを要求している声を、自分の中で完全に押し殺してしまった。それはペテルブルグに移ったのちに始まり、軍隊に入ることで完成された。

軍隊勤務は一般に人間を堕落させる、それは軍務につく者を完全な無為、つまり、合理的で役に立つ仕事のない状態に置き、普遍的な人間の義務から解放し、そのかわりに、その場限りの連隊、制服、軍旗の名誉を全面に押し出し、一面では、他人にたいする無制限の権力、その反面では、上官にたいする奴隷的服従を全面に押し出すからである。

しかし、軍隊特有の制服や軍旗の名誉、軍隊特有の暴力と殺人の容認をともなうこのような軍務一般の堕落に、金持ちで名門の士官だけが勤務している、よりぬきの近衛連隊の中にあるように、富や皇室との親密な結びつきという堕落がもう一枚加わると、その影響を受けている者たちの場合には、堕落はまったく狂気じみたエゴイズムにまでなってしまう。そして、ネフリュードフは軍務に入って、同僚たちと同じような生活をするようになって以来、このような狂気じみたエゴイズムの状態にあった。

　することは何もなかった。自分ではなく他人がみごとに仕立ててくれ、やはり他人が手入れしてくれた軍服やヘルメットを身につけ、やはり他人がこしらえ、手入れをし、渡してくれた武器を持ち、やはり他人が育て、訓練も、餌《えさ》の世話もしてくれた、みごとな馬にまたがって、やはり同じような連中といっしょに教練や閲兵に出かけ、馬を走らせたり、剣を振り回したり、射撃をしたり、他人にそんなことを教えたりするだけだった。ほかの仕事はなかった、しかも、最高の地位にある人たちが、若者も、年寄りも、皇帝も、その側近も、この仕事を承認しているだけでなく、ほめたたえ、感謝さえしていた。この仕事が終わると、将校クラブやいちばん高い料理屋に集まって、どこからともなく手に入る金をばらまきながら、食ったり、ことに飲んだりするのが、りっぱで大切なことだとされていた。それが済むと、芝居、ダンス・パーティ、女、そして、その後はまた、乗馬、剣術ごっこ、早馬の稽古、そしてまた、浪費、酒、トランプ、女。

　とりわけ、このような生活が軍人に退廃的な作用をするのは、軍人でない者がこんな生活をすれば、心の底で恥ずかしく思わずにいられないのに、軍人はそれを当然と考え、こんな生活を自慢し、誇りにしているからなのだ。トルコにたいする宣戦布告ののちに軍隊に入ったネフリュードフの場合のように、戦時中には特にそうである。《おれたちは戦場で命を犠牲にする覚悟なんだ、だからこそ、こんなのんきな、楽しい生活がおれたちには許されるだけでなく、必要なんだ。おれたちは、だからこんな生活をしてるのさ》

この時期にネフリュードフは漠然とこんなふうに考えていた。それに彼は以前、自分で自分に課していた道徳的抑制からすっかり解放された喜びを、この時期には絶えず感じていた。そして、絶えず慢性的な狂気じみたエゴイズムの状態にいた。

三年後、叔母のところに立ち寄ったとき、彼はまさにこのような状態にあったのだ。

14

ネフリュードフが叔母のところへ立ち寄ったのは、その領地が先に行ってしまった自分の連隊へ追いつく途中にあったからであり、また、二人の叔母がそれをしきりに望んだからだった、しかし何よりも、彼が今度立ち寄ったのは、カチューシャに会うためだった。あるいは、もう手綱《たづな》をはなれた動物的人間にそそのかされて、カチューシャにたいするよからぬたくらみが心の奥にあったのかもしれない、しかし彼はそのたくらみを意識していなかった。彼はただ、実に楽しかった場所を訪れ、いつのまにか自分を愛と陶酔の雰囲気で包んでくれる、少しばかりこっけいだが、やさしい、気のいい叔母たちに会い、そして、実に気持ちのいい思い出の残っているカチューシャに会いたかっただけだった。

彼が到着したのは三月末、復活祭直前の金曜日だった、雪どけの最中でぬかるんだ道を、どしゃぶりの雨をついてやって来たので、着いたときはずぶぬれになり、こごえていたが、元気で張りきっていた、そのころ彼はいつもそんな気分だったのである。《叔母さんのところに、まだ彼女はいるだろうか？》煉瓦塀《れんがべい》に囲まれ、屋根から落ちた雪にうずまったような、なじみぶかい、昔ながらの叔母の地主屋敷に入りながら、彼は思った。彼はカチューシャが自分の馬車の鈴を聞いて出口に飛び出してくるのを期待していた、しかし、勝手口に出て来たのは、はだしで、裾《すそ》をからげ、バケツを持った、床ふきの最中らしい二人の女だった。彼女は表玄関にもいなかった。出て来たのは従僕のチーホンだけで、前掛けをかけており、やはり掃除をしていたらしかった。玄関の間《ま》に出て来たのは、絹のドレスを着て室内帽《ボンネット》をかぶったソフィア叔母さんだった。

「これはこれはよく来てくれたこと！」ソフィア叔母さんはネフリュードフにキスをしながら言った。「マリア叔母さんは少し加減が悪くてね、教会で疲れてしまったんです。二人で聖体拝受に行ってきたものですから」

「それはおめでとうございます、叔母さん」ネフリュードフはソフィア叔母さんの手にキスしながら言った。「ごめんなさい、ぬらしてしまって」

「ご自分の部屋にいらっしゃい。すっかりぬれてますよ。お前ったらまあひげまで……カチューシャ！　カチューシャ！　早くネフリュードフさまにコーヒーを」

「ただいま！」聞き覚えのある、感じのいい声が廊下から答えた。

するとネフリュードフの胸はうれしくときめいた。《ここにいるんだ！》そして、まるで太陽が雲間から射《さ》し覗《のぞ》いたような気がした。ネフリュードフは着替えをするために、チーホンといっしょに上機嫌で以前の自分の部屋に向かった。

ネフリュードフはチーホンにカチューシャのことを訊《たず》ねてみたかった――カチューシャはどうしている？　元気か？　結婚するのではないか？　しかし、チーホンは実に丁重で、おまけにきびしくて、自分で手洗い器から手に水をおかけなさいと実に頑固に要求するので、ネフリュードフは彼にカチューシャのことを訊ねるのをためらった、そして、彼の孫のこと、兄さんのおいぼれ馬のこと、番犬のポルカンのことを訊ねただけだった。去年狂犬病になったポルカン以外はみな生きており、元気だった。

ぬれたものをすっかり脱ぎ捨て、着替えを始めたとたんに、ネフリュードフはすばやい足音を耳にした、そして、ドアがノックされた。ネフリュードフには足音も、ノックも、誰のものかわかった。そんな歩き方をし、そんなノックをするのは、彼女だけだった。

彼はぬれたオーヴァーをひっかけて、ドアに近づいた。

「お入り！」

それは彼女だった、カチューシャだった。相変わらず、いや、前よりもっとかわいかった。相変わらず微笑をふくんだ、無邪気な、ちょっと斜めを向いた黒い目が下から見上げていた。相変わらず彼女はきれいな白い前掛けをしていた。彼女はいま包み紙から出したばかりの香りのいい石けんを一つと、手ぬぐいを二枚、大きなロシア風のを一枚と、やわらかいタオルを一枚、叔母のところから持ってきた。真新しい、型で押した文字のついた石けんも、手ぬぐいも、彼女自身も——すべてが同じように、清潔で、すがすがしくて、真新しくて、感じがよかった。彼女のかわいらしい、かたい赤い唇は、以前彼に会ったときと同じように、抑えることのできない喜びにほころんでいた。

「ようこそおいで下さいました、ドミートリーさま！」やっとのことで彼女は言った、そして顔をさっと赤らめた。

「こんちは……こんにちは」彼はカチューシャにたいして、遠慮のない言葉づかいをしていいのか、他人行儀な言葉を使わなければいけないのかわからなかった、そして、やはり彼女と同じように赤くなった。「お変わりもなく、お元気ですか?」

「おかげさまで……これ、叔母さまがドミートリーさまのお好きな石けんを、バラの香りのをお届けしろと言われました」カチューシャは石けんをテーブルに、手ぬぐいを椅子《いす》の腕木に置きながら言った。

「ご自分のがおありなさる」チーホンはお客さまの好きなようにしてもらおうとして、開け放してある、大きな銀の蓋《ふた》のついたネフリュードフの化粧ケースをいばって指し示しながら言った、その中には、大変な量のびん、ブラシ、チック、香水、それに、ありとあらゆる化粧道具が入っていた。

「叔母さんにお礼を言って下さい。ぼくはここへ来て、本当にうれしいなあ」ネフリュードフは、以前と同じように、心が明るく、うっとりとなるのを感じながら言った。

彼女はその言葉にただ微笑で答えて、出て行った。

いつでもネフリュードフを愛していた二人の叔母は、今度はいつにも増して喜んで彼を迎えた。ドミートリーが、負傷を、戦死をするかもしれない戦場へ行く。それが二人を感動させていたのだ。

ネフリュードフは叔母のところでまる一日しか過ごさない旅行日程を組んでいた、しかし、カチューシャを見て、彼は二日後にせまった復活祭を叔母のもとで迎えることを承知した、そしてオデッサで落ち合うはずになっていた、友人で同僚のシェンボックに電報を打ち、彼も叔母のところに立ち寄るように頼んだ。

カチューシャに会った最初の日から、ネフリュードフは彼女に以前と同じ気持ちを感じた。前と同じように、彼は今度もカチューシャの白い前掛けを見ると、胸をときめかせずにいられなかった。彼女の足音、笑い声を聞くと、喜びを感じずにはいられなかった。ぬれたスグリの実のように黒い目を見ると、ことに彼女がほほえんでいるときには、夢中にならずにいられなかった、とりわけ彼女が自分に会って赤くなるのを見ると、心を騒がせずにいられなかった。彼は自分が恋に落ちたのを感じた、しかし、それは恋というものが彼にとって神秘であり、自分が恋しているのを認める決断がつかず、しかも、恋とはただ一度しかできないものだと信じていた以前とは違うものだった——今では、彼は意識して、喜びながら恋していた、しかも、自分自身にかくしてだが、恋とは何か、また、恋から何が生ずるかを、漠然と知っていた。

誰でもそうなのだが、ネフリュードフの内部には二人の人間がいた。一人は、他人のためにも幸福となるような幸福しか自分に求めない精神的な人間であり、もう一人は、自分のためだけに幸福を追求し、その幸福のためには全世界の幸福を犠牲にすることも平気な動物的な人間だった。ペテルブルグと軍隊の生活がネフリュードフの中に生み出した、この狂気じみたエゴイズムの時期には、彼の内面に動物的人間が君臨し、精神的人間を完全に圧殺してしまっていた。しかし、カチューシャに会い、三年前彼女に感じたのと同じものをふたたび味わったとき、精神的な人間が頭をもたげ、その権利を主張しはじめた。そして、ネフリュードフの中では、復活祭までのこの二日の間たえまなく、彼自身意識しない、内面のたたかいが進んでいた。

心の底では、彼は出発しなければならないこと、いま叔母のところにとどまっている理由は何もないことを知っていたし、それが何ひとつよい結果を生むはずのないことを知っていた、だが、あまりにも楽しくて快適だったので、彼は心の底で知っていたことを自分自身に告げずに、そのまま滞在していた。

復活祭の前日にあたる土曜日の夕方、司祭が副司祭と雑役僧を連れて、彼らの言うところによると橇《そり》で水たまりや泥の上を通りながら、教会から叔母の家までの三キロほどを、やっとの思いで乗りきって早朝の勤行《ごんぎょう》をするためにやってきた。

ネフリュードフは、ドアのそばにたたずんだり、香炉を運んだりしているカチューシャに絶えず目をやりながら、叔母や召使たちといっしょに朝の勤行をつとめあげ、司祭や二人の叔母と復活祭のキスを交わし、もう部屋にさがって眠ろうと思っていた、そのとき、廊下で彼は、マリア叔母さんの老女中マトリョーナが復活祭の大きな丸いケーキを浄《きよ》めてもらいに、カチューシャと教会へ行く支度をしているのを聞きつけた。《ぼくも行こう》と彼は思った。

教会までの道は馬車でも、橇でも行けなくなっていた、そこで、叔母の家でわが家のように指図していたネフリュードフは、「兄さんの馬」と呼ばれている乗馬用の牡馬に鞍《くら》をつけるように命じた、そして床《とこ》に入るどころか、ぴっちりした乗馬ズボンのついた輝くばかりの制服を身につけ、その上に制服外套《せいふくがいとう》を着ると、食いふとって動作がにぶくなり、ひっきりなしにいないないている、年とった牡馬にまたがって出かけた、闇《やみ》の中を水たまりや雪を踏みながら教会へ向かって。

15

その後一生涯、その明け方の礼拝式は、ネフリュードフにとって、この上もなく明るい、強い思い出の一つとして残った。

教会のまわりにともされた灯明《とうみょう》を見て、ぴくぴく耳を動かしている馬にまたがり、ところどころ白々とした雪でわずかに明るくなっている黒い闇の中を、水をはね返しながらネフリュードフが教会の庭に入ったとき、礼拝式はもう始まっていた。

　農民たちはマリア奥さまの甥《おい》だと知って、彼を馬からおりるための乾いたところへ案内し、馬の手綱《たづな》を取ってつなぎ、教会の中へ通してくれた。教会は祭日らしく晴れがましい様子の人々でいっぱいだった。

　右側は——男たちで、自家製の農民外套《カフタン》を着、草鞋《わらじ》にきれいな白い脚絆《きゃはん》をつけた老人たちと、新しいラシャの農民外套《カフタン》に、はでな帯をしめ、長靴をはいた若者たち。左は——赤い絹のスカーフをかぶり、真っ赤な袖《そで》のついた綿ビロードの上着に、青、緑、赤、雑色《まだら》などのスカートをはき、座金を打った靴をはいた女たちだった。白いスカーフをかぶり、灰色の農民外套《カフタン》と、古風な自家製の毛織りの巻きスカートと、短靴か新しい草鞋をつけた遠慮ぶかい老女たちは、後ろのほうに立っていた。男たちや女たちの間には、盛装をして髪に油をつけた子どもたちがいた。男たちは髪を振りたてながら、十字を切っては頭をさげていた。女たち、特に年寄りたちは、ろうそくに照らされた一つしかない聖像に色あせた目をすえ、そろえた指を額《ひたい》のスカーフや肩や腹にきつく押し当て、何かつぶやきながら、立ったまま体を折り曲げたり、ひざまずいたりしていた。子どもたちは人が見ているときには、大人たちをまねて熱心にお祈りをしていた。金を巻いた大きなろうそくを四方から取り囲んでいるたくさんのろうそくに、金色の聖像壁（参列者と祭壇の間にあって、聖像画のはめこまれている仕切り壁）があかあかと照りはえていた。大きなシャンデリアにはろうそくが立てられ、聖歌席からは吠えるようなバスと少年たちの甲高《かんだか》い高音の混じった、ボランティア唱歌隊のとても明るいメロディが聞こえていた。

ネフリュードフは前のほうに進んで行った。真ん中に上流の人たちが立っていた――夫人とセーラー服の息子をしたがえた地主、警察署長、電信技師のひだのない脛皮《すねがわ》の長靴をはいた豪商、メダルをさげたコサック隊長、そして説教台の左、地主夫人の後ろには、光線の具合で感じの変わるふじ色の服に、縁《ふち》どりのある白いショールをかけたマトリョーナと、胸もとにひだをとった白いワンピースに空色のベルトをしめ、黒い髪に赤いリボンをむすんだカチューシャがいた。

すべてが祭日らしく、厳粛で、楽しく、すばらしかった。明るい銀色の法衣に金の十字架をつけた司祭たちも、祭日用の金銀の法衣の副司祭や雑役僧も、髪に油をつけ、盛装したボランティア唱歌隊員も、祝祭歌の楽しいダンス風のメロディも、司祭が絶えず「キリストはよみがえりたまえり！　キリストはよみがえりたまえり！」と高らかに繰り返しながら、花で飾った三本のろうそくを持って、次から次へと人々を祝福しているのも、すべてがすばらしかった。しかし何よりもすばらしかったのは、白い服に空色のベルトをつけ、黒い髪の頭に赤いリボンをむすび、喜びに目を輝かせているカチューシャだった。

彼女は振り向きはしないけれども、自分の姿が目に入っているのだ、とネフリュードフは感じた。彼女のすぐそばを通って祭壇へ向かうとき、それがはっきりわかった。彼はカチューシャに何ひとつ言うことはなかったのだが、わきを通り過ぎながら思いついて言った。

「叔母さんが言ってましたよ、午前の二番勤行《ごんぎょう》の後で精進落《しょうじんお》としをするって」

彼に会ったときはいつもそうだったが、若い血潮がかわいらしい顔いっぱいにみなぎった、そして黒い目は笑い、喜び、無邪気に下から見上げながら、ネフリュードフの顔に止まった。

「存じています」彼女は微笑して言った。

そのとき、銅のコーヒー・ポットを持って人々の間をかき分けていた雑役僧が、カチューシャのそばを通りぬけた、そして彼女のほうを見ずに、彼女に法衣の裾《すそ》を引っかけた。雑役僧はネフリュードフに敬意を表して彼をよけようとしたために、カチューシャに触ったものらしかった。が、ネフリュードフはびっくりした、ここでも、また、この世のどこでも、すべてがただただカチューシャのために存在している、そして世の中のあらゆるものを軽蔑することができるにしても、ただ彼女だけはできない、なぜなら彼女がすべての中心なのだから——ということを、どうしてこの男が、雑役僧が理解しないのか、ふしぎだった。彼女のために聖像壁の金が輝き、シャンデリアやろうそく立てのすべてのろうそくが燃えているのだ、「主《しゅ》のよみがえりし日なり、喜べ、もろ人」というあの楽しいメロディも、彼女のためにあるのだ。そして、この世にある限りのよいものはみな、彼女のために存在しているのだ。カチューシャもまた、こうしたもののすべてが自分のためにあることをさとっているように、ネフリュードフには思えた。ひだのついた白い服を着た彼女のすらりとした姿を眺め、一心に喜びにひたっている顔を見、彼の心で歌っているものがそのまま彼女の心でも歌っているのだ、とわかるような表情の顔を見たとき、ネフリュードフはそう感じたのだった。

午前の一番勤行と二番勤行の合間に、ネフリュードフは教会を出た。参列者は彼の前に道をあけ、頭をさげた。彼の顔を知っている者もいれば、「あれはどこの家の人じゃ？」と訊《たず》ねる者もいた。出口で彼は足を止めた。乞食《こじき》たちが彼のまわりに群がった、彼は財布にあった小銭を分け与えて、出口の階段をおりた。

もうだいぶ夜があけて、あたりが見えるほどになっていたが、まだ日はのぼっていなかった。教会のまわりの墓のいくつかに、参会者たちが腰をおろしていた。カチューシャは教会の中に残っていたので、ネフリュードフは彼女を待ちながら足を止めた。

人々は続々と出て来ると、長靴の釘《くぎ》を敷石に鳴らしながら階段をおり、教会の庭や墓地のあちこちに散っていった。

マリア叔母さんの菓子職人で、首の震えるよぼよぼの老人がネフリュードフを引き止め、復活祭のキスをした。絹のネッカチーフの下にしわだらけの喉仏《のどぼとけ》を覗《のぞ》かせたその女房は、サフランで染めた黄色い卵（復活祭のときにキリスト教徒がこしらえる、いわゆるカラード・エッグ）をきれの包みから出して、ネフリュードフに渡した。そのとき、新しい上着に緑の帯をしめた、筋骨たくましい若い農民が、にこにこ笑いながら近づいた。

「キリストはよみがえりたまえり」彼は目で笑いながら言うと、ネフリュードフに身を寄せ、農民特有の感じのいいにおいで彼を包み、ちぢれたひげをこすりつけながら、力強いみずみずしい唇で、ネフリュードフの口の真ん中に三度キスした。

ネフリュードフが農民とキスをし、こげ茶色の卵をもらっていたとき、光線の具合で色の変わるマトリョーナの服と、赤いリボンをつけたかわいい黒い頭が見えた。

彼女は前に歩いている人々の頭ごしに、すぐネフリュードフを見つけた、そして彼はその顔が輝き渡るのを見てとった。

彼女はマトリョーナと玄関に出て、足を止め、乞食たちに施しをした。鼻が欠け、そのかわりに赤いかさぶたがくっついた一人の乞食が、カチューシャに近づいた。彼女は包みから何か取り出し、その乞食に与えた、それからその男に身を寄せ、少しもいやな顔を見せず、それどころか相変わらずうれしそうに目を輝かせながら、三度キスをした。そして、乞食とキスをしている間に、彼女の目がネフリュードフの視線とふれ合った。彼女はまるで――いいでしょ、あたくし間違っていませんでしょうね？と訊ねているようだった。

《そうだ、それでいいんだよ、カチューシャ、何もかもいい、何もかもすてきだ、好きだよ》

二人は出口の段々をおりた、ネフリュードフはカチューシャのそばに近づいた。彼は復活祭のキスをしたいと思ったのではなく、ただ、もっと彼女のそばに行きたかっただけだった。

「キリストはよみがえりたまえり」マトリョーナは首を傾け、にこにこ笑いながら、今日はみんな平等なのですねと語りかけるような抑揚で言った、そして、ねずみのような形にまるめたハンカチで口をぬぐうと、ネフリュードフに唇を差し出した。

「まことに」キスしながらネフリュードフは答えた。

彼はカチューシャを振り返った。彼女は真っ赤になったが、すぐにネフリュードフに近づいた。

「ドミートリーさま、キリストはよみがえりたまえり」

「まことに、よみがえりたまえり」と彼は言った。二人は二度キスした、それから、もう一度する必要があるのだろうかと考え、やはり必要があると決断したように、三度目のキスを交わして、おたがいにほほえんだ。

「司祭さまのところへは行かないんですか?」ネフリュードフは訊ねた。

「いいえ、ドミートリーさま、あたくしたち、しばらくここにすわっています」カチューシャはまるで楽しい仕事を済ませた後のように、胸いっぱい大きく息をつき、素直な、純潔な、愛情にあふれた、ほんの少し斜めを向いた目で、まっすぐネフリュードフの目を見つめながら言った。

男と女の愛情にはかならず、その愛が頂点に達して、意識的、理性的なものも、官能的なものも、まったくなくなってしまう一瞬がある。その一瞬がネフリュードフにとっては、この復活祭の明け方だった。今、カチューシャを思い出してみると、彼女に会ったありとあらゆる状態の中で、この一瞬がほかのすべてのものを覆いかくしてしまうのだった。黒いなめらかな輝くような頭、すらりとした体と、わずかに盛り上がった胸をけがれなく包んでいる、ひだのついた白いワンピース、それに、あの頰《ほお》の赤み、そして、眠らぬ夜のためにかすかに斜めを向いている、やさしい、つやのある黒い目、そして彼女の全存在には、二つの大きな特徴があった、それはネフリュードフにたいする愛情と――彼はそれを知っていた――それに加えて、すべての人間やすべてのものに、この世にある限りのよいものだけでなく、彼女がキスしたあの乞食にまでも向けられる、愛情のけがれのない純潔さだった。

ネフリュードフはこのような愛情がカチューシャの中にあるのを知っていた。というのは、その夜とその朝、彼は自分自身のうちにその愛情を意識していたし、その愛情の中で自分がカチューシャと一つに融《と》け合っていくのを意識していたからだった。

ああ、もし何もかもが、あの明け方のような感情にとどまっていたなら！　《そうだ、おそろしいことはすべて、あの復活祭の前夜が過ぎてから起こったのだ！》ネフリュードフは今、陪審員室の窓ぎわにすわって思うのだった。

16

教会から戻ってから、ネフリュードフは叔母たちと精進落《しょうじんお》としを済ませ、軍隊に入っておぼえた習慣で、元気づけにウォッカとワインを飲み、自分の部屋にさがると、たちまち服を着たまま眠りこんでしまった。ドアをノックする音で彼は目をさました。たたき方でそれは彼女だとわかった、ネフリュードフは目をこすり、のびをしながら身を起こした。

「カチューシャ、君かい？　入りなよ」彼は立ち上がりながら言った。

彼女はドアを細めにあけた。

「お食事においで下さい、とのことです」彼女は言った。

彼女はさっきと同じ白い服を着ていたが、髪にはリボンをつけていなかった。ネフリュードフの目を見つめると、彼女はまるで何か特別うれしいことを告げ知らせたように、顔を輝かせた。

「すぐに行く」ネフリュードフは髪をとかすために櫛《くし》を取り上げながら言った。

カチューシャはそれからまだちょっと用もなく立っていた。ネフリュードフはそれに気づいて櫛を投げ出すと、彼女のほうに寄った。しかし、そのとたんに彼女はすばやく身をひるがえすと、いつもの軽いすばやい足どりで、廊下の敷物を踏みながら行ってしまった。

《なんておれはばかなんだ》ネフリュードフは腹の中で言った。《どうしておれは彼女を引きとめなかったんだ？》

そして、彼は走って、廊下でカチューシャに追いついた。

彼女に何を求めていたのか、ネフリュードフは自分でもわからなかった。だが、彼女が部屋に入ってきたとき、こんな場合誰でもするような、あることをしなければならなかったのに、自分はそれをしなかったという気がした。

「カチューシャ、ちょっと待って」と彼は言った。

彼女は振り返った。

「何ですの?」彼女はちょっと足を止めながら言った。

「何でもない、ただ……」

そして、自分を無理に励ますと、こんな場合ネフリュードフの立場にある者がふつう誰でもすることをおぼえていたので、カチューシャの腰を抱いた。

彼女は立ち止まって、彼の目を見つめた。

「いけません、ドミートリーさま、いけません」涙の出るほど赤くなって、彼女はそう言うと、彼女を抱きすくめようとする手を、がさがさした強い手で押しのけた。

ネフリュードフは彼女を放した、そして一瞬、きまりが悪く、恥ずかしくなったばかりでなく、自分がいやらしくなった。彼は自分自身を信じるべきだった、しかし、彼はそのきまりの悪さや恥ずかしさが、ほとばしり出ようとする自分の心の最もよい感情だということをさとらなかった、逆に、それは自分のおろかさが心の中で声を出したのであり、みんながする通りにしなければならないという気がした。

彼はもう一度彼女に追いつき、また抱きしめて、首にキスした。そのキスはもうまったくはじめの二つのキス——一つはライラックの木かげの無意識のキス、もう一つは今朝《けさ》教会で交わしたキス——とは違っていた。それはおそろしいものだった、彼女もそれを感じとった。

「なんていうことをなさるんです?」彼女はまるでネフリュードフが何かはかりしれない貴重なものを、取り返しのつかぬほどこわしてしまったような声でさけんだ、そして、飛ぶように走って彼のそばを離れた。

彼は食堂に入った。盛装した二人の叔母、医者、それに隣村の婦人が前菜をのせたテーブルのわきに立っていた。何もかもごく普通だったのだが、ネフリュードフの心の中は嵐だった。彼は話しかけられていることが何ひとつわからず、見当はずれな返事をし、廊下で追いついたときのあの最後のキスの感触を思い起こしながら、ただただカチューシャのことばかり考えていた。彼は何ひとつほかのことを考えることができなかった。彼女が部屋に入ってくると、彼はそちらを見なくても、全身で彼女の存在を感じ、そちらを見ないようにするために、懸命の努力をしなければならなかった。

食後すぐに彼は自分の部屋にさがり、家の中の物音に聞き耳を立て、彼女の足音を待ち受けながら、ひどく興奮して、長いこと部屋の中を歩き回っていた。彼の中に巣くっていた動物的人間が今では頭をもたげたばかりでなく、最初に来たときに、いや、今朝教会にいたときでさえ、ネフリュードフその人だった精神的人間を踏みにじっていた。そして、このおそろしい動物的人間だけが今ではネフリュードフの心で力をふるっていた。彼は絶えずカチューシャをつけねらっていたのだが、昼間のうちは一度も差し向かいで彼女に会うことができなかった。おそらく、彼女はネフリュードフを避けていたのであろう。しかし、日の暮れるころ、彼女がネフリュードフの隣の部屋に行く機会ができた。医者が帰らずに泊まることになり、カチューシャは客の寝床をととのえなければならなかったのだ。彼女の足音を聞きつけると、ネフリュードフはまるで犯罪でもおかそうとしているように、足音を忍ばせ、息を殺して、彼女の後から中に入った。

両手を清潔な枕カヴァーに突っこみ、その手で枕の端を握ったまま彼女はネフリュードフを振り返ってほほえんだが、それは以前のような明るく楽しいものではなく、おびえたみじめな微笑だった。その微笑はまるで、あなたがなさっているのは悪いことです、とネフリュードフに言ったようだった。一瞬、彼はたじろいだ。そのときはまだ、たたかうことができた。かすかだが、まだカチューシャにたいする本当の愛の声が聞こえていた、それは彼に向かって、彼女のこと、彼女の感情のこと、彼女の生活のことを語っていた。だが、別の声は――ぼやぼやするな、自分の楽しみ、自分の楽しみを取り逃がすぞ、と言っていた。そして、この第二の声が前の声をかき消してしまった。彼はきっぱりした足どりで彼女に近づいた。すると、おそろしい、抑えがたい動物的感情が彼をとらえ尽くした。

カチューシャを抱きすくめたまま、ネフリュードフは彼女をベッドにすわらせた、それから、まだ何かしなければならないような気がして、その横に腰をおろした。

「ドミートリーさま、ね、どうかお放しになって」カチューシャはあわれな声で言った。「マトリョーナさんが来ます！」彼女は身を振りほどきながらさけんだ、そして本当に誰かがドアのほうへ歩いて来た。

「じゃ、夜お前のところに行くよ」ネフリュードフは言った。「たしかお前一人だったね？」

「何ですって？　とんでもありません！　いけませんわ」彼女は口だけではそう言ったが、興奮し、動揺している彼女の全身は別のことを語っていた。

戸口に近づいたのは、確かにマトリョーナだった。彼女は毛布を手に持って部屋に入ると、だめですよというような目でネフリュードフをにらみ、違う毛布を持ってきたと、怒った口調でカチューシャをしかりつけた。

ネフリュードフは黙って出て行った。彼は恥ずかしいとも思わなかった。彼はマトリョーナが自分を非難しているのをその顔つきでさとったし、彼女が自分を非難するのは正しいことだとさとっていた。自分がしているのは悪いことだと知っていた。しかし、カチューシャにたいする以前のよい愛情を押しのけて出てきた動物的感情が彼をとらえ尽くし、何ひとつほかのものを認めずに、ただそれだけがわがもの顔にふるまっていた。彼は今、この感情を満足させるために何をしなければならないか知っていた、そして、それをする手段を探し求めていた。

夜ふけまでずっと彼はうわの空だった――叔母たちの部屋に入ったり、自分の部屋に引っこんだり、玄関に出たりして、どうすれば彼女と差し向かいになれるか、ただそればかり考えていた。しかし、カチューシャも彼を避けていたし、マトリョーナも彼女から目をはなさないように努めていた。

17

こうして夕暮れどきがすっかり過ぎて、夜が訪れた。医者は寝室にさがった。叔母は二人とも床《とこ》についた。マトリョーナは今、寝室の叔母たちのもとにおり、カチューシャが女中部屋に一人だけだということを、ネフリュードフは知っていた。彼はふたたび玄関の段に出た。外は暗く、しっとりして、暖かかった。そして、春になると、なごりの雪を追いのけたり、溶けてゆくなごりの雪からたちこめたりする白い霧が、大気をすっかり満たしていた。百歩ほどへだてた家の正面にある崖の下にある川から、奇妙な音がしていた――それは氷の割れる音だった。

ネフリュードフは玄関の段々をおり、水たまりをまたぎながら、凍った雪を踏んで、女中部屋の窓の下に回った。心臓が胸の中で激しく打ち、その音が自分に聞こえるほどだった。呼吸は止まったかと思うと、重い吐息となってほとばしった。女中部屋には小さなランプがともっていた。カチューシャがただ一人、思いに沈んで、テーブルのそばにすわり、自分の前を見つめていた。誰も見ていないと思っているとき、カチューシャがどんなことをするのか知りたい気がして、ネフリュードフは長いこと、かすかな動きもせずに彼女を見まもっていた。しばらく、彼女はじっとすわっていた、やがて目をあげると、微笑を浮かべ、自分をしかるように首を振った、それから姿勢をかえ、両手を激しくテーブルに投げ出して、前のほうに目をすえた。

彼は立ちつくして彼女を見つめていた、そして、自分の胸の鼓動も、川から伝わってくる奇妙な音もひとりでにいっしょに聞いていた。その川の上の霧の中では、何かたゆみないゆっくりとした営みが進んでいた。そして、ときには何ものかが荒々しく息づいたり、はじけたり、くずれ落ちたり、薄い氷がガラスのように音を立てたりしていた。

思いに沈み、胸の中の営みに悩み苦しんでいるカチューシャの顔を見ながら、ネフリュードフは立ちつくしていた、そして彼女がかわいそうになった、しかし奇妙なことに、そのあわれみの気持ちは、彼女にたいする情欲をつのらせるばかりだった。

情欲が彼の全身をとらえた。

彼は窓をたたいた。彼女は電気にうたれたように全身を震わせた。そして、恐怖が顔に現れた。それから、はじかれたように立ち上がって窓に近づき、顔をガラスに押し当てた。馬の目かくしのように両手を目に当てがって、ネフリュードフの顔を見わけたときにも、恐怖の表情は顔から去らなかった。その顔はひどく真剣だった——ネフリュードフは一度もそんなカチューシャの顔を見たことがなかった。彼女はネフリュードフがほほえんだとき、初めてほほえんだ、いわば、ただ彼に従ってほほえんだのだ、しかし心の中にはほほえみはなかった——あるのは恐怖だった。ネフリュードフは庭に出て自分のそばに来るように、手でカチューシャに合図した。だが、彼女はいいえ行きませんというしるしに首を振って、相変わらず窓ぎわに立っていた。彼はもう一度ガラスに顔を近づけ、出ておいでとさけぼうとした。だが、そのとき彼女は戸のほうを振り返った

――どうやら、誰かが彼女を呼んだらしい。ネフリュードフは窓からはなれた。霧がずっしり垂れこめて、家から五歩もはなれると、もう窓は見えず、ただ、黒々とした塊《かたまり》があり、その奥からひどく大きく感じられる赤いランプの明かりが光っていた。川では相変わらず氷が奇妙な鼻息を立て、ざわめき、はじけ、音を響かせていた。ほど近く、霧を通して、庭で一羽の鶏が鳴いた。すぐそばでほかの数羽がこたえた、すると、遠くの農民部落から、たがいに張り合いながら、一つに融《と》け合う鶏のさけびが聞こえた。あたりはすべて川のほかは静まり返っていた。それはもう二番鶏《にばんどり》だった。

二度三度、家の角のほとりを行ったり戻ったりし、何度か水たまりに足を突っこんで、ネフリュードフはふたたび女中部屋の窓に近づいた。ランプは相変わらずともっていた、そしてカチューシャは何か思いきれないように、やはり一人でテーブルのそばにすわっていた。彼が窓に近づくとすぐ彼女はそちらを見つめた。彼はノックした。すると、誰がたたいたのか見きわめもせず、彼女はすぐに女中部屋を走り出た、ネフリュードフは出口の戸がパタリとあき、きしむのを耳にした。彼はもう玄関のそばでカチューシャを待ち受け、いきなり無言で彼女を抱いた。彼女は彼に寄り添い、顔をあげて、唇で男のキスを受け止めた。二人は玄関のかげの雪の溶けきった、乾いたところに立っていた、そして、ネフリュードフの全身には狂おしいほどの満たされない欲望があふれていた。

不意に出口の戸がもう一度パタと鳴り、さっきと同じ音できしんだ、そしてマトリョーナの怒った声が聞こえた。

「カチューシャ！」

彼女はネフリュードフの手を振りほどいて、女中部屋に戻った。彼は掛け金がカタリとかかるのを聞いた。それから、すっかり静かになり、窓の赤い目も消え、ただ霧と川面《かわも》のざわめきだけが残った。

ネフリュードフは窓に近づいた——誰の姿も見えなかった。彼はノックした——何ひとつ答えるものはなかった。ネフリュードフは表玄関から家の中へ戻ったが、寝つかれなかった。彼は長靴をぬぎ、はだしで廊下づたいにマトリョーナの部屋の隣のカチューシャの戸口に近寄った。はじめのうち、マトリョーナが静かにいびきをかいているのが聞こえていた、が、彼がもう入ろうとしかけたとき、彼女は急に咳《せ》きこみ、寝台をきしませて、寝返りを打った。ネフリュードフは身をかたくして、そのまま四、五分立っていた。ふたたびあたりが静まり返り、ふたたび静かないびきが聞こえはじめたとき、彼は苦心してきしまない床板を踏みながら先へ進み、カチューシャのドアのすぐそばに近づいた。何も聞こえなかった。寝息も聞こえないところをみると、彼女はどうやら眠っていなかったらしい。しかし、彼がささやくように「カチューシャ！」と呼んだかと思うと、彼女はとび起き、ドアに近づき、ネフリュードフには怒っているように思える声で、帰って下さいとしきりに訴えはじめた。

「ひどいわ。ね、こんなことしていいと思っていらっしゃるの？　叔母さんたちに聞こえますわ」と彼女の口は言っていた、しかし、全身が《あたしすっかりあなたのものよ》と言っていた。

そして、そのことがようやくネフリュードフにもわかってきた。

「ね、ちょっとだけあけて。お願いだ」ネフリュードフは意味のない言葉を口走った。

彼女はおとなしくなった、やがて掛け金をまさぐる手の衣《きぬ》ずれの音がネフリュードフの耳に入った。掛け金がカタリと鳴った。そして、彼はあいた戸の中に入りこんだ。

ネフリュードフは、きめが荒くかたい寝巻きを着て両腕をむき出したままのカチューシャをつかまえ、抱き上げ、運びはじめた。

「あっ！　何をなさるの！」彼女はささやくように言った。

しかし、ネフリュードフはその言葉に耳を貸さず、彼女を自分の部屋に抱きかかえて行った。

「あっ、いけません、放して」彼女はそう言いながら、自分から男にすがりついていった。

……………………………………………………

彼女が震えながら、黙ったまま、ネフリュードフの言葉に何ひとつ答えず、その部屋を出てしまったとき、彼は玄関の段々に出て、足を止め、いま生じたすべてのことの意味を理解しようとした。

外はさっきより明るくなっていた。崖下の川では、氷のはじける音、鳴る響き、荒い息づかいがいっそう強まっていた。そして、さっきまでの音に、さらさらと水の流れる音が加わっていた。霧は下のほうに淀《よど》みはじめ、そのとばりのかげから、欠けた月が何か黒いおそろしいものを陰気に照らしながら浮かび出た。

《これはいったい何だろう、おれの身に起こったのは、大きな幸せなのか、それとも大きな不幸なのか?》と彼は自問した。《いつもこうなんだ、何もかもこうなんだ》彼はそう自分に言うと、眠るために部屋へ向かった。

18

翌日、輝くばかりの陽気なシェンボックが、ネフリュードフを迎えに叔母のところへ来た、そして持ち前の品のよさ、親切さ、陽気さ、気前のよさ、それにネフリュードフにたいする愛情で、二人の叔母をぞっこん参らせてしまった。彼の気前のよさは大いに叔母たちの気に入ったが、あまり大げさなので、いくらか戸惑ってしまうほどだった。彼はそこへ来た盲目の乞食《こじき》たちに一ルーブルほどこし、召使たちの心付けに十五ルーブルもばらまいた、おまけに、シュゼートカというソフィア叔母さんの狆《ちん》がシェンボックの目の前で足をすりむいて血を出したとき、彼は自分が包帯をするのを買って出ると、一瞬もためらわず、縁《ふち》飾りのついた上等の白麻のハンカチを引き裂き(ソフィア叔母さんはそんなハンカチが一ダース十五ルーブルより安くないのを知っていた)、それでシュゼートカの包帯をこしらえた。叔母たちはいまだかつてこんな人間を見たことがなかったし、このシェンボックに二十万という永久に払えない——それは彼も承知だ——借金があることや、それだからこそ、二十五ルーブルぐらい彼には勘定のうちに入らないことを知らなかった。

シェンボックは一日滞在しただけで、次の夜、ネフリュードフといっしょに出発した。連隊へ出頭する最後の期限が来ていたので、二人はそれ以上長くとどまっていることができなかったのだ。

叔母のもとで過ごしたこの最後の日、夜の思い出もなまなましいままに、ネフリュードフの心には二つの感情が湧《わ》き起こり、たがいに争っていた。一つは、期待にほど遠いものしかもたらさなかったとはいえ、あの動物的な愛欲の燃えるような、官能的な思い出と、目的を達した一種の自己満足の気持ちだった。もう一つは、自分は何か実に悪いことをした、そしてその悪を正さなければならない、しかも彼女のためでなく自分自身のために正さなければならない、という意識だった。

そのときはまりこんでいた狂気じみたエゴイズムの状態で、ネフリュードフが考えていたのはただ自分のこと、つまり、彼女にしたことを人が知ったら非難するだろうか、そして、それはどの程度かということだけで、彼女がどんな気持ちを味わっているか、また、彼女がこの先どうなるかということではなかった。

彼はシェンボックが自分とカチューシャの関係を察していると思い、それに自尊心をくすぐられた。

「なるほど、君が急に叔母さんを好きになって一週間も泊まるはずだ」シェンボックはカチューシャを見て、ネフリュードフに言った。「これじゃ、おれだって君の身なら、発《た》ちゃしない。逸品だぜ！」

ネフリュードフはまた、こんなことも考えた——いま彼女との恋を心ゆくまで楽しまずに立ち去るのは残念だが、続けていくのが難しくなりそうな関係をひと思いに断ち切れる点では、出発しなければならないのは好都合だ。彼はまたこんなことも考えた――彼女に金をやらなければならない、彼女のため、つまり、彼女にその金が必要かも知れないからではなく、みんなが必ずそうするからだ。彼女を利用しておいて、その代金を払わなかったら、自分は卑劣な人間と思われるだろう。こうして、ネフリュードフはカチューシャに金を渡した――その額は自分と彼女の立場から見てふさわしいと考える程度だった。

出発の日、食事が済んで、彼は玄関でカチューシャを待ち構えた。彼女はネフリュードフを見て真っ赤になり、あいている女中部屋の戸を目で示しながら通り過ぎようとしたが、彼は引きとめた。

「お別れを言おうと思ってたんだ」彼は百ループル紙幣の入った封筒を手に握りしめたまま言った。「これを、ぼく……」

カチューシャは気づいて、顔をゆがめ、首を強く振り、ネフリュードフの手を押しのけた。

「いや、取ってくれ」彼は口ごもりながら言うと、封筒を彼女のふところに押しこんだ、そして、まるでやけどでもしたように、顔をしかめ、うめき声をあげて、自分の部屋に駆けこんだ。

それから長い間、彼は自分の部屋をひっきりなしに歩き回っていた、そして、あの場面を思い出すと、たちまち肉体的な痛みを感じたように、身をちぢめたり、それどころか、とび上がったり、声をあげてうめいたりするのだった。

《しかし、しかたがないだろう？　いつでもこうなんだ。シェンボックが話してくれた、あいつと家庭教師との場合もそうだった、グリーシャ叔父さんの場合もそうだ、おやじが田舎《いなか》住まいをしていて、今でも生きているミーチェンカという私生児を農民女に産ませたときも、やはり同じだった。みんながそうしているとすれば、つまり、そうする必要があるのさ》こんなふうに彼は自分をなぐさめたが、どうしても、心はなぐさまなかった。あの思い出が彼の良心をじりじりと焼くのだった。

自分は実にいまわしい、卑劣な、残酷な行為をしてしまい、その行為を意識するかぎり、自分自身が他人を非難することなどできないばかりか、人の顔をまともに見ることもできない、言うまでもなく、今まで考えていたように、自分をりっぱで、高潔で、心のひろい青年と思うわけにはいかない――ということをネフリュードフは心の底で、いちばん深い奥底で知っていた。ところが、活気のある楽しい生活を続けるために、彼は自分をそのような人間と考える必要があった。そのためには、方法はただ一つ――あのことを考えない、というほかはなかった。彼はその通りにしたのである。

彼が入っていった生活——新しい場所、仲間、戦争——がそれを助けた。そして、生活を続けていくにつれて、彼は次第に忘れていき、しまいには本当にすっかり忘れてしまった。

ただ一度だけ、戦後カチューシャに会えるのを期待して叔母のところへ立ち寄り、彼女がもういないこと、彼が通り過ぎてからまもなく、彼女はお産のために暇をとり、どこかで子どもを産み、それから、叔母たちの聞いたところでは、すっかり身をもちくずしたということを知ったとき、ネフリュードフの胸は痛んだ。月を数えてみると、彼女の産んだ子どもは、自分の子かもしれないが、そうでないかもしれなかった。彼女は身をもちくずしてしまったし、母親と同じように、生まれつきふしだらな気性だったのだと叔母たちは言った。そして、叔母たちのこの意見は、何か彼を弁護してくれるようで、ネフリュードフには快かった。はじめのうち、彼はともかくカチューシャと子どもを探し出そうとしたが、やがて、ほかでもない、そのことを考えるのが心の底であまりにもつらく恥ずかしかったので、探すために必要な努力をせず、自分の罪を前にもまして忘れてしまい、それを考えなくなってしまった。

ところが、こうして今ふしぎな偶然が彼にすべてを思い出させ、良心にこれほどの罪を負いながら、この十年平然と生きてこられた自分の非情、残酷、卑劣さを認めろと、彼にせまっていた。しかし、ネフリュードフはまだそれを認める気持ちにはほど遠く、今はただ、ここですぐすべてが明らかにならないように、彼女や弁護人が何もかもしゃべって、みんなの前で自分の顔に泥をぬらないようにと、そればかり考えていた。

19

このような気持ちのまま、ネフリュードフは法廷を出、陪審員室へ入った。彼はまわりで交わされている会話に耳を傾け、ひっきりなしに煙草《たばこ》を吹かしながら、窓ぎわにすわっていた。

陽気な商人はどうやら商人スメリコフの暇つぶしに、すっかりわが意を得たらしかった。

「ねえ、あんた、豪気に遊んでたわけさ、シベリア式にね。ともかく目は肥えてますよ、あんな娘にねらいをつけるんだから」

陪審員長は専門家の鑑定がすべての鍵だというような意見を述べたてていた。ピョートル・ゲラーシモヴィチはユダヤ人の番頭に何か冗談を言い、二人は何か大声で笑い出した。ネフリュードフは自分に向けられる質問に言葉少なに答えながら、そっとしておいてほしいと、ただそればかり願っていた。

横向きに歩く事務官が、もう一度法廷に入るよう陪審員たちをうながしたとき、ネフリュードフは自分が裁判をしに行くのではなく、法廷へ引きたてられるような恐怖を感じた。心の底で彼はもう、自分が人の顔をまともに見るのも恥ずかしい人間のくずだと感じていた、だが、それでも彼は習慣のまま、いつもの自信に満ちた動作で壇に上がり、足を組み、鼻眼鏡をもてあそびながら、陪審員長の次の席にすわった。

被告たちもやはりどこかへ連れ出されており、今あらためて引き出されたところだった。

法廷には数人の新顔がいた――それは証人たちだった、そしてマースロワは、ひどく着飾って絹とビロードに身を包んだふとった女から、まるで目をはなすことができないように何度もそちらを見やっていた。ネフリュードフはそれに気づいた。女は大きなリボンのついた、高く盛り上がった帽子をかぶり、肘《ひじ》までむき出しにした手にしゃれたバッグをかかえて、格子の前の最前列にすわっていた。やがてネフリュードフにわかったように、それは証人の一人で、マースロワが住みこんでいた家《うち》のおかみだった。

姓名、信仰等々、証人たちの尋問が始まった。それから、検察側、弁護側双方に、宣誓をとって質問したいかどうか聞きただしたのち、ふたたび、さっきと同じ老司祭がやっと足を動かして入廷した、そして、やはり同じように、絹の法衣の胸で金の十字架の位置を直しながら、同じように、自分はまったく有益で重要なことをしているという落ち着きと自信をもって、証人たちと鑑定人に宣誓させた。宣誓が済むと、一人だけ残して証人は全員退廷させられた、残ったのは、ほかでもない、キターエワ、つまり、娼家のおかみだった。彼女はこの事件について知っていることを質問された。キターエワはつくり笑いを浮かべ、帽子をかぶった頭をひと区切りごとに振りたてながら、ドイツなまりでこまかく筋道立ててしゃべった。

まず、彼女の家に顔なじみのボーイであるシモンが、金持ちのシベリア商人のために女を呼びに来た。キターエワはリュボーフィを行かせた。しばらくして、リュボーフィは商人といっしょに帰ってきた。

「商人のだんなさん、もうごきげんだったたです」かすかに笑顔を見せながら、キターエワは言った。「うちでも続けて飲んだり、女の子におごったりしました。でも、お金足りなくなったので、このリュボーフィをホテルの自分の部屋まで使いにやりました、この子、特別お気に入りだったたです」彼女は被告マースロワに視線を向けて言った。

ネフリュードフは、このときマースロワが薄笑いを浮かべたような気がした。そして、その笑顔はいやらしい感じがした。同情と混ざり合った、奇妙な、漠然とした嫌悪感が彼の心に浮かび上がった。

「ところで、あなたはマースロワにどんなご意見をお持ちでしたか？」裁判所から判事候補におされているマースロワの弁護人は、赤くなって、びくびくしながら質問した。

「とてもいいです」キターエワは答えた。「この子教養あるし、シックです。いい家庭育ったし、フランス語読むことできましたです。ときどき少しよけい飲みすぎましたですけれど、一度もハメはずさなかったです。とてもよろしい子です」

カチューシャはおかみを見つめていたが、やがて急に目を陪審席に移し、ネフリュードフの上にとめた、すると、彼女の顔はまじめに、きびしいほどになった。彼女のきびしい目の片方は斜めを向いていた。かなり長い間、この奇妙な見方をする二つの目がネフリュードフに向けられていた、そして、彼は恐怖にとらえ尽くされていながら、光るほどに白い白目をしたこの斜めを向いた目から視線をそらすことができなかった。彼の胸には、あの、割れる氷と、霧と、そして何よりも、夜明け前にさしのぼって、何か黒い、おそろしいものを照らしていた、あの欠けた逆さまの月の、おそろしい夜が思い出された。彼と彼のわきを見つめているその黒い目が、ネフリュードフにあの黒々とした、おそろしい何ものかを思い出させた。

《気がついた！》ネフリュードフは思った。そして、彼はまるでなぐられるのを覚悟して、身をちぢめたようだった。しかし、彼女は気がついてはいなかった。彼女はゆっくりため息をつくと、ふたたび裁判長のほうを見つめはじめた。ネフリュードフもため息をついた。《ああ、いっそ早いほうがいい》と彼は思った。彼は今、猟で傷ついた鳥にとどめをささなければならないときのような気持ちを味わっていた――いやだし、かわいそうだし、腹も立つ。死にきれない鳥は獲物袋の中でのたうつ――耐えられないし、かわいそうだし、早くとどめをさして、忘れたくもなる。

今、証人の尋問を聞きながら、ネフリュードフはこんな入り乱れた気持ちを味わっていた。

20

しかし、彼に当てつけるように、審理はだらだらと続いた――証人と鑑定人を一人ずつ尋問し、例によって、検事補や弁護人から不必要な質問が、もったいぶった顔でなされたのち、裁判長は陪審員たちに証拠物件を見るようにうながした、それは、ばかでかくて、ひどく太い人さし指にはめられていたらしい花型のダイヤモンドのついた指輪と、毒物検出に使った濾過器《フィルター》だった。これらの物件には封印がしてあり、小さな札《ふだ》がさげてあった。

陪審員たちがもうそれを見ようとしかけたとき、検事補がふたたび腰を浮かし、証拠物件検査に先だって、医師の死体所見書の朗読を要求した。

スイス女とのあいびきに遅れないように、なるべく早く審理をいそがせていた裁判長は、そんな書類の朗読は退屈で、食事の時間を遅らせる以外、何の結果ももたらすはずのないこと、また、検事補がその朗読を要求するのは、ただそれを要求する権利があるのを知っているからにすぎないことも、よくよく承知していたのだが、それでもやはり却下することができず、同意を表明した。書記が書類を取り出し、また例のLとRのはっきりしない、くたびれた声で読みはじめた。

「外部所見によって判明したことは以下の通りである。

一、フェラポント・スメリコフの身長、一メートル九十五センチ六ミリ」

「それにしてもでっかい男ですな」平気で聞き流していられずに、商人がネフリュードフに耳打ちした。

「二、年齢は外見によって四十歳ぐらいと推定された。

三、死体の外見は膨張《ぼうちょう》していた。

四、表面の色は至る所やや緑色で、ところどころに黒ずんだ斑点《はんてん》がある。

五、体表面の皮膚は種々の大きさの水疱《すいほう》となって隆起し、ところどころはがれ落ち、大きなぼろ布状をなして垂れさがる。
六、毛髪は濃褐色で濃く、ふれると容易に脱落する。
七、目は眼窩《がんか》から飛び出し、角膜は濁っている。
八、鼻孔《びこう》、両耳、口腔《こうくう》から、泡状の血漿《けっしょう》が流出し、口は半ばひらかれている。
九、首は、顔面および胸部の膨張の結果、ほとんどない」
等々、等々。

こんなふうに、四ページ二十七項目にわたり、町で楽しんでいた商人のおそろしい、巨大な、ふとった、しかも、膨張し、腐敗しかけた死体の外的所見が、微に入り細をうがって記述されつづけていた。ネフリュードフが感じていた漠然とした嫌悪感はこの死体所見朗読のとき、いっそう強まった。カチューシャの生活も、鼻の穴から流れ出ていた血漿も、眼窩から飛び出した目も、彼女にたいする自分の行為も——すべてが同じ次元の事柄であり、しかも、自分はそのようなものに四方八方から取りまかれ、飲み尽くされているようにネフリュードフには思えた。やっと外的所見書の朗読が終わったとき、裁判長は終わったものと期待して、大きく息をつき、顔をあげた。しかし、書記はすぐに内部所見書の朗読を始めた。

裁判長はもう一度頭を垂れ、片手をついて目をとじた。ネフリュードフの隣にすわっていた商人は、懸命に眠気をこらえながらも、ときどきこっくりこっくりやっていた。被告たちはその後ろにいる憲兵たちと同じように、じっとすわっていた。

「内部検査によって判明したことは以下の通りである。

一、頭蓋《ずがい》皮膚表面は頭骨から容易にはがれ、皮下出血はどこにも認められなかった。

二、頭骨は中程度の厚さで損傷はない。

三、硬脳膜上に、色素沈着したおよそ四インチ大のやや小さい斑点があり、脳膜それ自体は青白くくすんだ色を呈している」等々、等々、さらに十三項目だ。

その後に立会人の名前、署名、医師の結論が続いていた、それが明らかにしているところによると、解剖の際に発見され、調書に記載されている、胃および幾分の腸、腎臓内の変化は、スメリコフの死が酒とともにその胃に入った毒物による中毒の結果であると、相当程度の蓋然性をもって、結論する根拠を与えるものだった。胃と腸に見られる変化では、はたしてどのような毒物が胃に投入されたかを言うことは困難であり、また、その毒物が酒とともに胃に入ったと推察すべき理由は、スメリコフの胃に多量の酒が発見されたからだ、というのだった。

「どうも、えらく酒が強かったらしいですな」ふと目をさました商人が、またネフリュードフにささやいた。

およそ一時間続いたこの調書の朗読は、それでも検事補を満足させなかった。調書朗読が済んだとき、裁判長は彼に向かって言った。

「内臓検査結果報告書の朗読は不要と考えますが」

「私としては検査結果の朗読をお願いしたいのです」検事補は裁判長のほうを見ずに、ちょっと横向きに腰を浮かせて、報告書朗読は自分の権利だから、その権利を放棄しないし、却下すれば控訴の理由になるぞと、声の調子で感じさせながら、きびしく言った。

大きなあごひげを生《は》やし、人のよさそうなさがり目をした胃カタルが持病の判事は、ひどくぐったりしてしまったのを感じながら、裁判長に言った。

「いったい、何のために読むんです？　ただの引き延ばしにすぎん。あんな新しい箒《ほうき》なんか、ほかの箒よりきれいにならん、長く掃くだけですよ」

金縁《きんぶち》眼鏡の判事は何も言わず、自分の妻からも、人生からも何ひとつよいことを期待せず、陰気に、ひたすら自分の前を見つめていた。

報告書の朗読が始まった。

「一八八×年二月十五日、医師部の依頼により、下記の通り、六三八号書類に署名した小官は」と、一同をつらい思いにさせている眠気を追い払おうとでもするように、声の音程を一段と高め、断固とした調子でふたたび書記が始めた。「鑑識医補佐の立ち会いのもとに次の内臓を検査した。
一、右肺および心臓（六ポンド・ガラスびん内に保存）
二、胃の内容物（六ポンド・ガラスびん内）
三、胃それ自体（六ポンド・ガラスびん内）
四、肝臓、脾臓《ひぞう》および腎臓（三ポンド・ガラスびん内）
五、腸（六ポンド・素焼きびん内）」
この朗読が始まると、裁判長は判事の一人のほうに体を曲げて何かささやいた、それから、もう一人にも同じようにした、そして、承諾を得ると、ここで朗読をさえぎった。

「裁判所は報告書朗読を不要と認めます」と彼は言った。

書記は書類をまとめながら口をつぐんだ、検事補は憤然として何かメモしはじめた。

「陪審員諸氏は証拠物件の検査をなさって結構です」裁判長は言った。

陪審員長と数人の陪審員が腰をあげ、自分の手の動かし方や置き方にぎこちなさを感じながらテーブルに近づき、順々に指輪、ガラスびん、フィルターを見た。商人は自分の指に指輪をあてがってみたほどだった。

「えらい指をしてたもんですな」自分の席に戻ると、彼は言った。「いい加減なキュウリぐらいある」どうやら毒殺された商人を昔の豪傑のように想像して楽しんでいるらしく、彼はそう付け加えた。

21

証拠物件の検査が終わると、裁判長は審理の終了を告げ、早くけりをつけたいと思って、休憩ぬきで検察官に論告をうながし、この男もやはり人間だ、やはり煙草《たばこ》も吸いたければ、飯も食いたいだろうし、自分たちを気の毒にも思ってくれるだろうとあてにしていた。しかし、検事補は自分も裁判官たちも気の毒には思わなかった。検事補は生まれつきとてもばかだった。ところが、そのうえ不幸なことに、中学を優等で卒業し、大学ではローマ法の用役権をテーマにした論文で賞をもらってしまった、そのために、これ以上ないほどの自信を持ち、自分に満足していた(ご婦人たちにもてたことがそれをいっそう助長した)、その結果、彼はとんでもないばか者になっていた。発言が許されると、彼はゆっくり立ち上がって、刺繍《ししゅう》をした制服に包んだ品のいい姿をすっかり現わし、斜面になったテーブルに両手をつき、ちょっと首をかしげ、被告たちの視線を避けながら法廷を見渡して、口をきった。

「陪審員諸氏、みなさまの手にゆだねられておりまする事件は」彼は調書と報告書朗読の間に準備した論告を始めた。「言うなれば、典型的な犯罪であります」

検事補の論告は、彼の考えによると、有名になった弁護士たちがした有名な弁論と同じように、社会的意義を持たなければならなかった。傍聴者の中には、女性がたった三人、お針女《はりこ》と、料理女と、シモンの妹しかおらず、それに御者が一人いたのも確かだったが、それは問題ではなかった。あの有名な人物たちも、初めのうちはやはりこんなものだった。ところで、検事補の原則は自分の立っている高い水準に常にいること、つまり、犯罪の心理的意味の奥底を掘り下げ、社会の病弊をあばくことにあった。

「陪審員諸氏、みなさまが目《ま》の当たりに見ておられまする、言うなれば、世紀末の典型的犯罪は、悲しむべき腐敗現象の、いわば特殊なる性格をおびているのでありまして、それは現在、この腐敗過程の、いわば焼くがごとき光のもとにありまするところの社会階層をとらえているのであります……」

検事補は、一方では、あらかじめ思いついておいた利口そうなことを残らず思い出そうとしながら、また、それにも増して、もう一方では、一瞬も口をつぐまず、淀《よど》みなく、一時間十五分にわたって言葉が流れ出るように努力しながら、長々としゃべった。ただ一度だけ彼は口をつぐみ、かなり長いこと唾《つば》を飲みこんでいたが、まもなく立ち直ると、前にも増した雄弁でこの遅れを取り返した。彼はときには、体重を右足に、また左足に移し変え、陪審員を見つめながら、ものやわらかに、声をひそめて、ときには自分のノートを覗《のぞ》きながら静かな事務的口調で、ときには、傍聴者と陪審員のほうを交互に向きながら、罪を告白するような大声でしゃべった。ただ、三人そろって、食い入るように彼を見つめている被告席のほうには、一度も視線を向けなかった。その論告には、当時彼のサークルで流行だったものや、当時、学問的英知の最新成果と考えられ、現在でもまだそう考えられている、いちばん新しいものが残らずふくまれていた。その中には、遺伝も、先天的犯罪傾向も、ロンブローゾ（一八三六—一九〇九。イタリアの心理学者。犯罪の先天的原因を研究）も、タルド（一八四三—一九〇四。フランスの社会学者、犯罪学者。犯罪と環境の関係を研究）も、進化も、生存競争も、催眠術も暗示も、シャルコ（一八二五—一八九三。フランスの神経病学者。神経性の各種の病気やヒステリーを研究）も、退廃主義《デカダン》もあった。

商人スメリコフは検事補の定義によると、力強く、自然のままで、のびのびとした天性のロシア人の典型であり、その信じやすさと気前のよさのため、深く堕落した人間たちのなすがままにされ、その犠牲にたおれた、というのだった。

シモン・カルチンキンは農奴制（ロシアでは一八六一年に廃止）の隔世遺伝の所産で、しいたげられた人間であり、教養もなく、主義もなく、宗教さえもない。エウヒーミアはシモンの情婦で、遺伝の犠牲者だった。彼女の中には退化した人物のすべての徴候が認められる。ところで、犯罪の原動力は最も下劣な代表者の一人として、退廃《デカダン》の現象を示しているマースロワである。

「この女は」と検事補は彼女のほうを見ずに言った。「教育を受けております、われわれはこの法廷で、彼女の女主人の証言を聞いたのであります。彼女は単に読み書きを知っておるばかりではない、フランス語を知っております、彼女は孤児であり、おそらくは犯罪の萌芽を内包していたでありましょうが、知的な貴族の家庭において育てられ、正当なる労働によって生活することも可能だったはずであります。しかるに、彼女は恩人を捨て、自己の情欲に身をゆだね、その充足のために妓楼《ぎろう》に入り、そこにおいて、自己の教養によって、さらに重要なことは、陪審員諸氏、みなさまがここで女主人から聞かれた通り、ふしぎな特質で客に影響をおよぼす能力によって、同輩をぬきん出たのであります。その特質とは最近、科学によって、ことにシャルコ学派によって研究され、暗示という名で知られておるものであります。ほかならぬこの特質によって、彼女はロシアの伝説上の豪傑のごとき人物を、善良にして信じやすきサドコ（ロシアの伝説上の商人。海の大王も魅了したという歌と琴の名手）を――富豪の客をとりこにし、その信頼を利用して、まず盗みをはたらき、しかるのちに、無慈悲にもその生命を奪おうとするのであります」

「いやはや、まったくこいつは御託を並べ出したようだね」裁判長は謹厳な判事のほうに体を傾けて、うす笑いを浮かべながら言った。

「あきれたでくの棒ですな」謹厳な判事は言った。

「陪審員諸氏」一方、検事補はほっそりした腰を上品にくねらせながら、言葉を続けた。「これらの者の運命はみなさまの手に握られております、しかしながら、みなさまの手には、その判決によって影響をお与えになるところの、社会の運命もまた、ある程度まで握られておるのであります。みなさまはこの犯罪の意義に、すなわち、マースロワのごとき、いわば病理学的な個人が社会に呈しておる危険に、深く思いをいたしていただきたい、そして社会をその感染からお守りいただきたい、この社会の罪なき、堅固《けんご》なる人々を感染から、さらに多くの場合、破滅からお守りいただきたいのであります」

そして、目の前にせまった決定の重大さに、まるで自分自身圧倒されたような検事補は、見るからに自分の論告に最高に感銘して、席に腰をおろした。

ありったけの美辞麗句を除くと、彼の論告の内容は、マースロワが商人にうまくとりいって催眠術にかけ、それから鍵を持って彼の部屋に金を取りに行き、あり金を残らず自分のものにしたかったのだが、シモンとエウヒーミアにつかまって、二人に分け前をやらなければならなくなった、さらにその後、犯行の跡を隠滅するために、ふたたび商人をともなって旅館に行き、そこで彼を毒殺した、というのだった。

検事補の論告が済むと、燕尾服《えんびふく》を着た、広い半円形の、白い、糊《のり》のきいた胸部が目につく中年の男が、弁護人席から立ち上がり、威勢よくカルチンキンとボチコワの弁護をした。これは二人が三百ルーブルで雇った弁護士だった。彼は二人の無罪を主張し、すべての罪をマースロワに負わせようとした。

自分が金を取り出すとき、ボチコワとカルチンキンがいっしょにいたというマースロワの証言に、弁護士は反論して、罪証あきらかな毒殺犯人であるマースロワの証言は重さを持ちえないと主張した。二千五百ルーブルの金は、弁護士が言うには、客からときに一日三ルーブルから五ルーブルももらう、二人の勤勉、実直な人間が稼いだものかもしれなかった。そして、商人の金はマースロワが奪って、誰かに渡したか、あるいは、彼女が正常な状態でなかったため、紛失したとさえ考えられる。毒殺はマースロワが一人でおこなったのだった。

このような理由で彼は陪審員たちに、カルチンキンとボチコワが金銭窃取《せっしゅ》の件で無罪であることを認めてくれるように要請した。仮に陪審員が二人を窃盗の件で有罪と認めるにしても、毒殺の共犯ではないこと、また、あらかじめ計画的な意図がなかったことを認めてほしい、と言った。

最後に弁護人は検事補にチクリと釘《くぎ》をさして、検事補どのの遺伝についてのみごとなご議論は遺伝の学問的問題を解明するものではあるが、この場合、当を得ないものである、なぜならボチコワは、どこの誰ともわからない両親の娘だからである、と言った。

検事補はかみつかんばかりに腹を立てて、手もとの紙に何か書きつけると、ばかにしたようなあきれ顔で、肩をすくめた。

それから、マースロワの弁護人が立って、おずおずと言葉につまりながら弁論をした。彼はマースロワが盗みに加わったことは否定せずに、ただ、スメリコフ毒殺の意図は持っておらず、粉薬を与えたのは、彼を眠らすためにすぎない、と主張した。彼は雄弁も少しふるってみようとして、マースロワが一人の男によって堕落に引きずりこまれ、その男は罰を受けずに済んだのに、彼女のほうは転落のすべての重荷を背負っていかねばならなかったことを総括的に論じた。しかし、その心理学的な脱線はまったくうまくいかなかったので、一同は間の悪い思いをさせられた。彼が男性の非情さと女性の無力さについてもぞもぞ言っていたとき、裁判長は彼を楽にしてやろうと思って、もっと問題の本質に近づくようにと言った。

この弁護人の後でふたたび検事補が立ち、最初の弁護人に対抗して、遺伝についての自分の立場を擁護し、その理由として——たとえボチコワがわからない両親の娘だとしても、遺伝学説の正しさは少しも損なわれない、なぜなら、遺伝の法則は科学によって十分に確立されており、遺伝から犯罪を結論することができるばかりでなく、犯罪から遺伝を結論することさえできるのだから、と言った。マースロワが想像上の(検事補はことさら皮肉たっぷりに「想像上の」と言った)誘惑者のために堕落させられたという弁護が成り立つかのような考えについて一言するならば、すべての資料が語っているように、むしろ彼女はその手にかかった実に多くの犠牲者の誘惑者なのである。こう言って、彼は勝ちほこったように腰をおろした。

それから、被告たちに自己弁護の機会が与えられた。

エウヒーミア・ボチコワは何ひとつ知らなかったし、何ひとつ関係しなかったと繰り返した。そして、いっさいの張本人として、頑強にマースロワの名をあげるのだった。シモンはただ幾度かこう繰り返した。

「お心のままで、ただ無実で、いわれのないことで」

マースロワは何も言わなかった。自分を弁護することがあったら申し述べるようにという裁判長のすすめにたいして、彼女はただそちらに目をあげ、追いつめられた野獣のように、一同を見回しただけだった。そして、すぐに目を伏せ、大声ですすり上げながら泣き出した。

「どうなすったんです?」ネフリュードフの隣にすわっていた商人は、不意にネフリュードフが奇妙な音を立てたのを聞きつけて、訊《たず》ねた。それは出かけて抑えられた泣き声だった。

ネフリュードフはやはりまだ今の自分の立場の意味を十分に理解していなかった。そして、あやうく泣きさけびそうになり、目に涙があふれてきたのを、自分の神経の弱いせいにした。彼は涙をかくすために鼻眼鏡をかけ、それから、ハンカチを出して鼻をかみ出した。

この法廷にいるみんながネフリュードフの行為を知った場合に、彼の身を覆う不面目を思うとおそろしくて、それが彼の心に生じている内面の動きをかき消していた。その恐怖がこの最初の間は何よりも強かったのである。

22

被告たちの最後の発言が終わり、質問提出の形式について検察・弁護双方のやりとりがやはりかなり長く続いたのち、質問が提出され、それから裁判長が総括を述べはじめた。

事件について述べるに先だって、彼は強盗とは強盗であって、窃盗《せっとう》とは窃盗であり、鍵をかけた場所からの盗みは鍵をかけた場所からの盗みであって、鍵をかけていない場所からの盗みは鍵をかけていない場所からの盗みであるということを、感じのいい家庭的な口調で、長々と陪審員たちに説明した。そして、その説明をしながら、彼は特に何度もネフリュードフに視線を向けた、まるで彼がこの重要ないきさつを理解して、他の陪審員たちにもくわしく説明してくれるのを当てにしながら、言い聞かせようとしているようだった。やがて、裁判長はもう十分に陪審員たちがその真理をのみこんだと推測すると、殺人というのは人間の死を引き起こすような行為であり、したがって毒殺もやはり殺人であるという、別の真理を展開しはじめた。この真理もやはり陪審員たちがのみこんだと考えると、裁判長は、もし窃盗と殺人が同時におこなわれるなら、犯罪の内容は窃盗と殺人からなると説明した。

自分でもなるべく早くけりをつけたかったたし、もうスイス女が彼を待っていたのだが、裁判長はその職務がすっかり習慣になっていたので、しゃべり出すとどうしてもやめることができなかった、そこで、陪審員はもし被告を有罪と考えるならば有罪と認める権利がある、もし無罪と考えるならば無罪と認める権利がある、もしある点で有罪、他の点で無罪と考えるならば、ある点で有罪、他の点で無罪と認める権利がある、ということをこまごまと陪審員たちに言い聞かせた。それから、彼はさらに陪審員たちに向かって、このような権利がゆだねられているとはいえ、理性をもってそれを行使しなければならないと説明した。そのうえ、もし陪審員が提出された質問に肯定の答えをすると、その答えによって、質問の中に提起されている事柄を全部承認することになる、もし一部しか承認しないのなら、何を承認しないか、但し書きをつけておかなければならない、と説明しようとした、しかし、時計を見ると、もう三時五分前だったので、裁判長はすぐ事件の叙述に移ることにきめた。

「本件の経緯は次の通りである」裁判長はそう前置きして、もう幾度となく、弁護人たちも、検事補も、証人たちもそろって述べたことを、残らず繰り返した。

裁判長がしゃべっている間、その両わきでは二人の判事が意味深長な顔つきで耳を傾け、裁判長の陳述はなかなかりっぱだ、つまり、当然こうあるべきものだが、少し長すぎると思って、ときどき時計をながめていた。検事補も同じ意見だったし、一般に裁判所関係者や法廷にいた者はみなそうだった。裁判長は総括を終わった。

何もかも言い尽くされたように思えた。しかし、裁判長はどうしても自分の発言の権利を手ばなすことができなかった――諭すような自分の声の抑揚を聞くのが実に楽しかったのだ――そこで彼はさらに、陪審員に与えられている権利が重大なこと、その権利を注意ぶかく慎重に行使し、悪用してはならないこと、陪審員たちは宣誓をおこなっていること、彼らは社会の良心であること、協議室の秘密は神聖不可侵でなければならないこと等々、等々について、数言付け加えなければならないと考えた。

裁判長がしゃべりはじめてから、マースロワはまるで一語でも聞きもらしてはいけないというように、目をはなさずそちらを見つめていた、そこでネフリュードフは視線を合わせる心配なしに、ずっと彼女を見まもっていた。そして、よくあることが彼のイメージの中に生じた――長いこと会わなかった愛する者の顔が、別れていた間に見かけが変わって、はじめのうちはびっくりするほどだったのに、次第にまったく昔と同じようになり、変わったところはすっかり消え、ただ、その人間特有の二つとない内面的個性の重要な現れだけが心の眼《まなこ》に浮かび上がってくる。

まさに、この現象がネフリュードフの中に生じていたのだった。

そうだ、囚人服を着て、全体に体の幅はひろがり、胸は大きくなっていたけれども、顔の下半分はたるみ、額《ひたい》と目尻《めじり》には小じわができ、目は腫《は》れぼったくなっていたけれども、それはまぎれもなく復活祭の日に、歓喜と生の充実感に笑いさざめくような恋する瞳で、あれほどけがれなくネフリュードフを、自分の愛する人を見あげていた、まさにあのカチューシャだった。

《実にふしぎなめぐりあわせだ！　なんということだ、この事件がちょうどおれの陪審に当たるとは、十年間この女にはどこでも会わなかったのに、ここで、被告席でその姿を見るとは！ そして、これはみなどういう結末になるんだ？ なるべく早いほうがいい、ああ、早いほうがいい！》

心の中で語りはじめていた後悔の気持ちに、ネフリュードフはまだ屈しなかった。こんなことはやがて過ぎ去ってしまい、自分の生活を破壊することのない偶然なのだと彼には思えていた。彼は部屋の中で不始末をし、主人に首ねっこを押さえられ、自分がした汚物に鼻を突きつけられている小犬の身になったような気がしていた。小犬はキャンキャン鳴いて、自分の行為の結果からできるだけ遠ざかり、それを忘れようとして後ずさりする。しかし、容赦のない主人は放さない。それと同じように、ネフリュードフも自分がしでかした汚いことをもう完全に感じ取っており、主人の力強い手も感じていた。しかし、それでもなお、彼は自分がしたことの意味をさとらず、主人を認めようとしなかった。彼は目の前にあるものが、自分のしたことだとは信じたくなかった。しかし、容赦のない目に見えない手が彼を押さえつけていた、そして、彼はもう逃れられないことを予感していた。彼はまだ強がりをやめず、身についた癖で足を組み、むぞうさに鼻眼鏡をもてあそびながら、自信のありそうな姿勢で最前列の二番目の席にすわっていた。だが一方、心の底で彼はこの自分の行為ばかりでなく、無為、堕落、非情、自己満足の自分の生活全体の残酷さ、俗悪さ、低劣さをすみずみまで感じていた。そして、この年月の間、この十二年の間ずっと、何か奇跡的に彼の目から、この犯罪も、その後のネフリュードフの全生活もかくしていた幕がもう揺れ動いていた、そしてネフリュードフはもうときおりその奥を少しずつ覗《のぞ》き見るのだった。

23

ようやく裁判長は発言を終わり、品のいい手つきで質問状を取り上げると、それを近づいてきた陪審員長に渡した。陪審員たちは退席できるのを喜んで立ち上がった、そして自分の手をどう扱えばよいのかわからず、なんとなく恥ずかしいような様子で次々と協議室へ向かった。彼らが入ってドアがとざされると、即座に憲兵がそのドアに近づき、サーベルを鞘《さや》から抜いて肩に当て、ドアのわきに立った。裁判官たちは席を立ち、退廷した。被告たちもやはり連れ出された。

協議室に入ると、陪審員たちはさっきと同じように、まず煙草《たばこ》を取り出して吸いはじめた。法廷の陪審員席にすわっている間、彼らは自分の立場の不自然さと嘘《うそ》くささを多少とも感じていたのだが、協議室に入り、煙草を吹かしはじめたとたんに、それが消えうせてしまった。そして、彼らはほっとした思いで協議室のあちこちに場所を占めて、たちまち活気のある会話が始まった。

「あの娘《こ》に罪はない、巻きぞえですな」人のいい商人が言った。「寛大な処置を与える必要がありますな」

「そういうことを議論しようというわけです」陪審員長が言った。「個人的な印象におぼれちゃいけません」

「うまく総括をやりおったね、裁判長は」大佐がちょっと意見を述べた。

「いやあ、うまいどころか！　私はあやうく眠るところだった」

「要はですね、もしマースロワが共謀してなかったら、あの女中が金のことを知るはずはなかったということですよ」ユダヤ人らしい番頭が言った。

「それじゃ、なんですか、あの娘が盗んだとお考えなんで？」陪審員の一人が訊《たず》ねた。

「なんとしても信じられん」人のいい商人がさけんだ。「何もかも目の赤いやり手ばばあの仕業でさ」

「みんなええやつらじゃ」大佐が言った。

「だって、あの女中は部屋に入らなかったと言ってるじゃないですか」

「あなたはもっとあの娘を信じて下さいよ。私ならあのくそばばあは逆立ちしても信じられませんな」

「それでどうですかね、あなたが信じられんと言うだけじゃ不十分ですね」番頭が言った。

「鍵はあの娘が持ってたんですよ」

「持ってたからどうだってんです?」商人がやり返した。

「それじゃ、指輪は?」

「だって、あの娘が言ってたじゃないかね」商人はまた大声を張り上げた。「商人の野郎が勝手なやつでさ、そのうえ飲んだくれて、あの娘をひっぱたいた。ところが、後からかわいそうになったんだね、知れたことさ。だもんで、さあ取んな、泣くんじゃねえってわけさ。何しろどえらい男ですからな――お聞きなすったと思うが、百九十五センチ、百三十キロてんですよ!」

「重要なのはそんなことじゃありません」ピョートル・ゲラーシモヴィチがさえぎった。「問題は、事件全体をそそのかし、仕組んだのはあの娘か、それとも女中かということです」

「女中だけでできるわけがない。鍵はあの女が持っていたんですよ」

まとまらない話し合いがかなり長いこと続いた。

「いや、恐縮ですが、みなさん」陪審員長が言った。「席について、討議しようじゃありませんか。どうぞ」彼は議長席にすわりながら言った。

「ああいった女の子もやはりひどい連中ですよ」番頭はそう言って、主犯はマースロワだという意見を裏づけるために、同じような女が並木通りで彼の友だちから時計を盗んだという話をした。

大佐はそれにつられて、もっとびっくりするような銀のサモワールの盗難事件の話をした。

「みなさん、質問に従ってお願いします」陪審員長が鉛筆でテーブルをたたきながら言った。

みんなは口をつぐんだ。質問は次のように述べられていた。

一、クラピヴェンスキー郡ボルキ村農民、ピョートルの子シモン・カルチンキン三十三歳は、一八八×年一月十七日、N市において他の者と共謀の上、強奪の目的をもって、商人スメリコフの生命を奪おうとくわだて、コニャックに入れて毒を彼に与え、その結果スメリコフを死に至らせ、現金およそ二千五百ルーブル、およびダイヤモンド入りの指輪を奪った件につき、有罪か？

二、第一項に記述した犯行につき、町人イワンの子エウヒーミア・ボチコワ四十三歳は有罪か？
三、第一項に記述した犯行につき、町人ミハイルの子エカテリーナ・マースロワ二十七歳は有罪か？
四、被告エウヒーミア・ボチコワが第一項につき無罪ならば、同人は一八八×年一月十七日、N市において、旅館《マウリタニア》に勤務中、同旅館宿泊人、商人スメリコフの部屋にあった同人の施錠したかばんから、ひそかに現金二千五百ルーブルを奪い、そのため、自分が選び出し、持ちきたった鍵により、その場においてかばんをあけた件につき、無罪か？
陪審員長は第一の質問を読んだ。

「さあ、いかがです、みなさん？」

この問いにはすぐに答えが出た。一同は「有罪である」と答えることに一致した、つまり、シモンが毒殺、窃盗《せっとう》両方に加わったことを認めたのである。シモンを有罪と認めるのに賛成しなかったのは、年とった協同組合員だけで、この男は全部の質問に無罪の答えをするのだった。

陪審員長はこの男がわかっていないのだと思って、カルチンキンとボチコワの有罪はあらゆる点から見て疑いないと説明した、しかし協同組合員はわかっているけれども、やはり慈悲をたれるほうがよいと答えた。「わしら自身聖人じゃあるまいし」彼はそう言って、そのまま自分の意見を捨てなかった。

ボチコワについての第二の質問には、長い相談と検討の末、「無罪」と回答した、というのは、彼女が毒殺に加わった確証がなかったからである、これは彼女の弁護人が特に力を入れた点だった。

商人はマースロワを無罪にしたくて、ボチコワがすべての張本人だと言い張った。陪審員の大半は彼に賛成だったが、陪審員長は厳密に法にのっとりたいと思って、ボチコワを毒殺の共犯と認める根拠がないと言った。長い論争のあげく、陪審員長の意見が勝ちを占めた。

ボチコワについての第四の質問には「有罪である」と回答した、そして、協同組合員の強い主張をいれて、「ただし、情状酌量にあたいする」と付け加えた。

マースロワについての第三項は猛烈な論争を巻き起こした。陪審員長は彼女が毒殺でも窃盗でも有罪だと主張した。商人はそれに賛成しなかった、大佐、番頭、それに協同組合員が商人の肩を持った、ほかの者は迷っているようだったが、陪審員長の意見が優勢になりはじめた、それは特に、陪審員たちがみんな疲れてしまい、なるべく早くまとまって、みんなを解放してくれそうな意見のほうにすすんで従おうとしたからであった。

法廷の審理状況全体から考えて、また、自分が知っているマースロワから考えて、ネフリュードフは彼女が盗みにも毒殺にも罪のないことを確信していたし、はじめのうち、一同がそれを認めるだろうと信じていた。しかし、商人が明らかに生理的にマースロワに好感を持って――彼はそれをかくそうともしなかった――へたくそな弁護をしたために、また、陪審員長がほかでもない、そのことを根にもってやり返したために、とりわけ、みんなが疲れて決定が有罪に傾き出したために、ネフリュードフは反対しようと思いながら、マースロワに有利な発言をするのがおそろしかった。みんながたちまち自分と彼女の関係に気づいてしまうだろうという気がしたのだ。だが一方、彼は事態をこのまま放置しておくことはできないし、反対しなければならないと感じていた。彼は赤くなったり青くなったりして、ちょうど口をきろうとしかけたとき、それまで無言だったピョートル・ゲラーシモヴィチが、陪審員長の権威的な調子に腹を立てた様子で、急に反論しはじめ、ネフリュードフがちょうど発言しようと思っていたことを言い出した。

「失礼ですが」と彼は言った。「あの女が盗んだ根拠は鍵を持っていたことだ、とおっしゃるんですね。それじゃ、あの女の入った後で、ボーイたちが合鍵でかばんをあけることはできなかった、と言うんですか?」

「そうだ、そうだ」商人があいづちを打った。

「あの女が金を盗めるはずはないじゃありませんか、あんな状態では金をかくすところがありませんからね」

「それを私も言ってるのさ」商人が肩を持った。

「むしろ、あの女が来たのを見て、ルーム係の二人が一計を案じた、そしてその機会を利用しておいて、何もかも彼女におっかぶせたんですよ」

ピョートル・ゲラーシモヴィチはいらいらして言った。するとそのいらだちは陪審員長に伝わり、その結果、彼はことさら頑強に反対意見に固執しはじめた。しかし、ピョートル・ゲラーシモヴィチの言葉は非常に説得力があったので、大部分の者が彼に賛成した、つまり、マースロワは金や指輪を盗む仲間に入っていなかったこと、指輪は贈り物だということを認めたのである。彼女が毒殺に関係したかどうかということに話題がおよぶと、熱心に彼女の味方をしている商人が、あの女には毒殺する理由がないのだから、無罪と認める必要があると言った。一方、陪審員長は、彼女自身が粉薬を与えたことを認めているのだから、無罪と見なすわけにはいかないと言った。

「薬はやったけれども、それをアヘンだと思っていたんでさ」商人が言った。

「アヘンでも命をとることはできたじゃろう」と脱線の好きな大佐は言って、それをきっかけに、自分の義弟の女房がアヘンに中毒し、医者が近くにいて時をうつさず処置してくれなかったら死んでしまっただろう、という話を始めた。大佐は教え諭すように、自信を持って、しかも威厳たっぷりにその話をするので、誰ひとり話をさえぎる勇気が出なかった。ただ番頭がそのお手本につりこまれて、自分の長話をするために思い切って大佐の言葉をさえぎった。

「すっかり癖になってる連中もいましてね」と彼はしゃべりはじめた。「四十滴も飲めるんですね。私の親戚で……」

しかし、大佐はじゃまを入れさせずに、義弟の女房がアヘンの影響でどんな結果になったかという話を続けた。

「何しろ、もう四時を回ってるんですよ、みなさん」陪審員の一人が言った。

「それじゃ、どうでしょう、みなさん」陪審員長が発言した。「有罪と認める、ただし盗みの意図はなかった、また財物は奪わなかった。これでどうでしょう？」

ピョートル・ゲラーシモヴィチは自分の勝利に満足して賛成した。

「しかし、情状酌量にあたいしますな」商人が付け加えた。

一同は賛成した。ただ、協同組合員は「無罪である」と言うように主張した。

「いや、それは同じ結果になりますよ」陪審員長が説明した。「盗む意図はなかったし、財物は奪わなかった。つまり、無罪ということですね」

「それで行こう、おまけに情状酌量にあたいする、後くされのないようにきれいさっぱりしようってわけさ」商人が楽しそうに言った。

一同はすっかり疲れ、議論で頭が混乱していたので、誰ひとり回答に——有罪である、ただし生命を奪う意図はなかった、と付け加えることに気づかなかった。

ネフリュードフもすっかり興奮していて、それに気がつかなかった。そのままのかたちで回答は書かれ、法廷に持ちこまれてしまった。

ラブレー（一四八三頃—一五五三。フランスの諷刺作家、医師）が書いていることだが、訴訟を持ちこまれたある法律家がありとあらゆる法律を示し、法律書のわけのわからないラテン語を二十ページ読みあげた末、丁か半か当事者たちにさいころを振らせた——丁なら原告が正しく、半なら被告が正しい、というのだ。

ここでも、それと同じだった。ほかでもない、一つの決定がなされたのは、みんなが賛成したからではなかった。第一に、あれほど長く総括を述べた裁判長が、いつも言うことを今度に限って抜かしてしまったからだった、つまり、陪審員は回答する場合、「有罪である、ただし生命を奪う意図はなかった」と述べてもよいと言わなかったからだった。第二に、大佐が義弟の細君の話を実に長々と退屈にしゃべったからだった。第三に、ネフリュードフがすっかり興奮していて、殺人の意図なしという但し書きが抜けているのに気づかず、「盗みの意図はなかった」という但し書きで有罪が消滅すると考えたからだった。第四に、ピョートル・ゲラーシモヴィチが部屋にいなかったからだった、裁判長が質問と回答を読み返したとき、彼は座をはずしていたのである。そして何よりも、みんなが疲れてなるべく早く解放されたいと思っており、そのために、なるべく早くすべてが終わる決定に賛成しようとしていたからだった。

陪審員たちはベルを鳴らした。抜き身のサーベルを持ってドアのところに立っていた憲兵がサーベルを鞘におさめ、わきに寄った。裁判官たちは席についた、そして、次々に陪審員が入廷した。

陪審員長はものものしい様子で一枚の紙をたずさえてきた。彼は裁判長に近づくと、それを渡した。裁判長は読み終わって、驚いたらしく両手をひろげ、協議のために同僚に言葉をかけた。陪審員が「盗みの意図はなかった」という第一の保留条件を付け加えながら、「生命を奪う意図はなかった」という第二の保留条件を付け加えていないのに裁判長は驚いた。陪審員の決定に従うと、カチューシャは窃盗も強盗もせず、しかも、まったくはっきりした目的なしに一人の人間を毒殺したことになるのだった。

「見たまえ、ばかな決定をしたもんじゃないか」彼は左側の判事に言った。「これじゃ懲役にきまってるが、あの女は無罪なんだからね」

「ふむ、どうして無罪です？」謹厳な判事が言った。

「いや、要するに無罪さ。私の考えじゃ、これは八一八条適用のケースだね」（八一八条は、裁判所が有罪を不当と見なす場合、陪審員の決定を破棄できることをうたっていた）

「どう思います？」裁判長は人のいい判事に声をかけた。

人のいい判事はすぐには答えなかった、彼は目の前に置かれた書類の番号を見て、その数字を足してみた——三で割りきれない数になった。もし割りきれたら、裁判長に賛成しようときめていたのだが、割りきれなかったのに、持ち前の人のよさで賛成した。

「私もやはり適用すべきだと思います」と彼は言った。

「あなたは？」裁判長は怒りっぽい判事に向かって言った。

「絶対反対です」彼はきっぱり答えた。「ただでさえ陪審員が犯人を無罪にすると新聞が言ってるんですからね。裁判所が無罪にしたら、どんなことを言われますか。私は絶対に賛成しません」

裁判長は時計を見た。

「かわいそうだが、しかたがない」そして、朗読のために質問状を陪審員長に渡した。

一同は起立した、陪審員長は足をもじもじさせて一つ咳《せき》をし、質問と回答を朗読した。

法廷関係者は皆——書記も、弁護人も、それに検事補さえ、驚きの表情を浮かべた。

被告たちはどうやら回答の意味がわからないらしく、平然とすわっていた。ふたたび一同が着席した、そして裁判長が検事補に向かって、被告たちにどのような求刑をするかと質問した。

カチューシャにたいする意外な成功に喜んだ検事補は、その成功を自分の雄弁のせいだと考えながら、何かの条文を参照し、腰をあげて言った。

「シモン・カルチンキンは一四五二条および一四五三条第四項、エウヒーミア・ボチコワは一六五九条、エカテリーナ・マースロワは一四五四条にもとづいて処罰いたしたいと考えます」

この刑はすべて、適用できる限りの最もきびしいものであった。

「裁判官は判決決定のため退廷します」裁判長は立ち上がりながら言った。

裁判長に続いて一同が立ち上がり、よい仕事を果たしたという、ほっとした、さわやかな気分で外に出たり、法廷の中を歩き回ったりしはじめた。

「いやまったく、あんた、ぼくらは恥さらしなへまをやったもんですな」陪審員長に何か話しかけられていたネフリュードフのほうへ、ピョートル・ゲラーシモヴィチが近づいて言った。「あの女を懲役送りにしてしまったじゃないですか」

「なんですって？」ネフリュードフは大声をあげた、このときはピョートル先生のまったく不愉快な馴れ馴れしさに気づかなかった。

「当たり前じゃないですか」ピョートル・ゲラーシモヴィチは言った。「『有罪である、ただし生命を奪う意図はない』と回答に入れなかったでしょう。今、書記から聞いたんですが、検事はあの娘《こ》に十五年の懲役をくらわすつもりですよ」

「だってそう決定したんですものね」陪審員長が言った。

ピョートル・ゲラーシモヴィチは反論しはじめ、金をとらなかった以上、あの女には命をとる意図もありえない、それは自明だと言った。

「だって、部屋を出る前に、私は回答を読んだじゃありませんか」陪審員長は自分の正しさを主張した。「誰も反対しませんでしたよ」

「私はそのとき部屋を出てたんです」ピョートル・ゲラーシモヴィチは言った。「しかし、あなたとしたことがどうしてぼんやりしてたんですかね？」

「ぼくは全然考えもしなかった」とネフリュードフが言った。

「考えなかったとはねえ」

「いや、これは訂正できます」ネフリュードフが言った。

「いや、だめですな、もうおしまいです」

ネフリュードフは被告たちを見た。彼らは――運命が決定した当の被告たちは、格子の向こうの兵士たちの前に相変わらずじっとすわっていた。何を思ったのかマースロワが微笑した。すると、ネフリュードフの心によくない気持ちがうごめいた。そのときまで、彼は彼女が無罪になり、この町にとどまることを予想して、彼女をどう取り扱えばよいか迷っていたし、その取り扱いは難しいものだった。だが、懲役とシベリアとなれば、たちまちこの女との関係などまったくありえなくなる――死にきれない鳥は獲物袋の中でのたうち、その存在を思い出させるのをやめるはずだ。

24

ピョートル・ゲラーシモヴィチの予想は正しかった。

協議室から戻ると、裁判長は書類を取り上げて朗読した。

「一八八×年四月二十八日、皇帝陛下の勅令により、地方管区裁判所刑事部は陪審員諸氏の決定に従い、刑事訴訟法七七一条第三項、七七六条第三項、および七七七条にもとづいて、次の通り決定した――農民シモン・カルチンキン三十三歳、および町人エカテリーナ・マースロワ二十七歳は、その身分のすべての権利を剝奪《はくだつ》し、懲役に送る――

カルチンキンは八年、マースロワは四年、両人とも、それにともなう事項を刑法二十八条によって受けるものとする。町人エウヒーミア・ボチコワ四十三歳は、個人的に、また身分により付与されたすべての特権と特典を剝奪し、禁固三年に処する、なおそれにともなう事項を刑法四九条によって受けるものとする。本件に関する訴訟費用は被告人に均等に負担させる、支払い不能の場合は国庫の負担とする。本件の物的証拠は売却し、指輪は返却し、ガラスびんは破棄することとする」

カルチンキンは相変わらず体をまっすぐにし、指をひろげた手をズボンの縫い目に当て、頰《ほお》を小きざみに震わせながら立っていた。ボチコワはまったく落ち着き払っているように見えた。判決を聞いて、マースロワは赤黒いほどに真っ赤になった。

「無罪です、あたしは。無罪です！」いきなり彼女は法廷いっぱいに響き渡る声でさけんだ。「罪なことです、無罪なんです、あたしは。そんな気はなかったんです、考えもしなかったんです。本当のことを言ってるんです。本当なんです」そして、腰掛けにくず折れると、大声で泣き出した。

カルチンキンとボチコワが退廷してしまってからも、マースロワはまだその場にすわって泣いていたので、憲兵はその囚人服の袖《そで》を引っぱって、うながさなければならなかった。

《いや、これはこのまま放っておくことはできない》ネフリュードフはさっきのよくない気持ちをすっかり忘れて、一人つぶやいた、そして自分でもなぜかわからないまま、もう一度彼女を見るために廊下へ急いだ。ドアのところには活気にあふれた人の群れがひしめいていた、それは審理が終わったことに満足している陪審員や弁護士たちだった、ネフリュードフはその人ごみのために、二、三分ドアのところで立往生《たちおうじょう》した。彼が廊下に出たとき、彼女はもう遠くにいた。自分が人目を引くことなど考えもせず、彼は足を速めて、彼女に追いつき、追い越し、そして足を止めた。彼女はもう泣くのをやめ、ただ、ときおり激しくしゃくり上げながら、しみで赤くなった顔をネッカチーフの端でぬぐっていた、そして、ネフリュードフのほうを振り向きもせず、そのそばを通り過ぎてしまった。彼女をやり過ごすと、ネフリュードフは裁判長に会うため、いそいで引き返した、しかし裁判長はもう出てしまった後だった。

ネフリュードフはようやく玄関番の詰所で裁判長に追いついた。

「裁判長」ネフリュードフが近づいてそう言ったとき、裁判長はもう薄い色のオーヴァーを着、玄関番が差し出す銀の握りのついたステッキを受け取るところだった。「いま判決のあった事件のことで少々お話ししたいんですが、よろしいでしょうか？私は陪審員です」

「ええ、けっこうですとも、ネフリュードフ公爵でしたね？　おなつかしい、あなたとは以前お会いしたことがあります」裁判長は握手を交わし、ネフリュードフと会った夜、自分のダンスが実にみごとで、楽しくて、若い者の誰よりもうまかったことを得意に思い出しながら言った。「ご用件は？」

「マースロワについての回答に勘違いがありまして。あの女は毒殺の罪はないのに、懲役を宣告されてしまったんです」緊張した暗い顔でネフリュードフが言った。

「あなたたちご自身がお出しになった回答にもとづいて、裁判所は決定を下《くだ》したんです」裁判長は出口のほうににじり寄りながら言った。「もっとも、あの回答は裁判官にも、事件に不適当なものに思えましたがね」

「有罪である」という回答は殺人の意図を否定しない以上、故意の殺人を認めることになる、と陪審員たちに説明しかけたのだが、早く片づけようとして、それを果たさなかったことを、彼は思い出した。

「その通りですが、いったい間違いを訂正することは不可能なんでしょうか？」

「控訴の理由はかならず見つかります。弁護人に相談してみる必要がありますな」裁判長はちょっと横に帽子をかぶり、相変わらず出口のほうに動いて行きながら言った。

「しかし、これはひどいことじゃありませんか」

「つまりですな、マースロワには二つに一つしかなかったんです」どうやら、ネフリュードフにはできるだけ感じよく丁重にしたいと思っているらしく、裁判長はオーヴァーの襟《えり》の上に頬ひげをととのえて言った、それから、そっと彼の肘《ひじ》を取ると、出口のほうへ連れ出しながら言葉をついだ。「あなたもやはりお出になるんでしょう？」

「ええ」ネフリュードフはいそいで身支度をしながらそう言うと、いっしょに歩き出した。

二人は心楽しくなるような明るい太陽のもとに出た、そしてたちまち舗装道路を走る車の響きのために、今までより大きな声で話さなければならなくなった。

「お気づきの通り、事態は奇妙なものです」裁判長は声を高めながら言葉を続けた。「というのは、あのマースロワには二つに一つしかなかったんですから――ほとんど無罪、つまり、これまでの拘留期間も繰り入れることができる禁固、いや、ただの拘留だけでも済むか、でなければ懲役――中間はないというわけです。もしみなさんが『ただし死に至らせる意図なしで』という言葉をつけて下さったら、あの女は無罪になったはずなんです」

「私はとんでもないことに、それを見逃してしまったんです」とネフリュードフは言った。

「要するに問題はすべてそこにあるんですね」微笑を浮かべながら裁判長は時計を見て言った。

クララが指定した最後の時刻まで四十五分しか残っていなかった。

「こうなった以上、もしお望みなら、弁護士にご相談なさって下さい。控訴の理由を見つけなければなりません。かならず見つけられるもんですよ。ドヴォリャンスカヤ街だ」彼は流しの馬車の御者に答えた。「三十コペイカだぞ、絶対それ以上出さん」

「閣下、ちょっと」

「失礼いたします。何かご用があれば、ドヴォリャンスカヤ街ドヴォルニコフ・マンションです、おぼえやすいでしょう」

そして、彼は愛想よく頭をさげて、行ってしまった。

25

裁判長との会話とすがすがしい大気が、いくらかネフリュードフを落ち着かせた。今になってみると、自分が味わっている気持ちは、朝からずっとあまりにも異常な状態で過ごした結果、自分自身で誇張したものだと思えた。

《確かにふしぎな、驚くほどの偶然の一致だ！　そして、彼女の運命を楽にしてやるために、できる限りのことをしなければならないし、なるべく早くしなければいけない。今すぐにだ。そうだ、この場で、裁判所で、ファナーリンかミキーシンがどこに住んでいるか確かめなくちゃいかん》ネフリュードフは二人の有名な弁護士を思い出した。

　ネフリュードフは裁判所に引き返し、オーヴァーをぬいで二階に上がった。上がったすぐそこの廊下で彼はファナーリンに出くわした。ネフリュードフは彼を呼びとめて、用件があるのですがと言った。ファナーリンはネフリュードフの顔と名前を知っており、喜んで何なりとお気に召すことをいたしましょうと言った。

「疲れてはおりますが……少しの時間でしたら、ご用件をお話し下さい――こちらへ参りましょう」

　そう言って、ネフリュードフを一つの部屋に案内した、それは誰か裁判官の個室のようだった。二人はテーブルの前にすわった。

「ところで、ご用件は？」

「まずお願いしたいんですが」とネフリュードフは言った。「私がこの事件に関係していることを誰にも知られないようにして下さい」

「ええ、それは当然のことです。それで……」

「私は今日陪審員をつとめたんですが、われわれは一人の女を懲役刑にしてしまったのです——無実の女をです。私はそれで悩んでいるんです」

ネフリュードフは自分でも思いがけず赤くなり、口ごもった。

ファナーリンはネフリュードフのほうにキラリと目を光らせ、耳を傾けたまま、ふたたび目を伏せた。

「なるほど」彼はただそう言っただけだった。

「無実の女を罪におとしたので、私はこの事件を控訴して、上級裁判所に持ちこみたいのです」

「元老院ですね」ファナーリンは訂正した。

「ですから、それをあなたに引き受けていただきたいのです」

ネフリュードフはいちばん言いにくいことを早く片づけたかったので、すぐに言った。

「お礼は、この事件の費用はいくらかかっても、私が自分で負担します」彼は赤くなりながら言った。

「ま、それは話し合うことにいたしましょう」ネフリュードフのもの馴れない様子をいたわるように微笑して、弁護士が言った。

「どういう点が問題なんでしょう?」

ネフリュードフはいきさつを話した。

「承知いたしました。明日書類を取り寄せて、調べてみましょう。で、明後日《あさって》いや木曜日、午後六時に私のところへいらして下さい。ご返事いたします。それでよろしいですね？　じゃ、参りましょう。私はまだここで調べ物をしなくちゃなりませんので」

ネフリュードフは彼に別れを告げて部屋を出た。

弁護士と話し合い、しかも、彼がもうマースロワの弁護のために処置をとってくれたことが、いっそうネフリュードフを落ち着かせた。彼は外に出た。すばらしい天気だった、彼はうれしそうに春の大気を吸いこんだ。流しの御者たちがお乗り下さいと声をかけたが、彼は歩いて行った。すると、たちまちカチューシャのこと、彼女にたいして自分がしたことをめぐって、無数の考えや思い出が群れをなして頭の中に渦巻いた。すると、彼は気がめいり、すべてがゆううつに思えてきた。《いや、こんなことは後でよく考えよう》と彼は一人つぶやいた。《今は逆に、気をまぎらす必要があるのだ》

彼はコルチャーギン家の食事を思い出して、時計を見た。まだ遅くはなかったので、食事に間に合いそうだった。かたわらで鉄道馬車の鈴の音がした。ネフリュードフは駆け出してとび乗った。広場でとび下り、上等の流しの馬車をひろって、十分後にはコルチャーギン公爵の大きな屋敷の玄関に着いた。

26

「いらっしゃいませ、公爵さま、お待ちかねでございます」コルチャーギン公爵の大きな屋敷の愛想のいい、あぶらぎった玄関番が、イギリス製の蝶番《ちょうつがい》で音もなく動く表玄関の樫《かし》の戸をあけながら言った。「もうお食事をなさっておられますが、公爵さまだけはお通しするようにとのお言いつけでございます」

玄関番は階段に近づき、二階にベルを鳴らした。

「誰か来ているかい？」ネフリュードフはオーヴァーをぬぎながら訊《たず》ねた。

「コーロソフさまに、ミハイル・セルゲーヴィチさま。あとは身内の方ばかりでございます」玄関番は答えた。

燕尾服《えんびふく》を着て、白手袋をはめた美男のボーイが、階段の上から顔を覗《のぞ》かせた。

「どうぞ、公爵さま」と彼は言った。「お通しせよとのことでございます」

ネフリュードフは階段へ進み、勝手知った豪華なゆったりしたホールを通って、食堂に入った。食堂では、どんなときにも自分の部屋から出ない母親のソフィア公爵夫人を除いて、家族全員がテーブルについていた。上座《かみざ》には老コルチャーギンがすわっていた。

その左隣は医者、反対側は客のイワン・コーロソフ、元県貴族団長、現在、某銀行理事で、コルチャーギンとは自由主義の同志だった。それから、左側には、ミッシーの小さな妹の住みこみ家庭教師ミス・レダー、四つになる女の子である妹本人。それと向かい合って、右側に、ミッシーの弟で、コルチャーギン家の一人息子である中学六年生のペーチャ。このペーチャのために、家族みんながその試験を待ちながら町にとどまっていたのだった。さらに、その勉強相手の大学生。それから左側に、四十歳のオールド・ミスで国粋主義者のカテリーナ・アレクセーヴナ。その向かいに、ミッシーのいとこ、ミハイル・セルゲーヴィチ、別の呼び名ではミーシャ・テレーギン、そして下座《しもざ》にミッシー自身がおり、そのかたわらに手をつけてない一揃《ひとそろ》いの食器があった。

「やあ、これはとてもいい。おかけなさい、みんなまだ魚に手をつけたばかりじゃ」苦労して、用心ぶかく入れ歯でかみながら、はっきりしたまぶたがなくなった充血した目をネフリュードフのほうに上げて、老コルチャーギンが言った。「ステパン！」何も入っていない食器を目顔で示しながら、コルチャーギンは頬《ほお》ばったままの口で、ふとった堂々たる給仕に言った。

ネフリュードフは老コルチャーギンをよく知っており、食事の席でも何度か見てきたのだが、今日は、チョッキにはさんだナプキンの上でその赤ら顔と、舌つづみを打っている肉感的な唇、あぶらぎった首、そして何よりも、そのでっぷりした将軍らしい姿全体が、何か特別いやな感じを強く与えた。ネフリュードフは、自分がこの男の残酷さについて知っていることをふと思い出した。彼は何のためかまるでわからないのだが――というのは、彼は裕福で、名門で、勤務の点数かせぎをする必要がなかったからだ――地方司令官だったころ、何人もの人間をむちで打ったり、しばり首にまでしたのだった。

「ただ今お持ちいたします、公爵さま」ステパンは銀の深皿を並べた食器戸棚から、大きな給仕用のスプーンを取り出し、頰ひげのある美男のボーイに合図をしながら言った。ボーイはすぐにミッシーの隣の手をつけていない食器をととのえはじめた。その上には、器用に折りたたんで紋章を飛び出させた、糊《のり》のきいたナプキンがかぶせてあった。

ネフリュードフは一同と握手を交わしながらテーブルをひと回りした。老コルチャーギンとご婦人たち以外はみんな、ネフリュードフが近づいてくると立ち上がった。こうしてテーブルを回るのも、また、そこにいる大部分の者とは一度も口をきいたことがないのにみんなの手を握るのも、今日は特に不愉快でこっけいに感じられた。ネフリュードフは遅れたことをわびて、ミッシーとカテリーナ・アレクセーヴナの間の末座の空席に腰をおろそうとしたが、老コルチャーギンがもうウォッカは飲まないにしても、ともかく、伊勢えび、イクラ、チーズ、鰊《にしん》ののっているテーブルで、前菜を一口つまむように求めた。ネフリュードフはそれほど腹がへっているとは思いもかけなかったが、チーズをのせたパンを食べはじめると、やめることができなくなって、むさぼり食った。

「どうです、基盤を破壊なさったわけですか？」陪審制に反対している反動新聞の表現を皮肉に使って、コーロソフが言った。「有罪の者を無罪にし、無罪の者を有罪にしたんでしょう」

「基盤を破壊なすったな……基盤を破壊なすったんじゃ……」自由主義の同志で親友であるコーロソフの頭と学識を手放しで信用している公爵は、笑いながら繰り返した。ネフリュードフは不作法になるおそれを承知の上で、コーロソフに何ひとつ答えず、運ばれてきたさかんに湯気の立つスープの前にすわって、食いつづけていた。

「この人に食べさせてあげて下さいまし」。「この人」という呼び方で、自分とネフリュードフの近しさを皆に思い出させながら、ミッシーは微笑して言った。

一方、コーロソフは彼を憤慨させた陪審制度反対論の内容を元気よく大声で話していた。コルチャーギン家の甥《おい》ミハイル・セルゲーヴィチがそれにあいづちを打って、同じ新聞の別の論文の内容を話した。

ミッシーはいつものように、実にdistinguée〔上品〕で、すばらしい、目だたなくてすばらしい服装をしていた。

「とてもお疲れになってお腹《なか》が空《す》いていらっしゃるんでしょう、きっと」ネフリュードフがかみ終わるのを待って、彼女は言った。

「いや、それほどでもありません。で、あなたは？　絵を見に行かれました？」と彼は訊ねた。

「いいえ、延期しましたの。でも、サラマートフさまのところへ lawn tennis〔テニス〕をしに参りました。本当に、ミスター・クルックスはびっくりするほどの腕前なんですのよ」

ネフリュードフは気晴らしのためにここへ来たのだったし、この家はいつも気持ちがよかった、それは彼の五感に快く働きかける、感じのいいぜいたくさのためばかりでなく、いつのまにか彼を包んで、いい気持ちにしてくれる雰囲気のためでもあった。ところが今日は、ふしぎなことに、この家の何もかもがネフリュードフにはいやだった――玄関番、ひろい階段、花、ボーイたち、テーブルの飾りつけから始まって、今日は魅力がなく、不自然に思えるミッシー自身にいたるまで、すべてが不愉快だった。コーロソフのあの自信たっぷりで、俗悪で、リベラルな調子も、ネフリュードフには不愉快だった、老コルチャーギンの牛のような、自信たっぷりの、肉感的な姿も不愉快だった、国粋主義者カテリーナ・アレクセーヴナがフランス語の切れ端を混ぜるのも不愉快だった、住みこみ家庭教師と勉強相手の大学生の窮屈そうな顔も不愉快だった、自分に向けられる「この人」という言葉は特に不愉快であった……ネフリュードフはいつも、ミッシーにたいして二つの態度の間で揺れ動いていた。ときには、彼は半ば目をとじたように、あるいは月の光の下のように、彼女の中にありとあらゆるすばらしいものを見てとった——彼女が若くて生き生きしているようにも、きれいにも、利口にも、自然にも感じられた……だが、ときには不意に、明るい太陽に照らされたように、彼女の欠点を見たし、見ずにはいられなかった。ネフリュードフにとって、今日はそんな日だった。今日、彼はミッシーの顔の小じわが一つ残らず目についた、髪を人工的にちぢらせてあるのがわかったし目についた、肘《ひじ》のとがっているのが目についた、そして何よりも、親指の幅のひろい爪が目についた、それは父親の同じような爪を連想させるのだった。

「退屈きわまるゲームです」コーロソフがテニスのことをそう言った。「われわれが子どものころにやったように、ラプタ(ロシア古来の球技)のほうがはるかに面白かった」

「いいえ、おやりにならないからですわ。そりゃ、すごく楽しいんですのよ」とミッシーが反論した、そのとき「すごく」という言葉をことさら不自然に発音したように、ネフリュードフには感じられた。

そして議論が始まり、それにミハイル・セルゲーヴィチやカテリーナ・アレクセーヴナも加わった。ただ、家庭教師と、お勉強相手と、子どもたちは黙っていた、そして、どうやら退屈しているようだった。

「しじゅう議論しておる！」大声で笑いとばしながら老コルチャーギンがそう言って、チョッキからナプキンをはずした、そして椅子《いす》をガタガタ言わせながら――すぐにボーイがその椅子を後ろからつかまえた――テーブルをはなれた。それに続いて、残りの一同も席を立ち、フィンガー・ボールをのせて、いいにおいの湯を満たしてある小テーブルに近づいた。そして、口をすすぎながら、誰にも興味のない会話を続けていた。

「そうじゃございません？」ゲームほど人の性格をはっきり表わすものはないという自分の意見を認めさせようとして、ミッシーはネフリュードフに言葉をかけた。彼女はネフリュードフの顔に緊張した、しかも非難するような感じの表情を見てとっていた、それは彼女がネフリュードフの中でおそれているものだった、そして彼女はなぜその表情が出てきたのか知りたい気がしていた。

「実のところわかりません、そんなことは一度も考えたことがありませんから」とネフリュードフは答えた。

「ママのところへ参りましょうか？」ミッシーは訊ねた。

「ええ、ええ」彼は煙草《たばこ》を取り出しながら、行きたくないことをはっきり表わすような調子で言った。

ミッシーは黙ったまま、問いただすようにネフリュードフを見た、すると彼はきまりが悪くなった。《まったく、この人たちを退屈させるために来るなんて》彼は自分のことをそう考えて、愛想よくなろうと努めながら、公爵夫人がお目通りさせて下さるなら、喜んで参りますと言った。

「ええ、そりゃ、ママは喜びますわ。あちらでもお煙草をお吸いになってかまいませんのよ。コーロソフさまもあちらにいらっしゃいますし」

この家の女主人、ソフィア公爵夫人は、寝たっきりの奥さまだった。彼女は足かけ八年、客の前でも寝たままで、レースとリボンにくるまれ、ビロードと、金めっきと、象《ぞう》牙《げ》と、ブロンズと、漆《うるし》と、花に囲まれて、どこにも出かけず、彼女の口を借りれば「あたくしのお友だち」、つまり何かの点で俗衆からぬきん出ていると彼女が考える者だけに面会を許していた。ネフリュードフはそのお友だちの中に入っていた。というのは、彼は頭のいい青年と考えられていたし、彼の母親は一家の親しい友人だったし、もしミッシーが彼と結婚すればいいはずだからでもあった。

ソフィア公爵夫人の部屋は大小二つの客間の奥にあった。ネフリュードフの前を歩いていたミッシーは大きな客間できっぱりと足を止め、金で飾った椅子の背をつかんで、彼を見つめた。

ミッシーはとても結婚したかった、そしてネフリュードフならよい相手だった。そのうえ彼女はネフリュードフが好きだったし、この人は自分のものになる(彼女がネフリュードフのものになるのではなく、ネフリュードフが彼女のものになる)という考えを自分に植えつけてしまっていた、そして彼女はちょうど精神病患者によくあるような、無意識だがねばり強い抜け目のなさで、自分の目的をとげようとしていた。彼女は今、ネフリュードフを愛の告白におびき出すために、口をきったのだった。

「お見受けするところ、何かおありになったようですのね」と彼女は言った。「どうかなさいましたの?」

彼は法廷でのめぐりあいを思い起こして、眉《まゆ》をひそめ、顔を赤らめた。

「ええ、あったのです」彼は正直になりたいと思って言った。「奇妙な、めったにない重要なことが」

「どんなことですの? おっしゃっていただけないかしら、どんなことか?」

「今は無理です。言わないままにさせておいて下さい。まだ十分に考え尽くせないようなことが起こったのです」彼はそう言って、いっそう赤くなった。

「それで、あたくしに言って下さらないのね?」ミッシーの顔の筋肉が震えた、そして彼女はつかんでいた椅子を動かした。

「ええ、言えません」ネフリュードフはこんなふうにミッシーに答えることで、自分自身にも答えているのを感じながら、また、本当に自分の身に何か重要なことが生じたのを認めながら、こう答えた。

「そう、じゃ、参りましょう」

ミッシーは無用な考えを追い払うように頭を強く振り、いつもより速い足どりで先へ歩いて行った。

ネフリュードフは、彼女が涙をこらえるために不自然に口を引きしめているような気がした。彼は彼女を悲しませたことが気恥ずかしくて、心が痛んだ、しかし彼はほんの少しの気の弱さが自分を破滅させること、つまり縛りつけてしまうことを知っていた。そして、ネフリュードフはいま何よりもそれをおそれていたので、無言のまま彼女といっしょに公爵夫人の個室までたどり着いた。

27

ソフィア公爵夫人は実に手のこんだ、栄養たっぷりの食事を終えたところだった、彼女はこの散文的な作業をしているところを誰にも見られないために、いつも一人で食事をとるのだった。ソファー・ベッドのかたわらにコーヒーをのせたサイド・テーブルがあり、夫人はとうもろこしの葉で巻いた煙草《たばこ》を吸っていた。ソフィア公爵夫人はやせて、ひょろ長く、今でもやはり若づくりをしている黒髪《ブリュネット》の女で、歯が長く、大きな黒い目をしていた。

彼女と医者の関係をめぐってよくない噂《うわさ》があった。ネフリュードフは今までそのことを忘れていたが、今日はそれを思い出したばかりでなく、夫人の肘掛椅子《ひじかけいす》のそばに、医者が油をつけたつやのいいあごひげを左右にわけて、控えているのを見たとき、たまらなく不愉快になった。

ソフィア公爵夫人のわきの低いやわらかい椅子には、サイド・テーブルを前にしてコーロソフがすわり、コーヒーをかき回していた。テーブルの上にはリキュールのグラスがのっていた。

ミッシーはネフリュードフといっしょに母親の部屋に入ったが、そこには残らなかった。

「ママがくたびれて、みなさんを追い出したら、あたくしのところへいらして下さい」

彼女はコーロソフとネフリュードフに向かって、二人の間に何もなかったような口調で言った、それから明るくほほえむと、音もなく厚いじゅうたんを踏みながら部屋を出た。

「まあ、ようこそ、ネフリュードフさま、おすわりになって、お話を聞かせて下さいまし」ソフィア公爵夫人は実にうまい本物そっくりの作り笑いを浮かべ、とびきりうまくこしらえた本物そっくりそのままのみごとな長い歯を見せながら言った。「とてもおふさぎになって裁判所から宅へおいでになったそうでございますわね。情のある方に、あんなことはとてもおつらいと存じますわ」夫人はフランス語で言った。

「ええ、おっしゃる通りです」ネフリュードフは言った。「誰しもよく感じることですが、自分の……自分は裁く権利がないような気がします……」

「Comme c'est vrai〔本当にその通りですわ〕」まるでネフリュードフの意見の正しさに打たれたように、夫人は例によってうまく話し相手の気に入るようにさけんだ。

「ところで、あなたの絵はいかがですの、あたくしとても心をひかれておりますのよ」彼女は言葉をついだ。「あたくし、こんな持病がなければ、もうとっくにお宅におうかがいしていたはずですけれども」

「あんなことはすっかりやめてしまいました」ネフリュードフはそっけなく答えた。今日は夫人のお世辞のそらぞらしさが、覆いかくしている老いと同じように、ありありと彼には感じとれた。彼はどうしても愛想よくできるような気分になれなかった。

「そりゃいけませんわ！　ねえ、レーピン（一八四四―一九三〇。ロシアの有名な画家）まであたくしに言いましたのよ、この方には間違いなく才能がおありになるって」彼女はコーロソフに向かって言った。

《よく恥ずかしくないもんだ、こんなでたらめを言って》眉《まゆ》をひそめてネフリュードフは思った。

　ネフリュードフが不機嫌で、彼を楽しい知的な会話に引きこむことが無理だと見きわめをつけると、ソフィア公爵夫人はコーロソフに、新しい劇についての意見を訊《たず》ねた、その口調はまるで彼の意見がありとあらゆる疑問を解決し、その意見の一語一語が不朽のものになるはずだとでもいうようだった。コーロソフはその劇を批判し、それを機会に自分の芸術論を述べたてた。ソフィア公爵夫人はその意見の正しさに感服してしまい、劇の作者を弁護しようとしても、たちまちコーロソフに降参したり、中途半端なところに落ち着いたりするのだった。ネフリュードフはそちらへ目を向け、耳を傾けていたが、彼に見えるもの、聞こえるものは、目の前のものとはまったく違っていた。

　ときにはソフィア公爵夫人に、ときにはコーロソフに耳を傾けながらネフリュードフが見ていたのは、第一に、公爵夫人もコーロソフも、劇や話し相手などはどうでもいいことで、二人が話しているのは、ただ食事の後で舌や喉《のど》の筋肉を動かしたいという生理的要求を満たすためにすぎないことだった。第二に、コーロソフがウォッカとワインとリキュールを飲んで、いくらか酔っていること、それもめったに飲まない農民たちの酔い方ではなく、酒を習慣にしている人間の酔い方だということだった。彼はふらつきもせず、ばかなことを言いもしなかったが、興奮して自信満々の異常な状態にあった。第三に、ネフリュードフが見てとったのは、ソフィア公爵夫人がおしゃべりをしながら、窓のほうを心配そうに見ていることだった。その窓を通して斜めの日光が彼女のところまで届きはじめており、それがあまりにもはっきりと彼女の老醜を照らし出すおそれがあったのだ。

「本当にその通りですわ」彼女はコーロソフの意見についてそう言うと、ソファー・ベッドのそばの壁にはめこんであるベルのボタンを押した。

そのとき、医者が立ち上がり、家族のように何も言わぬまま部屋を出た。夫人は話を続けながら、それを目で見送った。

「すまないけど、フィリップ、このカーテンをおろして下さいな」ベルを聞いて美男のボーイが入ってきたとき、夫人は目顔でカーテンを示しながら言った。

「いいえ、なんと申しましても、あの作家には神秘的なところがあります。神秘的なところがなければ詩情は存在しませんもの」彼女はカーテンをおろしているボーイの動きを、怒ったように黒い目の片方だけで追いながら言った。

「詩情のない神秘主義は迷信ですし、神秘主義のない詩情は散文でございましょう」カーテンを引っぱっているボーイから目をはなさずに、彼女は悲しそうな微笑を浮かべて言った。

「フィリップ、そのカーテンじゃありません、大きな窓のほうです」ソフィア公爵夫人は痛々しい表情で言った、おそらく、こんなことを言うためには努力を必要としたので、自分があわれになったのだろう、そして同時に、気をしずめるために、指輪だらけの手で香りのいい煙の立ちのぼる煙草を口に運んだ。

胸がひろく、筋骨たくましい美男のフィリップは謝るように軽く頭をさげ、ふくらはぎの張った力強い足で軽くじゅうたんを踏みながら、素直に黙々として、別の窓に移った、そして一生懸命公爵夫人のほうを見やりながら、ひとすじの光もぶしつけにその顔を照らすことのないようにカーテンを引っぱった。ところが、そのときもまたフィリップは見当違いなことをしてしまい、弱りきったソフィア公爵夫人はまたしても神秘主義論を中断し、のみ込みが悪くて、自分を無慈悲にいらだたせるフィリップに注意しなければならなかった。一瞬、フィリップの目がギラリと光った。

《どうしてほしいのか、わけがわからねえよ――とフィリップはたぶん腹の中で言ったのだろうな》ネフリュードフはこのお芝居をはじめからしまいまで見まもりながら、そう思った。しかし、美男で力持ちのフィリップはすぐにいらだちが高まるのを押しかくし、疲れはてて、無力で、嘘《うそ》にこりかたまったソフィア公爵夫人の命じることを、おとなしくやりはじめた。

「むろん、ダーウィンの学説にはかなりの真理があります」低い椅子に寝そべるようにして、眠そうな目でソフィア公爵夫人を見ながら、コーロソフが言った。「しかし、あの男は限度を越えてますな。まったく」

「あなたは遺伝を信じておいでですの？」ソフィア公爵夫人はネフリュードフの沈黙が気づまりになって、彼に質問を向けた。

「遺伝ですか？」ネフリュードフは訊《き》き返した。「いいえ、信じません」と彼は言ったが、そのとき、どういうわけか想像の中に浮かび上がってきた奇妙な映像に、すっかり心をうばわれていた。ネフリュードフは力持ちで美男のフィリップを絵のモデルのように想像し、そのかたわらに、スイカのような腹と、はげ頭と、むちのように筋肉のない腕をした、裸のコーロソフを思い浮かべたのだ。今は絹とビロードに覆われているソフィア公爵夫人の肩も、やはりおぼろげながら、ありのままの姿でネフリュードフのイメージに浮かんできた。しかし、その姿はあまりにもおそろしかったので、彼はそれを追い払おうと努めた。

ソフィア公爵夫人はネフリュードフを上から下まで見た。

「それにしても、ミッシーが待っておりますわ」と彼女は言った。「あの子のところへ行ってやって下さいまし、新しく習ったシューマンのものを、あなたにひいてお聞かせしたいと申していました……とても面白うございますのよ」

《何もひきたがっていたわけじゃない。そんなことはみな、何かのための嘘なんだ》ネフリュードフは立ち上がり、透き通って、骨ばって、指輪だらけのソフィア夫人の手を握りながら思った。

客間でカテリーナ・アレクセーヴナが彼に出会うと、すぐに口をきった。

「それにしても、お見受けするところ、陪審員の義務は気がめいるようですわね」彼女は例によってフランス語で言った。

「ええ、申しわけありません、ぼくは今日は機嫌が悪いもので、ほかの方々をゆううつにしてはいけませんから」ネフリュードフは言った。

「どうしてご機嫌が悪いんですの?」

「失礼ですが、その理由は言わずにおかせて下さい」とネフリュードフは自分の帽子を探しながら言った。

「でも、おぼえておいででしょう、いつも本当のことを言うべきだって、あなたがおっしゃっていたじゃありませんの、それにそういうときは、あたくしたちみんなにずいぶんひどい本当のことをおっしゃったじゃありませんの。どうして今度はお言いになりたがらないのかしら？　おぼえているわね、ミッシー？」カテリーナ・アレクセーヴナは二人のところへ出てきたミッシーに声をかけた。

「あれは遊びだったからです」ネフリュードフはまじめに答えた。「遊びならできます。でも、現実では、ぼくたちはひどく悪い人間ですから、いや、つまり、ぼくがひどく悪い人間ですから、少なくともぼくは本当のことを言うわけにはいかないんです」

「言い直すことはありませんわ、それより、どうしてあたくしたちがそんな悪人なのか教えて下さいな」カテリーナ・アレクセーヴナは言葉じりをもてあそびながら、まるでネフリュードフの真剣さに気づかないように言った。

「いちばん悪いのは、自分が不機嫌なのを認めることですわ」ミッシーが言った。「あたくしは一度も自分でそんなこと認めたことがありません。だから、いつも機嫌がいいんですのよ。ま、仕方ありませんわ、あたくしの部屋に参りましょう。あたくしたちあなたの mauvaise humeur〔悪い気分〕を吹き払うようにしてみますわ」

ネフリュードフはちょうど、面繫《おもがい》をつけて馬車につなぎに出すためになでさすられる馬が味わうにちがいないような気分を味わった。ところが今日、彼はいつにも増して馬車をひくのがいやだった。彼は家に帰らなければならないと詫《わ》びを言って、別れのあいさつを始めた。ミッシーはいつもより長いこと彼の手をはなさなかった。

「おぼえていて下さいまし、あなたに大切なことは、あなたのお友だちにも大切だということを」と彼女は言った。「明日いらして下さいますわね？」

「多分だめです」とネフリュードフは言った。そして、恥ずかしくなって、自分のせいか、彼女のせいかわからないまま顔を赤らめ、いそいで外に出た。

「いったいどうしたのかしら？ Comme cela m'intrigue〔とても気になるわ〕」ネフリュードフが出て行ってしまうと、カテリーナ・アレクセーヴナが言った。「あたくしどうしても突きとめてやるわ。何か affaire d'amour-propre〔自尊心に関係のあること〕ね。Il est très susceptible, notre cher Митя〔あの人はとても傷つけられやすいのよ〕」

《Plutôt une affaire d'amour sale〔むしろ不潔な恋愛に関係したことでしょ〕》とミッシーは言いたかったが、それを言わずに、ネフリュードフを見ていたときとはまったく違う、火の消えたような顔で自分の前を見つめていた。彼女はこの品の悪いだじゃれを、カテリーナ・アレクセーヴナにさえ言わず、ただ、こう言っただけだった。

「誰だって、いやな日もあれば、いい日もあるものよ」

《いったい、あんな人でも裏切るものなのかしら》と彼女は思った。《もう二人の間にいろいろなことがあった後で、そうなったら本当にあの人のほうが悪いんだわ》

《いろいろなことがあった後で》という言葉が何を意味するのか説明しなければならないとしたら、ミッシーは何ひとつはっきりしたことが言えなかっただろう、ところがそれでいながら、彼女は自分の心にネフリュードフが希望を持たせたばかりでなく、ほとんど彼女に約束を与えたことを知っていた。それはすべて、はっきりした言葉ではなく、目つき、微笑、遠回しな言葉、わざと言うのを避けていることなどだった。しかし、ともかく彼女はネフリュードフを自分のものと考えていたし、彼を失うのはとてもつらかった。

28

《恥ずかしくていやらしい、いやらしくて恥ずかしい》一方、ネフリュードフは通い馴れた道を歩いて家に戻りながら思っていた。ミッシーとの会話から味わった重苦しい気分が去らなかった。自分は、もしこんな言い方ができるとすれば、形式的にはミッシーにたいしてやましいところはない、とネフリュードフは感じていた――自分を縛るようなことは何ひとつ言わなかったし、申し込みをしたわけでもない、しかし実質的には、自分を彼女と結びつけ、彼女に約束をしたのだという気がした、それでいながら、彼は今日、ミッシーと結婚することはできないと、全身全霊で感じとったのだった。《恥ずかしくていやらしい、いやらしくて恥ずかしい》ネフリュードフはミッシーにたいする態度ばかりでなく、ありとあらゆることを心に浮かべながら繰り返した。《何もかもいやらしくて恥ずかしい》自分の家の入口の階段に足をかけながら、彼は心の中で繰り返した。

「夜食はしない」ネフリュードフは食器とお茶を用意してある食堂に、自分の後から入って来たコルネイに言った。「さがってよろしい」

「かしこまりました」コルネイはそう言ったが、出て行かずにテーブルの上を片づけはじめた。ネフリュードフはコルネイを見ながら、彼にたいして底意地の悪い気持ちを感じていた。彼の願いは、みんなが自分を静かに放っておいてくれることだったのに、みんながわざと当てつけるように、意地悪く彼にまつわりつくような気がした。コルネイが食器を持って引きさがると、ネフリュードフは茶をいれるためにサモワールのそばに歩み寄ろうとした。しかし、アグラフェーナの足音を聞くと、彼女に顔を合わせないように、いそいで客間に出るなり、ドアに鍵をかけてしまった。その部屋、つまり、客間はほかでもない、三カ月前に彼の母親が息をひきとった部屋だった。今、反射板のついた二つの――一つは父の肖像の横に、もう一つは母の肖像の横にある――ランプに照らされたこの部屋に入ると、彼は母にたいする自分の最後の態度を思い起こした、そして、その態度が不自然でいやらしいものに思えた。そのことも恥ずかしくて、いやらしかった。彼は母の病気の末期には、自分が露骨にその死を願っていたのを思い出した。自分がそれを願っているのは、母が苦しみをまぬがれるためなのだ、と彼は自分に言い聞かせていたが、実のところ彼がそれを願っていたのは、自分が母の苦しみを見るのをまぬがれるためだった。

母にまつわるよい思い出を自分の心に呼びさまそうと思って、ネフリュードフは有名な画家に五千ルーブルで描《か》いてもらった彼女の肖像を見やった。母はビロードの黒い服を着、胸をあらわにした姿で描かれていた。画家は、胸と、二つの乳房の間の部分と、まばゆいほど美しい肩と首を、とくべつ骨折って念入りに描き上げたものらしかった。それはもうまったく恥ずかしくて、いやらしかった。半裸の美女といった形のこの母の画像には、何かいやらしい、神聖をけがすようなものがあった。ちょうどこの部屋に三カ月前、この女がミイラのように干からび、それでいながら、どうしても消すことのできないひどい悪臭を、部屋全体ばかりか家じゅうに充満させて横たわっていたのだから、この画像はいっそういやらしいものだった。ネフリュードフには今でもそのにおいが感じられるように思えた。彼は、死ぬ前の日、母が黒ずんだ骨ばった手で彼のがっしりした白い手を取り、まっすぐ顔を見つめて、こう言ったのを思い起こした。「あたしを責めないでおくれ、ドミートリー、あたしが間違ったことをしたからといって」そして、苦しみのために濁った目に涙があふれた。《なんていやらしいことだ！》すばらしい大理石のような肩と手をして、彼女一流の勝ちほこったような微笑を浮かべている半裸の女を見て、ネフリュードフはもう一度ひとりつぶやいた。肖像のあらわな胸が、数日前やはりあらわな姿で見た別の若い女を彼に思い出させた。それはミッシーだった、彼女は舞踏会に着て行く夜会服の姿をネフリュードフに見せようとして、夕方彼を自分の家へ呼び出す口実を考え出したのだ。彼はミッシーのみごとな肩と手を不快な気持ちで思い出した。あの粗野で、動物的で、独特な過去と残忍な心を持った父親も、bel esprit〔才女〕という当てにならぬ評判の母親も、すべてがいやらしくて、しかも恥ずかしかった。恥ずかしくていやらしく、いやらしくて恥ずかしいのだ。

《いけない、いけない》とネフリュードフは思った。《逃れなければいけない、いっさいのこんなごまかしの関係から、コルチャーギン一家からも、マリアからも、遺産からも、そのほかのありとあらゆるものからも、逃れなければいけない……そうだ、しばらく自由に息をすることだ。外国へ――ローマへ行って、自分の絵の勉強をするんだ……》彼は自分の才能に自分で疑いを持っているのを思い出した。《ま、どうでもいい、ただしばらく自由に息をしなくちゃいけないんだ。まずコンスタンチノープル、それからローマだ、ただなるべく早く陪審の仕事と縁を切らなければ。そして、弁護士といっしょにあの事件を整理するんだ》

するとと、不意に彼の脳裏に、黒い斜めを向いた目の女囚の姿がひときわあざやかに浮かび上がってきた。被告たちの最後の発言のとき、彼女は激しく泣き出したではないか！　ネフリュードフはいそいでその姿を消し去りながら、根もとまで吸った煙草《たばこ》を灰皿でもみ消し、別のに火をつけて部屋の中を行ったり来たりしはじめた。すると、彼女と過ごした一瞬一瞬がつぎつぎに脳裏に浮かんできた。彼女との最後の出会いを、あのとき自分をとらえた動物的な情欲を、そして情欲が満たされたときに味わった幻滅を彼は思い起こした。空色のリボンのついた白い服を思い起こした、明け方の礼拝式を思い起こした。《確かにおれは彼女を愛していた、あの日の明け方はりっぱな、純潔な愛情で、心から愛していた、もっと前から彼女を愛していたのだ、いや、初めて叔母の家で暮らしながら論文を書いていたころ、どんなに愛していたことか！》そして、彼は当時の自分を思い起こした。あのすがすがしさ、若さ、生の充実を、彼はそこはかとなく感じた、そして苦しいほど悲しくなった。

当時の彼と今の彼との違いは実に大きかった――それは教会にいたときのカチューシャと、商人相手に飲んだくれ、今朝《けさ》ネフリュードフたちに裁かれた娼婦との違いより大きくないまでも、同じぐらいだった。あのころ、彼は前途に無限の可能性のひらけた、元気のいい、自由な人間だった――今、彼は自分が愚劣で、空疎で、無目的で、とるに足りない生活の網に四方八方からとらえられているのを感じていた、そして、その網からの出口が何ひとつ見当たらなかったし、たいていは出ようという気さえなかった。彼は昔、自分が率直さを誇りにしていたこと、常に真実を語れという規則を、かつては自分に課して、本当に正直になったこと、そして今では自分が全身嘘《うそ》に――この上もなくおそろしい嘘、つまり彼の周囲のありとあらゆる人間が真実と認めている嘘に包まれていることを思い出した。そして、この嘘からの出口は何ひとつなかった、少なくともネフリュードフには何ひとつ見当たらなかった。そこで、彼はその泥沼にはまりこみ、それに馴れ、その中でぬくぬくとしていた。

マリアとの関係、その夫との関係を、夫やその子どもたちの顔をまともに見るのが恥ずかしくないように解決するには、どうすればよいか？　嘘をまじえずにミッシーとの関係を解きほぐすにはどうすればよいか？　土地所有は不法だという意識と、母の遺産を所有していることとの矛盾からぬけ出すにはどうすればよいか？　カチューシャにたいする罪をぬぐい去るにはどうすればよいか？　これを今のまま放置しておくことはできまい。《おれが愛したことのある女を捨てるわけにはいかない、弁護士に金を払って、もともとその理由のない懲役から救ってやるだけで満足することはできない、おれがあのとき彼女に金をやって、するべきことはしたと思っていたように、金で罪をぬぐうことはできないのだ》

するとと、彼は廊下で彼女に追いつき、金を押しつけて、逃げてしまったときのことを思い出した。《ああ、あの金が！》あのときと同じような恐怖と嫌悪の気持ちで、彼はその瞬間を思い出した。《ああ、ああ、なんていまわしいことだ！》あのときと同じように、彼は声を出して言った。《卑劣な人間でなければ、ろくでなしでなければ、あんなことができるものか！　おれも、おれがそのろくでなしなんだ、その卑劣な人間なんだ！》声をあげて彼は言った。《だが、いったい本当に》彼は足を止めた。《本当におれが、おれが確かにろくでなしなのだろうか？　そうでなければ、いったい誰がろくでなしなんだ？》彼は自分に答えた。《それに、はたしてこれだけだろうか？》彼は自分の罪をあばきつづけた。《マリアとその夫にたいするお前の態度はいまわしいことではないのか、卑劣ではないのか？　それに、財産にたいするお前の態度は？　金はおふくろからもらったものだという口実で、お前が不法と考えている財産を利用しているではないか。それにお前の無為で低劣な生活全体もだ。そして、すべての頂点がカチューシャにたいするお前の行為なのだ。ろくでなし、卑劣なやつ！　人は好きなようにおれのことを判断するがいい、他人をおれはごまかすことができる、しかし、自分自身はごまかせない》

そして、不意に彼は、近ごろ自分が人々にたいして感じていた嫌悪、特に今日、公爵にも、ソフィア夫人にも、ミッシーにも、コルネイにも感じた嫌悪は、自分自身にたいする嫌悪なのだとさとった。そして、ふしぎなことに、自分の卑劣さを認めるこの気持ちの中には、何かつらく苦しいものと同時に、うれしい、心をしずめるようなものがあった。

ネフリュードフの人生には、彼自身「魂の清掃」と呼んでいることが、すでに何度か起こっていた。魂の清掃と彼が呼んでいたのは、不意に、ときにはかなり時間的な間隔をおいてから、内面生活の停滞、ときには停止さえ感じ、自分の心に積もって停止の原因となっていた塵《ちり》を、残らず掃き出しはじめるような精神状態のことだった。

こんなふうに発奮すると、いつもネフリュードフは自分に規範をつくり、永久にそれに従おうとこころざす——日記をつけ、新しい生活を始め、もうけっしてそれを変えないぞと期待するのだった――それは彼が自分自身に言っていた言葉を借りれば、turning a new leaf〔新しいページをめくる〕ことだった。しかし、そのたびごとに世間の誘惑が彼をとらえ、自分でも気づかないうちにふたたび堕落し、しかも以前より落ちてしまうことがたびたびだった。

このように、彼は何度か自分を清掃して、立ち直った。それを初めて体験したのは、叔母のところへ一夏《ひとなつ》の間やってきたときのことだった。それはこの上もなく生気に満ち、喜びにあふれた目ざめだった。そして、その結果はかなり長いこと続いた。その後同じように目ざめたのは、文官の勤務を捨て、命を犠牲にすることを望んで、戦争中に軍務についたときだった。しかし、そのときはほこりのたまるのが実に早かった。その後目ざめたのは、退職して外国に行き、絵の勉強を始めたときだった。

そのとき以来今日の日まで、清掃をせずに長い時期が過ぎた、そのために、彼はいまだかつてこれほど汚れたことはなかったし、良心の要求と、自分が送っている生活とがこれほどかけ離れたこともなかった、そして、彼はその距離をみてとって、おそろしくなった。

その距離があまりに大きく、汚れがあまりにひどかったので、彼は最初、清掃は不可能だと絶望したほどだった。《もう自己完成や向上などは試してみた、そして何の成果もなかったじゃないか》心の中で誘惑者の声が言った。《だのに、なんだってもう一度試すんだ？　お前だけじゃない、みんな同じようなもんだ――そういうもんなんだよ、人生ってやつは》とその声が言った。しかし、ただそれだけが真実で、それだけが強大で、それだけが永遠である、自由な精神的存在がすでにネフリュードフの中で目ざめていた。そして彼はそれを信じずにはいられなかった。自分の今の状態と、なりたいと望んでいるものとの距離がどれほど大きくても――目ざめた精神的存在にはすべてが可能に思えた。

《どんな代償を払っても、おれを縛りつけているこの虚偽を断ち切ってやる、そして何もかも打ち明け、みんなに本当のことを言い、本当のことをするんだ》彼は声を出してきっぱりと自分に言った。《ミッシーに本当のことを言おう――自分はふしだらな男で、あなたと結婚することはできません、ただいたずらにあなたの心を騒がせていたのです、と。貴族団長の妻マリアに言おう。いや、彼女には何も言うことはない、彼女の夫に、おれが卑劣な人間で、彼をだましていたのだと言おう。遺産はちゃんと処分して、真実を認めることができるようにしよう。彼女には、カチューシャには、おれが卑劣な人間で、彼女に罪を犯したと言おう、そして彼女の運命を軽くするためにできるだけのことをしよう。そうだ、彼女に会って、ゆるしてくれるように頼もう。そうだ、子ども

がするように、ゆるしを乞おう》彼はちょっと言葉を止めた。《彼女と結婚するぞ、もしそれが必要なら》

彼はじっと立って、小さいときにしたように、胸の前に両手を組み合わせ、目を上に向け、何者かに向かって言った。

「主《しゅ》よ、われを助け、われを導きたまえ、来たりて、わが胸に宿り、もろもろの汚れよりわれを浄《きよ》めたまえ！」

彼は祈り、神に願った、自分を助け、自分の中に宿り、自分を浄めてくれるように、だが、彼が願っていたことはすでに成就《じょうじゅ》していた。彼の中に宿っていた神が意識の中に目ざめていたのだ。ネフリュードフは自分がその神だと感じ、だからこそ、自由と活気と生の喜びだけでなく、善の力を残りなく感じとった。すべてのこと、人間ができる限りの最もよいすべてのことを、自分は今することができるのだとネフリュードフは感じた。

こんなことを胸につぶやいている間、ネフリュードフの目には涙がたまっていた、よい涙も悪い涙もあった。よい涙だったのは、それがこの数年ずっと彼の中で眠っていた精神的存在の目ざめを喜ぶ涙だったからである。そして、悪い涙だったのは、それが自分自身に、自分の道徳的な高さに感激した涙だったからである。

ネフリュードフは暑くなった。彼は二重窓の一つを取り払った窓に近づいて、それをあけた。その窓は庭に面していた。月のある静かなすがすがしい夜だった、通りで車の音が響き、やがてすっかり静かになった。窓の真下に、裸の高いポプラの枝の影が見え、それは掃き清められた遊び場の砂の上に、枝々を残らずくっきりと映して横たわっていた。左手には、明るい月の光を浴びて白く見える納屋《なや》の屋根があった。前のほうには木々の枝が入りくみ、その奥から垣根の黒い影が見えていた。ネフリュードフは月に照らされた庭と屋根と、ポプラの影をながめ、生き返るような、すがすがしい大気を吸いこんだ。

《なんてすばらしいんだ！　なんてすばらしいんだ、ああ、なんてすばらしいんだ！》

彼は自分の心にあるものを思って、そう言うのだった。

29

マースロワがわが家である自分の監房に戻ったのは、ようやく夕方の六時だった、疲れていたし、馴れてなかったので石ころ道を十五キロも歩き通して足が痛かったし、予想もしないいきびしい判決に打ちのめされていた、それに腹もへっていた。

　裁判の休憩時間に、守衛たちが彼女のそばでパンやゆで卵をつまんでいたときにはまだ、彼女の口は唾《つば》でいっぱいになり、空腹を感じた、しかし守衛たちからもらったりするのは自分の恥になると思った。ところが、それからさらに三時間たってしまうと、彼女はもう食欲をなくし、ただぐったりした感じがするだけだった。そんな状態で、カチューシャは思いもかけなかった判決を聞いた。最初の瞬間、彼女は聞き違いだと思った、聞いたことがすぐには信じられず、自分自身を懲役囚という考えに結びつけることができなかった。だが、この宣告を何かまったく当然のことと受け取っている裁判官、陪審員たちの平然とした、事務的な顔を見て、彼女はかっとなり、自分は無罪だと、法廷じゅうに響き渡る大声でさけんだ。だが、そのさけび声もやはり、何か当然な、予期したもの、事態を変える力のないものと受け取られたのを見てとると、彼女は自分の身に下《くだ》された、無慈悲で彼女を驚かせた不正に従わなければならぬことを感じ、泣き出したのだった。彼女を特に驚かせたのは、これほど無慈悲に自分を裁いたのが男たちだったことだ——若いというか、年寄りでない男たち、ほかでもない、いつもあれほど愛想よく自分を見つめていた男たちだったことだ。ただ一人——検事補だけは、まったく別の気分だということを、彼女は見てとっていた。開廷を待って、彼女が被告室にすわっていたときや裁判の休憩時間に、この男たちがほかの用事で来たようなふりをしながら、ただ彼女を見るためだけに、戸のそばを通ったり、部屋の中に入ったりするのをカチューシャは見てとっていた。そして突然、その同じ男たちが――彼女は起訴されている事件に罪がないというのに――何のためか懲役を宣告したのだ。はじめのうち彼女は泣いていたが、やがておとなしくなり、まったくの放心状態で、護送されるのを待ちながら被告室にすわっていた。そのとき、彼女の望みはただ一つ、煙草《たばこ》を一服やりたいということだけだった。こんな状態にいたとき、判決が済んで同じ部屋に連れてこられたボチコワとカルチンキンが、彼女と顔を合わせた。ボチコワはたちまちマースロワに悪態をつき、懲役囚と呼びはじめた。

「どうだい、お望みが叶《かな》ったかい？　正気に戻ったかよ？　どうやら逃げられなかったらしいな、すけべ女。やってきたことのむくいさ、懲役に行ったら、めかしこむのもやめるだろう」

マースロワは両手を囚人服の袖《そで》に差しこんですわっていた、そして、頭を低く垂れて、二、三歩はなれた自分の前の、踏みへらされた床をじっと見つめ、ただこう言っただけだった。

「あたしはあんたたちにちょっかいを出しちゃいないだろ、あんたたちも、あたしをほっといとくれ。あたしだってちょっかいを出しちゃいないんだ」彼女は何度かそう繰り返してから、すっかり黙りこんでしまった。カルチンキンとボチコワが連れ出され、守衛がカチューシャに三ルーブルの金を持って来たときだけ、彼女は少し元気を取り戻した。

「お前がマースロワか」と守衛は訊《たず》ねた。「そら受け取れ、お前に奥さんが下すったんだ」

「どこの奥さんが?」

「いいから取っとけ、お前たちとしゃべってるわけにはいかん」

その金は娼家の女主人、キターエワが贈ったものだった、裁判所を出るとき、彼女はマースロワにいくらか金を渡すことができるだろうかと法廷の事務官に訊ねた。法廷の事務官はできると言った。すると、許可を得たので、彼女はボタンを三つ付けたかもしれかの手袋をふっくらした白い手からはずし、絹のスカートの後ろのひだから流行の紙入れを取り出し、かなりたくさんの利子引換券の中から――それは彼女が娼家で稼いだ証券から切り離したばかりのものだった――一枚だけ、二ルーブル五十コペイカのを選び、それに二十コペイカ銀貨二枚と、十コペイカ銀貨一枚を付け足して、事務官に渡した。事務官は守衛を呼び、施しをしてくれたキターエワの目の前で、その金を守衛に渡した。

「どうぞ、確かにやって下さい」とキターエワは守衛に言った。

守衛はこんなふうに疑われたので腹を立て、そのためにマースロワにさっきのような怒った態度をとったのだった。

マースロワはその金がうれしかった。というのは、今の彼女のただ一つの望みをそれが叶えてくれるからだった。

《煙草を手に入れて、一服できさえすりゃ》と彼女は思った、そして、彼女の考えは、一服やりたいというこの願いにすっかりこりかたまっていた。吸いたくてたまらなかったので、事務室のドアから廊下にもれてくる煙草の煙が空気の中に感じられると、むさぼるように息を吸いこむほどだった。だが、彼女はまだ長いこと待たなければならなかった。というのは、彼女を送り返すはずの書記が、被告たちのことを忘れて弁護士の一人と雑談をし、発禁論文のことで議論まで始めたからだった。若いのや年とったのが数人、裁判の後でも、彼女をひと目見るために入ってきて、おたがいに何かささやき合っていた。が、彼女は今となっては、そんな連中は目にも入らなかった。

やっと四時すぎに彼女は送り返されることになり、護送兵——ニージニー・ノヴゴロド出身のとチュワシ出身の——が裏口を通って、彼女を裁判所から連れ出した。裁判所の玄関で彼女はもう二十コペイカを護送兵に渡し、白パン二つと煙草を買ってくれるように頼んだ。チュワシ出身のが笑って、金を取って言った。「よしきた、買おう」そして、本当にごまかさずに煙草もパンも買い、釣りを返した。

途中で煙草を吸うわけにはいかなかったので、マースロワは相変わらず一服したい気持ちが満たされないまま、監獄に近づいた。彼女が入口のほうへ連れてこられたとき、汽車から百人ばかりの囚人が護送されてきた。通路で彼女は彼らに出くわした。

囚人たち――ひげを生《は》やした者、ひげを剃《そ》った者、年とった者、若い者、ロシア人、外国人、頭を半分剃った者などが、足かせをがちゃつかせながら、玄関をほこりと、騒がしい足音と、話し声と、鼻をつく汗のにおいで満たしていた。囚人たちはマースロワのそばを通りながら、みんなむさぼるように彼女をながめ回した、中には情欲にゆがんだ顔で彼女に近づいて触る者もあった。

「よう、ねえちゃん、べっぴんだな」一人が言った。「おばちゃんによろしく」もう一人がウインクをしながら言った。髪と目が黒く、頭の後ろを青々と剃りたて、剃った顔に口ひげを生やした一人の囚人が足かせをもつれさせ、がちゃつかせながら、彼女に飛びついて抱きしめた。

「いってえ、なじみの顔を見忘れたのかよ？　もったいつけるのはいい加減にしな！」彼は彼女に突き飛ばされると、歯をむき出し、目をギラギラさせながらわめいた。

「こいつ、何をする、しょうがねえ野郎だ！」後ろから近づいた次長がどなりつけた。

その囚人はすっかりちぢこまって、あわててとびのいた。次長のほうはカチューシャに食ってかかった。

「お前はどうしてここにいるんだ？」

マースロワは裁判所から連れ戻されたのだと言おうとしたが、ひどく疲れていたので、口をきくのも面倒だった。

「裁判所から戻ったんであります、次長殿」護送班長が、通って行く囚人たちの後ろから姿を現わし、敬礼しながら言った。

「そうか、じゃ看守長に引き渡せ。これじゃ始末におえん！」

「わかりました、次長殿」

「ソコロフ！　引きとれ」次長がどなった。

看守長が近づいて、怒ったようにマースロワの肩を小突いた。それからあごをしゃくって、彼女を女囚房の廊下へ連れて行った。女囚房の廊下で、彼女は全身を触られ、さぐられ、何もないことがわかってから（煙草の箱は白パンの中に押しこんであった）、朝出て来たのと同じ監房へ入れられた。

30

マースロワが拘留されていた監房は、奥行きおよそ六メートル半、間口五メートルほどの縦長の部屋で、窓が二つと、ところどころはげて突き出たペチカと、部屋の三分の二を占めている、乾燥しきってひび割れた板の寝床があった。ドアの真向かいの部屋の真ん中には、ろうそくをくっつけた黒ずんだ聖像画があり、その下にはほこりをかぶったドライ・フラワーの束がさげてあった。ドアのかげになる左手には、床の黒くなったところがあり、そこにはいやなにおいのする桶《おけ》が置いてあった。点呼がたった今終わったところで、女たちはもう朝まで鍵をかけてとじこめられてしまっていた。

この監房に入っているのは全部で十五人、女が十二人、子どもが三人だった。

まだ、まったく明るいので、寝床に横になっているのは二人の女だけだった。頭から囚人服をひっかぶっている一人は、身分証明書《パスポート》がないためにつかまった頭の弱い女で、この女はいつもほとんど眠ってばかりいた、もう一人は窃盗《せっとう》で服役している肺病女だった。この女は眠っておらず、寝ているだけで、頭の下に囚人服を当てがい、目を大きく開いて、横になり、喉《のど》をくすぐってあふれ出そうな痰《たん》を抑えながら、やっとの思いで咳《せき》をしないようにしていた。ほかの女たちは――みな頭に何もかぶらず、かたい麻の下着一枚で――寝床に腰をおろして縫い物をしている者もあり、窓ぎわに立って、中庭を通る男の囚人たちを見ている者もあった。縫い物をしている三人の女のうちの一人は、ほかでもない、マースロワを見送ってくれた老婆――コラブリョーワで、陰気な顔つきをし、眉《まゆ》をしかめ、しわくちゃで、あごの下に皮を袋のように垂らした、背の高い、がっちりした女だった、こめかみのあたりが白くなりかけた金髪を短いおさげ髪にしており、頰《ほお》には毛の生《は》えたいぼがあった。この老婆は斧《おの》で夫を殺したために懲役を宣告されていた。だが、殺したのは、夫が彼女の娘にうるさくつきまとったからだった。この女は監房の牢名主《ろうなぬし》で、酒を売っているのもやはりこの女だった。彼女は眼鏡をかけ、仕事にきたえられた大きな手で、農民風に、針を三本の指で、先が手前になるように握っていた。その隣にすわって同じように麻布で袋を縫っているのは、背のあまり高くない、だんご鼻の、髪の黒っぽい女で、小さな黒い目をしており、気だてがよく、おしゃべりだった。これは番小屋勤務の踏切番で、列車が来たときに旗を持って出て行かず、列車が事故を起こしたために、三カ月の禁固に処せられたのだった。縫い物をしている三人目の女は、フェドーシアといい――女囚仲間はフェーちゃんと呼んでいた――色白で、血色がよく、澄んだ子どものような青い目をし、二本の長い金髪のおさげを小さな頭に巻きつけた、うら若い、かわいい顔の女だった。この女は夫の毒殺未遂で拘留されていた。彼女は十六の小娘で嫁にやられた直後に夫の毒殺をくわだてた。彼女は保釈されて裁判を待っていた八カ月の間に、夫と和解したばかりでなく、すっかり愛するようになってしまい、いざ裁判となったときには、夫とむつまじく暮らしていた。夫や舅《しゅうと》、とりわけ、フェドーシアに惚《ほ》れこんでしまった姑《しゅうとめ》が、法廷で一生懸命彼女の弁護に努めたかいもなく、彼女はシベリア流刑、懲役の宣告を受けた。気だてがよくて、ほがらかで、よく笑顔を浮かべているこのフェドーシアは、マースロワと寝台が隣同士で、マースロワを好きになったばかりでなく、彼女のことに気をくばったり、その世話をするのを、自分の義務と認めるほどになった。何もせずに寝台にすわっているのがあと二人いた、一人は四十がらみで、顔は青白く、やせていた、昔はおそらく相当の美人だったのだろうが、今ではやせて、青白かった。この女は赤ん坊を抱いて、白い長い乳房をふくませていた。農民たちには不法と思えるやり方で徴兵された新兵が村から連れ出されるとき、民衆が警察署長の道をはばんで新兵を取り返した――それがこの女の罪状だった。不法に徴兵された若者の叔母に当たるこの女が、新兵をのせている馬の手綱《たづな》を真っ先につかんだのだ。もう一人、何もせずに寝床にすわっているのは、小柄な、しわだらけの、気のいいおばあさんで、髪は白く、背中は曲がっていた。このおばあさんはペチカのそばの寝床に腰をかけて、自分のわきを走りぬける、坊主頭の四歳になる、腹の大きい、笑いこけている男の子をつかまえるふりをしていた。男の子は下着一枚で彼女のわきを走りぬけながら、そのたびに同じことを言うのだった――「やあい、つかまらなかった！」息子といっしょに放火の罪を問われていたこのおばあさんは、自分の禁固をこの上もなく穏やかに耐え、ただ、同時に監獄に入れられている息子のことや、何よりも年老いた亭主のことに心を痛めているだけだった。彼女の心配は、嫁が出て行ってしまって、体を洗ってくれる者がいないので、自分の留守中にじいさんが虱《しらみ》だらけになってしまうだろう、ということだった。

この七人のほかに、あと四人が開け放した窓の一つのそばに立ち、鉄格子につかまりながら、中庭を通る男の囚人たちと手まねと大声で話をしていた、それはマースロワが入口で出くわした囚人たちだった。この女たちの一人は窃盗で服役中だったが、大柄で、でぶで、体のたるんだ赤毛の女だった。その顔や、手や、開け放してひろくはだけた襟《えり》から覗《のぞ》いている太い首は、黄色みがかって白く、そばかすだらけだった。彼女は窓からしゃがれ声ではしたない言葉をどなり立てていた。その隣に立っているのは、背丈が十歳の子どもぐらいしかない、髪の黒っぽい、不格好な女囚で、背中は長く、足はひどく短かった。顔は赤くて、しみがあり、間隔のひろくあいた黒い目と、白い出っ歯をかくしきれない、分厚い短い唇をしていた。この女は中庭の様子を見て、ときどき黄色い声で笑っていた。おしゃれなので、べっぴんさんというあだ名のこの女囚は、盗みと放火の罪で裁判中だった。二人の後ろに、みじめな感じのやせた、筋ばった、腹のひどく大きい妊娠中の女が、よごれきった灰色の下着姿で立っていた、これは盗みをかばった罪で裁判中だった。この女は黙っていたが、中庭の様子を見ながら、気に入って感心したような微笑をひっきりなしに浮かべていた。窓ぎわに立っていた四人目は酒の密売で服役中の、背の低いずんぐりした田舎《いなか》っぽい女で、ひどく飛び出た目と、気のよさそうな顔をしていた。この女は——おばあさんと遊んでいる男の子と、やはり、誰もあずかってくれる者がいないので、いっしょに監獄にいる七歳の女の子の母親で——ほかの連中と同じように窓を覗いていたが、靴下を編む手を休めず、通りかかる囚人たちが庭から言う言葉に、目をとじて、困ったことだというように顔をしかめていた。ところがその娘の、白い髪をざんばらにした七つの女の子は、シャツ一枚で赤毛のそばに立ち、やせた小さな手でそのスカートにつかまり、女たちと男の囚人たちが投げ交わす口汚い言葉に、目をすえて熱心に耳を傾けていた、そして暗記でもするように、その言葉を小声で繰り返していた。十二番目の女囚はできてしまった父のない赤ん坊を井戸に沈めた雑役僧の娘だった。これは背の高いすらりとした娘で、短めの太い金髪のおさげからもつれた毛がはみ出し、飛び出た目はすわっていた。彼女は周囲の出来事にまったく目もくれず、はだしのまま、よごれた灰色の下着一枚で、壁に行き当たると、くるりとすばやく向きを変えながら、監房の空《あ》いたところを行ったり来たりしていた。

31

鍵がガチャリと鳴って、マースロワが監房に入れられると、みんながそちらを向いた。雑役僧の娘まで一瞬足を止め、眉《まゆ》をあげて入って来た彼女を見たが、何も言わず、すぐにまた、いつものきっぱりした大またで歩きはじめた。コラブリョーワは粗い麻布に針を突き刺し、問いかけるような目で眼鏡ごしにマースロワを見つめた。

「あ、あれまあ！　帰って来たよ。わたしゃてっきり、無罪だと思ってたがね」彼女はしゃがれた低い、ほとんど男のような声で言った。「どうやら、巻き添えをくったらしいな」

彼女は眼鏡をはずし、縫い物をすぐわきの寝床の上に置いた。

「おねえちゃん、おらもおばちゃんと話してただよ、大方すぐに放免されるんじゃねえかって。なんだか、そういうことがよくあるって話だったもんな。おまけに、まさかのときの用心に、金までごっそりくれるって言うじゃないか」踏切番が例の歌うような声ですぐにしゃべりはじめた。「ところが、こりゃどうだ。どうやら、おらたちの見込みははずれたらしい。神さまは、どうやら自己流らしいな、おねえちゃん」彼女はとめどなく、やさしい感じの耳をくすぐるような言葉を続けた。

「まさか罰をくらったんじゃないだろうね？」フェドーシアは子どものような澄んだ青い目で、やさしく同情をこめてマースロワを見ながら訊《たず》ねた、そして、そのほがらかな若々しい顔はすっかり変わって、今にも泣き出しそうになった。

マースロワは何も答えず、無言のまま、コラブリョーワと隣り合った端から二番目の自分の場所へ行き、寝床の板に腰をおろした。

「ごはんも食べてないんだろ」フェドーシアが立ち上がって、カチューシャのそばに寄りながら言った。

マースロワは返事をせずに、白パンを枕もとに置き、着替えを始めた——ほこりのついた囚人服をぬぎ、ちぢれた黒い髪からネッカチーフをとって、腰をおろした。

寝床の向こうの端で男の子と遊んでいた、腰の曲がった老婆も近寄ってきて、マースロワの前に立った。

「ちぇっ、ちぇっ、ちぇっ！」彼女は気の毒そうに頭を振りながら、舌を打ち鳴らした。

男の子もやはり老婆の後について近づいてくると、大きく目を見開き、上唇の端を突き出して、マースロワが持ってきた白パンを見すえた。今日自分の身に起こったすべてのことの後でこんな同情のこもった顔を見ると、マースロワは泣きたくなり、唇が震えはじめた。しかし彼女はこらえようとした、そして老婆と男の子が近づいてくるまではこらえていた。だが、老婆のやさしいあわれむような舌打ちを聞き、そして何よりも、真剣な目をパンから彼女へ移した男の子と視線が合ったとき、もうこらえることができなかった。顔じゅうが震え出して、彼女は泣きくずれた。

「わしが言っただろ、ちゃんとした弁護士をめっけなって」コラブリョーワが言った。「なんだい、追放かい?」と彼女は訊ねた。

マースロワは返事をしようとしたが、できなかった、泣きながらパンの中から煙草《たばこ》の箱を取り出して、コラブリョーワに渡した。その箱にはとても高く盛り上がった髪型をして、胸を三角にあけ、紅《べに》を塗った女が描かれていた。コラブリョーワはその絵を見て、感心しないというように首を振ったが、それはむしろマースロワがこんなむだ使いをしたことに向けられたものだった、それから、煙草を一本取り出し、ランプで火をつけ、自分が一服吸ってから、マースロワの口にくわえさせた。マースロワは泣きつづけながら、むさぼるように一服また一服と煙草の煙を胸に吸いこんでは、吐き出しはじめた。

「懲役だよ」彼女はしゃくり上げながら言った。

「神さまを恐れないんだよ、あいつらは、人を食いものにして、生き血をすすってる野郎ども」とコラブリョーワが言った。「なんてこともなしに娘っこを罪に落としやがって」

そのとき、相変わらず窓ぎわに立っていた女たちの間で爆笑が起こった。女の子も笑った、そして、その細い子どもの笑い声がほかの三人のしゃがれた黄色い笑い声と混じり合った。窓を覗《のぞ》いている女たちに、何かきき目のあるようなことを、一人の囚人が中庭からやったのだ。

「ちぇっ、坊主頭の雄犬が！　何をやってる」赤毛の女がそう言って、あぶらぎった体全体をゆすりながら、格子に顔を押しつけて、意味のない下品な言葉をわめき立てた。

「いいかげんにしな、太鼓の皮！　何をガアガア言ってるんだ！」コラブリョーワは赤毛のほうに首を振ってこう言うと、またマースロワのほうに向き直った。「多いのかい、年数は？」

「四年さ」マースロワは言った、すると涙があまりにもどっと目からあふれ出たので、そのひとしずくが煙草にかかった。

　マースロワは腹を立てて、それをもみくちゃにして捨てると、別のを取り出した。踏切番は煙草を吸わなかったが、それでもすぐに吸いがらを拾って、話を続けながら、そのしわをのばしはじめた。

「おねえちゃん、どうやら、まったくの話」と彼女は言った。「道理は豚《ぶた》に食われちまったらしい。好き勝手なことをしてるだ。マトヴェーヴナおばちゃんは放免だって言うんだが、おらは、いや、あんた、あの人は、かわいそうに、やつらに食われちまうような気がするよって、言ってたんだ、その通りになっちまったな」彼女は満足そうに自分の声の響きに耳を傾けながら言った。

　そのうちに男の囚人たちが全部中庭を通り過ぎてしまい、それと言葉を交わしていた女たちも窓をはなれて、やはりマースロワのそばに来た。まっさきに目の飛び出たもぐりの酒屋が自分の娘を連れてやってきた。

「どうしてやけにきびしいのかな?」彼女はマースロワの横にすわりながら、相変わらずすばやく靴下を編む手を休めずに訊ねた。

「金がないからきびしいのよ。銭があって、いっぱし気のきいたやつを雇えば、おおかた無罪になっただろうよ」コラブリョーワが言った。「あの、名前は何だったか、髪のぼさぼさした鼻のでっかいやつ——あれなら、あんた、黒でも白と言いくるめるよ。なんとかあいつをつかまえなきゃ」

「つかまりっこねえよ」みんなのそばに腰をおろしたべっぴんさんが歯をむき出して言った。「あいつは千ルーブルより下じゃ、はなもひっかけねえ」

「いや、これがあんたのめぐりあわせなんだろ」放火で服役中の老婆が口をはさんだ。「並大抵じゃねえよ——若いもんから女房を引きはなして、虱《しらみ》の餌《えさ》に牢屋に入れて、おまけにわしまでこの年になってやっぱりぶちこむんだからね」彼女は百ぺん目にもなる自分の身の上話を始めた。「牢屋と乞食《こじき》はどうやら避けられねえもんらしい。乞食でなきゃ——牢屋さ」

「どうも、やつらはいつでもこんな流儀らしい」もぐりの酒屋はそう言ってから、女の子の頭を覗きこむと、靴下をわきに置き、子どもを足の間に引き寄せ、指をすばやく動かして、髪の中をさぐりはじめた。「『なんで酒を商《あきな》ったりするのか?』って言いやがる。いったいどうやって子どもを食わしていけって言うのかね?」彼女はもう習慣になった虱さがしを続けながら言った。

もぐりの酒屋のこの言葉を聞いて、マースロワは酒のことを思い出した。

「一杯やりたいね」彼女は下着の袖《そで》で涙をふき、ほんのときたましゃくり上げながら、コラブリョーワに言った。

「ガムイルカ（囚人の間で使われる酒の隠語）かい？　いいね、やろうよ」とコラブリョーワが言った。

32

マースロワはパンの中からお金を取り出し、コラブリョーワに利子引換券を渡した。コラブリョーワはそれを受け取ってながめた、そして自分は読み書きができなかったが、何でも知っているべっぴんさんが、この紙きれの値打ちは二ルーブル五十コペイカだと言うのを信用した。そして、かくしてある酒の小びんを出すために、ペチカの通風口のほうににじり寄った。それを見て、寝台が隣同士でない女たちは、自分の場所にひきさがった。マースロワはその間にネッカチーフや囚人服のほこりを払い、寝板に這《は》い上がってパンを食べはじめた。

「あんたにお茶をとっといたけど、冷えちまっただろうね」脚絆《きゃはん》にくるんだブリキのやかんと大きなカップを棚から取りながら、フェドーシアが言った。

この飲み物はひどく冷たくて、お茶よりむしろブリキの味がしたが、マースロワはそれをカップになみなみとついで、パンを食べながら飲みはじめた。

「フィナーシカ、ほら」マースロワはそうさけぶと、パンをひとつまみむしりとって、彼女の口もとを見ている男の子にやった。

そうしているうちに、コラブリョーワばあさんが酒のびんと大きなカップを持ってきた。マースロワはコラブリョーワとべっぴんさんにすすめた。この三人の女囚は監房の貴族階級になっていた。それは金があって、持っているものを分け合っていたからだった。

四、五分もすると、マースロワは生気を取り戻し、検事補のものまねをしながら、裁判の様子や裁判所で特にびっくりしたことなどを威勢よく話して聞かせた。法廷でみんなが見るからにうっとりして自分をながめていたし、わざわざ自分を見るために、ひっきりなしに囚人室に入ってきた、というのだった。

「護送の兵隊までが言うのさ――『ありゃみんなお前を見るために来るんだぜ』って。誰かしらやってきて、どこかこのへんに何とかの書類はないか、とか何とか言ってるんだけど、あたしにゃお見通しさ、書類なんか用はないのよ、食いつきそうな目であたしを見てるんだもんね」彼女はほくそ笑んで、わけがわからないと言わんばかりに首を振りながら言った。「いやになっちゃう――お芝居なんかやってさ」

「いやまったくその通りだよ」踏切番が応じた、そして、たちまちその歌うような言葉が流れ出した。「まるで砂糖にたかる蠅《はえ》だ。ほかのことはともかく、あの道になったら目の色が変わる。あれが飯より好きなんだよ、男ってやつは」

「それがまたここでもさ」マースロワが踏切番の言葉をさえぎった。「ここでもやっぱりつかまってね。あたしがちょうど連れ返されてくると、ここに駅から来た連中がいたんだよ。すっかりひどい目にあって、逃げようにも、どうしていいかわからなかった。ありがたいことに、次長が追っぱらってくれたけど。一人なんかあんまりしつこくて、追っぱらうのに苦労したよ」

「どんなやつだった?」べっぴんさんが訊《たず》ねた。

「髪が黒っぽくて、口ひげを生《は》やしてたよ」

「きっと、あいつだ」

「誰さ、あいつって?」

「なに、シチェグロフだよ。ほら、今ここを通った野郎さ」

「何者だい、シチェグロフって?」

「シチェグロフのことを知らないのかい! シチェグロフって、二度懲役から脱走したやつさ。今度またつかまったけど、あいつならずらかるね。看守だってあいつをこわがってるんだから」男の囚人たちに秘密の手紙を渡す役をしていて、監獄内の動きを何もかも知っているべっぴんさんが言った。「絶対ずらかるよ」

「ずらかるにしても、あたしたちを連れて行くわけじゃなし」とコラブリョーワが言った。「それより、あんたに訊《き》きたいんだけど」彼女はマースロワに向かって言った。「願書のことをめんご士が何て言った、こうなったら出さなくちゃなるまい？」

マースロワは何も知らないと言った。

そのとき、赤毛の女がそばかすだらけの両手を、もつれた濃い赤毛の髪の間に突っこんで、爪で頭をかきむしりながら、酒を飲んでいる貴族たちのほうに近寄った。

「あたしが全部教えてやるよ、カチューシャ」と彼女は口をきった。「まず第一番に、裁判に不満でございますって書かなくちゃ、それから検事に申し出るのさ」

「あんたに何の関係があるんだよ？」怒った低い声でコラブリョーワが赤毛に言った。「酒をかぎつけやがって――遠回しにやろうとしたってむださ。どうすりゃいいか、言われなくてもわかってるよ、あんたに用はないね」

「あんたに言ってやしない、口出しするな」

「酒が欲しくなったのかい？　乗り出してきやがったな」

「ほんとに、そら、あの人に持って行ってやんなよ」いつでも自分のものをみんなに分けてやるマースロワがそう言った。

「あんなやつ、これでもくれてやる……」

「よし、やる気か！」赤毛がコラブリョーワのほうに詰め寄りながら言った。「お前なんかこわくないぞ」

「ぶた箱送りの犬畜生！」

「お前こそ」

「ごった煮の臓物！」

「あたしが臓物だって？　懲役人、人殺し！」赤毛がわめいた。

「あっちに行けって、言ってるだろ」不気味にコラブリョーワが言った。

しかし、赤毛はますます近くににじり寄るばかりだった。そこで、コラブリョーワは彼女のはだけた、あぶらぎった胸を突いた。赤毛はまるでただそれだけを待っていたように、思いもかけないすばしこさでコラブリョーワの髪を片手でひっつかみ、もう一方の手で頭をなぐりつけようとしたが、コラブリョーワはその手をつかまえた。マースロワとべっぴんさんは赤毛の手をつかんで引きはなそうとしたが、編んだ髪に食いこんでいる手はひらこうとしなかった。一瞬、赤毛は髪の毛を放したが、それはただ拳《こぶし》に髪を巻きつけるためだった。コラブリョーワのほうは頭をひん曲げられたまま、片手で赤毛の体をなぐり、歯で手にかみつこうとしていた。女たちはつかみ合っている二人のまわりに群がって、引きはなそうとしたり、大声をあげたりしていた。肺病やみの女までがみんなのそばに近寄って、咳《せき》をしながら、取っ組んでいる二人をながめていた。子どもたちはおたがいに身を寄せ合って泣いていた。騒ぎを聞いて、女の看守が男の看守といっしょに入ってきた。つかみ合っている二人は引き分けられた。そして、コラブリョーワは白髪《しらが》のおさげ髪をほどき、むしりとられた毛の塊《かたまり》をその中から取り除《の》けながら、赤毛のほうはずたずたに裂かれた下着を黄色い胸に当てがったまま――どちらも言いわけをしたり、文句を言ったりしながら、わめいていた。

「ちゃんとわかってる、これは何もかも――酒なんだから。よし、明日所長に言おう、所長がとっちめてくれる。あたしゃわかるんだよ――においでね」女看守が言った。「いいかい、すっかり片づけちまいな、でないとまずいことになるよ――こまかく調べてる暇はないいんだから。自分の場所に戻って、おしゃべりをやめな」

しかし、それからまだ長い間、静かにならなかった。また長いこと女たちはののしり合い、どうして喧嘩《けんか》が始まり、誰が悪いのかを、おたがいに話し合っていた。やっと男と女の看守が出て行き、女たちは静かになって床《とこ》につきはじめた。老婆は聖像の前に立って、お祈りを始めた。

「懲役送りが二人そろいやがった」不意に寝板の向こうの端から、赤毛がしゃがれ声で言い出した、そして一語一語に奇妙なほど手のこんだ口汚い言葉を付け加えるのだった。

「もういっぺん食わされないように、気をつけろ」コラブリョーワが同じように口汚い言葉をまぜて、すかさずやり返した。そして、二人とも静かになった。

「じゃまが入りさえしなきゃ、お前の目ん玉をくりぬいてやったんだけど……」赤毛がまた言い出して、また間髪《かんはつ》をいれずコラブリョーワに同じようにやり返された。また、さっきより少し長い沈黙の合間があって、そしてまた、ののしり合い。合間が次第に長くなって、とうとうすっかり静かになってしまった。

みんな横になっていた、何人かはいびきを立てはじめた、ただ、いつも長いことお祈りをする老婆だけが相変わらず聖像の前で頭をさげていたが、雑役僧の娘は看守が出て行くとすぐ立ち上がって、ふたたび房の中をあちこち歩きはじめた。

マースロワは眠らずに、自分は懲役囚だということばかり考えつづけていた——それに彼女はもう二度も懲役人と呼ばれたのだ——一度はボチコワに、もう一度は赤毛に——そして、自分が懲役囚だという考えに馴れることができなかった。彼女に背中を向けて寝ていたコラブリョーワが寝返りを打った。

「ねえ、考えもしなかったし、思いもかけなかったわ」マースロワがひっそりと言った。「ほかの人は何をやってもおかまいなしなのに、あたしときたら、何もしないのに苦しまなくちゃならないのだから」

「くよくよしなさんな、あんた。シベリアにだって人間が住んでるんだ。あんたも向こうへ行ったたって、おしまいになるわけじゃないよ」とコラブリョーワがなぐさめた。

「わかってるわ、おしまいじゃないことは。でも、やっぱりくやしい。こんなめぐりあわせなんかごめんよ、あたしはいい暮らしに馴れてるんだから」

「神さまには逆らえないよ」ため息をついてコラブリョーワが言った。「逆らえっこない」

「わかってるよ、おばさん、けどね、つらいわ」

二人は黙った。

「聞こえるかい？　じゃじゃ馬だよ」寝板の向こう側から聞こえてくる奇妙な音にマースロワの注意を向けさせながら、コラブリョーワが言った。

その音は赤毛の女の忍び泣きだった。赤毛はいま自分がののしられ、なぐられ、あれほど欲しかった酒をもらえなかったことを泣いていた。彼女はまた、自分が一生のうちに、ののしられ、笑われ、侮辱《ぶじょく》され、なぐられること以外、何ひとつ知らなかったことを泣いていた。彼女はフェージカ・モロジョンコフという職工との初恋を思い出して、悲しみを忘れようとした、だが、その恋を思い出すと、その結末も思い出した。モロジヨンコフが酔ったあげく、ふざけて硫酸塩《りゅうさんえん》を彼女のいちばん敏感なところに塗りつけ、痛さのあまり彼女が身をよじっているのを、仲間といっしょにながめながら大笑いをした、それで二人の恋は終わってしまったのだ。赤毛はそれを思い出し、自分があわれになった、そして誰にも聞こえるまいと思って泣き出し、子どものようにうめき、鼻を鳴らして、塩からい涙を飲みこみながら、泣いていたのだった。

「かわいそうね、あの人」マースロワが言った。

「わかってるよ、かわいそうなことは、けど、ちょっかいを出しちゃいけねえな」

33

翌日、目をさましたとき、ネフリュードフが真っ先に感じた気持ちは、自分の身に何かが起こったという意識だった、そして何が起こったのかを思い出すより早く、彼はもう何か重大なよいことが起こったのを自覚していた。《カチューシャ、裁判》そうだ、そして嘘《うそ》をつくのをやめ、真実を洗いざらい言わなければならないのだ。しかも、ふしぎな偶然の一致で、ちょうどこの朝、長いこと待っていた貴族団長の妻マリアからの手紙がやっと届いた、それはほかでもない、今ネフリュードフに特に必要な手紙だった。彼女はネフリュードフに完全な自由を与え、予定通りの結婚をして、幸せになって下さいと書いていた。

「結婚か！」ネフリュードフは皮肉につぶやいた。「おれは今じゃすっかり遠ざかってしまったよ、そんなものには！」

そして、彼は自分が昨日、マリアの夫にすべてを打ち明け、罪を悔い、彼の気のすむためなら、どんなことでもする覚悟だ、と言うつもりでいたことを思い出した。しかし、今朝《けさ》はそれが昨日ほど簡単には思えなかった。《それに、あの男が知らない以上、何のために一人の人間を不幸にする必要があるんだ？　もしあの男が訊《たず》ねたら、そりゃ、言うさ。しかし、わざわざ行って言わなければならないだろうか？　いや、そんな必要はない》

今朝になってみると、ミッシーに事実を残らず話すのも、同じように難しい気がした。やはり、こちらから切り出すわけにはいかなかった――それは侮辱《ぶじょく》になってしまうだろう。実生活の関係ではたいていそうなのだが、それとなく理解されるものが何かどうしても残るはずだった。この日の朝、彼が決心したのはただ一つ――今後コルチャーギン家には行かない、そして、もし訊ねられたら事実を打ち明ける――ということだけだった。

ところが、それにひきかえ、カチューシャとの間には、とことんまで言い尽くされないことが一つもあってはならなかった。

《監獄へ行って、彼女に話し、ゆるしを乞おう。そしてもし必要なら、そうだ、もし必要なら、彼女と結婚するんだ》と彼は考えた。

道徳的満足のためにすべてを犠牲にして、彼女と結婚しようというこの考えが、今朝はとりわけネフリュードフを感動させた。

彼がこれほど精気に満ちて朝を迎えたことは久しぶりだった。部屋に入ってきたアグラフェーナに、彼は自分でも思いがけなかったほどきっぱりと、もうこの家も、アグラフェーナの世話も必要でないと言いきった。彼がこの大きくて金のかかる家を維持しているのは、この家で結婚するためだということは、暗黙の了解できまっていた。だから、この家を手ばなすことは特別の意味を持っていた。アグラフェーナは驚いてネフリュードフを見た。

「本当にありがとう、アグラフェーナ、いろいろとぼくのことを心配してくれて。けれども、ぼくはもうこんな大きな家や、きちんとそろった召使はいらないんです。もしあなたがぼくに手を貸してくれる気があれば、すまないけれど、しばらくの間いろんな物の処分と整理をやって下さい、ママが生きていた時分のようにね。ナターリアが来たら処分をやってくれるでしょう」(ナターリアというのはネフリュードフの姉のことだった)

アグラフェーナは首を横に振った。

「どうしてご処分なんぞ？　きっとまたご必要になりますよ」と彼女は言った。

「いや、必要にならないよ、アグラフェーナ、たぶん必要にならない」アグラフェーナが首を振ってほのめかしたことに答えながら、ネフリュードフが言った。「コルネイにも言って下さい、給金は二カ月分先払いするけれども、もう用がないからって」

「いけませんわ、ネフリュードフさま、そんなことをなすっては」アグラフェーナが言った。「仮に外国にお出かけになるにしても、やっぱりお住《すま》いはいります」

「あなたは勘違いしてますよ、アグラフェーナ。ぼくは外国には行かない。行くとしたら全然別のところです」

ネフリュードフは急に真っ赤になった。

《そうだ、この女に言わなければいけない》と彼は思った。《黙っているわけにはいかない、何もかもみんなに話さなければいけないのだ》

「ぼくの身にとてもふしぎな重大なことが昨日起こったんです。マリア叔母さんのところのカチューシャをおぼえていますか?」

「そりゃもう、あたしがあの娘《こ》に針仕事を教えたんですから」

「そう、ところがね、昨日裁判所でそのカチューシャが裁判にかけられていたんです、しかも、ぼくが陪審員でね」

「まあ、本当ですか、かわいそうに!」アグラフェーナは言った。「なんであの娘が裁判にかけられたのですか?」

「殺人罪です、しかもそれは全部ぼくがしたことなんです」

「まさか、あなたがそんなことをなさるはずが? 本当に変ですわ、そんなことをおっしゃって」とアグラフェーナは言った、そして、その年老いた目にいたずらっぽい光が見えはじめた。

彼女はカチューシャとのいきさつを知っていた。

「確かにぼくがいっさいの原因なんです。それで、ぼくの計画はすっかり変わってしまったんです」

「それだからって、あなたさまにとって何かが変わるようなことなどありますかしら?」微笑を抑えながらアグラフェーナが言った。

「あります、その変化はね、カチューシャがあんな道を進むようになった原因がぼくだとしたら、ぼくとしては彼女を助けるためにできる限りのことをしなくちゃならないということなんです」

「それはあなたさまの思《おぼ》し召《め》し次第ですけれど、ただ、とりたててあなたさまの罪ではございません。誰にもあることですし、分別があれば、あんなことはみな消えて、忘れて生きていくもんです」アグラフェーナはきびしく真剣に言った。「あなたさまもご自分のせいになさることはありません。あの娘が道をはずしたことは前にも耳にしましたけれど、これはいったい誰が悪いんでしょう？」

「ぼくが悪いんです。だからまともに直したいんです」

「そうですか、まともにするなんて、きっと難しいことでございますよ」

「それはぼくのやることです。もしあなたが自分のことを考えているんだったら、ママが希望していたことは……」

「あたしは自分のことなんぞ考えておりません。あたしは亡くなった奥さまには本当にお世話になりましたから、もう何ひとつお願いすることはありません。リーザニカ（これは嫁に行ったアグラフェーナの姪《めい》だった）が来いと言ってくれてますから、ご用のなくなったときには、あの娘のところへ参ります。ただ、あなたさまがそんなことを気に病んでも仕方がございません、誰にでもあることです」

「いや、ぼくはそう思わない。ともかく、お願いします、この家を貸して、荷物を片づけるのを手伝って下さい。それからぼくに腹を立てないで下さい。いろいろなことで、あなたには本当に本当に感謝しています」

ふしぎなことに、自分自身が自分にとっていやらしく、いまわしいのだとネフリュードフがさとって以来、他人は彼にとっていやらしくなくなった。それどころか、彼はアグラフェーナにも、コルネイにもやさしい尊敬の念を感じた。ネフリュードフはコルネイの前でも罪を悔いたかったのだが、コルネイの態度があまりにものものしく丁重だったので、決心がつかなかった。

裁判所へ向かう途中、昨日と同じ道を同じ雇いの馬車で通りながら、ネフリュードフは自分で自分に驚いていた、それほど彼は今日、自分をすっかり別人のように感じていたのである。

つい昨日まであれほど近く感じられたミッシーとの結婚が、ネフリュードフには今ではまったく不可能に思えた。昨日彼は、ミッシーが自分と結婚すれば幸せになるのは疑いないと、自分の立場を理解していた。今日のネフリュードフは自分を結婚どころか、ミッシーと親しくなる価値さえもない人間だと感じていた。《おれがどんな人間か彼女が知りさえしたら、絶対に受け入れるまい。ところがおれは彼女があの紳士に思わせぶりな態度を見せるといって責めていたのだ。いや、いかん、万一ミッシーが今おれと結婚しても、いったいおれが幸福になれるどころか、平静でいられるだろうか、あの女がこの町に、監獄にいて、明日か明後日《あさって》、護送囚人隊に加わって懲役に行くことを知っていながら。おれが破滅させたあの女が懲役に行くのに、おれはここで祝福を受け、新妻といっしょにあいさつ回りをする。あるいは貴族団長といっしょに――おれはその女房とぐるになってあの男を恥知らずにだましていたのに――地方自治体による学校監督の件といったたぐいの決議案の賛成・反対票を会議で数えたりする、それからその女房にあいびきの時間を知らせる。（なんという卑劣なことだ！）あるいは絵を続けるだろうが、それは永久にまとまらないだろう。というのは、おれはそんなくだらないことをやっているわけにはいかないし、もうそんなことは何ひとつできないからだ》ネフリュードフは心の中でこう言いながら、自分が感じている内面的変化を喜びつづけていた。《まず最初に》とネフリュードフは考えた。《今、弁護士に会って、その決断を訊《き》く、それから……それから監獄で彼女に、昨日の被告に会う、そして何もかも彼女に話すんだ》

そして、彼が彼女に会うこと、彼女にすべてを話すこと、彼女に対して罪を悔いること、自分の罪を消すためにできることは何でもする、結婚もする、と彼女に告げることを思い浮かべただけで——一種特別な激しい喜びの感情が彼を包み、涙が目にあふれてくるのだった。

34

裁判所に着くと、ネフリュードフは廊下ですぐに昨日の事務官に出くわしたので、すでに裁判で判決を受けた囚人はどこに収容されているのか、また、その面会許可は誰が決めるのかを訊《たず》ねた。事務官は囚人たちがいろいろなところに収容されていること、最終的なかたちで決定が下《くだ》されるまで、面会許可は検事がきめることを説明してくれた。

「審理が済みましたら、私がお知らせしてご案内いたします。検事は今のところまだ来ておりません。では、審理の後に。それでは法廷にいらして下さい。いま始まるところです」

今日は特にみじめな感じのする事務官に、ネフリュードフはご親切ありがとうと言って、陪審員室へ向かった。

彼がその部屋に近づいたとき、陪審員たちはもう法廷へ行くためにそこを出るところだった。商人は昨日と同じように陽気で、昨日と同じように、軽い食事をして、一杯飲んで来ていた、そして旧友のようにネフリュードフを迎えた。ピョートル・ゲラーシモヴィチも今日は例の馴れ馴れしさと大きな笑い声で、ネフリュードフに不快な気持ちを感じさせることはまったくなかった。

ネフリュードフは陪審員一同にも、昨日の女被告と自分の関係を話してしまいたかった。《本当は》と彼は思った。《昨日裁判のときに立ち上がって、自分の罪をみんなに向かって言うべきだったのだ》しかし、彼がほかの陪審員たちといっしょに法廷に入り、昨日と同じ手続きが始まり、ふたたび《開廷の声》、ふたたび壇上に詰襟《つめえり》の三人、ふたたび沈黙、高い背のある椅子《いす》に陪審員の着席、憲兵、肖像画、司祭となったとき——告白は必要だったけれども、昨日もこの厳粛さを破ることはできなかっただろうと感じた。

裁判の準備は昨日と同じだった（陪審員の宣誓と陪審員にたいする裁判長の発言を除いてだが）。

今日の事件は錠前破りの盗みだった。抜き身のサーベルを持った二人の憲兵に守られた被告は、やせた肩幅のせまい二十歳《はたち》くらいの男の子で、灰色の囚人服を着、灰色の血の気のない顔をしていた。彼はただひとり囚人席にすわって、入廷してくる者を上目づかいにながめていた。この少年は仲間といっしょに納屋《なや》の錠前をこわし、その中から総額三ルーブル六十七コペイカの古い足拭《あしふ》きマットを盗んだ罪を問われていた。起訴状かるときに、警官に呼びとめられたのだった。少年とその相棒はすぐに自白し、二人とも牢屋にぶちこまれた。相棒は錠前工だったが監獄で死んでしまい、こうして少年だけが裁判を受けていたのだった。古い足拭きマットが証拠物件のテーブルの上に置いてあった。

審理はまったく昨日と同じように、ありとあらゆる証拠、物証、証人、その宣誓、尋問、鑑定人、反対尋問などで進められた。証人となった警官は裁判長、検察官、弁護人の質問にたいして「その通りであります」「わかりません」、それからまた「その通りです……」などと、気のない調子でぶっきらぼうに答えていた、しかし、兵隊のようにぼんやりしていて、機械的でありながら、どうやら少年をかわいそうに思って、自分が逮捕したことをいやいや話しているようだった。

もう一人の証人は被害者の老人で、家主でもあり、足拭きマットの所有者だったが、どうやら怒りっぽい人間らしく、自分の足拭きマットと認めるかという質問を受けると、まったく気のすすまない様子でそれを認めた。また、検事補がその足拭きマットをどのような用途に当てるつもりだったのか、それは非常に必要なものだったのかと尋問しはじめると、老人は腹を立てて答えた。

「まったく消えてなくなっちまえばいいんだ、そんな足拭きマットなんか、そんなものわしには全然いりゃしねえ。こいつのおかげで、どんなしちめんどくさいことになるかわかってたら、探すどころか、赤札(十ルーブル紙幣)一枚おまけにつけてやったよ、いや二枚でもくれてやったさ、ともかく尋問に引っぱり出されるのだけはごめんだ。わしゃ、馬車にかれこれ五ルーブルも払ってきたんだ。おまけに体の具合が悪いんだ。脱腸もありゃ、リューマチもある」

証人たちはこんなふうに言い、被告自身のほうはすっかり罪を認め、つかまえられた野獣のように、ぼんやり四方を見回しながら、途切れ途切れの声で、すっかりありのままを話した。

事件ははっきりしていた、しかし、検事補は昨日と同じように肩をいからし、ぬけめのない犯罪人のしっぽをつかまえなければやまないといった、手のこんだ質問をするのだった。

論告で検事補は盗みが住宅の内部で、しかも錠前を破っておこなわれたこと、したがって、少年は最も重い罪に処せられなければならないことを証明しようとした。

法廷が任命した弁護人は盗みのおこなわれたのが住宅の内部ではないこと、したがって、犯行は否定できないが、それにしても、この犯罪人は検事補が主張したほど社会にとって危険ではないということを証明しようとした。

裁判長は昨日と同じように公平無私の化身のような態度で、陪審員たちに彼らが知っており、知らないはずのないことをこまごまと説明し、教え諭した。昨日と同じように休憩があり、同じように煙草《たばこ》を吸った。同じように事務官が「開廷」とさけび、同じように、眠るまいと努力しながら、抜き身を持った二人の憲兵が被告を威圧してすわっていた。

審理から明らかになったところによると、この少年は父親のはからいで見習いとして煙草工場にやられ、そこで五年すごした。今年、主人と労働者たちの間にいざこざがあった後、彼は主人からくびを言い渡され、職を失って、なけなしの物をはたいて、することもなく町をうろついていた。居酒屋で彼は同じ境遇だが、もっと前に職を失って、したたか飲んだくれていた錠前工とめぐりあい、二人で真夜中に酔っぱらって錠前をこわし、そこから行き当たりばったりの物を持ち出した。二人はつかまった。何もかも白状した。監獄に入れられ、そこで錠前工は裁判を待っているうちに死んでしまった。少年のほうはこうして今、危険な存在として裁判を受けていた。こういう存在から社会を守らなければならないのだ。

《昨日の女被告と同じように危険な存在というわけか》ネフリュードフは目の前で進行しているすべてのことに耳を傾けながら思った。《この連中は危険だが、おれたちは危険ではないのか？……おれは――ふしだらで嘘《うそ》つきだ、それに、おれたちみんなはどうだ、おれの正体を知っていながら、おれを軽蔑しないどころか、尊敬している連中みんなはどうだ？　いや、仮にこの少年がこの法廷にいるみんなの中でいちばん社会に危険な人間だとしても、もうつかまっている以上、常識から考えて、何をしなければならないのか？

　わかりきったことではないか――この少年は何か特別の悪人ではなくて、ごくありふれた人間なのだ――それはみんなが見ぬいている、それにこの少年が今のようなことになったのは、こういった人間を生み出す環境にいたからなのだ。だから、こんな少年をなくすためには、こんな不幸な人間がつくられる環境を根絶するように努力しなければならない――それはわかりきったことのように思える。

　いったいわれわれは何をしているのか？　無数のこれと同じような人間が野放しになっているのをよくよく承知していながら、たった一人だけ偶然出くわしたこんな子どもをつかまえて監獄に放りこむ、つまり、まったくの無為怠惰か、あるいは、この上もなく不健康で無意味な労働の環境にとじこめ、この少年と同じように弱りはて、人生を踏み誤った連中といっしょにする、それから官費でモスクワ県からイルクーツク県に追放して、この上もなく堕落した人間たちといっしょにする。

こんな人間が生まれる環境をなくすためには、何ひとつしないばかりか、こんな連中がつくられる場所を奨励する一方なのだ。その場所というのはよく知られている。それは大小の工場、修理場、大衆飲食店、居酒屋、娼家だ。そして、われわれはこんな場所を廃止しないどころか、なくてはならないものと考えて、奨励し、管理している。

こうして、一人だけではなく数百万の人間を育てておいて、それからたった一人だけをつかまえ、おれたちは何かした、自分たちを守った、もうこれ以上何も要求されるはずはない、おれたちはその人間をモスクワ県からイルクーツク県に移送してしまったのだから、と思いこんでいる》――ネフリュードフは大佐の隣の自分の席にすわって、弁護士、検事補、裁判長の声のいろいろな抑揚を聞き、その自信たっぷりな身ぶりを見ながら、めったにないほど生き生きと、はっきりこんなことを考えていた。《それに、こんな見せかけのために、どんなに緊張した努力がどれほど費やされていることか》ネフリュードフはこのだだっ広い法廷、この肖像画、ランプ、肘掛椅子《ひじかけいす》、制服、この分厚い壁、窓などをながめ回し、この建物の巨大さ、それをさらに上回るこの機関そのものの巨大さ、ここだけでなく全ロシアで、この誰にも必要のない喜劇をやって俸給をもらっている膨大《ぼうだい》な数の役人、書記、守衛、走り使いなどを、残らず思い起こしながら考えつづけた。《もしわれわれが今、自分たちの平安で快適な生活のためになくてはならない手足としか見ていない、あの放りっぱなしにされた人々を助けるために、せめてこの努力の百分の一でも向けたとしたらどうだろうか？　そのためには一人の人間がいさえすればよかったのだ。ネフリュードフは少年のつらそうなおびえた顔を見ながら思った。《まだこの子が生活に困って、田舎《いなか》から町にやられそうになったとき、かわいそうに思って、生活の苦しさを助けてくれる人間がいればよかったのだ。あるいは、この子がもう町に来て、工場で十二時間仕事をしてから、この子を誘惑した先輩といっしょに酒場に行こうとしたときにでも、「行くんじゃない、ワーニャ、よくないぞ」と言ってくれる人間がいたら、この子は行かなかっただろうし、ふしだらな生活もせず、何ひとつ悪いこともしなかっただろう。

ところが、この少年が町で徒弟時代の数年を野獣のように過ごし、虱《しらみ》がわかないように頭を丸刈りにして、親方たちのために買い物に走り回っていた間ずっと、誰ひとり彼をあわれんでくれるような人間は現れなかった。それどころか、町に住むようになって以来、彼が親方や同僚から聞いたのは、人をだまし、酒を飲み、悪口を言い、ぶんなぐり、道楽をする人間がえらいやつだ、ということだけだった。

また、彼が不健康な労働と酒とふしだらな生活のために病気になり、痛めつけられ、頭がぼんやりして、夢でも見ているようにもうろうとして、当てもなく町をうろつき、わけもわからずにどこかの納屋に忍びこんで、誰にも必要のないマットを引っぱり出したとき、われわれは――恵まれていて、金持ちで、教養のある人間はみんな、この少年を今のような状態に至らせた原因をなくすために心をくばらずに、この少年を罰することで事態をつくろおうとしている。

おそろしい！　ここには残酷さと愚劣さと――どちらが多いのかわからない。しかし、どうやら、どちらとも行くところまで行き着いているらしい》

ネフリュードフはこんなことをあれこれと考えて、もう目の前のことを聞いていなかった。そして、自分自身、自分の目に見えてくることがおそろしくなった。どうして自分は今までこんなことが見抜けなかったのか、ほかの人々もどうしてこんなことが見抜けなかったのか、ネフリュードフはふしぎだった。

35

最初の休憩が宣せられるとすぐに、ネフリュードフは立ち上がり、もう二度と裁判所には戻らないつもりで廊下に出た。たとえどんな好き勝手なことをされようと、ともかく、このおそろしくて、いまわしい愚行に加わることは、もう彼にはできないのだ。

検事の部屋がどこにあるかを確かめると、ネフリュードフはそちらへ足を向けた。走り使いが検事はいま執務中だと言って、彼を通そうとしなかった。しかし、ネフリュードフはそれに耳を貸さず、ドアの中に入り、応対に出た役人に向かって、自分は陪審員であり、非常に重要な用件で検事に会わなければならないことを、検事に取り次いでほしいと頼んだ。公爵の肩書きとりっぱな服装がネフリュードフの後押しをした。役人は検事に取り次いでくれて、ネフリュードフは通された。検事はネフリュードフが面会を求めた強引な態度に不満らしく、立ったまま彼を迎えた。

「何のご用です？」検事はいかめしく訊《たず》ねた。

「私は陪審員で、名前はネフリュードフと申しますが、ぜひとも被告のマースロワに会わなければならないのです」ネフリュードフは赤くなり、自分の一生に決定的な影響を与えるような行為をしているのだと感じながら、早口にきっぱりと言った。

検事は背の高くない、色の浅黒い男で、白くなりかけた短い髪と、すばやく動く、光のするどい目を持ち、突き出た下あごの濃いひげを短く刈りこんでいた。

「マースロワですか？　もちろん、知っております。毒殺で起訴された女ですね」検事は穏やかに言った。「何のためにあの女にお会いになる必要がおありなのですか？」そう言ってから、調子をやわらげようとでもするように言い添えた。「なぜご必要なのかわかりませんと、許可することができませんので」

「私にとって特に重要な用件で会う必要があるのです」さっと顔を赤くして、ネフリュードフは言った。

「そうですか」検事は目をあげると、注意ぶかくネフリュードフをじろりと見て言った。「あの事件はもう審理されましたか、それともまだでしたか？」

「あの女は昨日裁判にかけられて、四年の懲役を宣告されましたが、まったくの間違いです。あの女は無実です」

「そうですか。昨日宣告を受けたばかりなら」ネフリュードフが、マースロワは無罪だと言いきったことをまったく無視して、検事は言った。「最終的なかたちで宣告が下《くだ》されるまで、あの女はやはり未決拘置所にいるはずです。あそこでは、面会は一定の日しか許されません。向こうに申し出てごらんになるといいでしょう」

「しかし、私はできるだけ早くあの女に会う必要があるのです」ネフリュードフは決定的瞬間が近づくのを感じて、下あごを震わせながら言った。

「いったい何のためにそれが必要なんでしょう？」いくらか不安になって眉《まゆ》をあげながら検事が訊ねた。

「あの女が無罪でいながら、懲役に処せられたためです。しかも、いっさいの張本人は私なんです」ネフリュードフは震え声でこう言いながら、同時に、自分は言う必要のないことを言っていると感じていた。

「それはまたどういうわけで？」と検事が訊《き》いた。

「それは私があの女をだまして、今のようなありさまにしたからです。私があんな状態にまでしていなければ、あの女はこんな裁判を受けることもなかったはずです」

「それにしても、それが面会とどういう関係があるのか、私にはわかりません」

「それは、私があの女の後について行って……あの女と結婚したい、ということなのです」とネフリュードフは言いきった。そして、いつものように、それを言いはじめるとたちまち目に涙があふれた。

「そうですか？　これはこれは！」検事は言った。「それは確かにきわめて例外的なケースですな。あなたはたしかクラスノピョールスク地方自治体の議員でいらしたと思いますが？」検事は今こんな奇妙な決意を述べているこのネフリュードフについて、前に聞いたことのある評判を思い出すような様子で言った。

「失礼ですが、それは私のお願いに関係ないと思います」真っ赤になってネフリュードフはとげとげしく言った。

「もちろん、ありません」目につくかつかないほどの微笑を浮かべて少しも悪びれずに検事が言った。「しかし、あなたのご希望があまりにめずらしいもので、普通の形式から逸脱しておりますから……」

「いかがでしょう、ご許可いただけますか？」

「許可ですか？　ええ、今すぐ通行証を差し上げます。ご面倒ですが、しばらくすわってお待ち下さい」

彼はテーブルに近づくと、すわって書きはじめた。

「どうぞ、おかけ下さい」

ネフリュードフは立っていた。

通行証を書いてしまうと、検事は彼を好奇の目で見ながら、書きつけを渡した。

「もう一つ申し上げなければならないのですが」とネフリュードフは言った。「私はこれから先、審理に加わることはできません」

「ご承知の通り、正当な理由を裁判所に申し出る必要があります」

「その理由は、私があらゆる裁判を役に立たないばかりでなく、不道徳なものと考えるからです」

「そうですか」検事は相変わらず目につくかつかぬほどの微笑を浮かべて言った。まるでその微笑で、そんな言いぐさは先刻承知しているし、おなじみのお笑いぐさの一つだということを思い知らせているようだった。「そうですか、しかしご理解いただけると思いますが、私は裁判所の検事として、あなたには賛成できません。ですから、裁判所でそのことをお申し出になるようにおすすめします、そうすれば裁判所がそれを解決して、正当か正当でないか判断してくれます。後者の場合にはあなたは懲戒処分を受けます。裁判所に言ってごらんなさい」

「私はもう申し出たのですから、これ以上どこへも行きません」ネフリュードフは怒って言った。

「失敬します」検事はこの奇妙な来訪者から早く逃れたいらしく、会釈《えしゃく》をして言った。

「いま来ていたのは、いったい何者です?」ネフリュードフが出るのと入れ違いに検事の部屋に入りながら判事が訊ねた。

「ネフリュードフですよ、ほら、クラスノピョールスク郡の地方自治体にいた時分から、いろんな妙な発言をした男です。それがなんと、あの男が陪審員で、被告の中に懲役になった女だか娘だかがいたんですな、それが、あの男の話では、自分がだました女だそうで、今じゃその女と結婚したいと言うんですからね」

「まさかそんなこと?」

「あの男が私にそう言ったんですよ……それもなんだか妙に興奮して」

「近ごろの若い者には何かありますね、どこかアブノーマルなところが」

「いやあの男はもうそれほど若くありませんよ」

「ところでね、あんた、お宅の名だたるイワシェンコフ君には、まったく飽き飽きしましたよ。根負けしてしまう――はてしもなくしゃべるんだから」

「ああいった連中はあっさり発言中止させなくちゃ、そうでもしないとまったくの審理妨害でね……」

36

検事のところからネフリュードフはまっすぐ未決拘置所に行った。ところが、そこにはマースロワなどという女囚は全然いないことがわかった、そして所長はネフリュードフに、きっとその女は古い移送囚監獄にいるにちがいないと説明してくれた。ネフリュードフはそこへ向かった。

確かにエカテリーナ・マースロワはそこにいた。検事が忘れていたのだが、六カ月ほど前、どうやら憲兵の手で極端に大げさに仕立てられた政治事件が起きて、未決拘置所の部屋は全部、学生、医師、労働者、女子学生、医師の助手などで満員だった。

未決拘置所から移送囚監獄までの距離はずいぶんあったので、ネフリュードフがやっと監獄へ着いたのはもう夕方近くだった。彼はひどく大きい陰気な建物の入口に近づこうとしたが、番兵は通してくれず、ただベルを鳴らしただけだった。ベルに答えて看守が出て来た。ネフリュードフは通行証を見せたが、看守は所長がいなくては通すことはできないと言った。ネフリュードフは所長の家へ向かった。まだ階段を上がりかけているうちに、ネフリュードフはピアノで練習している何か複雑でにぎやかな小曲の音が、ドアのかげから聞こえてくるのを耳にした。眼帯をした怒ったような女中がドアをあけてくれたとき、その音はまるで部屋からほとばしり出るように、ネフリュードフの耳を強く打った。それはもう聞き飽きたリストの狂詩曲で、みごとにひきこなされていたが、ただ、ある箇所までだけだった。そこまで来ると、また同じところが繰り返されるのだった。ネフリュードフは眼帯をした女中に、所長はご在宅かと訊《たず》ねた。

女中は不在だと答えた。

「じきにお戻りですか？」

狂詩曲は途切れて、また、魔法にかけられたような行きどまり場所まで、きらびやかに、騒々しく繰り返された。

「訊《き》いてまいります」

そう言って、女中は姿を消した。

狂詩曲は勢いよく鳴りはじめたばかりだったが、急に魔法の場所まで行かずに途切れた、そして声が聞こえた。

「留守で、今日は帰ってこないって言ってちょうだい。お客に行ってるのよ、なんでそんなにしつこいの」ドアのかげから女の声が聞こえ、それからまた狂詩曲が聞こえはじめたが、また途切れてしまって、椅子《いす》を引く音が聞こえた。どうやら、腹を立てたピアニストが指定外の時間に来るうるさい客を、自分でしかりつけてやろうとしたらしい。

「パパはいません」髪をぼさぼさにし、くたびれた目の下に青いくまのついた、貧相な青白い娘が出てくるなり、怒って言った。いいコートを着た若い男を見ると、彼女はものやわらかになった。「お入り下さい、どうぞ……どんなご用で？」

「私は監獄で拘留中の女に会わねばなりません」

「政治犯、でしょうね？」

「いいえ、政治犯ではありません。私は検事から通行証をもらってます」

「でも、あたくしわかりません、パパが留守ですので。ともかくお入り下さいまし」

彼女はまたせまい玄関からネフリュードフを中へ入れようとした。「それとも、次長のところへいらして下さい、いま事務室におりますから、次長にお話しになって下さい。

あなたさまのお名前は？」

「ありがとう存じます」ネフリュードフは問いに答えずにそう言うと、外に出た。

彼が出てドアがしまるかしまらないうちに、またさっきと同じ、勢いのいい陽気な音が響き出した、それはひかれている場所にも、それをこれほど根気よく練習している貧相な娘にも、まったくふさわしくなかった。外でネフリュードフは染めた口ひげをぴんと立てた若い士官に会ったので、次長のことを訊ねた。それが当の次長だった。彼は通行証を受け取って、それを見て言った。未決拘置所の通行証でこちらへ通すことはきめかねるし、それにもう遅い……。

「明日お越し下さい。明日十時には、誰にでも面会が許されます。あなたもいらして下さい、所長も在宅でしょうし。そうすれば一般のところで面会できますが、もし所長が許可すれば、事務所でもできます」

こうして、この日は面会をはたせずに、ネフリュードフは家へ向かった。彼女に会うのだという思いに興奮して、ネフリュードフはもう裁判のことではなく、検事や、所長、次長との会話を思い出しながら、道を歩いて行った。彼女との面会を実現しようとしたことや、自分の考えを検事に話したこと、そしてまた、彼女と会う心がまえをして、二つの監獄に行ったことが、ネフリュードフをひどく興奮させたので、長いこと彼は平静になれなかった。家へ戻ると、彼はすぐに、ずっと前から手にしなかった日記を取り出し、ところどころ読み返してから、次のように書きつけた。《二年間日記を書かなかったし、こんな子どもじみたことにはもう二度と戻らないだろうと思っていた。だが、これは子どもじみたことではなく、自分との、あらゆる人間の中に生きている、あの真の、神のごとき自分との対話だった。ずっとこの「私」が眠っており、私には対話する相手がいなかった。その「私」を目ざめさせたのは、四月二十八日、私が陪審員をした裁判所での異常な出来事だ。私は被告席に彼女を、私があざむいたカチューシャを、囚人服を着た姿で見つけたのだ。奇妙な勘違いと、私の間違いのために、彼女は懲役を宣告された。私はすぐに検事のところと監獄に行った。私は彼女のところへ通してもらえなかったが、彼女に会い、彼女に向かって罪を悔い、たとえ結婚によってでも、自分の罪をつぐなうためにあらゆることをする決心をした。主《しゅ》よ、われを救いたまえ！　私は心が実に晴ればれとして、うれしい》

37

その夜、まだ長いことマースロワは寝つかれず、目をあけたまま横になっていた、そして、ときおり行ったり戻ったりしている雑役僧の娘のかげに隠れるドアを見つめ、赤毛のいびきを聞きながら考えていた。

彼女はこんなことを考えていたのだ――何がなんでも懲役囚などとサハリンで結婚したりはしない、何とか別の身の振り方をつけよう――誰か役付きの者か、書記か、たとえ看守か、看守補佐が相手でもいい。あの連中はみんなあの道には目がないのだ。《ただ、やせないようにしないと。だいなしになっちまう》そして、彼女は自分を見た弁護士の目つき、裁判長の目つき、裁判所で自分と出会ったり、わざわざそばを通ったりした連中の目つきを思い出した。彼女はキターエワの家にいたころ、ある学生が好きだったが、その男がときどき娼家にやって来て、彼女のことを訊《たず》ねては残念がっていると、監獄に面会に来たベルタが話してくれたのを思い出した。彼女は赤毛との喧嘩《けんか》を思い出して、この女をかわいそうに思った。自分にパンを一つ余計にくれたパン屋のことを思い出した。彼女はいろいろなことを思い出したが、ただネフリュードフのことだけは思い出さなかった。自分の少女時代や娘時代、ことにネフリュードフとの恋を彼女は一度も思い出したことがなかった。それはあまりにもつらかった。こういった思い出はどこか奥のほうに手をつけられないまま、彼女の心の中に横たわっていた。夢の中でさえ、一度もネフリュードフを見たことはなかった。今日法廷で彼女がネフリュードフに気づかなかったのは、最後に会ったとき、彼が軍人で、あごひげはなく、小さな口ひげを生《は》やしており、短いけれども濃い、ちぢれた髪をしていたのに、今は年寄りくさい、あごひげを生やした男になっているためというより、むしろ彼女が一度もネフリュードフのことを考えたことがなかったためだった。彼が軍隊から戻る途中、叔母の家に立ち寄らなかったあのおそろしい闇夜《やみよ》に、彼女はネフリュードフと結びついた自分の過去の思い出をすべて葬り去ってしまったのだ。

その夜まで、彼が寄ってくれるだろうと期待していた間、彼女は心臓の下に身ごもっている子どもを苦にしないばかりでなく、それが自分の中でやわらかく、ときには激しく動くのに、驚き、感動したこともたびたびだった。しかし、その夜以来、何もかも一変した。生まれてくる子も、ただただじゃまなものになってしまった。

二人の叔母はネフリュードフを待っていたし、寄ってほしいと頼んでいたが、彼は期限までにペテルブルグに行かなければならないので立ち寄れないと、電報をよこした。カチューシャはそれを知ると、彼に会うために駅に行こうと決心した。汽車が通るのは夜ふけの二時だった。カチューシャは老嬢たちを寝かせてしまうと、自分といっしょに行ってくれるように、料理女の娘のマーシカという女の子を誘い、古いショート・ブーツをはき、スカーフで頭をくるみ、裾《すそ》をからげ、駅に向かって走り出した。

月のない、秋の、雨模様の、風の吹く夜だった。雨は暖かい大きなしずくを激しくたたきつけはじめたり、やんでしまったりした。野原では足もとに道が見えなかったし、森はかまどの中のように黒々としていた、そのため、カチューシャは道をよく知っていたのに森の中で迷ってしまい、汽車が三分停車する小駅にたどりついたのは、当てにしていたように早めどころか、第二鈴が鳴ってからだった。プラットホームに走り出ると、カチューシャはすぐに一等車の窓に彼を見つけた。その車両の照明はひときわ明るかった。ビロード張りの座席に上着をぬいだ二人の士官が向き合ってすわり、トランプをやっていた。窓ぎわの小さなテーブルには、まわりに蠟《ろう》の筋の垂れた太いろうそくが燃えていた。彼はぴったりした乗馬ズボンをはき、白いシャツを着て、座席の腕木に腰をかけ、その背もたれに肘《ひじ》をついて、何か笑っていた。それがネフリュードフだとわかると、カチューシャはすぐにこごえた手で窓をたたいた。だが、ちょうどそのとき、第三鈴が鳴って、汽車はゆっくり動き出した、まず後ろへ、それから一台、また一台、引かれて行く車両がゴトンゴトンと前へ動き出した。ゲームをしていた一人がトランプを手にしたまま立ち上がり、窓を覗《のぞ》き出した。彼女はもう一度ノックして、ガラスに顔を押し当てていた。そのとき、彼女の前の車両もぐっと身震いをするようにして、走り出した。彼女は窓の中を覗きこみながら、その後を追った。士官は窓をあけようとしたが、どうしてもあかなかった。ネフリュードフは立ち上がると、その士官を押しのけて、あけはじめた。汽車は速度をはやめた。彼女は足をはやめて、遅れずについて行ったが、汽車はますます速度を増していった、そして、ちょうど窓があいた瞬間に、車掌が彼女を突きのけて、その車両に飛び乗った。カチューシャは取り残されたが、それでも、ぬれたプラットホームの板の上を走りつづけた。やがて、プラットホームが尽きた、彼女は転ばないようにやっとのことで身をささえながら、地面まで段々を駆けおりた。彼女は走った、しかし一等車ははるか先のほうだった。彼女のわきをもう二等車が走り、それからいっそう速度を増して三等車が走りはじめた、だがそれでもやはり彼女は走りつづけた。後ろにライトをつけた最後の車が走り過ぎたとき、彼女は給水塔を過ぎて、保護柵《ほごさく》の外にいた、風が吹きつけて、頭からスカーフをむしりとろうとし、服を片側から足に巻きつけた。スカーフは風に吹き飛ばされてしまったが、それでも彼女は走った。

「おばちゃん、カチューシャおばちゃん！」少女がやっと彼女の後について走りながらさけんだ。「スカーフを落としなさったよー」

《あの人は明かりのついた車の中で、ビロードの座席にすわって、冗談を言って、お酒を飲んでいるのに、あたしはこの通り、ここに、泥んこの中で、闇の中で、雨と風に打たれ——立って泣いている》カチューシャはそう思うと足を止めた、そして頭をのけぞらせ、それを両手でわしづかみにして、わっと泣き出した。

「行ってしまった！」と彼女はさけんだ。

少女はびっくりして、ぬれた服に手を回しながら彼女を抱いた。

「おばちゃん、おうちに帰ろう」

《汽車が通ったら――身を投げる、それでおしまいだ》カチューシャのほうは、少女の言葉に答えずに考えていた。

彼女はそうしようと決心した。ところが、そのとき興奮が過ぎて、落ち着いた直後にいつも起こるように、彼が、赤ん坊が――彼女の中にいる彼の子が、急に身を震わせ、ぶつかり、ゆるやかに伸びをし、それからまた、何か細くて、やわらかくて、するどいもので、突っつきはじめた。すると急に、たった今まで生きていけないような気がするほど彼女を苦しめていたすべてのものが、彼にたいする憎しみや、たとえ自分が死んでもあの男に復讐《ふくしゅう》してやりたいという気持ちなど――すべてのものが急に遠くへ行ってしまった。彼女は落ち着き、気を取り直し、スカーフにくるまると、いそいで家路についた。

疲れはて、ずぶぬれになり、泥にまみれて、彼女は家に帰りついた、そして、その日から彼女の心の中に激動が始まり、その結果、彼女は今のような姿になってしまった。

このおそろしい夜以来、彼女は善を信じなくなった。それまで彼女は自分でも善を信じ、人が善を信じていると信じていた、しかし、その夜以来、誰もそんなものを信じていない、神や善のことを口にするのはみな、人をあざむくためにしていることなのだ、と確信するようになった。彼女が愛し、彼女を愛してくれた――カチューシャにはそれがわかっていた――男が、彼女を慰みものにし、その気持ちを踏みにじったあげく、彼女を捨ててしまった。ところが、その男は彼女が知っている中で一番いい人間だった。ほかの者はみなもっと悪かった。しかも、彼女が経験したことはみな、一歩ごとにそれを裏書きしていた。ネフリュードフの二人の叔母は信心ぶかいおばあさんだったのに、カチューシャがもう以前ほど役に立たなくなると彼女を追い出してしまった。彼女がめぐりあった人間はみな、女なら――彼女をだしにして金にありつこうと懸命になっていたし、男なら年寄りの警察署長から監獄の看守に至るまで――彼女を快楽の対象と見ていた。しかも、ただ快楽以外、ほかならぬあの快楽以外、誰にも何もこの世になかった。彼女にそれをいっそう強く確信させたのは、暇を出されて二年目にくっついた老作家だった。あの中に――作家はそれを詩情と美という名で呼んでいた――すべての幸福があるのだと、彼はあからさまにはっきりとカチューシャに言っていた。

みんながただ自分のために、自分の快楽のために生きていた、そして神や善について言う言葉はすべてごまかしだった。ときおり、なぜこの世では何もかもこれほど悪い仕組みになっていて、みんながおたがいに悪をおこない、みんなが苦しんでいるのかという疑問が浮かんでも、そんなことは考えないようにしなければならなかった。やりきれなくなったら——一服やるか、一杯やるか、一番いいのは男といちゃつけば、それで済んでしまう。

38

次の日、日曜の朝の五時、女子房の廊下でいつもの笛が鳴ったとき、もう眠っていなかったコラブリョーワがマースロワを起こした。

《懲役人なんだ》マースロワは目をこすり、明け方にはひどい悪臭のする空気を否応《いやおう》なしに胸に吸いこみながら、ぞっとして思った、そしてもう一度眠りに落ち、無意識の世界に逃げこみたかったが、びくびくする習慣のほうが眠気より強かった、彼女は身を起こすと、足を上げて、あたりを見回しながらすわった。女たちはもう起き上がり、子どもたちだけがまだ眠っていた。出目のもぐりの酒屋は目をさまさせないようにそっと子どもたちの下から囚人服を引っぱり出していた。官憲に反抗した女はおむつに使っているぼろぎれをペチカのそばに掛け並べていたが、赤ん坊は青い目のフェドーシアに抱かれて、火がついたように泣きわめき、フェドーシアは赤ん坊を抱いて体をゆすりながら、やさしい声で寝かせつけようとしていた。肺病やみは胸をつかみ、充血した顔で咳《せき》をしながら痰《たん》を吐こうとしていた、そして、咳の合間に息を吸いこみながら、ほとんど悲鳴のような声をあげていた。赤毛は目をさまして、太い足を曲げ、腹を上に向けて寝そべったまま、大きな声で楽しそうに見た夢の話をしていた。放火犯の老婆はまた聖像の前に立って、同じ言葉をつぶやきながら十字を切り、頭をさげていた。雑役僧の娘は寝板にじっとすわり、さめきらないとろんとした目で自分の前を見つめていた。べっぴんさんは油をつけたかたい黒髪を指に巻いてちぢらせていた。

廊下づたいに、つっかけ靴をはいた足音がパタパタ鳴るのが聞こえ、錠がガチャリと鳴って二人の男の囚人が入って来た——それは上っぱりを着て、くるぶしよりはるか上までしかない短い灰色のズボンをはいた汚物係で、きびしい怒ったような顔で、いやなにおいの桶《おけ》を天秤棒に掛けると、それを房の外に運び出した。女たちは顔を洗うために廊下の蛇口《じゃぐち》のところへ出た。蛇口の前で赤毛と別の隣の房から出て来た女との間に口論が起こった。またしても、ののしり合いと、わめき声と、泣き言……。

「処罰房に行きたいのか！」と看守がどなって、廊下じゅうにパチンと音が聞こえるほど赤毛のあぶらぎったむき出しの背中をたたいた。「お前の声が聞こえんようにせい」

「いやだね、おじいちゃんむきになって」赤毛はこんな取り扱いを愛撫《あいぶ》のように思って、そう言った。

「おい、早くせんか！　お祈りに行くんだ」

マースロワが髪をとかす暇もないうちに、所長がお付きを従えてやってきた。

「点呼だ！」と看守がさけんだ。

ほかの監房からほかの女囚たちが出てきて、全員が廊下に二列に並び、しかも後列の女たちは両手を前列の女の肩にのせなければならなかった。全員の数を調べた。

点呼が済むと女の看守が来て、女囚たちを教会へ連れて行った。マースロワとフェドーシアは、全部の監房から出て来た百人以上の女の列の中程にいた。みんな白いネッカチーフと上着とスカートを身につけていた、ただ、ときたまその中に色のついた私物の服を着ている女も入っていた。それは子どもを連れて、夫の後について行く女房たちだった。階段はこの行列でいっぱいになった。つっかけ靴をはいたやわらかい足音、話し声、ときには笑い声が聞こえていた。曲がり角で、カチューシャは前のほうを歩いている自分の敵、ボチコワの意地悪い顔を見つけ、フェドーシアにそれを指さして教えた。下におりると、女たちは口をつぐみ、十字を切り、頭をさげて、まだ人の入っていない、金できらめいている教会のあいたドアの中へ通って行った。女囚の席は右側だった、彼女らは身を寄せ合い、押しつけ合って、並びはじめた。女たちの後ろから、移送囚、服役囚、共同体の判決によって流刑される囚人が、灰色の囚人服を着て入ってきた。そして、大きな声で咳をしながら、ぎっしりかたまって、教会の左側と真ん中に並んだ。上のほうのギャラリーには、もう先に引率されてきた連中が立っていた——片側は、頭を半分剃《そ》った懲役囚で、彼らが来ているのは鎖の音でわかった、別の側は頭を剃ってもおらず、足かせもはめていない未決囚だった。

監獄の教会は金持ちの商人がこの事業に数万ルーブルを投じて建て直し、装飾し直したもので、全体がはでな色彩と金にきらめいていた。

しばらくの間、教会には沈黙が続き、ただ、鼻をかむ音、咳、赤ん坊の泣き声、ときおり鎖の響きが聞こえるだけだった。だがやがて、真ん中に立っていた囚人たちがあわててわきへ寄って、たがいに押し合いながら真ん中に道をあけた。そして、その道を所長が通り過ぎ、みんなの前の、教会の真ん中に立った。

39

礼拝が始まった。

礼拝とは次のようなものだった。特製の奇妙でひどく着ごこちの悪い金襴《きんらん》の服をまとった司祭が、パンの小片を切り取って小皿の上に並べてから、いろいろな名前やお祈りを唱えながら、ワインの入った杯《さかずき》にひたしした。その間、ただでさえわかりにくいのに、速く読んだり歌ったりするので、ますますわからなくなる、いろいろな教会スラヴ語のお祈りを、雑役僧がひっきりなしに、はじめは朗読し、それから囚人のコーラス隊と交互に歌いあげた。お祈りの内容は主として、皇帝陛下とその家族の平安を願うものだった。そのお祈りが何度もほかのお祈りといっしょに、あるいは独立して、ひざまずきながら唱えられた。それに加えて、雑役僧が使徒行伝の中の数行を、何ひとつ理解できないような、実に奇妙な、無理に出した声で朗読した、それから司祭が実にはっきりと「マルコ伝」の一箇所を朗読した――それは、キリストが復活したのち、天に飛び去って、父の右側にすわる前に、まず七つの悪霊を体内から追い出してやったことのあるマグダラのマリアの前に姿を現わし、それから十一人の弟子のところに現れて、生きとし生けるものに福音を宣《の》べ伝えることを命じ、しかも、信じない者は亡び、信じて洗礼を受ける者は救われること、そのうえ、悪霊を追い出し、病人に手を置いて病気を癒《いや》し、新しい言葉で語り、蛇をつかむようになり、たとえ毒を飲んでも死なず、丈夫でいられることを、言い聞かせたという箇所だった。

　礼拝の核心になっていたのは、司祭の手で切りとられたパンの切れ端がワインにひたされ、ある種の操作とお祈りがほどこされると、神の肉と血に変わるという仮定だった。その操作とは、身につけた金襴の袋にさまたげられるのもかまわず、司祭が一定の速さで両手を上にあげ、そのままに保ち、それからひざまずき、テーブルとテーブルにのっているものに接吻《せっぷん》することだった。いちばん重要な動作は司祭が両手でナプキンをとり、それを皿と金の杯の上で、一定のリズムでゆるやかに振るときのしぐさだった。まさにこのときにパンとワインが肉と血になると思われていたので、礼拝のその箇所はひときわ荘厳に演出されていた。

「至聖、至純にして、まことに祝福されたる聖母に、別して祈りたてまつる」――その操作が済むと、司祭が仕切りの奥から大声でさけんだ、するとコーラスが、純潔を損なわずにキリストを産み、そのために、何とかという第二天使《ケルビム》より大きな名誉を、何とかという最高天使《セラピム》より大きな栄光を与えられた処女マリアを讃《たた》えることはまことによきかな、と歌い出した。それが済むと変化は成しとげられたと見なされて、司祭は皿からナプキンをとり、真ん中の一片を四つに切り、それをまずワインにひたしてから、口の中に入れた。司祭は神の肉をひと切れ食べ、神の血をひと口飲み干したと仮定された。

それが終わると、司祭は幕を引きあけ、真ん中の扉をひらき、金めっきの杯を両手で持つと、それを捧げながら真ん中の扉から出て来て、やはり杯の中の神の肉と血を食べたがっている者を招いた。

食べたがっているのは数人の子どもたちだった。

まず子どもたち一同に名前を訊《たず》ねてから、司祭はワインにひたしたパンをひと切れずつ、杯から小さなさじでそっとすくい出し、めいめいの口の奥のほうに順に入れてやった、雑役僧はその場で彼らの口をふいてやりながら、子どもらは神の肉を食べ、神の血を飲み――という歌を、楽しい声で歌っていた。それが済むと、司祭は杯を仕切りの奥に持って入り、そこで杯の中にあった血を全部飲み尽くし、神の肉の切れ端を全部食べ尽くすと、念いりに口ひげをなめ回し、口と杯をふいて、この上もなく楽しい気分で子牛皮の長靴の薄い底をきしませながら、元気のいい足どりで仕切りの奥から出て来た。

これで重要なキリスト教の礼拝が終わった。しかし、司祭は不幸な囚人たちをなぐさめようとして、いつもの礼拝に特別のつけたりをした。その特別の礼拝というのは――金属でこしらえられ、めっきをほどこされ、十本のろうそくに照らされた架空の神の像の前に、とりもなおさず、自分がさっき食べた(黒い顔と黒い手の)神の像の前に司祭が立ち、奇妙なわざとらしい声で、歌うでもなく、語るでもなく、次のような言葉を唱えることだった。

「いとやさしきイエスよ、使徒のほまれよ、わがイエスよ、受難者の賛美よ、全能の主《しゅ》よ、イエスよ、われを救いたまえ、わが救《すく》い主《ぬし》イエスよ、いとよきイエスよ、おん身に頼るわれに、救い主イエスよ、恵みを垂れたまえ、イエスよ、祈りによりておん身を、また、もろもろの聖者、もろもろの預言者に心をくばるわれを救いたまえ、わが救い主イエスよ、天国の喜びをさずけたまえ、人の子をいつくしむイエスよ！」

ここで彼はちょっと口をつぐみ、息をつぎ、十字を切り、床につくほど頭を垂れた、すると一同もそれと同じことをした。所長も、看守も、囚人も頭を垂れていた、そして、上のほうでは特に何度も足かせのにぶい音が響いた。

「使徒をはぐくみし、力ある主よ」と彼は続けた。「やんごとなきイエスよ、使徒の賛嘆よ、いと強きイエスよ、父祖の救いよ、いとやさしきイエスよ、主教らの称辞《たたえ》よ、いとほまれ高きイエスよ、皇帝の支えよ、いとよきイエスよ、預言者の証《あかし》よ、いと妙《たえ》なるイエスよ、受難者の力よ、いと静かなるイエスよ、修道者の喜びよ、いと恵み深きイエスよ、司祭らの慰めよ、いと情あつきイエスよ、禁欲者の抑制よ、いとやさしきイエスよ、すぐれしものの歓喜よ、いと潔きイエスよ、無垢《むく》なるものの純潔よ、太初よりのイエスよ、罪人の救いよ、イエスよ、神の子よ、われに恵みを垂れたまえ」彼はますますひどく口笛のような音を立てて「イエス」という言葉を繰り返しながら、やっとのことで、区切りまでたどりつくと、絹の裏のついた法衣を手で押さえて、片ひざをつき、床につくほど頭を垂れた、するとコーラスは「イエスよ、神の子よ、われに恵みを垂れたまえ」と、最後の言葉を歌い出し、囚人たちは頭の片側に残っている髪を振り乱し、やせた足にすり傷をつくっている足かせを響かせながら、身を伏せたり、起こしたりするのだった。

こんなふうに実に長々と続いた。まず、「われに恵みを垂れたまえ」という言葉で終わる神の賛美が続き、それから「ハレルヤ」という言葉で終わる新しい賛美が続いた。そして囚人たちは十字を切り、頭を垂れ、床にひれ伏した。はじめのうち、囚人たちは句切りごとに頭をさげていたが、やがてもう、一回おきに、それからは二回おきに頭をさげるようになった、そして、賛美がすっかり終わって司祭がほっとため息をつき、小型の本をとじて、仕切りの奥に行ってしまったとき、みんな大喜びだった。残っているのは最後の行為ひとつだけだった、それは、司祭が大きなテーブルから両端に七宝《しっぽう》の飾りをちりばめた金めっきの十字架を取り上げ、それを持って教会の真ん中に進み出ることだった。まず司祭に近づいて、十字架に口づけをしたのは所長であり、それから次長、それから看守たち、それから押し合って、小声でののしり合いながら、囚人たちがそばに寄りはじめた。司祭は所長と話をしながら、近づいてくる囚人たちの口に、ときには鼻に、十字架と自分の手を押し当てた、囚人たちのほうは十字架にも司祭の手にもキスをしようとして、苦労していた。こうして、迷える同胞をなぐさめ、諭すためにおこなわれるキリスト教の礼拝が終わったのである。

40

そして、司祭や所長をはじめマースロワに至るまで、誰ひとり参列者の頭に思い浮かばなかったのだが、司祭がありとあらゆる奇妙な言葉でほめたたえながら、口笛のような音を立てて、あれほど何度もその名を繰り返したイエスその人が、ほかでもないここでおこなわれていることを何から何まで禁じていたのだ。こんな意味のない長広舌《ちょうこうぜつ》や、司祭即教師がパンとワインに加えた冒瀆的《ぼうとくてき》なまじないを禁じていたばかりでなく、一部の者が他の者を教師と呼ぶことを、この上もなくはっきり禁じ、神殿の中で祈ることを禁じて、めいめいが孤独の中で祈るように命じ、神殿をこわすために来たのであり、神殿の中ではなく、精神と真理の中で祈らなければならないと言って、神殿そのものを禁じていたのだ。だいいち、ここでおこなわれているように、人を裁き、監禁し、苦しめ、はずかしめ、罰することを禁じていたばかりでなく、自分は囚われ人を解放するために来たのだと言って、人間にたいするあらゆる暴力を禁じていたのである。

誰ひとり参列者の頭に思い浮かばなかったのだが、ここでおこなわれていることはすべて、キリストの名によってなされていながら、キリストその人にたいする冒瀆であり侮辱《ぶじょく》だった。誰の頭にも思い浮かばなかったのだが、司祭が持ち出して一同にキスをさせた、両端に七宝の飾りのついた金めっきの十字架は、キリストがまさに、いま彼の名でおこなわれていることを禁じたために処刑された、はりつけ台の形にほかならなかった。誰の頭にも思い浮かばなかったのだが、パンとワインのかたちでキリストの肉を食べ、血を飲んでいると想像していた司祭たちは、本当に神の肉を食い、血をすすっていたのである、しかしそれはパンの切れ端とワインによってではなく、キリストが自分と同じように見なしていた「この小さき者たち」をたぶらかしているばかりでなく、キリストがもたらした福音をかくし、「小さき者たち」からこの上もなく大きな幸せを奪い、この上もなく無残な苦しみにさらしていることによってなのだった。

司祭は自分のしていることを何から何まで、良心をもっておこなっていた、なぜなら、これこそ、昔生きていたすべての聖人たちが信じ、今では宗教界と俗界の上に立つ人たちが信じている唯一の真の信仰だということにもとづいて、子どものころから教育されてきたからだった。彼が信じていたのは、パンから肉ができるとか、たくさんの言葉を唱えるのが魂のためになるとか、自分は本当に神の切れ端を食べたとかいうことではなかった――そんなことは信じるわけにはいかない――信じていたのは、この信仰を信じなければならないということだった。何よりも彼にこの信仰をかためさせたのは、彼がもう十八年もこの信仰の儀式をおこなって収入を得ており、それで家族を養い、息子はエリート中学に、娘は神学校に行っていることだった。雑役僧も同じように、いや、司祭よりもいっそう堅固《けんご》な信仰を持っていた、なぜなら、この信仰の教義の本質をすっかり忘れてしまい、湯で薄めたワイン、法要、詩篇つき祈禱《きとう》、ただの祈禱、賛美歌つき祈禱など、すべてに一定の料金があり、本当のキリスト教徒は喜んでそれを払うということしか知らなかったからだった。だからこそ彼は、人が薪《たきぎ》や、麦粉や、じゃがいもを売るのと同じように絶対必要なことだと、落ち着き払った確信をいだいて、例の「しめぐみたれたん、しめぐみたれたん（「主よ恵みを垂れたまえ」を早口でとなえたもの）」を、大声でさけびもし、きめられたことを歌いもし、朗読もしていたのである。監獄の所長や看守たちは、この信仰の教義がどのようなものか、また、教会でおこなわれている諸々のことがどんな意味を持つか、いまだかつて知りもせず、深く考えたこともなかったが、この信仰を絶対に信じなければならないと信じていた、なぜなら、最高首脳部の人々と皇帝みずからがそれを信じていたからだった。しかも、彼らはこの信仰が自分たちの残酷な勤めを正当化してくれると、漠然とだが(彼らはなぜそうなのか説明しろと言われても到底できなかっただろう)感じていた。この信仰がなかったら、彼らがいま落ち着いた良心をもってやっているように、人間を苦しめるために全力を尽くすことはもっと困難になったばかりでなく、たぶん不可能になっただろう。所長はこの信仰の中に支えを見出さなければ到底こんなふうに生きることのできない、実に善良な心の人間だった。だからこそ、彼はじっとまっすぐに立って、熱心に頭をさげ、十字を切り、「第二天使《ケルビム》の歌」が歌われたときには、感動しようと努力し、子どもたちにパンとワインが与えられはじめたときには、前に進み出て、この儀式を受けた一人の少年を手ずから抱き上げ、しばらく抱いていた。

一方、囚人たちは、この信仰を奉じている人たちにたいしておこなわれているまやかしを、残らずはっきりと見ぬき、心の中でそれをあざ笑っている少数の例外を除くと、大部分はこの金めっきの聖像、ろうそく、杯《さかずき》、法衣、十字架、「いとよきイエスよ」とか「しめぐみたれたん」などという不可解な言葉の反復の中に神秘的な力がひそんでおり、その助けでこの世とあの世ですばらしい安楽が得られると信じていた。彼らの大部分は何度か、祈りや礼拝やろうそくで安楽を得ようと試みて、それを得ることができなかった——彼らの祈りは叶《かな》えられずに終わった——のだが、誰も彼もその失敗は偶然のものであり、学のある人々や府主教たちによって認められている制度は、ともかく非常に重要な制度で、もしこの世でなければ、来世のためになくてはならないものだと確信していた。

マースロワもやはりそう信じていた。彼女はほかの者と同じように、礼拝の間、敬神の念と退屈さの入り混じった気持ちを味わっていた。彼女ははじめのうち、仕切りのかげの人ごみの真ん中に立っていたので、自分の女囚仲間以外は誰ひとり目に入らなかった。パンとワインを受ける女囚たちが前に進み、彼女もフェドーシアといっしょに進みはじめたとき、彼女は所長の姿を見つけ、所長の後ろの看守たちの間に少し白っぽい小さなあごひげを生《は》やした金髪の農民を見つけた——それは目をすえて妻を見まもっているフェドーシアの夫だった。賛美歌の間にマースロワはこの男を観察し、フェドーシアと小声で話し合った、そして一同が十字を切り、頭をさげたときだけに、彼女もそれにならうのだった。

41

ネフリュードフは早く家を出た。裏通りではまだ、田舎《いなか》から来た農民が馬車を進ませながら、奇妙な声でさけんでいた。

「ぎゅうにゅう、ぎゅうにゅう、ぎゅうにゅう！」

ゆうべ、最初の暖かい春の雨が降った。舗装のないところでは一面に急に草が青みはじめた。庭の白樺《しらかば》は緑の綿毛を散らせ、実桜《みざくら》もポプラも香りのいい、長い葉をのばしていた、そして家々や商店では窓枠をはずしてふいていた。ネフリュードフがたまたま通りかかった古物市場では、立ち並んだ露店のまわりに、ぎっしり群衆がひしめき合い、ぼろをまとった連中が小脇に長靴をかかえたり、アイロンをかけたズボンやチョッキを肩にかついで歩いていた。

大衆飲食店あたりにはもう、工場が休みなので、きれいな半コートを着て、ピカピカ光る長靴をはいた男たちと、色あざやかな絹のスカーフを頭にかぶり、ビーズの飾りのついたコートを着た女たちが群がっていた。ピストルに黄色いひもをつけた巡査が持ち場に立って、騒動を警戒していたが、騒動が起これば巡査のやりきれない退屈もまぎれたかもしれない。並木道や、色づいたばかりの緑の芝生では、子どもや犬が遊びながら走り回り、陽気な子守たちがベンチにすわって、いろいろとおしゃべりをしていた。

日かげになった左側はひんやりして、まだ湿っており、真ん中だけ乾いた街路では、ひっきりなしに重い荷馬車が石だたみで地響きを立て、乗用車がカタカタと鳴り、鉄道馬車の音が響いていた。さまざまな音のために、また監獄で今おこなわれているのと同じような礼拝式に出席をするように、人々を呼びまねく低い鐘の音《ね》のために、あたり一帯の空気が震えていた。そして、着飾った人々がめいめい自分の教区へ向かうところだった。

流しの御者はネフリュードフを監獄のすぐ前ではなく、監獄に通じる曲がり角でおろした。

何人かの男女が、たいてい包みを持って、監獄へ通じる百歩ほどはなれた曲がり角に立っていた。右手にはあまり高くない木造の建物が幾棟《いくむね》かあり、左手には何か看板をかかげた二階建ての家があった。監獄の大きな石の建物自体は先のほうにあって、面会者はそこまで行かせてもらえなかった。銃を持った番兵がそのわきを通り抜けようとする者をきびしくどなりつけながら、右へ左へ歩いていた。

右手の木造の建物のくぐり戸のそばには、番兵の向かい側に、モールのついた制服を着て、手帳を持った看守がベンチにすわっていた。そのそばに面会者が歩み寄って、会いたい者の名を言い、看守が書きこんでいた。ネフリュードフも同じように歩み寄って、エカテリーナ・マースロワの名を言った。モールをつけた看守が書き取った。

「どうしてまだ入れてくれないんですか?」とネフリュードフが訊《き》いた。

「礼拝式をやってるんだ。礼拝が済んだら入れてやる」

ネフリュードフはそのそばを離れて、待っている人たちの群れのほうへ行った。群れの中から、破れた服を着て、よれよれの帽子をかぶり、はだしにぼろ靴をはいて、顔じゅうに赤い縞《しま》をつけた男が進み出ると、監獄のほうへ向かった。

「こいつ、どこへもぐりこむつもりだ?」銃を持った兵隊がどなりつけた。

「お前こそ、何をわめいてやがる?」番兵にどなられても、少しもひるまずに、ぼろ服の男は答えると、後ろに引き返した。「入れねえんなら、待つよ。でねえと、がなるからな、まるで大将さんみてえに」

群れの中で、その通りというような笑い声が起こった。面会者はたいていひどい身なりで、ぼろをまとっていると言ってもよいほどだった。しかし、見かけのきちんとした男女もいた。ネフリュードフの隣には、りっぱな服装をして、ひげをすっかり剃《そ》った、血色のいいふとった男が、下着らしい包みを手に持って立っていた。ネフリュードフはその男に、ここは初めてですかと訊《たず》ねた。包みを持った男は、毎日曜ここへ来るのだと答えた、それから二人はすっかり話しこんでしまった。それは銀行の玄関番だった。彼は偽造の罪で裁判中の兄に会いに来たのだった。気のいいこの人物はネフリュードフに、自分たちのいきさつをすっかり話して聞かせ、彼にもいろいろ訊ねようとしたが、そのとき、体格のいい純血種の黒馬にひかれている、ゴムタイヤ付きの馬車で乗りつけた学生と、ヴェールをかぶった貴婦人に、二人は注意をそらされてしまった。学生は手に大きな包みを持っていた。彼はネフリュードフに近づくと、施し物――それは彼が持って来た白パンのことだった――を渡すことができるか、また、そのためにはどうすればいいのかと訊ねた。

「これはぼく、婚約者の希望でするんです。これがぼくの婚約者です。この人の両親が受刑者に持って行ったらどうかとすすめてくれまして」

「私自身も初めてでわかりませんが、あの人に訊ねてみないといけないと思います」

手帳を持って右のほうにすわっているモールをつけた看守を指さしながら、ネフリュードフは言った。

ちょうどネフリュードフが学生と話していたとき、真ん中に覗《のぞ》き窓《まど》のついた監獄の大きな鉄の扉があいて、その中から制服を着た士官が別の看守をしたがえて出て来た。すると、手帳を持った看守が面会人の入場が始まることを告げた。番兵はわきへ寄った、そして面会人はみな、まるで遅れたら大変というように速足で、ある者は駆け足で、監獄の扉のほうに進んだ。扉の横には看守が一人立っていて、面会人がそのわきを通り過ぎるのにつれて、大声で「十六、十七」などと言いながら、数をかぞえていた。もう一人の看守は建物の中にいて、手でめいめいの体を触り、やはり次のドアへ入って行く者をかぞえていた、それは退出のときに数を確かめて、監獄の中に一人も面会人を残さず、囚人を一人も出さないためだった。かぞえている男は通り過ぎる者を見ずに、ネフリュードフの背中を手で軽くたたいた、こんなふうに看守に手で触られて、一瞬ネフリュードフは侮辱《ぶじょく》を感じたが、すぐに自分が何のためにここへ来たのかを思い出すと、その不満と侮辱の気持ちが恥ずかしくなった。

ドアを入った最初の場所は、小さな窓に鉄格子をはめた丸天井の部屋だった。集合所と呼ばれているこの部屋の壁のくぼみに、ネフリュードフはまったく思いがけず、大きなはりつけの像を見つけた。

《何のためだこれは?》彼は無意識のうちに、自分の心の中のキリストの姿を、捕われの者ではなく、解放された者と結びつけながら思った。

ネフリュードフはゆっくりした足どりで歩きながら、いそいでいる面会人たちを先にやり過ごし、ここに監禁されている悪人たちにたいする恐怖と、昨日の少年やカチューシャと同じように、ここにいるにちがいない無実の者にたいする同情と、目前に再会を控えた気おくれや感激の入り混じった気分を味わっていた。最初の部屋を出ようとするとき、その反対の端で看守が何か言った。しかし、ネフリュードフは自分の考えに夢中になって、それには耳を貸さず、大半の面会人たちが行くほうに、つまり彼が行く必要のあった女囚のほうでなく、男囚のほうに相変わらず歩いて行った。

いそいでいる者を先へやり過ごして、彼は面会所に当てられた場所にいちばん後に入った。ドアをあけてその部屋に入ったとき、まず彼を驚かせたのは、耳をつんざくばかりに一つのどよめきに融《と》け合っている、たくさんのさけび声だった。部屋を二つに仕切った網に、まるで砂糖にたかる蠅《はえ》のようにへばりついている人たちにもう少し近づいたとき、初めてネフリュードフはそのわけを理解した。後ろの壁に窓のついたこの部屋は、天井から床まで続く針金の網で、それも一枚ではなく二枚で、二つに分けられていた。網の間を看守たちが行き来していた。網の向こう側には囚人たち、こちら側には面会人がいた。囚人と面会人の間には二つの網と二メートルほどの間隔があったので、何かを渡すどころか、顔をよく見ることさえ——特に近眼の者には——不可能だった。話すのも骨が折れた、聞こえるようにするためには、力いっぱいどならなければならなかった。おたがいをよく見て、必要なことを言おうと懸命になっている妻、夫、父、母、子どもの顔が、両側から網にへばりついていた。しかし、めいめいが話し相手によく聞こえるように話そうと努め、隣の者も同じようにしようとして、その声がたがいにじゃまし合うので、めいめいがほかの者をどなり負かそうと懸命だった。そのために、ときどきさけび声で断ち切られる騒音が立ちこめ、それがこの部屋に入ったとたんに、ネフリュードフを驚かせたのだった。話されていることを聞き分けるのはまったく不可能だった。ただ顔だけで、どんなことが話されているのか、また話している者の関係がどんなものか判断できるにすぎなかった。ネフリュードフの比較的近くに、スカーフをかぶった老婆がいた、彼女は網に体を押しつけ、あごを震わせながら、頭を半分剃った青白い青年に何かさけんでいた。その囚人は眉《まゆ》をつり上げ、額《ひたい》にしわを寄せて、老婆の言葉をじっと聞いていた。老婆の横には半コートを着た青年がいた、この男は、やつれた顔に白髪《しらが》になりはじめたあごひげを生《は》やした自分にそっくりの囚人の言うことを、耳に手を当てがい、首を振りながら聞いていた。もう少し向こうには、ぼろを着た男が立って、片手を振りながら何か大声でさけんで、笑っていた。その横では、上等の毛織りのスカーフをかぶった女が赤ん坊を抱いて床にすわり、声をあげて泣いていた、おそらく囚人服をまとい、頭を剃り、足かせをつけて向こう側に立っている白髪の男を、初めて見たのだろう。この女の頭の上では、ネフリュードフと話をした玄関番が、向こう側にいる眼光のするどい、はげ頭の囚人に力の限りどなっていた。こんな状態で話さなければならないことがわかると、ネフリュードフの心には、こんな状態をつくったり、それを守ったりできる人間たちに、憤《いきどお》りがこみ上げてきた。これほどおそろしい状態、これほど人間の感情をばかにしたやり方に、誰ひとり侮辱を感じていないのが、彼はふしぎだった。兵士たちも、所長も、面会人も、囚人もこうしたすべてのことを、まるでこれが当然だと認めているようにやっていたのだ。

ネフリュードフは五分ほどこの部屋にいて、胸のふさぐ思いと、自分は無力だという意識と、世界全体との違和感との何か奇妙な気持ちを味わっていた。船酔いに似た精神的な嘔吐《おうと》感《かん》が彼をとらえた。

42

《それにしても、ここへ来た目的を果たさなければ》ネフリュードフは自分を励ましながら言った。《いったいどうすればいいんだ?》

彼は目で係官を探しはじめた。そして、口ひげを生《は》やし、士官の肩章をつけて、みんなの後ろを歩いている小柄のやせた男を見つけると、声をかけた。

「大変おそれいりますが、お教えいただけませんでしょうか?」彼はことさら努力して丁重に言った。「女囚はどこに収容されていて、どこで面会が許可されるのか」

「いったい、女囚のほうに用があるんですか?」

「はい、ある女の囚人に会いたいと存じまして」相変わらず精一杯の丁重さでネフリュードフは答えた。

「それじゃあなた、集合所にいたときに、そう言って下さらなきゃ。いったい、誰に会いたいんですか?」

「エカテリーナ・マースロワに会う必要がありますので」

「それは政治犯ですか?」次長が訊《たず》ねた。

「いえ、ただの……」

「その女は、なんですか、もう判決を受けたのですか?」

「はい、一昨日《おととい》判決を受けました」まるで自分に同情を感じてくれているような次長の気分を、何かの拍子でそこなってはいけないと思って、ネフリュードフはおとなしく答えた。

「女囚のほうなら、こっちへいらして下さい」ネフリュードフの風采《ふうさい》を見て、この人なら気くばりをするだけの値打ちがあると判断したらしく、次長は言った。「シードロフ」彼は口ひげを生やして、メダルをぶらさげた下士官に声をかけた。「この方を女囚の部屋にご案内しろ」

「承知いたしました」

そのとき、網のそばで心をかきむしるような誰かの泣き声が聞こえた。

何もかもネフリュードフにはふしぎだった。そして、何よりもふしぎなのは、次長や看守長に、つまり、この建物でおこなわれているあらゆる残酷なことをおこなっている連中に、自分が礼を言い、恩義を感じなければならないことだった。

看守はネフリュードフを男囚の面会人室から廊下に連れ出すと、すぐに真向かいのドアをあけ、女囚の面会室へ入れた。

この部屋は男囚の部屋と同じように、二つの網で三つに分けられていたが、はるかに小さかった。それに、面会人も囚人もはるかに少なかった。しかし、さけび声とどよめきは、男囚の部屋と同じぐらいだった。やはり、網の間を係官が歩いていた。ここの係は袖《そで》モールと青い縁《ふち》どりのついた制服を着、男の看守と同じベルトをしめた女看守だった。そして、男囚の部屋と同じように、両側から網に人間がへばりついていた。こちら側は——いろいろな服を着た市民たち、向こう側は——女囚たちで、ある者は白い服を、ある者は私物の服を着ていた。網全体に人が立ち並んでいた。ある者はほかの者の頭ごしに声を届かそうとして爪先《つまさき》立ちになっていた。別の者は床にすわって、言葉を交わしていた。

びっくりするほどのさけび声でも、姿でもいちばん人目を引いた女囚は、髪のもつれたやせたジプシー女で、ちぢれた髪からはネッカチーフがずり落ち、部屋のほぼ真ん中に当たる格子の向こう側の柱のそばに立っていた、そして、青いフロック・コートに低くきつくベルトをしめたジプシーに向かって、すばやい身ぶりをまじえながら何かさけんでいた。そのジプシーの隣では兵隊が床にしゃがんで、一人の女囚と話していた。それから、薄い色のあごひげを生やし、草鞋《わらじ》をはいた若い農民が、網にへばりついて立っており、真っ赤な顔をして、見るからにやっと涙をこらえているようだった。その男と話しているのは、澄んだ青い目で相手を見つめている、器量のいい金髪の女囚だった。それはフェドーシアとその夫だった。そのわきには、ざんばら髪の顔の大きい女囚と言葉を交わしている、ぼろ服の男が立っていた。その向こうには、二人の女、一人の男、それからまた女。めいめいの前に女囚がいた。その中にマースロワはいなかった。しかし、女囚たちの後ろの奥のほうに、もう一人、女が立っていた、そしてネフリュードフはすぐにそれが彼女だとわかり、たちまち心臓が激しく鼓動しはじめ、息が止まるのを感じた。決定的な瞬間が近づいていた。彼は網に近づいて、女の顔を確かめた。彼女は青い目のフェドーシアの後ろに立って、微笑を浮かべながらその言葉を聞いていた。彼女は一昨日のように囚人服ではなく、ベルトをきつくしめ、胸のところの高く盛り上がった白い上着を着ていた。ネッカチーフの下からは、裁判のときと同じように黒い巻毛が覗《のぞ》いていた。

《今すぐきまるのだ》とネフリュードフは思った。《どんなふうに呼べばいいのか？それとも自分でこちらへ来るだろうか？》

しかし、彼女は自分からは近寄ってはこなかった。彼女はクララが来るものと思っていたので、この男が自分のところへ来たのだとはまったく考えもしなかった。

「誰にご用ですか？」網の間を歩いていた女看守がネフリュードフのほうに歩み寄りながら訊ねた。

「エカテリーナ・マースロワです」かろうじてネフリュードフは言った。

「マースロワ、面会よ！」女看守がさけんだ。

43

マースロワは振り返った、そして顔をあげ、胸をまっすぐにそらし、ネフリュードフには見おぼえのある独特の待ち構えるような表情で、二人の女囚の間をすりぬけながら格子に近寄った、そしてネフリュードフの顔がわからず、ふしぎそうな問いかけるような目で彼を見つめた。

しかし、身なりでそれが金のある人間だとわかって、彼女はにっこり笑った。

「あなたがあたくしのところに?」彼女は微笑を浮かべ、目は斜めに向いた顔を格子に近づけながら言った。

「ぼくは会いたかったんです……」ネフリュードフは「あなたに」と言ったらよいのか、「君に」と言ったらよいのかわからなかった。そして、「あなたに」と言うことにした。彼は普段より大きくない声で言った。「ぼくは会いたかったんです、あなたに……ぼくは……」

「こいつ、はぐらかすんじゃねえや」ネフリュードフの横でぼろ服の男がどなった。

「とったのかよ、とらねえのかよ?」

「だから言ってるだろ。くたばりかけてんだよ、それでたくさんだろ?」誰かが別のほうから言った。

マースロワにはネフリュードフの言っていることがよく聞こえなかった。しかし、話しているときの彼の顔の表情が、突然彼女にネフリュードフを思い出させた。だが、彼女は自分の目を信じなかった。それでも、微笑が顔から消え、額《ひたい》には苦しそうなしわが現れた。

「聞こえませんわ、何をおっしゃっているのか」彼女は眉《まゆ》をしかめ、ますます額にしわを寄せながら、大声で言った。

「ぼくは来たんです……」

《そうだ、おれはしなければならないことをしている、懺悔《ざんげ》をしているのだ》とネフリュードフは思った。そして、そう思ったとたん、涙が目にあふれて喉《のど》にこみ上げてきた、彼は指を格子にからませ、声をあげて泣き出すまいと努力しながら、口をつぐんだ。

「なんで出しちゃいけねえところに、ちょっかい出すんだって言うんだよ……」片側から誰かがさけんだ。

「あんた、神さまを信じてね、あたしにはわけがわからないのよ」反対側から女囚がさけんだ。

男が興奮しているのを見て、カチューシャはそれがネフリュードフだとわかった。

「そうらしいけど、まさか」彼女はネフリュードフを見ずにさけんだ、そして、急に赤く染まった顔はいっそう暗い表情になった。

「ぼくは来たんだ、君にゆるしを乞うために」ネフリュードフは暗記した宿題のように、抑揚をつけず大声でさけんだ。

この言葉をさけんでしまって、彼は恥ずかしくなり、あたりを見回した。だがすぐに、自分は恥を忍ばなければならないのだから、恥ずかしければかえっていいのだという思いがした。そこで、彼は大声で続けた。

「ゆるしてくれ、ぼくはおそろしく悪いことをした……」彼はまた大声で言った。

彼女はじっと立ち尽くしたまま、斜視の目をネフリュードフからはなさなかった。

彼はそれ以上口をきくことができず、胸を震わせているむせび泣きを抑えようとしながら格子からはなれた。

ネフリュードフを女囚のほうに行かせた次長は、彼に興味を持ったらしく、こちらの部屋へやって来た、そしてネフリュードフが格子からはなれているのを見て、どうして用のある者と話さないのかと訊《たず》ねた。ネフリュードフは鼻をかむと、気を取り直し、落ち着いた様子を見せようと努めながら答えた。

「格子ごしでは話ができません、何ひとつ聞こえませんので」

次長は考えこんだ。

「うむ。しかたがない、しばらくあの女をこちらへ出してもいいでしょう」

「マリア・カルロヴナ！」彼は女看守に呼びかけた。「マースロワを外へ出して下さい」

まもなく、横のドアからマースロワが出てきた。やわらかい足どりでネフリュードフの間近に歩み寄ると、彼女は立ち止まって上目づかいに彼を見た。黒い髪が一昨日《おととい》と同じように、小さな渦巻きになって覗《のぞ》いていた、不健康な腫《は》れぼったい白い顔はかわいらしくて、まったく落ち着いていた。ただ、つやのある黒い斜視の目が腫れぼったいまぶたのかげから特別な光を放っていた。

「ここで話をしてけっこうです」次長はそう言ってはなれた。

ネフリュードフは壁ぎわにあるベンチのほうへ行った。

マースロワは問いかけるように次長を見てから、驚いたというように肩をすくめ、ネフリュードフの後についてベンチのほうに行き、スカートをととのえて、彼の横にすわった。

「あなたはぼくを簡単にはゆるせないでしょう、それはわかってます」とネフリュードフは切り出したが、涙にさまたげられるのを感じて、また途中でやめた。「しかし、もう過ぎたことを改めることができないとすれば、今できる限りのことをするつもりです。言って下さい……」

「いったいどうして、あたくしを見つけたんですの？」ネフリュードフの問いには答えず、彼女は斜視の目で彼を見ると同時に見ないで訊ねた。

《神さま！　私を助けて下さい！　何をなすべきか私に教えて下さい！》ネフリュー

ドフはすっかり変わってしまって、今ではみにくい彼女の顔を見ながら、心の中で言った。

「ぼくは一昨日陪審員だったんです」と彼は言った。「あなたの裁判があったときに。ぼくに気がつきませんでしたか?」

「いいえ、気がつきませんでしたわ。気がつく暇などなかったんですもの。それに見てもいませんでしたし」彼女は言った。

「たしか子どもがいたんですね?」ネフリュードフはそう訊ねて、自分の顔が赤らむのを感じた。

「あれからじき、おかげさまで、死んじまいました」彼女は目をあげずに、言葉少なに恨むように言った。

「どうして、原因は何です?」

「あたし、自分も病気で死にそこなったんですよ」彼女は目をあげずに言った。

「いったい、どうして、叔母さんはあなたに暇を出したんです?」

「誰が赤ん坊をかかえた女中なんぞ置いておくものですか? 気がついたんで、すぐに追い出したんですわ。それに、何も言うことありません――何もおぼえていませんわ、すっかり忘れてしまいました。あんなこと何もかも済んだことです」

「いや、済んだことではありません。ぼくはこのまま放っておくことはできません。ぼくは今からでもいいから自分の罪をつぐないたいんです」

「何もつぐなうことなんぞありません。昔のことは昔のことで過ぎてしまったんです」と彼女は言った、そして、ネフリュードフがまったく予期しなかったことに、彼女は男を見て、いやらしい、誘惑するような、みじめな微笑を浮かべた。

マースロワはネフリュードフに会おうとは、まして今こんなところで会おうとは、まったく予期していなかった、だから、最初のうち、ネフリュードフの出現は彼女を驚かせ、いまだかつて思い出さなかったことを思い出させた。彼女は最初のうち、自分を愛してくれ、自分も愛していたすばらしい青年の手でひらかれた、新しい、夢のような感情と思想の世界をぼんやりと思い出し、それから、彼のわけのわからない冷酷さと、あの夢のような幸福の後に続いてきた、しかもその幸福から生じた数々の屈辱と苦しみをぼんやりと思い出した。すると、彼女は苦しくなった。だが、それを掘りさげて見る力がなかったので、彼女はいつもと同じことをした――こんな思い出を払いのけ、一種特別な堕落した生活のもやでそれを覆いかくそうと努めたのだ。今もやはりまったくその通りにした。最初のうち、彼女はいま自分の前にすわっている人間を、自分が昔愛した青年と結びつけたが、やがてそれがあまりにもつらいのをさとって、この男とあの人を結びつけるのをやめた。今では、あごひげに香水をかけた、身ぎれいな、ぬくぬくと育ったこの紳士は、彼女にとっては、昔愛したあのネフリュードフではなくて、必要なときに彼女のような存在を利用し、また彼女のような存在のほうでは、自分のためにできるだけ有利に利用しなければならない連中の一人にすぎなかった。そこで、彼女はネフリュードフに誘惑するような微笑を見せたのだ。彼女はこの男から何を利用すればいいか思いめぐらしながら、しばらく黙っていた。

「あんなこと何もかも済んでしまったんですわ」と彼女は言った。「今じゃ、ごらんの通り、懲役の判決を受けてしまって」

そして、このおそろしい言葉を発したとき、彼女の唇は震え出した。

「ぼくにはわかっていました、ぼくは確信していました――あなたは無罪です」ネフリュードフは言った。

「そりゃ、無罪にきまってます。まさか、あたしがこそ泥や強盗のわけはありませんでしょ。みんなの話じゃ、何もかも弁護士次第なんですって」カチューシャは言葉を続けた。「願書を出さなければならないそうですわ。ただ、高くとられるって話で……」

「そうです、確かに」ネフリュードフは言った「ぼくはもう弁護士に話しました」

「お金を惜しんじゃだめですわ、いい弁護士をね」と彼女は言った。

「できるだけのことはします」

沈黙が訪れた。

カチューシャはまた同じような微笑を浮かべた。

「あの、お願いがあるんですけど……お金を、もしできたら。ちょっと……十ルーブルあればたくさんですわ」いきなり彼女は言った。

「ええ、ええ」ネフリュードフはどぎまぎしてそう言うと、紙入れに手をやった。

カチューシャは部屋の中を行ったり来たりしている次長をすばやく見た。

「あいつの前で渡しちゃだめ、向こうへ行ったときじゃないと、取り上げられてしまうわ」

次長が向こうをむいた瞬間、ネフリュードフは紙入れを取り出したが、十ルーブル紙幣を渡す暇のないうちに、次長はまたネフリュードフのほうへ顔を向けた。ネフリュードフは札を手の中に握りしめた。

《まったく、これは死んだ女だ》昔はかわいらしかったのに、今ではいやらしい感じになってしまった、腫れぼったいその顔を見ながら彼は思った——次長と、札を握りしめたネフリュードフの手を見つめている、黒い斜めを向いた目が、その顔の中でよくない光を放っていた。そして、彼は一瞬動揺した。

昨日の夜語りかけてきた誘惑者が、またしてもネフリュードフの心の中で口をききはじめ、いつもの通り、何をなすべきかという問題から彼を引きはなし、その行為がどんな結果を生むか、また、何が得になるかという問題に引きずりこもうとした。

《お前はこの女をどうにもできやしない》とその声が言った。《ただ自分の首に石をつけて自分をおぼれさせ、他人の役に立てないようにするだけだ。こいつに金を、ありったけのものを全部やって、おさらばして、何もかも永久にけりをつけてしまうべきじゃないか》ネフリュードフはそんな思いがした。

しかし、即座に彼は、今こそ、今すぐ、自分の心の中で、何かこの上もなく重大なことが成しとげられようとしているのだと感じ、自分の内面生活は今の瞬間、ゆれ動いていて、ほんの少しの努力でどちらにでも傾く秤《はかり》にのっているようなものだと感じた。そして、彼は昨日自分の心の中に直感した神に呼びかけながら、その努力をした、すると神は即座に答えた。彼は今すぐ何もかも彼女に言う決心をした。

「カチューシャ！　ぼくは君にゆるしを乞いに来たのに、君はもうぼくをゆるしてくれたのか、そのうちいつかゆるしてくれるのか、返事をしてくれなかったね」ネフリュードフは急に「君」という言葉づかいに変わって言った。

彼女はその言葉に耳をかさず、彼の手を見たり、次長のほうを見たりしていた。次長がわきを向いたとき、彼女はすばやくネフリュードフのほうに手をのばすと、札をひっつかんで帯の裏に入れた。

「変ですわ、何を言ってらっしゃるの」彼女は軽蔑の――とネフリュードフに思えた――微笑を浮かべながら言った。

彼女の中には、何か真っ向から彼に敵対し、自分を今のままで守って、彼がその心にまで入りこむのをさえぎっているようなものがあると、ネフリュードフは感じた。

しかし、ふしぎなことに、このことは彼を突き放さないばかりか、何か特別な新しい力でいっそう強く彼女のほうへ引き寄せていった。彼は彼女を精神的に目ざめさせなければならないと感じ、それがおそろしく困難なことを感じた。しかし、その困難さそのものが彼をひきつけた。彼はこれまで一度も、彼女にも、誰かほかの者にも感じたことのないような気持ちを彼女に感じた。その中には、何ひとつ個人的なものがなかった。彼は彼女から何ひとつ望まず、ただ、彼女が今のような女でなくなること、彼女が目ざめて、以前のような女になることだけを望んでいた。

「カチューシャ、なぜそんなことを言うんだ？　ぼくは君を知ってるんだよ、あのときの、パーノヴォにいた時分の君をおぼえているんだ……」

「どうなるんです、昔のことを思い出して」そっけなく彼女は言った。

「ぼくは自分の罪を消すために、つぐなうために思い出してるんだ、カチューシャ」とネフリュードフは言いはじめた、そして自分は君と結婚するつもりだと言おうとしたが、彼女の視線にふれ、その中に何か突っぱねるような、ひどくおそろしく、荒々しいものを読み取ったので、最後まで言いきることができなかった。

そのとき、面会人が退出しはじめた。次長が近づいて、面会時間は終わったと言った。マースロワは立ち上がって、解放されるのをおとなしく待ち受けていた。

「さようなら、ぼくはまだあなたに言いたいことがたくさんあるんですが、ごらんの通り、今はできません」とネフリュードフは言って、手を差しのべた。「また来ます」

「すっかりおっしゃったんじゃないかしら……」

彼女は手を出したが、握らなかった。

「いや、ゆっくり話のできるようなところで、もう一遍あなたに会えるように骨折ってみます。そのとき、あなたに言わなければならないとても大事なことを言います」とネフリュードフは言った。

「そんならまあ、いらして下さい」彼女は気に入られたい男に向かって見せる笑顔を浮かべながら言った。

「あなたはぼくには身近なんです、姉や妹以上に」ネフリュードフは言った。

「変だわ」彼女はもう一度そう言うと、首を振りながら格子の向こうに去った。

44

最初の面会のときネフリュードフは期待をいだいていた、それはカチューシャが自分に会い、彼女のために尽くしたいという自分の考えと後悔の気持ちを知ったら、喜び、感激して、ふたたび元のカチューシャになるだろう、ということだった。ところが、おそろしいことに、カチューシャは存在せず、ただ女囚マースロワしかいないことを彼はさとった。これはネフリュードフを驚かせ、おそろしい気持ちにした。

何より彼を驚かしたのは、マースロワが自分の立場を恥じていないばかりでなく――女囚という立場ではなく(これは彼女も恥じていた)、娼婦という立場を恥じていないばかりでなく――それに満足し、ほとんど誇りにまでしているように思えたことだった。だが実は、それ以外にはありえなかった。どんな人間でも、行動するためには、自分の行為を重要でりっぱなものと考えなければならない。だから、ある人間の立場がたとえどのようなものでも、その人間は自分の行為が重要でりっぱに思えるような人生観を自分のために作り出すのだ。

普通の考えでは、泥棒、人殺し、スパイ、娼婦などは自分の職業を悪いものと認めて、それを恥じているはずである。ところが、実情はまったく反対なのだ。運命と、自分の罪、つまり、誤りのために、ある立場におちいった人々は、それがどれほど正しくないものでも、自分の立場がりっぱで正当に思えるような人生観を全般的に、自分のために作り出す。また、その人生観を支えるために、人々はあるグループに――人生について、また人生の中での自分の立場について自分が作り出した考えを認めてくれるようなグループに本能的にしがみつく。すばしこさを自慢する泥棒、淫蕩《いんとう》を自慢する娼婦、残忍さを自慢する人殺しにかかわる場合には、われわれはそれをふしぎに思う。しかし、われわれがそれをふしぎに思うのは、この連中のサークル、雰囲気が限定されたもので、しかも、何よりわれわれがその外にいるからにすぎない。だが、富、つまり略奪を自慢する金持ち、勝利、つまり殺人を自慢する司令官、権力、つまり暴力行為を自慢する為政者の間に、はたして同じ現象が生じていないとでもいうのか？　これらの人々が自分の立場を正当化するために、人生や善悪の観念をゆがめているのにわれわれが気づかないのは、このようなゆがんだ観念を持っている人々のサークルが、泥棒、娼婦、人殺しのサークルより大きく、われわれ自身がそれに属しているからにすぎない。

そして、自分の生活と世間での自分の立場にたいして、こういった見方がマースロワの中にもできあがっていた。彼女は懲役を宣告された娼婦だったが、それでもやはり、自分を肯定し、人々に向かって自分の立場を誇ることさえできるような人生観を作り上げていた。

その人生観は次のようなものだった——あらゆる男、老人、若者、中学生、将軍、教養のある者、教養のない者、例外なくすべての男の最大の幸福は、魅力的な女と性的交渉を持つことなのだ、だから、男はみんなほかの仕事に没頭しているように見せかけていても、つまるところ、ただそれだけを望んでいる。ところが自分は——魅力のある女で——男たちの欲求を満たしてやることも満たしてやらないこともできる、だから自分は重要で必要な人間なのだ。彼女の以前の生活も今の生活もすべて、この考えの正しさを裏書きしていた。

十年の間ずっと、彼女はどこに行っても至る所で、ネフリュードフや老人の警察署長をはじめ監獄の看守に至るまで、あらゆる男が自分を求めているのを見てとった。彼女は自分を求めていないような男に会ったことがなかったし、見かけたこともなかった。だから、彼女の目には、全世界が欲情に燃え、四方八方から彼女をつけねらい、ペテン、暴力、金、ずるがしこさ——あらゆる手段で彼女をものにしようと懸命になっている人間たちの集まりに見えた。

こんなふうにマースロワは人生を理解していた、そして、こんなふうに人生を理解してみると、彼女は最低どころか、実に重要な人間だった。そこで、マースロワはこのような人生の理解をこの世で最も大切にしていたし、大切にせずにはいられなかった、なぜなら、このような人生の理解を変えてしまえば、それが世の中で彼女に与えてくれている意義を、彼女は失ってしまうからだった。そこで、人生での自分の意義を失わないために、彼女は自分と同じように人生を見ている人々のサークルに、本能的にしがみついていた。ところが、ネフリュードフが自分を別の世界に引き出そうとしているのを直感して、彼女は抵抗した、彼が引き入れようとしている世界では、自分はこれまで自信と自負をもたらしてくれていた立場を失うにちがいないと予測したのだった。同じ理由で、彼女は青春や最初のころのネフリュードフとの交際の思い出も追い払おうとしていた。その思い出は今の彼女の人生観と一致しなかったので、彼女の記憶からすっかり取り除かれていた、というよりむしろ、手をつけられないまま記憶の中に保存されていた、しかし、ちょうど、蜜蜂が自分たちの仕事をだいなしにするおそれのある虫の巣を、手も足も出ないほど塗りこめてしまうように、とじこめ、塗りこめられてしまっていたのだ。だから、彼女にとって、今のネフリュードフは、昔清らかな愛で愛したあの人間ではなく、利用できるし、利用しなければならず、あらゆる男の場合と同じような関係しかありえない、金持ちのだんなにすぎなかった。

《いや、肝腎なことは言えなかった》ネフリュードフはみんなといっしょに出口へ向かいながら思った。《おれは彼女と結婚すると言わなかった。言わなかったが、実行するぞ》と彼は思った。

看守たちは戸のそばに立って送り出しながら、余計な者が外に出たり、監獄の中に残ったりしないように、二本の手でもう一度人数をかぞえた。今度は背中をたたかれたことに、ネフリュードフは侮辱《ぶじょく》を感じなかったばかりか、それに気づきもしなかった。

45

ネフリュードフは自分の外面生活を変えたいと思っていた——大きな家を貸家に出し、召使に暇をやり、旅館に移りたかった、しかしアグラフェーナは冬まで何か生活様式を変える理由は全然ないし、夏は家など借りる者はいない、それに生活をし、家具や物を置いておくことは、どこであろうと、ともかく必要なのだと、根拠をあげて説明した。そんなわけで、自分の外面生活を変えようとするネフリュードフのあらゆる努力(彼は素朴な、学生のような暮らしにしたいと思っていた)は、何の結果も生まなかった。すべてが元のままだったばかりでなく、家の中では熱の入った仕事が始まった。それは、ありとあらゆるウールや毛皮の物を風に当てたり、干したり、はたいたりする仕事で、それには、庭番も、庭番見習いも、料理女も、さらにはコルネイ自身までが力を貸した。まず何かの制服や誰も一度も使ったことのない奇妙な毛皮の物を外に持ち出し、綱に掛け並べた。それから、カーペットや家具の持ち出しが始まり、庭番は見習いといっしょに、筋肉隆々とした腕に袖《そで》をまくり上げ、一生懸命拍子を合わせて、こういった物からほこりをたたき出した。そして、部屋という部屋にナフタリンのにおいがひろがった。庭を通ったり、窓からながめたりしながら、ネフリュードフはこうしたあらゆる物がおそろしくたくさんあって、それが全部まぎれもなくむだなことに驚いていた。《こんな物のただ一つの使いみちと役目は》とネフリュードフは思った。《アグラフェーナ、コルネイ、庭番、その見習い、料理女に、運動の機会を与えてやることだったのだな》《今、まだマースロワの事件が解決していないうちに、生活の形態を変えるにはおよばない》とネフリュードフは思った。《それに、あまりにも難しいことだ。いずれにしろ、彼女が釈放されるか懲役に送られて、おれがその後について行けば、何もかもひとりでに変わるさ》

ファナーリン弁護士が指定した日に、ネフリュードフは彼のところへ行った。ばかでかい木や花を植え、窓にはびっくりするようなカーテンを掛け、全体に金のかかった造りのファナーリン自身が所有している建物の豪壮なマンションに、ネフリュードフは入った、その造りはばかみたいな、つまり苦労せずに手に入れた金をありありとしのばせるもので、思いがけず金持ちになった人たちだけに見られるものだった。そしてネフリュードフは待合室で順番を待つ依頼人たちを見た、彼らは気晴らしの役をさせられている絵入り雑誌を手にして、まるで医者の控え室のように、生気なくテーブルのそばにすわっていた。その場に高い斜面机を前にしてすわっていた弁護士の助手が、ネフリュードフに気づくと歩み寄ってあいさつをし、すぐ主人に取り次ぎますと言った。だが、助手が事務室のドアのそばまで行かないうちに、それがひとりでにあき、真新しい服を着て、赤ら顔に濃い口ひげを生《は》やした、もう若くはないずんぐりした男と、ファナーリン自身の元気のいい、大きな声が聞こえた。どちらの顔も、たった今、利益にはなるが、あまりよくないことをした人に見られる表情を浮かべていた。

「ご自分の罪ですな、だんな」にやにや笑いながらファナーリンが言った。

「極楽には行きたいが、罪があって入《え》れてもらえませんてね」

「そうそう、おたがい身に覚えのあることで」

そう言って、二人は不自然に笑った。

「あ、公爵、お入り下さい」ファナーリンはネフリュードフを見つけて声をかけると、出て行く商人にもう一度会釈《えしゃく》して、ネフリュードフをいかめしい造りの事務室に通した。「どうぞ、お煙草《たばこ》を」弁護士はネフリュードフの前にすわりながら、前の仕事がうまく行ったのでこみ上げてくる笑いを抑えて言った。

「ありがとうございます、私はマースロワの件で」

「ええ、ええ、今すぐに。やれやれ、ああいうしこたま持ってる連中ときたら、とんでもない食わせ者ですな！」と彼は言った。「あの生きのいいのをごらんになりましたか？　あいつは千二百万からの資産を持ってるくせに、入《え》れて——なんて口のきき方をするんですからね。いやともかく、二十五ルーブル札《ふだ》一枚でもとれるとなったら、食いついてでもとりますよ」

《あの男は「入《え》れて」なんて言っているが、お前だって「二十五ルーブル札《ふだ》」なんて下品な口をきいているじゃないか》自分がネフリュードフと同じグループに属し、ここへ来ている客やその他の者が、自分たちとはかけはなれた別のグループに属していることを口調で示そうとしているこの馴れ馴れしい人間にたまらない嫌悪を感じながら、ネフリュードフのほうはこんなことを考えていた。

「まったくもう、あの男には悩まされました——とんでもないひどいやつで。つい腹のうちをぶちまけたい気がしましてね」弁護士は用件以外の話をしたことを言いわけするようにこう言った。「ところでと、あなたの件ですが……よく読んでみて、ツルゲーネフ流に言えば『その内容を容認しなかった』（ツルゲーネフ『余計者の日記』からの引用）というところです、要するにへっぽこ弁護士がぼんくらで、上告の理由をみんな取り逃がしていますんでね」

「そうしますと、あなたはどんな決断をお下《くだ》しになったんですか？」

「ちょっとお待ち下さい。あいつに言ってくれたまえ」彼は入って来た助手に言った。「わしが前に言った通りにするってな。できりゃ――いいが、できなきゃ――だめだ」

「いや、あの男は承諾しないと言ってます」

「ふむ、そんならだめだ」と弁護士は言った、そしてその顔はうれしそうな、人のよさそうな表情から、急に陰気な意地の悪いものになった。

「それでいて世間じゃ、弁護士はただで金をとるなんて言うんですからね」またさっきの感じのよさを顔に戻しながら弁護士は言った。「私は資力のない債務者をまったく不当な告発から引っぱり出してやったことがあるもので、今じゃそういった連中がみんな私のところへ押しかけてくるんですよ。ところが、そんな事件はどれもこれもひどく骨が折れましてね。まったく、何とかいう作家の言葉を借りると、われわれ弁護士もやっぱり肉体の一片をインクつぼに投げこんでいるんですよ。ところでと、あなたの事件、と申しますか、あなたの関心をひいている事件ですが」弁護士は言葉を続けた。「ひどい経過でして、都合のいい上告の理由はありません、しかし、ともかく上告してみることはできます。で、私はこうやって、次のようなものを書いてみました」

彼はぎっしり書いた一枚の紙を取り上げると、ところどころ興味のない形式的な言葉をさっさとはしょって、ほかの言葉をことさらにものものしく発音しながら、読みはじめた。

「『刑事上告局、その他、どこそこ御中《おんちゅう》、何某、その他の上告。何月何日下された判決の結果、マースロワなにがしは毒薬を用いて商人スメリコフを殺害した件につき有罪と認められ、刑法一四五四条にもとづき、何年の懲役その他に処せられた』」

彼は言葉を止めた。すっかり馴れていたことなのだが、それでも彼は見るからに得意になって自分の文章に聞《き》き惚《ほ》れていた。

「『この判決はまことに重大なる手続き上の違法および錯誤の結果であり』」彼はものものしく続けた。「『破棄に相当する。一、スメリコフの内臓所見書審理の際、その朗読は冒頭において、裁判長により中止させられた』――これが一つですな」

「でも、それは検事が朗読を要求したんですよ」驚いてネフリュードフが言った。

「同じことです、弁護人も同じことを要求する根拠を持っていたかもしれませんからね」

「しかし、あれはまったくもう、何の役にも立たなかったんですよ」

「ともかく、これが理由になるんです。先に行きますよ。『二、マースロワの弁護人は』」彼は朗読を続けた。「『最終弁論の際、マースロワの性格を明らかにしようとして、その堕落の内面的原因にふれたとき、弁護人の発言は本件に直接の関係がないかのごとき判断にもとづき、裁判長により中止させられた、しかるに、刑事事件においては、一度ならず元老院によって指摘された通り、被告の性格および、精神的特徴一般の解明は、少なくとも責任能力追及の問題の正当なる解決にとって一義的な意義を有している』——これで二つ」彼はネフリュードフを見て言った。

「でも、あの弁護士の弁論は実にへたくそで、何ひとつわからなかったんですよ」ますます驚いてネフリュードフは言った。

「やっこさんはまるっきりばかですからね、もちろん筋の通ったことは何ひとつ言えなかったでしょう」ファナーリンは笑いながら言った。「しかし、ともかく理由になりますな。さてと、次です。『三、最終陳述において、裁判長は刑事訴訟法八〇一条第一項の明確な規定に反し、いかなる法的要素より有罪の概念が構成されるかを陪審員に説明せず、マースロワがスメリコフに毒薬を与えた事実の立証を認めながらも、被告に殺害の意図のない場合は、その行為の罪を問うことなく、したがって、被告を刑事犯罪でなく、単に過失、すなわちマースロワ自身にとって予想外の商人の死を誘発した不注意に関してのみ有罪と認めうることを、陪審員に述べなかった』これが急所ですな」

「でも私たちは自分でそれがわかったはずなんです。それは私たちの誤りです」

「『最後に、四』」弁護士は続けた。「『マースロワは有罪か否《いな》かを問う裁判所の設問にたいし、陪審員は明らかな矛盾をふくむ形式で回答を提出した。マースロワは殺人の唯一の動機である、もっぱら私利をむさぼる目的をもってスメリコフを計画的に毒殺した罪を問われながら、一方、陪審員はその回答において、マースロワの強奪の目的と財物奪取の共犯を否定した、この事実から明らかな通り、陪審員は被告の殺害の意図をも否定することを予定しながら、ただ裁判長の最終陳述の不備によって生じた錯覚にもとづき、それを回答においてしかるべき形で述べなかった、したがって、このような陪審員の回答は無条件に、刑事訴訟法八一六条および八〇八条の適用、すなわち、裁判長の側から陪審員にその錯誤を説明し、再協議と被告の有罪に関する設問への再回答を求めるべきであった』」ファナーリンは読み終わった。

「それじゃ、どうして裁判長はそうしなかったんでしょう?」

「私もどうしてか知りたいところですね」ファナーリンは笑いながら言った。

「そうしますと、元老院が誤りを正してくれるわけですか？」

「それはちょうどそのときに審議をする要介護のおじいちゃんの顔ぶれによりますね」

「要介護のおじいちゃんと言いますと？」

「養老院（元老院のことを皮肉ったもの）のおじいちゃんですよ。ま、ところでと。次にこんなふうに書いてあります。『このような裁定は』」弁護士は早口に続けた。「『マースロワに刑法の処罰を加える権利を裁判所に与えるものではなく、被告に刑事訴訟法七七一条第三項を適用することはわが国刑法手続きの過激、かつ大なる侵害をなすものである。以上の根拠にもとづき、刑事訴訟法九〇九条、九一〇条、九一二条第二項、および、九二八条等々により、本判決の破棄につきご配慮等々され、再審のため本件を同裁判所の他の担当へ差し回していただきたく、この段お願い等々、申し上げます』これでと、できることは全部やったわけです。しかし、ざっくばらんに申しますと、成功の公算はあまりありません。といっても、すべては元老院の担当部のメンバー次第です。手づるがおありなら、ひとつ奔走してごらんなさい」

「二、三知った人がいます」

「それもなるべく早いほうがいいです、でないと、みんな痔《じ》の治療に出かけてしまいますからね。そうなったら、三月《みつき》待たなくちゃなりません……。ところで、うまく行かなかった場合は、皇帝陛下に嘆願する道が残されています。これもやっぱり裏工作次第です、その節も喜んでお役に立たせていただきます。といっても、裏工作ではなくて、願書作成のほうですが」

「ありがとうございます、謝礼、つまり……」

「助手が清書した上告書をお渡ししてから、申し上げます」

「それからもう一つおうかがいしたいことがあります。監獄のあの被告のところに行けるように検事が通行証をくれたのですが、監獄で聞かされた話では、規定の日と場所以外で面会するには、さらに県知事の許可が必要だというんです。そんなことが必要なんですか?」

「ええ、そう思います。しかし今、県知事はいなくて副知事が事務取り扱いをしています。ところが、これが雲をつかむようなばかで、あの男相手じゃ、まず何もできませんよ」

「それはマスレンニコフのことですか?」

「ええ」

「あの男とは知合いです」ネフリュードフはそう言うと、帰るために立ち上がった。

そのとき、小柄で、おそろしく不器量で、だんご鼻で、骨ばっていて、黄色い顔の女が小走りに部屋にとびこんできた。それは、どうやら自分のみにくさを少しも苦にしていないらしい弁護士の女房だった。彼女はひどく変わったおしゃれをしていた――何かビロードや、絹や、はでな黄色や、緑のものを体に巻きつけていた――それだけでなく、薄い髪をちぢらせていた。土色の顔をして、絹の折り返しのついたフロックコートを着、白いネクタイをしめ、微笑を浮かべている、ひょろ長い男をともなって、彼女は勝ち誇ったように待合室にとびこんできた。つれの男は作家だった。ネフリュードフはその顔を知っていた。

「アナトール」彼女はドアをあけながら言った。「あたしの部屋に行きましょう。ほら、セミョーン・イワーノヴィチさんが自作の詩を朗読して下さるお約束なの、あなたはガルシン論を朗読しなくちゃだめよ、ぜったいよ」

ネフリュードフは帰ろうとしかけたが、弁護士の女房は夫とささやき合って、すぐに彼に言葉をかけた。

「どうぞ、公爵さま――あたくし、あなたさまを存じ上げておりますし、自己紹介も必要あるまいと思いますが――うちの文学の集《つど》いのマチネーにいらして下さいな。とても面白うございますのよ。アナトールの朗読はすてきでしてね」

「どうです、私はずいぶんいろんな仕事がありますでしょう」アナトールことファナーリンはそう言いながら、両手をひろげ、微笑を浮かべて妻を指さした、それはこんな魅力的な女性に反対することはできないと言わんばかりだった。

悲しそうなきびしい顔で、しごく丁重に弁護士の女房に招待の栄を感謝してから、ネフリュードフは出席できないと言って断わると、待合室へ出た。

「ずいぶん苦虫をかみつぶしたような顔をした人ね！」ネフリュードフが出てしまうと、弁護士の女房は彼のことをこう言った。

待合室で助手がもうできあがっていた嘆願書をネフリュードフに渡し、謝礼について訊《たず》ねられると、ファナーリン先生は千ルーブルとご指示になっていると言った、そして元来、ファナーリン先生はこんな事件はお引き受けにならないのだが、ネフリュードフのためにしているのだと説明した。

「嘆願書にはどんなふうに署名すればいいのですか、署名する必要があるのは誰です？」とネフリュードフは訊ねた。

「被告自身でもいいのですが、難しければ被告から委任状を取って、ファナーリン先生がします」

「いや、私が行って、本人の署名をもらってきます」ネフリュードフは所定の日より早く彼女に会える機会を喜びながら言った。

46

いつもの時間に、監獄の廊下に看守たちの笛が鳴り渡った。鉄の音を響かせて、廊下と監房のドアがあいた、はだしの足や、つっかけ靴の踵《かかと》がヒタヒタと鳴りはじめた、やりきれない悪臭で空気を満たしながら、汚物係が廊下を通り過ぎた。男女の囚人たちが顔を洗い、服を着て、点呼のために廊下に出た、点呼が済むと、お茶をいれる熱い湯を取りに行った。

お茶のとき、その日はどの監房でも、今日二人の囚人がむち打ちの刑に処せられるはずになっていることが、さかんに話題になった。その一人は読み書きのよくできる若者で、嫉妬《しっと》に逆上して自分の愛人を殺した、差配のワシーリエフだった。この男は陽気で、気前がよく、官憲に屈しないので、同房の仲間に人気があった。彼は法律を知っていて、それを実行しろと要求していた。そのため、係官たちは彼を嫌っていた。三週間前、ある看守が新しい制服にキャベツスープをかけられたのを理由に、汚物係をなぐった。ワシーリエフは囚人をなぐっていいという法律はないと言って、汚物係をかばった。「今に法律がどんなものか思い知らせてやる」看守はそう言うと、ワシーリエフをののしった。ワシーリエフも同じようにやり返した。看守はなぐりかかったが、ワシーリエフはその手をつかまえ、二、三分そのままにしてから、後ろ向きにし、ドアから突き出した。看守が訴え出たので、所長はワシーリエフを懲罰房に入れるように命じた。

懲罰房というのは、外から閂《かんぬき》でしめるようになっている暗い物置のようなところで、それがいくつか並んでいた。暗くて寒い懲罰房にはベッドも、テーブルも、腰掛けもなかったので、入れられた者は汚い床にすわったり、寝たりするのだったが、とてもたくさん巣くっているねずみが、体の上を走りぬけたり、体の上を走り回ったりした。おまけに、そのねずみはひどく大胆なので、闇《やみ》の中でパンを守りぬくことなどできなかった。ねずみたちは囚人の手からパンを食ったり、囚人が動くのをやめると、その体にまでおそいかかった。ワシーリエフは悪いことをしていないのだから懲罰房には行かないと言った。彼は力ずくで引き立てられた。ワシーリエフは抵抗を始め、二人の囚人の加勢で、看守の手を振りほどいてしまった。看守が集合した、その中には力持ちで有名なペトロフもいた。囚人たちはおしつつまれ、懲罰房に突っこまれた。即座に県知事あてに、暴動に類したことが起こったと報告された。二人の首謀者――ワシーリエフと浮浪者のネポムニャーシチー――に三十ずつむち打ちを与えよという書類が届いた。

処刑は女囚面会所でおこなわれることになっていた。

ゆうべから、このことはすっかり囚人全体に知れ渡っており、まもなくおこなわれる処刑のことが、監房という監房でさかんに話題になっていた。

コラブリョーワ、べっぴんさん、フェドーシア、マースロワは隅の自分たちの場所にすわっていた。そして、みんなもうウォッカを一杯やったので――ウォッカは今ではマースロワのところにいつでもあり、彼女はそれを気前よく仲間にふるまっていた――赤い顔をして威勢がよく、茶を飲みながら、やはり同じことを話していた。

「あの男が暴動か何か起こしたわけじゃあるまいし」コラブリョーワが全部自分の頑丈な歯で小さな砂糖のかけらをかじりながら、ワシーリエフのことを言った。「ただ仲間の肩を持っただけじゃないか。近ごろは喧嘩《けんか》をしちゃいけねえって命令されてるんだからね」

「男前だって話ね」とフェドーシアが言い添えた。彼女は頭に何もかぶらず、長いおさげ髪を見せて、お茶のポットがのっている寝板の前の薪《たきぎ》の上にすわっていた。

「ねえ、あの人に言ってみたらどう、おねえさん」踏切番がマースロワに言った。「あの人」というのはネフリュードフのことだった。

「言ってみるわ。あの人あたしのためなら何でもしてくれるからね」微笑を浮かべ、頭を振り上げるようにして、マースロワが答えた。

「でも、いつ来てくれるやら、やつらのほうは今さっき二人を引っぱり出しに行ったっていうのに」とフェドーシアが言った。「おっかないことだね」彼女はため息をつきながら言い添えた。

「あたしゃいつだったか、郡の役所で農民がむちでぶたれるのを見たことがあるよ。お舅《しゅうと》さまがあたしを庄屋さまのところに使いにやって、着いてみると、庄屋さまがなんと……」踏切番は長い物語を始めた。

踏切番の話は上の廊下を通る人の声と足音にさえぎられた。

女たちは耳をそばだてて、静かになった。

「引っぱり出したな、畜生」べっぴんさんが言った。「今度はぶち殺しちまうぞ。看守のやつらはあいつをえらく目のかたきにしてるもんな、あいつが手加減せずにやるもんだから」

二階はすっかり静かになった、踏切番は郡役所の納屋《なや》で農民がむち打ちを受けていたとき、おったまげて、はらわたがすっかりでんぐり返ったという話を、しまいまでした。べっぴんさんのほうは、シチェグロフがむちでひっぱたかれたが、声も立てなかったという話をした。やがて、フェドーシアはお茶を片づけ、コラブリョーワも踏切番も縫い物にとりかかった、マースロワは退屈に悩みながら、ひざをかかえて寝床にすわった。

彼女が横になって寝ようとしかけたとき、女看守が面会人だから事務所に来るようにと彼女を呼んだ。

「かならずわしらのことを言ってよ」マースロワが半分ほど水銀のはげ落ちた鏡の前でネッカチーフを直していたとき、メニショワばあさんが彼女に言った。「火をつけたのはわしらじゃねえ、あの人でなしが自分でやったんだ、使用人も見てた。あいつだって魂は殺せねえ。ミトリーを呼び出すように、あの人に言っておくれ。ミトリーが何もかも、てのひらを指すようにぶちまけてくれる。でなきゃ、こりゃいったいどういうことだ、わしらは牢屋にとじこめられている、まるで身におぼえがないのに。あの人でなしはひとの女房としたい放題のことをして、飲み屋に入りびたりだ」

「そりゃ無法だ」コラブリョーワがあいづちを打った。

「言うよ、きっと言うよ」とカチューシャは答えた。「そいじゃ、景気づけにもう一杯やらなくちゃ」彼女はウインクをして言い添えた。

コラブリョーワが彼女にカップ半分ついでやった。カチューシャは飲み干して口をぬぐい、自分が言った「景気づけに」という言葉を繰り返しながら、首を振り、微笑を浮かべて、この上もない上機嫌で、女看守の後から廊下を歩き出した。

47

ネフリュードフはもう長いこと玄関で待っていた。

監獄に着くと、彼は入口でベルを鳴らし、当直の看守に検事の許可証を渡した。

「誰に面会です?」

「女囚のマースロワに面会を」

「今はだめです。所長が仕事中ですから」

「事務所ですか?」ネフリュードフが訊《たず》ねた。

「いや、ここです、面会所です」と看守は答えたが、何かうろたえているようにネフリュードフには思えた。

「いったい今日は面会人を受けつけているんですか?」

「いいえ、特別の用件です」看守は言った。

「どうすれば所長にお会いできるんでしょう?」

「今に出ておいでになったら、言うんですな。待ってて下さい」

そのとき、横のドアから、金ぴかのモールをつけ、光ったつやのいい顔をして、口ひげに煙草《たばこ》の煙をしみこませた曹長が出て来ると、いかめしく看守に言った。

「なぜここに通した？　事務所に……」

「所長がこちらにおられるとうかがいましたので」曹長の顔にも不安の色が現れたのに驚きながら、ネフリュードフは言った。

そのとき、内側のドアがあいて、汗を浮かべ、興奮したペトロフが出て来た。

「当分忘れやせんでしょう」彼は曹長に向かって言った。

曹長が目顔でネフリュードフのいることを知らせたので、ペトロフは口をつぐみ、けわしい顔をして後ろのドアから出て行った。

《誰が当分忘れないんだろう？　どうしてこいつらはみんなこんなにうろたえてるんだろう？　どうして曹長はあの男に何か目くばせをしたんだろう？》とネフリュードフは思った。

「ここで待っていてはいけません、事務所へいらして下さい」曹長があらためてネフリュードフに言った、そしてネフリュードフがもう出て行こうとしかけたとき、後ろのドアから部下たちよりもっとうろたえた所長が出て来た。彼はひっきりなしに大きな息をついていた。ネフリュードフを見て、彼は看守に声をかけた。

「フェドートフ、マースロワを第五女囚房から事務所へ」と彼は言った。

「おいで下さい」所長はネフリュードフに声をかけた。二人は急な階段を通って、一つしか窓のない小さな部屋に入った、そこには事務机が一つといくつかの椅子《いす》があった。所長はすわった。

「つらい、つらい仕事です」彼は太い巻煙草を取り出しながら、ネフリュードフに向かって言った。

「どうやら、お疲れのようですね」ネフリュードフは言った。

「勤務全体からくる疲れです。実に難しい仕事ですわ。楽にしてやろうとしておるのに、余計悪い結果になったりしましてな。なんとかやめてしまいたいと、そればかり考えとります。つらい、つらい仕事ですわ」

特に何が所長には難しいのか、ネフリュードフはわからなかったが、今日は所長が何か特別な、気の毒になるような、めいった、希望のない気分でいるのを見てとった。

「そうですね、実におつらいと思います」ネフリュードフは言った。「どうして、こんなお仕事をやっておられるのですか?」

「資産はなし、家族はありで」

「でも、おつらいのでしたら……」

「ま、ともかく、申しときますが、誰しも分に応じてお役に立とうとしておるんです、ともかくできるだけ楽にしてやろうとしておるんです。ほかの誰が私の地位についても、とてもこうは行きませんわ。口で言うのは簡単ですがね――二千以上の人間がおって、それもただのもんじゃない。扱い方を心得んとなりません。やっぱり人間ですから、かわいそうですが、そうかと言って、やっぱりつけあがらすわけにはいきません」

所長は殺人にまでなった最近の囚人同士の喧嘩《けんか》の話をしはじめた。

その話は、看守に導かれてマースロワが入ってきたので中断された。

戸口に姿を現わした彼女がネフリュードフの目に入ったとき、彼女にはまだ所長が見えなかった。その顔は赤かった。彼女は看守の後について元気よく歩いていた、そして、首を振りながら、ひっきりなしに微笑を浮かべていた。所長の姿を見ると、彼女はびっくりした顔で目を止めたが、すぐに気を取り直して元気よく明るくネフリュードフに声をかけた。

「ようこそ」彼女はこの前と違って、ネフリュードフの手を強く振ると、微笑を浮かべて歌うように言った。

「今度はね、嘆願書の署名をもらいに来たんです」今日は彼女が元気のいい態度で出迎えたのにいささか驚きながら、ネフリュードフは言った。「弁護士が嘆願書を作ってくれたので、署名をしなければならないんです、それからペテルブルグへ送るわけです」

「いいわ、署名もけっこう。どんなことでもけっこうよ」彼女は片目を細めて、微笑しながら言った。

ネフリュードフはポケットから折りたたんだ一枚の紙を取り出して、テーブルに近寄った。

「ここで署名をしてよろしいでしょうか？」ネフリュードフは所長に訊《き》いた。

「こっちへ来て、すわんな」所長は言った。「ほら、ペンはここにある。字は書けるか？」

「昔は知ってたんですけどね」と彼女は言った、そして笑いをふくみながら、スカートと上着の袖《そで》を直して、テーブルの前にすわり、小さなエネルギッシュな手で不器用にペンを握ると、笑い声を立ててネフリュードフを振り返った。

彼は何をどこへ書いたらよいのかを彼女に教えた。

念入りにペンをひたしたり、インクのしずくを切ったりしながら、彼女は自分の名前を書いた。

「ほかにご用はありませんの？」彼女はネフリュードフと所長を交互に見て、ペンをインクつぼの上に置いたり、書類の上にのせたりしながら、訊ねた。

「ぼくはあなたにちょっと話さなければならないことがあるんです」ネフリュードフは彼女の手からペンを取って言った。

「かまいませんわ、おっしゃって下さい」彼女はそう言うと、急に何か考えこんだか、眠たくなったように、まじめになった。

所長は立ち上がって出て行った、そして、ネフリュードフは彼女と差し向かいになった。

48

マースロワを連れて来た看守はテーブルから少しはなれた窓がまちに腰をかけた。ネフリュードフにとって、決定的瞬間が訪れた。最初の面会のとき、彼はカチューシャに重要なこと――彼女と結婚するつもりだということを言わなかったために、絶えず自分を責めつづけていた、そして、今度はそれを言おうとかたく決心していた。彼女はテーブルの一方にすわっていた。ネフリュードフは差し向かいに反対側にすわった。部屋の中は明るかったので、ネフリュードフは初めて近い距離ではっきり彼女の顔を――目と唇のまわりの小じわと、腫《は》れぼったい目を見た。そして、前よりもいっそう彼女がかわいそうになった。

白くなりかけた頰《ほお》ひげを生《は》やして窓ぎわにすわっている、ユダヤ人風の看守には聞こえずカチューシャだけに聞こえるように、テーブルに肘《ひじ》をついてネフリュードフは言った。

「もしこの嘆願書がうまく行かなかったら、皇帝陛下に直訴しましょう。できる限りのことをしましょう」

「何しろ、この前のときにいい弁護士だったらねえ……」彼女がネフリュードフの言葉をさえぎった。「ところが、あたしのあの弁護士ときたら、まるっきりおばかさんだったんですもの。あたしにお世辞ばかり言ってさ」彼女は声を立てて笑った。「あたしがあなたの知合いだってことを前からみんなが知っていたら、こんなことにならなかったのにね。ところがどうでしょう。みんなあたしを泥棒だと思ってるんですもの」

《この女、今日はひどく変だな》とネフリュードフは思った、そして自分の言いたいことを言おうとしかけたとき、すかさずまた彼女がしゃべり出した。

「あのねえ。あたしの部屋に一人おばあさんがいるの、みんなが、そりゃびっくりするぐらいの人よ。とってもすてきなおばあさんなの、それが無実で放りこまれているんです、おばあさんも息子も。みんなも二人が無実なのを知っているんだけれど、つけ火をしたという罪をきせられて、放りこまれているんです。そのおばあさんがね、あたしとあなたが知合いだってことを聞いて」マースロワは顔をねじって、ネフリュードフを見やりながら言った。「『あの人に言っとくれ、息子を呼び出してくれたら、あの子が何もかもぶちまけるから』って言うの。苗字はメニショフって言うんです。どう、やって下さる？　とってもすばらしいおばあさんなのよ。ぬれぎぬってことは、今でもはっきりしてるわ。ねえあなた、ひとつ骨を折ってみて下さいな」彼女はネフリュードフを見て、目を伏せ、にっこり笑いながら言った。

「いいですよ、やってみます、確かめてみます」ネフリュードフは彼女の馴れ馴れしさにますます驚きながら言った。「しかし、ぼくは自分たちのことを、あなたと話したいと思っていたんです。この前ぼくが言ったことをおぼえていますか？」と彼は言った。

「いろんなことをおっしゃったわ。どんなお話でしたかしら、この前は？」彼女は相変わらず微笑を浮かべ、顔を右や左に回しながら言った。

「ぼくはあなたにゆるしを乞いに来た、と言ったんです」ネフリュードフは言った。

「まあ、なんですの、いつもゆるせ、ゆるせばっかり、意味ないわ、そんなこと……あなたはそれより……」

「ぼくは自分の罪をぬぐいたいと言ったんです」ネフリュードフは続けた。「それも言葉ではなく行為でつぐないたい、と言ったんです。ぼくはあなたと結婚する決心をしました」

彼女の顔は、ふいに驚きの表情を浮かべた。斜視の目はじっと止まって、ネフリュードフを見ると同時に見ていなかった。

「どうしてまた、そんなことをしなくちゃなりませんの?」彼女は恨むように眉《まゆ》をひそめて言った。

「ぼくは神にたいして、それをする義務があるような気がするんです」

「まあ、とんでもない神さまをお見つけになったこと。さっきから変なことばっかりおっしゃって。神さまですって? どんな神さまですの? あのときに神さまを忘れずにいらしたらよかったのにねえ」彼女はそう言うと、口を大きくあけて、言葉を止めた。

ネフリュードフは今になってやっと、彼女の口がひどく酒くさいのを感じて、その気分が高ぶっている原因をさとった。

「落ち着いて下さい」と彼は言った。

「何も落ち着くことなんかないわ。あんた、あたしが酔っぱらってると思ってるの? そりゃ、あたしは酔ってますよ、けれどね、自分の言ってることはわきまえてるわ」不意に彼女は早口にそう言い出して、真っ赤になった。「あたしゃ懲役囚だ、売……だ、あんたはだんなさまだ、公爵さまだ、あんたとあたしがくっついてみても始まらないだろ。自分たちの公爵のお姫さまのところに行きな、あたしの値段は十ルーブルの赤札一枚さ」

「君がどんなにひどいことを言ったって、ぼくが感じているほどのことは言えやしない」体じゅうを震わせながら、低い声でネフリュードフが言った。「ぼくがどれほど君に罪を感じているか、想像もつくもんか！……」

「罪を感じている……」彼女は意地悪く口まねをした。「あのときは感じないで百ルーブル握らした。ほい、これがお前さんの値段だよ、てね」

「わかってる、わかってる、しかし、今になってどうすりゃいいんだ？」ネフリュードフは言った。「今じゃぼくは君を捨てない決心をしているんだ」と彼は繰り返した。

「そして、言ったことは、やる」

「やるもんですかって言うんだよ！」彼女はそう言うと、大声で笑い出した。

「カチューシャ！」ネフリュードフは彼女の手に触りながら言い出した。

「帰って。あたしは懲役囚で、あんたは公爵よ、あんたはここに来る用はないわ」彼女は怒りのために顔かたちもすっかり変わって、手を振りほどきながらさけんだ。「あんたはあたしをだしに使って救われたいのさ」彼女は胸に湧《わ》き立ってきたものを全部ぶちまけようとあせりながら言いつづけた。「あんたはあたしをこの世で慰みものにしておいて、同じあたしをだしに使って、あの世でも救われたいのさ！　いやらしいよ。あんたなんか、あんたの眼鏡も、あぶらぎった胸くその悪い面《つら》も。帰れ、帰っちまえ！」彼女はエネルギッシュな身のこなしで、すっくと立ち上がると、大声でわめいた。

看守が二人のそばに寄った。

「こいつ、何を騒いどるか！　そんなことでいいと……」

「ほっておいて下さい、お願いします」ネフリュードフが言った。

「見さかいがなくならんようにせんと」看守が言った。

「いや、待って下さい、お願いです」ネフリュードフが言った。

看守はふたたび窓のほうへ引っこんだ。

マースロワは目を伏せ、指をからみ合わせた小さな両手をしっかり握りしめると、もう一度腰をおろした。

ネフリュードフはどうすればよいのかわからずに、彼女を見おろすように立ちつくしていた。

「君はぼくを信じていない」と彼は言った。

「なんで、あなたは結婚しようなんて――そんなことぜったい無理です。いっそ首をくくったほうがましよ！　思い知らせてやる」

「ともかく、ぼくは君のために尽くすつもりだ」

「そう、それはあなたの勝手ですわ。ただ、あたしはあなたに何ひとつしてもらいたいと思いません。これははっきり申し上げておきます」と彼女は言った。「あたしはほんとに、どうしてあのとき死んでしまわなかったのかしら？」彼女はそう言い添えると、あわれを誘うように泣きはじめた。

ネフリュードフは口をきくことができなかった——彼女の涙が彼にも伝わった。

彼女は目をあげ、驚いたようにネフリュードフを見つめた、そしてネッカチーフで頰をつたう涙をぬぐいはじめた。

看守がそのときまた近づいて、別れる時間だと注意した。マースロワは立ち上がった。

「あなたはいま気が立っています。もしできたら、明日来ます。考えておいて下さい」ネフリュードフは言った。

彼女は何も答えなかった、そして、ネフリュードフのほうを見ずに、看守の後について出て行った。

「なあ、ねえちゃん、今度はひと儲《もう》けしなよ」マースロワが監房に戻ると、コラブリョーワが言った。「あんたにぞっこん参ってるらしいじゃないか。通《かよ》ってくるうちに、ぬけめなくやんな。助けてくれるよ。金持ちにゃなんだってできるんだから」

「その通りだ」歌うような声で踏切番が言った。「貧乏人は嫁はとらなきゃならねえのに、寝る暇がないときている、金持ちはただ思いついて、考えつきゃ――何でもござれだ、その気になりゃ、思い通りさ。うちの村にとびきりえらい人がいてね、ねえちゃん、えらいもんだから……」

「どうだい、わしらのことを話してくれたかね？」老婆が訊《たず》ねた。

しかし、マースロワは仲間たちの言葉に答えず、寝板に寝そべり、斜視の目で部屋の隅を見すえて、そのまま夕方まで横になっていた。心では、悩ましい営みが進んでいた。ネフリュードフの言葉は、かつて彼女が苦しんだ末、理解できずに憎しみをいだいて離れたあの世界へ、彼女を呼び出そうとしていた。彼女はこれまで自分がその中にひたって生きてきた前後不覚の状態を、今では失ってしまっていた、だが過去をはっきり意識して生きるのはあまりにもつらいことだった。夕方になると、彼女はまた酒を買って、仲間といっしょに飲んだくれた。

49

《まったく、なんということだ。なんということだ》監獄を出ながら、今になってやっと自分の罪を十分にすみずみまでさとって、ネフリュードフは思った。もし彼が自分の行為をつぐない、あがなおうとしなかったら、彼は決して自分の行為の罪深さをすみずみまで感じはしなかっただろう。それぱかりか、彼女も自分に加えられた悪をすみずみまで感じることはなかっただろう。今になって初めて、それがすべて恐ろしさを残らずむき出して、おもてに出てきたのだ。彼は今になって初めて、自分がこの女の魂をどんなふうに取り扱ったかをさとった、彼女もまた、自分がどんなことをされたのかを見抜き、さとったのだった。これまで、ネフリュードフは自分自身に、自分の後悔の情にうっとりしてしまい、その気持ちをもてあそんでいた。今では、彼はただただおそろしいだけだった。彼女を捨てることは今ではもうできないと、彼は感じていた、それでいながら、自分と彼女の関係がどんな結末になるか、予想することができなかった。

ちょうど出口のところで、十字章やメダルをいくつもつけた、感じの悪い、取り入るような顔の看守がネフリュードフに近づいて、いわくありげに手紙を渡した。

「公爵さま、ある人物の手紙であります……」彼はネフリュードフに封筒を渡しながら言った。

「どういう人物です？」

「お読み下さればわかります。女囚で政治犯であります。私はそちらのほうの係をしておりますので、頼まれたわけであります。許されてはおらないことでありますが、人間的な気持ちによりまして……」看守は不自然な口をきいた。

ネフリュードフは政治犯つきの看守がどうして手紙などを、しかも監獄の中で、ほとんどみんなの見ているところで渡すのか、ふしぎに思った。彼はまだそのとき、それが看守と同時にスパイでもあることを知らなかった、ともかく手紙を受け取って、監獄を出る間に読んでしまった。その手紙には、鉛筆書きの元気のいい筆跡で、新しい綴字法《ていじほう》を使って、次のように書いてあった。

「あなたがある刑事犯に興味をお持ちになって監獄に来られることを知り、お目にかかりたくなりました。私との面会を願い出て下さい。あなたなら許されます、私はあなたが目をかけておられる人にも、また、私たちのグループにも重要なことを、いろいろとお伝えします。お世話になったヴェーラ・ボゴドゥホフスカヤ」

ヴェーラ・ボゴドゥホフスカヤは、中央からはなれたノヴゴロド県の教師で、ネフリュードフは友だちといっしょに、そこへ熊狩りに出かけた。この女教師は、専門学校へ行くための金を貸してほしいとネフリュードフに申し出た。ネフリュードフはその金をやって、彼女のことは忘れてしまった。今、その婦人が政治犯で、投獄されていたのである。彼女はおそらく獄中でネフリュードフの事情を知って、こうして、助力を申し出たものらしかった。あのころは何もかも実に楽で簡単だった。そして、今は何もかもが実にわずらわしくて複雑だった。ネフリュードフは当時のこと、ヴェーラと知り合ったことをありありと楽しく思い起こした。それは謝肉祭の前で、鉄道からおよそ六十キロへだてた片田舎《かたいなか》の出来事だった。猟はうまく行って二頭の熊をしとめ、帰途につく前に食事をしていた、そのとき、泊まっていた農家の主人が来ると、副司祭の娘さんが見えて、ネフリュードフ公爵に会いたがっておられます、と言った。

「べっぴんかい?」と誰かが訊《き》いた。

「おい、いい加減にしろ」ネフリュードフはそう言うと、まじめな顔をして、食卓をはなれた、そして口をふきながら、なぜ副司祭の娘が自分に用があるのかふしぎに思って母屋《おもや》のほうへ行った。

部屋にはフェルトの帽子をかぶり、短い毛皮のコートを着た娘がいた、顔はやせて不器量で、きれいなのは眉《まゆ》のつり上がった目だけだった。

「ほら、ヴェーラさん、だんなとお話しよ」年とったかみさんが言った。「これが公爵さまだよ。あたしゃ出て行くからね」

「どんなご用です?」ネフリュードフは言った。

「あたくし……あたくしは……あのう、あなたはお金持ちで、つまらないことに、猟にお金をむだ使いしていらっしゃいますね、あたくし存じています」娘はひどくどぎまぎしながら口をきった。「ところが、あたくしの望みはたった一つなんです、人の役に立つ人間になりたいんです、でも、何も知らないので、何もできません」

その目は真情にあふれ、善意に満ちていたし、決断の表情も、気おくれの表情も、すべてが強く心をゆさぶるようなものだったので、ネフリュードフはいつもの例で、たちまち彼女の身になって、その気持ちを理解し、同情した。

「ぼくにできるのは、どんなことでしょう?」

「あたくしは教師ですが、専門学校に行きたいんです、だのに行かせてくれません。いいえ、行かせてくれないというわけではありません、行かせてはくれるんですが、費用がかかるんです。あたくしに貸して下さい、専門学校が終わったら、お支払いします。お金のある人たちは熊を殺して農民たちにお酒をふるまっていますが、そんなことは何もかも悪いことだとあたくしは思います。いいことができないわけはないでしょう?

あたくしが必要なのはたった八十ルーブルです。おいやなら、かまいません」怒ったように彼女は言った。

「とんでもない、ぼくにこんな機会を与えて下さって、とてもありがたいと思います……今すぐ持ってきます」ネフリュードフは言った。

彼は玄関に出た、すると、そこに二人の話を立ち聞きしていた友人を見つけた。彼は友人の冗談には答えずに、バッグから金を出し、ヴェーラのところへ持って行った。

「どうか、どうかお礼は言わないで下さい。ぼくのほうがあなたにお礼を言わなければならないんです」

今、ネフリュードフはこんなことを残らず思い出すのが楽しかった。これを悪ふざけの種《たね》にしようとした士官と自分があやうく口論になりかけたこと、別の友人がネフリュードフの肩を持ったこと、そしてそのおかげで二人がいっそう親密になったこと、猟もはじめからしまいまでうまく行って、愉快だったこと、夜中に汽車の駅に引き返すとき、いい気分だったこと——そんなことを思い起こすのは楽しかった。二頭立ての橇《そり》の列が雁《がん》のようにつながって、音もなく駆け足で細い道をすべりながら、隙間《すきま》もなく雪の片に覆われてたわんでいる樅《もみ》の木の生《は》えた、高くなり低くなる林を通って行った。闇《やみ》の中で赤い火を光らせながら、誰かが香りのいい巻煙草《まきたばこ》をくゆらせた。勢子《せこ》のオシップはひざまで雪につかって、橇から橇へ駆け移り、引綱を調節する合間に、いま深い雪の中を歩き、ヤマナラシの皮をかじっている大鹿や、暖かい息を大きく空気穴から吐き出しながら奥深い穴で寝ている熊の話をするのだった。

こんなことが何もかもネフリュードフの胸に思い出された。そして、何にも増して、自分の健康と力とのん気さを意識していた、あの幸福な気持ちが思い出された。肺は半コートをはち切らせながら、凍てついた空気を吸いこみ、顔には馬の首輪にふれた小枝から雪が降りかかる、体は暖かく、顔はひんやりして、心には心配事も、人を責める気持ちも、おそろしいことも、欲望もない。本当にすばらしかった！　だが、今は？　ああ、こんなことが何もかも、実に苦しく、難しいものになってしまった！……

おそらく、ヴェーラは革命家で、革命運動のためにいま投獄されているのであろう。彼女に会わなければならない、とりわけ、どうすればマースロワの立場をよくできるか、助言してくれるという約束なのだから。

50

翌朝、目をさますと、ネフリュードフは昨日の出来事を残らず思い起こした。そして、おそろしくなった。

しかし、その恐ろしさにもかかわらず、彼はやりはじめたことを続けようと、これまで以上にかたく決心した。

こうした義務の意識を感じながら彼は家を出、マスレンニコフ副知事のところへ向かった――マースロワだけでなく、彼女に頼まれたメニショワばあさんとその息子にも監獄で面会を許可してもらえるように頼むためだった。それに、彼はマースロワのためになりそうなヴェーラとの面会についても頼んでみるつもりだった。

ネフリュードフは同じ連隊にいた関係で、もうずっと前からマスレンニコフを知っていた。マスレンニコフは当時、連隊の会計係だった。当時は、連隊と皇室のこと以外は知りもせず知ろうともしない、この上もなく善良な、まじめ一方の士官だった。今、ネフリュードフが会うマスレンニコフは、連隊を県と県の統治に変えた行政官だった。彼は金持ちのおてんば女と結婚し、この女房が彼を軍務から文官勤務へ移らせたのである。彼女は彼を小ばかにして、飼い馴らしたペットのようにかわいがっていた。ネフリュードフは去年の冬に一度だけマスレンニコフ家を訪れたが、この夫婦に全然関心を持てなかったので、その後は一度も行かなかった。

マスレンニコフはネフリュードフを見て、満面に喜びを現わした。軍隊に勤めていたときと同じように、あぶらぎった赤ら顔をし、同じようにふとった図体で、同じようにみごとな服を着ていた。軍隊では、それはいつも清潔で、最新の流行にならってぴったり肩と胸を包んだ軍服かジャケットだった。今ではそれは最新流行の文官服で、やはり、彼の食いふとった体をぴったり包み、ひろい胸を突き立たせていた。彼は略式制服を着ていた。年は違っていたが(マスレンニコフは四十近かった)、二人は「おれ・お前」の仲だった。

「やあ、来てくれて、ありがとう。女房のところへ行こう。会議までちょうど十分暇があるんだ。親分が出かけちまってね。おれが県を切り回してるんだ」彼は満足をかくしきれずに言った。

「おれは用事で来たんだよ」

「なんだい?」急に、警戒したように、びっくりした、いくらかいかめしい口調で、マスレンニコフは言った。

「監獄に、おれが大いに関心を持っている人間がいるんだ(監獄という言葉を聞いて、マスレンニコフの顔はますますきびしくなった)、おれは一般のところじゃなくて事務所で、それもきまった日だけじゃなくて、もっと何度も面会したいんだ。おれの聞いたところじゃ、それはお前の裁量だというもんでね」

「もちろん、おれはお前のためなら何でもやってやるつもりだよ」両手でネフリュードフのひざを触りながら、マスレンニコフはまるで自分の偉さにやわらかみをつけようとでもするように言った。「それはできるけど、何しろおれは三日天下の大将なんでね」

「要するに、おれがその女と会えるように書類を出してもらえるんだろう?」

「それは女か?」

「そうさ」

「で、罪名は何だ?」

「毒殺だ。しかし、判決が間違ってるんだ」

「まったく、正しい裁判なんて看板だけさ、ils n'en font point d'autres〔やつらのやることは、いつもそんなものだ〕」マスレンニコフはなぜかフランス語で言った。「お前がおれに不賛成なのはわかっているが、しょうがない、c'est mon opinion bien arrêtée〔これがおれの確信なんでね〕」彼は後ろ向きの、保守系新聞で、この一年間にいろいろなかたちで読んだ意見を口にしながら付け加えた。「お前が自由主義者だということはわかっている」

「おれが自由主義者なのか、何かほかのものなのかわからないがね」ネフリュードフは笑いながら言った、彼が、人を裁くにあたって、まずその人間の言い分を聞かなければならないとか、法廷にとってはすべての者が平等だとか、一般に人間を苦しめたり、なぐったりしてはならない、未決の者はなおさらだ、などと言っただけで、みんなが彼をどこかの党員だときめてしまったり、自由主義者と呼ぶのを、ネフリュードフはいつもふしぎに思っていたのだ。「おれが自由主義者なのかどうかわからないがね。わかっているのはただ、今の裁判がどんな悪いものにしろ、ともかく昔よりましだということだけさ」

「誰を弁護人に雇った？」

「ファナーリンに頼んだよ」

「へえ、ファナーリンか！」顔をしかめてマスレンニコフは言いながら、去年そのファナーリンが法廷で自分を証人として尋問し、三十分にわたってこの上なく丁重な態度で笑いものにしたことを思い出した。「あいつとは関わり合わんほうがいいんじゃないかな。ファナーリンは est un homme taré〔評判の悪い男だぜ〕」

「それから、もう一つ頼みがある」マスレンニコフの言葉には答えずにネフリュードフは言った。「ずっと前から、おれはある娘を知っているんだ――学校の先生でね。実に気の毒な女で、今はやっぱり監獄にいて、おれに会いたがっている。この女にも会えるように許可証を出してもらえるかい？」

マスレンニコフはちょっと首をかしげて考えこんだ。「それは政治犯か?」

「うん、そういう話だ」

「あのな、政治犯との面会は親戚しかできんのだが、お前には共通の許可証を出してやろう。Je sais que vous n'abuserez pas...〔お前が悪用せんことはわかってるから……〕お前の protégée〔被保護者〕の名前は何て言うんだ?……ボゴドゥホフスカヤ? Elle est jolie?〔べっぴんか?〕」

「Hideuse〔不器量だよ〕」

マスレンニコフは困ったものだというように首を振り、テーブルに近づくと、表題を印刷した紙に勢いよく書きこんだ。「本状持参の公爵ドミートリー・イワーノヴィチ・ネフリュードフに、監獄事務室において、拘留中の町人マースロワ、同じく、医学助手ボゴドゥホフスカヤとの面会を許可する」そう書き終えると、彼ははでな花押《かおう》をした。

「これでお前は監獄の秩序がどんなものか、目《ま》の当たりに見るわけだが、ああいうところで秩序を守るのは実に難しいんだ、満員だし、ことに移送囚が多いんでね。しかし、ともかくおれはきびしく取り締まっているし、こういう仕事が好きだよ。お前も気がつくだろうが、囚人たちは実に快適で満足している。ただ、ああいう連中を取り扱うつぼを心得えないといかん。二、三日前もいざこざがあってね——命令に従わないんだ。ほかの者だったら、こんなことは暴動と見なして、ずいぶん犠牲者を出したと思うな。うちの場合は何もかも実にうまくおさまったが。一方では思いやりが必要だし、一方ではびくともしない権力が必要なんだ」マスレンニコフは金のカフスボタンのついた白いかたいシャツの袖《そで》から出ている、トルコ玉の指輪をはめた、白いふっくらした拳《こぶし》を握りしめながら言った。「思いやりと、びくともしない権力だ」

「ま、そんなこと、おれにはわからん」ネフリュードフは言った。「おれはあそこに二度行ったが、ひどくやりきれない感じだったよ」

「あのなあ、お前はパセク伯爵夫人と友だちになるといいぜ」話に油ののったマスレンニコフは続けた。「夫人はそういった仕事に打ちこんでいるんだ。Elle fait beaucoup de bien.〔たくさんいいことをしているよ〕あの夫人と、それに、心にもない謙遜《けんそん》をぬきで言うと、多分おれのおかげで、すっかり改革できたのさ、それも昔みたいなおそろしいことがなくなって、囚人が文句なしに暮らしよくなるように改革できたんだよ。お前も気がつくだろう。ところで、ファナーリンだがな、おれは個人的にはあの男を知らんし、社会的な立場からも、おれたちの道はまじわりっこないけれども、あいつは確かに悪いやつだ、おまけに法廷で図々しくひどいことを言いやがる、ひどいことを……」

「そいじゃ、感謝してるよ」ネフリュードフは書類を手に取ってそう言うと、しまいまで聞かずに昔の仲間に別れを告げた。

「女房のところには行かんのか?」

「うん、申し訳ないけど、今は暇がない」

「おい、ぜったい女房がおれをゆるさんよ」マスレンニコフは昔の仲間を階段の最初の踊り場まで送りながら言った、彼は第一級ではなくて、第二級のえらい人物をここまで送ることにしており、ネフリュードフは第二級に分類されていたのだった。「いや、頼む、ちょっとでいいから寄ってくれ」

しかし、ネフリュードフは動じなかった、そしてボーイと守衛が駆け寄って、オーヴァーとステッキを渡し、表に巡査の立っているドアをあけたとき、彼はどうしても今は無理だと言った。

「そうか、じゃ木曜に来てくれ。木曜が女房の接待日なんだ。女房に言っとくからな!」マスレンニコフはネフリュードフに向かって階段からさけんだ。

51

すぐその日に、マスレンニコフのところからまっすぐ監獄に来ると、ネフリュードフはもう行ったことのある所長の宿舎に向かった。やはりこの前と同じように悪いピアノの音が聞こえていたが、今度は狂詩曲ではなくて、クレメンティの練習曲がやはりひどく力をこめて、はっきり速くひかれていた。ドアをあけた眼帯の女中が大尉さまはご在宅ですと言って、ネフリュードフを小さな客間に通した、そこにはソファーとテーブルがあり、毛糸で編んだナプキンの上に立っている大きなランプには、片側の焼けこげたバラ色の紙の笠がかぶせてあった。所長がくたびれきったゆううつそうな顔で出て来た。

「おそれ入りますが、どんなご用件ですな？」彼は制服の真ん中のボタンをかけながら言った。

「私は副知事のところへ行ってきました、これが許可証です」ネフリュードフは書類を出しながら言った。「私はマースロワに会いたいのですが」

「マールコワですか？」ピアノの音でよく聞こえなかったので、所長は訊《き》き返した。

「マースロワです」

「ああ、そうでしたな！　ああ、そうでした！」

所長は立ち上がって、クレメンティの技巧的急奏《ルラード》の聞こえてくるドアへ歩み寄った。

「マルーシャ、ちょっとでいいから待ってくれ」と彼は言った、その声を聞くと、この音楽が所長の人生の責め苦になっていることがわかった。「何も聞こえないよ」

ピアノはやんだ、不服そうな足音が聞こえ、誰かがドアを覗《のぞ》いた。

所長は音楽が途切れてほっとしたように、太巻きの軽い煙草《たばこ》に火をつけ、ネフリュードフにもすすめた。ネフリュードフは辞退した。

「つまり、私はマースロワに面会したいんですが」

「マースロワの面会は、今日は都合が悪いですな」所長は言った。

「どうしてですか?」

「いや、どうってこともありません、あなたご自身がお悪いんです」薄笑いを浮かべて所長が言った。「公爵、あの女に直接金をやらんで下さい。ご希望なら、私に渡して下さい。そっくりあの女のものになりますから。ところが昨日、あなたはあの女に金をやったらしいですな、酒を手に入れまして――このやっかいな物がどうしても根こそぎにできませんでね――今日はすっかり飲んだくれて、手がつけられんほどなんですわ」

「本当ですか?」

「もちろんです、きびしい処置をとらずには済まなくなったほどで――別の監房に移しました。つまりですな、あれはおとなしい女ですが、金はどうかやらんようにして下さい。あれはそういう連中ですからな……」

ネフリュードフは昨日のことをありありと思い浮かべた、そしてもう一度おそろしくなった。

「じゃ、ヴェーラ・ボゴドゥホフスカヤには——政治犯の女ですが——会えますか？」しばらく沈黙してから、ネフリュードフが訊《たず》ねた。

「かまいません、それはできます」所長が言った。「こらこら、どうした」彼は部屋に入ってきた五つか六つの女の子に声をかけた。少女はネフリュードフから目をはなさないように首をねじって、父親のほうへ歩いてきた。「ほら、ころぶぞ」少女が前のほうを見ずに、敷物に足を引っかけて、父親のほうに駆け寄ったのを笑顔でながめながら、所長は言った。

「それじゃ、面会できるのでしたら行きたいのですが」

「多分できるでしょうな」所長は相変わらずネフリュードフを見つめている女の子を抱いてそう言うと、立ち上がって、やさしく少女をわきにのけ、玄関へ出た。

眼帯の女中が差し出すオーヴァーを所長が着て、ドアの外へ出るか出ないうちにもう、ふたたびはっきりしたクレメンティの技巧的急奏《ルラード》が急流のように鳴りはじめた。

「音楽学校に行っておったんですが、あんなところはでたらめでしてね。才能は大したものなんですが」階段をおりながら所長が言った。「演奏会に出たがっておるんです」

所長とネフリュードフは監獄に近づいた。所長が近づくと、即座にくぐり戸がひらかれた。看守たちは手を帽子のひさしの下に当てて敬礼し、所長を目送した。頭を半分剃《そ》った四人の男が何か入った桶《おけ》を運んでいたが、玄関で二人に出くわして所長の姿を見ると、一斉にちぢみ上がった。一人は特に身をかがめ、黒い目を光らせて、不気味に眉《まゆ》をひそめた。

「むろん才能はできるだけ伸ばさなきゃなりません。埋もらせちゃいけません、ですが、小さな宿舎じゃ、そりゃやりきれんときもありますな」この囚人たちには目もくれずに所長は話を続けた、そして疲れたように足を引きずりながら、ネフリュードフをともなって集合所へ入った。

「誰にお会いになるのをお望みでしたかな?」所長が訊ねた。

「ボゴドゥホフスカヤです」

「それは塔のほうからですな。少々お待ちいただかんとなりません」彼はネフリュードフに言った。

「じゃ、その間にメニショフ親子に会うわけにはいきませんでしょうか? 放火罪の母親と息子ですが」

「それは二十一号室ですな。いいでしょう、呼び出せます」

「息子には監房の中で会うわけにいきませんでしょうか？」

「いや、集合所のほうが落ち着きます」

「いや、私は興味があるんです」

「えらいことに興味をお持ちですな」

そのとき、横のドアからおしゃれな次長である士官が出て来た。

「君、公爵をメニショフの監房にご案内してくれ。二十一号室だ」所長が次長に言った。「それから事務室へ。呼び出すのは私がする。名前は何でしたかな？」

「ヴェーラ・ボゴドゥホフスカヤです」ネフリュードフは言った。

次長は口ひげを染めた、金髪の若い士官で、あたりに花の化粧水《オーデコロン》のにおいを振りまいていた。

「こちらへどうぞ」彼は感じのいい微笑を浮かべて、ネフリュードフに言った。「われわれの施設に興味がおありですか？」

「ええ、それにメニショフという男にも興味があります、全然罪がないのにここに入れられているんだそうでしてね」

次長は肩をすくめた。

「確かにそういうこともあります」彼はひろい、悪臭のする廊下へ、うやうやしく、先に客を進ませながら、平然と言った。「あの連中が嘘《うそ》を言っていることもあります。どうぞこちらへ」

監房の戸はあいていて、数人の囚人が廊下にいた。壁に体をくっつけるようにしながら部屋の中へ入ってしまったり、両手をズボンの縫い目にそろえて、軍隊式におえら方を目送しながら、戸のわきにじっと立ったりしている囚人たちを横目で見やり、看守たちに軽くうなずきながら、次長はネフリュードフを案内して、廊下を一つ通り過ぎると、鉄のドアで仕切られた左手の別の廊下へ近づいた。

その廊下は最初のよりせまく暗くて、悪臭はいっそうひどかった。廊下に面して両側に、鍵のかかったドアがいくつかあった。ドアにはお目々と呼ばれる直径二センチほどの小さな穴があった。廊下には陰気なしわだらけの顔をした年寄りの看守以外、誰もいなかった。

「どの部屋だ、メニショフは？」次長が看守に訊いた。

「左側の八番目です」

52

「ちょっと覗《のぞ》いてもいいですか?」ネフリュードフが訊《たず》ねた。

「けっこうです」次長は感じのいい微笑を浮かべて言うと、看守に何か訊ねはじめた。ネフリュードフは一つの穴を覗いた――そこには、小さな黒いあごひげを生《は》やした背の高い若者が下着一枚で、足早にあちこち歩き回っていた。戸口のかすかな音を聞きつけると、彼はちらりと見て、眉《まゆ》をひそめ、歩きつづけた。

　ネフリュードフは別の穴を覗いた――その目はやはり穴を覗いているおびえたような大きな目に出くわした。彼はあわててそこを離れた。三番目の穴を覗くと、囚人服を頭からかぶってベッドにまるくなって寝ている、ひどく背丈の小さい男が見えた。四番目の監房には、青白い、顔の大きな男が頭を低く垂れ、ひざに頰杖《ほおづえ》をついてすわっていた。足音を聞くと、この男は顔をあげて、ちらりと見た。顔全体に、とりわけ大きな目に、望みを失った切ない憂《うれ》いの表情が現れていた。彼は誰が自分の部屋を覗いているのか、どうやら知ろうという好奇心も湧《わ》かなかったらしい。誰が覗いているにしろ、彼は誰からも何もよいことを期待していないようだった。ネフリュードフはおそろしくなった。彼は覗くのをやめて、メニショフの二十一号室に近づいた。看守が鍵をあけ、戸をひらいた。人のよさそうなまるい目をして、小さなあごひげを生やした、首の長い、筋骨たくましい若者が寝板のわきに立ち、びっくりした顔であわてて囚人服を着ながら、入ってくる者を見つめていた。特にネフリュードフを打ったのは、けげんそうに、おびえたように、彼と看守と次長を交互に見ている人のよさそうなまるい目だった。

「ほら、このだんながお前の事件をいろいろお訊《き》きになりたいそうだ」

「これはどうも恐れいります」

「そうなんです、ぼくはあなたの事件の話を聞かされまして」ネフリュードフは房の奥に入り、格子のはまった汚い窓のそばに足を止めながら言った。「あなた自身から話を聞きたいんです」

メニショフも同じように窓ぎわに歩み寄って、すぐに話しはじめた、はじめはおずおずと次長のほうをときどき見ていたが、やがてだんだん大胆になった。次長が何か命令を与えようとしてすっかり廊下に出てしまうと、彼はまったく大胆になった。その話は言葉づかいや、話しぶりからすると、この上もなく素朴な、きちんとした農民の若者の話だった、そして、不名誉な服を着せられた囚人の口から監獄でこんな話を聞くのが、ネフリュードフにはひどく奇妙に感じられた。ネフリュードフは話に耳を傾けながら、それと同時に、藁布団《わらぶとん》をのせた低い寝板や、太い鉄格子をはめた窓や、湿ってしみのついた汚れた壁や、つっかけ靴をはき、囚人服を着た、不幸な、見るかげもない農民のみじめな顔と姿をながめ回していた、そして、彼はますます悲しくなっていった。この気のいい男が話しているのが本当のことだとは信じたくなかった――人間が何の理由もなく、ただある人間をばかにしているというだけで、その人間を捕らえ、囚人服を着せ、こんなおそろしいところに入れることができるなどと考えるのは、あまりにもおそろしかった。だが一方、この真情にあふれた話が――こんな人のよさそうな顔で語られているのに――ごまかしや作り話だと考えるのは、いっそうおそろしかった。その話というのはこうだった――結婚後まもなく、酒の専売を一手に引き受けている男が、メニショフの女房を横取りした。彼はあらゆるところで法の裁きを求めた。至る所で酒屋は当局を買収していたので、無罪と認められた。一度は力ずくで女房を連れ戻したが、翌日には逃げ出してしまった。そこで、彼は女房を返せと要求しに行った。酒屋はお前の女房などいないと言って(ところが、メニショフは入りぎわに彼女の姿を見たのだ)、帰れと命令した。メニショフは動かなかった。酒屋は使用人といっしょにメニショフを血の出るほどぶんなぐった、ところがその翌日、酒屋の屋敷から火が出た。彼は母親といっしょに罪を着せられてしまったが、火をつけるどころか、名付け親のところに行っていたのだった。

「じゃ、本当に放火はしなかったんだね?」

「そんなこと、だんな、考えもいたしません。あの悪党がきっと自分で火をつけたんだ。人の話じゃ、保険をかけたばかりだったそうです。ところが、あたしとおふくろにおっかぶせて、あたしらがあいつのところへ来ておどかしたなんて言われたんです。そりゃ確かに、あたしはあのとき、やつをどやしあげました、腹の虫がおさまらなかったんでございます。けども、つけ火なんかとんでもありません。火事が起きたとき、その場に居もしなかったんで。ところが、あの野郎はあたしとおふくろが行った日に、わざとこじつけたんでございます。自分で保険のために火をつけといて、あたしらを訴えたんで」

「まさか?」

「本当です、神かけて申しておるんでございます、だんなさま、どうかあたしの実の父親になりかわって、お助け下さいまし!」メニショフは土下座をしようとした。ネフリュードフはやっとのことでそれをとどめた。「お救い下さいまし、何のとがもなく一生がだいなしになります」と彼は言いつづけた。

そして、頬が急に引きつって、メニショフは泣き出した、それから囚人服の袖《そで》をまくり上げ、汚れた下着の袖で涙をふきはじめた。

「済みましたか?」次長が訊いた。

「ええ。それじゃ、くよくよするんじゃありませんよ。できることはやってみましょう」そう言って、ネフリュードフは外へ出た。メニショフは戸口のところに立っていたので、看守は戸をしめるときに、その戸で彼を突き飛ばした。看守が戸の鍵をかける間ずっと、メニショフは戸の穴を覗いていた。

53

薄い黄色の囚人服を着て、短いだぶだぶのズボンとつっかけ靴をはき、むさぼるようにネフリュードフを見つめている連中の間を通って(食事どきで、監房の戸があいていた)、ひろい廊下づたいに戻りながら、ネフリュードフは奇妙な気持ちを味わっていた――投獄されている者への同情もあれば、その連中を投獄し、拘禁している者にたいする恐怖と、不可解な思いもあり、また、なぜか、自分自身にたいする恥ずかしさ、自分が平然とこんな状態をながめていることにたいする恥ずかしさもあった。

ある廊下で、誰かが靴をヒタヒタと鳴らして監房の戸の中へ走りこむと、そこから数人の者が出て来て、ネフリュードフに頭をさげながら、その通り道に立った。

「だんなさま、お名前は存じませんが、なんとか私どものきまりをつけるように、お命じになって下さいまし」

「ぼくは所長じゃありません、何も知らないんです」

「かまいません、所長か誰か、当局の人に言っていただけませんか」怒りをふくんだ声が言った。「何の罪もございません、足かけ二月《ふたつき》苦しんでおるのでございます」

「どうして？　なぜです？」ネフリュードフは訊《たず》ねた。

「つまりこの通り、監獄にとじこめられているんで。足かけ二月ほうりこまれておりますが、自分でもどうしてなのかわからないんでございます」

「確かにこれは偶然のことでして」次長が言った。「この連中は身分証明書《パスポート》がないために捕らえられまして、自分の県に送られるはずだったのですが、向こうの監獄が火事で焼けまして、県庁から送還してくれるなと言ってよこしたんです。そこで、ほかの県の者はそれぞれ送還してしまったのですが、この連中は留めおいておるのです」

「ほう、たったそれだけのことで？」ネフリュードフは戸口に足を止めながら訊ねた。

四十人ほどの、みんな囚人服を着た人の群れがネフリュードフと次長を取り囲んだ。いくつかの声が一度にしゃべり出した。次長がさえぎった。

「誰か一人だけ話しなさい」

一同の間から五十がらみの背の高いりっぱな風采《ふうさい》の農民が進み出た。彼がネフリュードフに説明したところによると、彼らはみな身分証明書《パスポート》を持っていないために監獄に送られ、監獄に入れられたのだった。いや、身分証明書《パスポート》はあったのだが、ただ二週間ほど期限が過ぎていたのだ。毎年、このていど身分証明書《パスポート》の期限が過ぎることはよくあって、何の処罰も受けなかったのだが、今年はつかまえられて、この通り、罪人扱いで足かけ二月も拘禁されていたのだった。

「私らはみんな石工で、みんな同じ組合の者でございます。県の監獄が焼けたという話でございますが、そんなこと私らの責任じゃございません。どうか、お慈悲をお垂れ下さいまし」

ネフリュードフは聞いていたが、品のいい老人の言うことをほとんど理解できなかった。というのは、彼の注意は、りっぱな風采の石工の頬《ほお》の毛の間を這《は》っている、大きなねずみ色の、足のたくさんある虱《しらみ》にすっかり飲み尽くされていたからだった。

「どうしてそんなことが？　本当にそれだけのことでですか？」ネフリュードフは次長に向かって言った。

「そうです、当局が手違いをしたのです。この連中は居住地に送り返して、落ち着かせるべきでした」と次長が言った。

次長が言い終わるか終わらないうちに、やはり囚人服を着た小柄な男が群れの中から出て来て、奇妙に口を曲げながら、彼らがここで理由もなく苦しめられていることを話しはじめた。

「犬よりひどいんで……」彼は口をきった。

「おい、こら、余計なことをしゃべるな、黙ってろ、でないと、いいかおぼえていろ……」

「何もおぼえとくことなんかねえ」小柄な男はやけっぱちに言った。「いってえ、おれたちのどこが悪いんだ?」

「黙らんか!」次長がどなった、すると小柄な男は口をつぐんだ。

《いったい、これはどうしたことだ?》ドアから覗《のぞ》いている囚人や、行き合う囚人たちの数百の目にむち打たれるように追い立てられて、監房の外に出ながら、ネフリュードフは心の中で言った。

「本当に、あんなにあっさり罪のない人間を拘禁するんですか?」二人が廊下を抜けてしまうと、ネフリュードフは言った。

「ほかにどうしろとおっしゃるので? いろいろと嘘《うそ》ばかり言いますので。あの連中の話を聞いていると、みんな無実です」次長は言った。

「でも、確かにあの連中は何の罪もないじゃありませんか」

「ま、あの連中はそうだとしましょう。しかし、ただ実にやくざな連中ですから。きびしくしないわけにはまいりません。まったく手のつけられんのもおりますので、やっぱり甘くするわけにはまいりません。つい昨日も、二人を処罰しなければなりませんでした」

「どんな罰です？」

「指令通り、むち打ちの罰でした……」

「でも、体刑は廃止されたじゃありませんか」

「権利を剝奪《はくだつ》されていない者にはです。ここの連中はかまいません」

ネフリュードフは昨日玄関で待っているときに見たことを残らず思い出した。そして、処罰はちょうど自分が待っていたときにおこなわれたのだとさとった。すると、好奇心と、ゆううつさと、不可解さと、精神的な、ほとんど生理的なものになりそうな嘔吐《おうと》との入り混じった気分が、ひときわ激しい力で彼をおそった、その気分は前にもあったのだが、これほど激しくおそってきたことは一度もなかった。

次長の言葉も聞かず、周囲を見もせずに、ネフリュードフはいそいで廊下を出て、事務所へ向かった。所長は廊下にいた。そして、ほかの仕事に忙しくて、ヴェーラを呼び出すのを忘れていた。彼はネフリュードフが事務所に入って来たときにやっと、ヴェーラを呼び出す約束をしたことを思い出した。

「すぐに呼びにやりますから、しばらくおすわりになってて下さい」と彼は言った。

54

事務所は二部屋だった。大きな張り出したはげちょろけの暖炉と、汚れた窓が二つ付いた手前の部屋には、片隅に囚人の身長を計る黒い身長計が置いてあり、別の隅には——まるでその教えをあざ笑うように、迫害の場所にかならず備えつけてある——大きなキリストの像が掛かっていた。この手前の部屋には数人の看守が立っていた。もう一つの部屋には、壁ぞいに二十人ほどの男女が数人ずつかたまって、あるいは、二人ずつのカップルが並んですわり、あまり大きくない声で話していた。窓ぎわには事務机があった。

所長は事務机のわきにすわり、そこにあった腰掛けをネフリュードフにすすめた。ネフリュードフは腰をおろして、部屋の中にいる人々を観察しはじめた。

一番はじめに彼の注意をひいたのは、短いジャケットを着た感じのいい顔の若者で、もうあまり若くない黒い眉《まゆ》の女性の前に立って、何か熱心に手ぶりをまじえて話していた。その隣には、青い眼鏡をかけた老人が、何か話している囚人服の若い女性の手を握ったまま、じっと耳を傾けていた。実業学校生徒の少年が、おびえたような表情をこわばらせて、目をはなさずに老人を見つめていた。その近くの隅には、恋人同士の二人がすわっていた。女は髪が短く、エネルギッシュな顔をした、金髪のかわいらしい、まだとても若い娘で、流行の服を着ていた。男は線の細い顔だちの、髪がゆるやかに波打っている美青年で、模造皮の上着を着ていた。二人は恋に酔いしれた様子で、片隅にすわってささやき合っていた。事務机のいちばん近くにすわっていたのは、黒い服を着た白髪《しらが》の婦人で、母親のようだった。彼女はやはり同じような上着を着た肺病らしい若者をまじまじと見つめて、何か言おうとしていた、しかし涙のために口がきけず、話そうとしては途切れてしまうのだった。若者は手に紙きれを持っていたが、どうしていいのかわからないらしく、怒ったような顔で、その紙を折ったり、まるめたりしていた。二人のかたわらには、かなり目の飛び出た、肉づきがよくて血色のいい、美しい娘がすわっていた。彼女はグレーの服を着て、ケープをはおっていた。そして、泣いている母親の横にすわって、やさしくその肩をなでていた。この娘は何もかも、大きな白い手も、ゆるやかにウェーブした断髪も、しっかりした鼻と唇も美しかった。だが、その顔の一番の魅力は、とび色の、羊のような、やさしい、嘘《うそ》いつわりのない目だった。ネフリュードフが入ってきたとき、彼女の美しい目は、一瞬母親の顔からはなれて、彼の視線とぶつかり合った。しかし、すぐに彼女は横を向くと、何か母親に話しはじめた。恋人たちの近くには、黒い髪を振り乱した陰気な顔の男がすわって、去勢されたようなひげのない面会人に何か怒ったようにしゃべっていた。ネフリュードフは所長の横にすわり、多くを知りたいという気持ちを集中して、あたりを見ていた。ネフリュードフの注意をそらせたのはそばに近づいてきた丸坊主の幼い男の子で、彼は細い声でネフリュードフに訊《たず》ねた。

「おじさんは誰を待っているんですか？」

ネフリュードフはその質問に驚いたが、少年を見て、まじめな賢そうな顔と、じっと見つめている生き生きした目に気づくと、知合いの女の人を待っているのだと、まじめに答えた。

「あのう、それはおじさんの妹ですか？」少年は訊ねた。

「いや、妹じゃないよ」ネフリュードフはびっくりして答えた。「君は誰とここに来たの？」彼は少年に訊《き》いた。「ママとです。ママは政治犯なんです」いばって少年は言った。

「マリアさん、コーリャを連れてって下さい」所長はネフリュードフと少年の話を規則違反と見なしたらしく、そう言った。

マリアというのは、ネフリュードフの注意をひいた、羊のような目の美しい娘だったが、背の高い体をすらりとのばして立ち上がると、しっかりしたほとんど男のような足どりで、ネフリュードフと少年に近づいた。

「何をこの子は訊いているんですの、あなたはどなたです?」彼女はちょっと微笑をふくんで、信頼しているように彼の目を見つめながら訊ねた、本当に飾り気なく、まるで彼女は誰とでも飾り気なく親切に兄弟姉妹のように接していたし、接しているし、接しなければならないというようだった。「この子は何でも知らないと気がすまないんですの」そう言って、彼女は少年の顔に本当にやさしい感じのいい笑顔を向けたので、少年もネフリュードフも——二人とも思わず、その笑顔に答えてほほえんだ。

「そうですね、私が誰のところへ来たのかと訊ねていたんですよ」

「マリアさん、関係のない者と話してはいけません。知っているでしょう」所長が言った。

「はい、はい」彼女はそう言うと、大きな白い手で、彼女を見つめているコーリャの小さな手を握り、胸の悪い男の母親のほうへ戻って行った。

「あれはいったい誰の子です?」ネフリュードフは今度は所長に訊いた。

「ある政治犯の子です、あの子は生まれたのも獄中でしてな」所長はまるで自分の施設の秘蔵の品でも見せるように、いくらか得意そうに言った。

「本当ですか?」

「ええ、今度は母親といっしょにシベリアに行くんです」

「で、あの娘《こ》は?」

「お答えできません」所長は肩をすくめながら言った。「ほら、ヴェーラが来ました」

55

後ろのドアから、せかせかした足どりで、断髪のやせた顔色の悪い小柄なヴェーラが、相変わらず大きな気だてのよさそうな目をして、姿を現わした。

「まあ、いらして下さって、ありがとう」彼女はネフリュードフの手を握りながら言った。「あたしを思い出して下さいました? すわりましょう」

「こんなふうにしてお会いするとは思いませんでした」

「まあ、あたしはとてもいい気分なんですのよ! 本当に、本当にすばらしくて、これ以上いいことなんか望めませんわ」ヴェーラはいつもの通り、大きくて気だてのよさそうなまるい目で、びっくりしたようにネフリュードフを見つめ、みすぼらしいしわくちゃの汚れた上着の襟《えり》から覗《のぞ》いている、黄色っぽい、細い細い、筋ばった首をねじりながら言った。

ネフリュードフは、彼女がどうしてこんな状態におちいったのかを訊《たず》ね出した。それに答えながら、彼女はすっかり活気に満ちて自分の事情を話しはじめた。彼女の話には、プロパガンダ、オルグ破壊、グループ、セクション、下部セクションなどに関係した外国語がしきりに出て来た、彼女は誰でもそれを知っているものと信じきっている様子だったが、ネフリュードフは一度も聞いたことがなかった。

彼女はネフリュードフが「人民の意志」*派のあらゆる秘密を知るのがとても面白く楽しいと信じきっている様子で話した。だが、ネフリュードフは彼女のみすぼらしい首や、もつれた薄い髪を見ながら、どうしてこの娘がこんなことをし、こんなことを話すのか、ふしぎに思っていた。ネフリュードフにはヴェーラがあわれに思えたが、自分のほうには何の罪もないのに、いやなにおいのする監獄に入れられている農民メニショフのあわれさとはまったく違っていた。彼女があわれなのは、何よりもその頭の中にあるあきらかな混乱のためだった。彼女は自分を事業の成功のために一身を犠牲にすることもいとわない英雄と思っているらしかったが、それでいて、その事業がどのようなもので、その成功とはどのようなものなのか、説明を求められても、ほとんど説明できなかったにちがいない。

＊ナロードニキの一派。一八七九年、「土地と意志」派の分裂後に結成された。専制打倒、民主共和国建設を目的とし、学生、若いインテリ等に支持者を得た。ナロードニキとして初めて政治活動の実践に乗り出し、一八八一年、アレクサンドル二世を暗殺したが、その行動はテロリズムの域を出なかった。〔訳注〕

ヴェーラがネフリュードフを相手に話そうとしていたのは、次のようなことだった。彼女の友だちで、シュストワというある女性が、ヴェーラの言葉によると、下部グループにも入っていなかったのに、ただあずかっていた本や書類を発見されたばかりに五カ月前ヴェーラといっしょにつかまって、ペトロパヴロフスク監獄（ペテルブルグにあった要塞を改造した監獄。しばしば重要な犯人が投獄され、帝政時代の恐怖の象徴だった）に入れられた。ヴェーラは自分がシュストワの拘禁に幾分か責任があると考えて、手づるのあるネフリュードフに、シュストワ釈放のためできるだけのことをしてほしいと頼みこんだ。ヴェーラが頼んだもう一つの件は、ペトロパヴロフスク監獄に拘禁されているグルケーヴィチのために、両親との面会と、学問的研究に必要な学術書の入手を許可してもらうよう、奔走してほしいということだった。

ネフリュードフはペテルブルグに行ったら、できる限りのことをしてみると約束した。自分の身の上をヴェーラはこんなふうに話した——助産婦養成所を卒業してから、彼女は「人民の意志」派と接するようになり、その派の人々といっしょに活動を続けていた。はじめのうちはすべてがうまく行って、宣伝文書を書いたり、工場で宣伝活動をしたりしていた。ところが、やがてある中心人物がつかまり、書類が押さえられて、片っぱしからつかまえられはじめた。

「あたくしもつかまって、これから追放されるところですわ」と彼女は自分の話をしめくくった。「でも、そんなこと平気です。すばらしい気分ですわ、オリンポス山上の神さまのような落ち着き払った気持ちなんです」彼女はそう言って、みじめな微笑を浮かべた。

ネフリュードフは羊のような目をした娘のことを訊ねた。ヴェーラの話では、それは将軍の娘で、もうずっと前から革命党に入っており、憲兵に発砲した罪を自分が引き受けたために投獄されたのだった。彼女は印刷機を置いてある秘密の家《アジト》に住んでいた。夜中に家宅捜索の一隊が来たとき、その家に住んでいた者たちは防戦を決意し、明かりを消し、証拠物件を処分しはじめた。警官たちが突入したそのとき、仲間の一人が発砲し、憲兵に致命傷を負わせた。誰が発砲したのかと尋問されはじめると、彼女は自分が発砲したと言ったのだが、一度もピストルを手にしたこともなく、蜘蛛《くも》一匹殺すこともできなかったのだ。そして、そのままになってしまった。そこで今、懲役へ送られようとしていたのである。

「利他主義の、りっぱな人です……」好意をこめてヴェーラが言った。

ヴェーラが話そうとしていた三番目の件はカチューシャに関係があった。監獄では何でも知れ渡ってしまうので、彼女はカチューシャの身の上とネフリュードフとの関係を知っていた、そしてカチューシャを政治犯のほうに移すか、少なくとも、いま特に病人が多くて人手を必要としている病院の付添婦にするように、奔走してみてはどうかとすすめた。ネフリュードフはその忠告に礼を述べ、ご忠告を無にしないように努力すると言った。

56

二人の会話は中断された、所長が腰をあげて面会時間は終了した、解散しなければならないと告げたからだ。ネフリュードフは立ち上がり、ヴェーラに別れを告げてドアのほうへ離れたが、目の前のありさまを見まもりながら、戸口に足を止めた。

「みなさん、時間です、時間です」所長は立ったりすわったりしながら言った。

所長の指示は部屋にいた囚人にも、面会人にも、ただひときわ活気を呼びさましただけで、誰ひとり別れることなど考えてもいなかった。ある者は立ち上がって、立ったまま話していた。ある者は相変わらずすわって話しつづけていた。ある者は別れの言葉を交わして泣きはじめた。とりわけ胸を打ったのは、肺病の息子と母親だった。青年は相変わらず紙きれをひねり回し、顔は次第にとげとげしくなった――母親の気持ちに感染しないために、彼はそれほど懸命に努力していたのだった。母親のほうは別れなければならないと聞くと、息子の肩に身をあずけ、鼻をすすり上げながら、激しく泣いた。羊のような目をした娘は――ネフリュードフは知らず知らずのうちに彼女を見つめていた――泣きさけぶ母親の前に立って、何かなだめ聞かせていた。青い眼鏡の老人は立ったまま娘の手を握り、その言葉にうなずいていた。若い恋人同士は立ち上がり、黙ってたがいに目を見つめながら手を握り合っていた。

「ほら、あの二人だけですよ、楽しいのは」愛し合っている二人を指さしながら、短いジャケットの若い男が言った、彼もネフリュードフのそばに立って、やはり同じように別れを告げている者たちを見ていたのだった。

自分たちにそそがれているネフリュードフと若い男の視線を感じて、恋人たち――模造皮の上着を着た青年と金髪のかわいい娘――は、からみ合わせた手をぐっと引っぱり、体をのけぞらせ、笑いながらくるくる回りはじめた。

「今晩、ここで、監獄で結婚するんです、そしてあの娘《こ》はいっしょにシベリアへ行くんです」と若い男が言った。

「あの青年は何です？」

「懲役囚です。せめてあの二人でも楽しくやってくれないと、聞いてるのがまったくつらくてやりきれませんよ」ジャケットを着た若い男は、肺病の青年の母親が泣きさけぶのを聞きながら言い添えた。

「みなさん！　どうかお願いします！　きびしい処置をとらざるを得んようなことをしてくれちゃ困ります」所長は何度か同じことを繰り返しながら言った。「お願いします、さあどうか、お願いします！」彼は弱々しく思いきりの悪い調子で言った。「なんたることです？　もうとっくに時間です。こんなことじゃ困りますな。最後にもう一度だけ言います」彼はメリーランド産の煙草《たばこ》に火をつけたり消したりしながら、元気なく言った。

自分の責任を感じないで、他人に悪をおこなうことのできる口実がどれほど巧妙で古くて習慣的なものにしても、所長は自分がこの部屋にはっきり現れている悲しみの張本人の一人だと意識せずにはいられなかったらしい。彼は見るからにひどく苦痛のようだった。

やっと、囚人たちと面会人は離れ離れになりはじめた――一方は内側のドアへ、一方は外に出るドアへ向かった。男たちが――模造皮の上着を着た青年も、肺病の男も、黒い髪のもつれた男も――ドアの向こうに引っこんだ。マリアも監獄で生まれた男の子を連れて姿を消した。

面会人たちも出はじめた。青眼鏡の老人が重い足どりで歩き出した、その後からネフリュードフも歩き出した。

「まったくの話、あきれた規則《きまり》ですよ」話し好きの青年はネフリュードフといっしょに階段をおりながら、途切れた会話を続けるように言った。「まだしもありがたいことに、所長がいい人で、規則にこだわりませんからね。すっかり話せば、気も晴れます」

「いったい、ほかの監獄じゃこんな面会はないんですか?」

「とんでもない! 似ても似つかんものです。一人ずつ別々に、おまけに格子ごしにおやりになったらいかが、てんですからね」

ネフリュードフがメドインツェフ――話し好きの青年はそう自己紹介した――と話しながら玄関へおりたとき、所長がくたびれた様子で二人のほうに近づいた。

「じゃ、マースロワにお会いになりたければ、明日お越し下さい」彼は見るからに、ネフリュードフに親切にしたい様子で言った。

「それはありがたいことです」ネフリュードフはそう言うと、いそいで外へ出た。

確かにメニショフの無実の苦しみはおそろしかった――それも肉体的な苦しみより、むしろ、理由もなく自分を苦しめている人間たちの無慈悲さを見て、メニショフが感じたにちがいない不可解な思いと、善と神にたいする不信の念がおそろしかった。書類の記載が不備だというだけの理由で、何の罪もないあの数百の人間に加えられた侮辱《ぶじょく》と迫害はおそろしかった。自分の同胞の迫害にたずさわっていながら、自分たちはりっぱな重要なことをしていると確信している、あの正常な意識を失った看守たちもおそろしかった。しかし、ネフリュードフに何よりもおそろしく思えたのは、この老いぼれかかった体の弱い、人のいい所長だった。彼は母と息子、父と娘を引きはなさなければならなかったが、それは自分自身や自分の子どもたちとまったく同じ人間だったのである。

《いったい何のためだ?》ネフリュードフはいつも監獄で味わっていた、ほとんど肉体的なものになっていく精神的嘔吐《おうと》を、今この上もなく強く感じながら問いかけた、そして答えは見つからなかった。

57

次の日、ネフリュードフは弁護士のところへ行き、メニショフ親子の件を伝えて、弁護を引き受けてくれるように頼んだ。弁護士は話を聞き終わると、その事件を調べてみて、もしすべてがネフリュードフの言う通りならば、また、きっとそうだろうが、自分はまったく無報酬で弁護を引き受けると言った。ネフリュードフはついでに、手違いのために拘禁されている百三十人の者の話をし、これは誰の判断によるもので、誰の責任かと訊《たず》ねた。弁護士は正確に答えたいと思ったらしく、しばらく口をつぐんだ。

「誰の責任かとおっしゃるんですか？　誰の責任でもありません」彼はきっぱり言った。「検事に言えば——知事の責任だと言うでしょう、知事に言えば——検事の責任だと言うでしょう。誰の責任でもないんです」

「私はこれからマスレンニコフ副知事のところへ行くところですから、話してみます」

「そうですな、それはむだでしょう」薄笑いを浮かべて、弁護士が反対した。「あいつは——あの男はご親戚でもご親友でもありませんな——あいつは、ご免をこうむって言わしていただけば、とんでもないでくの棒で、おまけに、ずるい下司野郎《げすやろう》です」

ネフリュードフはマスレンニコフが弁護士について言った言葉を思い出して、何も答えず、別れを告げて、マスレンニコフのところへ向かった。

マスレンニコフに、ネフリュードフは二つのことを頼まなければならなかった。それは、カチューシャを病院へ移すことと、罪もなく監獄に収容されている身分証明書《パスポート》のない百三十人のことだった。尊敬していない人物に頼みごとをするのがどれほど苦痛にしても、それが目的を達する唯一の手段だったので、それをくぐり抜けなければならなかった。

マスレンニコフの家に近づいたとき、ネフリュードフは玄関のわきに、無蓋馬車《むがいばしゃ》、幌馬車《ほろばしゃ》、箱馬車など、数台の車を見つけた、そして、今日はちょうど、マスレンニコフが来てくれと言っていた夫人の接待日なのを思い出した。ネフリュードフがその家に近づいたとき、一台の箱馬車が表玄関のわきに停まっていた、そして記章のついた帽子をかぶり、短いマントをはおったボーイが貴婦人を玄関の敷居から馬車へ乗せようとしているところで、貴婦人は引《ひ》き裾《すそ》を持ち上げて、浅い靴をはいた黒いきゃしゃなくるぶしを覗《のぞ》かせていた。ネフリュードフはすでに駐車している馬車の中に、コルチャーギン家の幌馬車を見つけた。白髪《しらが》の血色のいい御者が、特に親しいだんなさまとして、うやうやしく、愛想よく帽子をとった。ネフリュードフがご主人はどこかと、玄関番に訊ねる暇もなく、本人がカーペットを敷きつめた階段に姿を現わした。彼は踊り場まではなく、いちばん下まで見送るような、特に重要な客を送り出すところだった。その特に重要な軍人の客は階段をおりながら、この町でおこなわれている孤児院のための宝くじの話をフランス語でしながら、それは婦人たちにいい仕事になるという意見を述べていた。

「ご婦人たちも楽しければ、金も集まる」

「Qu'elles s'amusent et que le bon Dieu les bénisse...〔楽しんだ上に、神さまに祝福してもらえばいいわけで……〕あ、ネフリュードフ君、ごきげんよう！　どうしました、ずいぶん姿を見せませんでしたな？」と彼はネフリュードフにあいさつした。「Allez présenter vos devoirs à madame.〔奥さんに敬意を表しに行きたまえ〕向こうにコルチャーギン家の人たちもいますよ。ナジン・ブスクヘーブデンもいます。Toutes les jolies femmes de la ville〔町の美人がみんなそろっています〕」彼は金モールをつけた堂々とした自分のボーイが差し出す外套《がいとう》の下に、軍人らしい肩を入れ、それをちょっと上にあげながら言った。「Au revoir, mon cher!〔じゃまた、君！〕」彼はもう一度マスレンニコフの手を握った。

「そいじゃ、二階へ行こう、本当によく来てくれた！」マスレンニコフは張りきってしゃべり出し、ネフリュードフの手を下からかかえるようにして、ふとった図体に似合わず、すばやく二階へ連れ上げて行った。

マスレンニコフはめったにない、うれしい張りきった気分にひたっていた、その原因は重要な人物が彼に関心を示してくれたことだった。皇室に近しい近衛《このえ》連隊に勤めていたのだから、マスレンニコフはもう皇室と接するのに馴れてもよさそうなころに思えたが、俗悪さというものは繰り返されるたびに強まる一方らしく、こういった関心を示されると、マスレンニコフは有頂天になるのだった、それはちょうど、人なつっこい犬が飼い主になでられ、軽くたたかれ、耳の後ろを掻《か》いてもらった後のようなものだった。犬はしっぽを振り、体をちぢめたり、くねらせたりしながら、耳を伏せ、狂ったように走り回る。それと同じことをマスレンニコフもしかねなかった。彼はネフリュードフのまじめな顔つきにも気づかず、その言葉も聞かずに強引に客間に引っぱりこんだ、そのため、断わることもできずに、ネフリュードフはいっしょについて行った。

「用事は後回しだ。お前の命令することは——全部してやる」マスレンニコフはネフリュードフを引っぱって広間を通りぬけながら言った。「ネフリュードフ公爵がお見えになったと、総督夫人にご報告しろ」歩きながら、彼はボーイに言った。ボーイは駆け足で二人を追い越して、先へ進んで行った。「Vous n'avez qu'à ordonner.〔君はこうしろと言いさえすりゃいいんだよ〕ともかく女房に会ってくれ、ぜったいだ。このあいだお前を連れて行かなかっただけで、ひどい目にあったんだぞ」

二人が入っていったとき、ボーイはもう報告を済ましていたので、アンナ副知事夫人、自称、総督夫人はもう輝くばかりの微笑をたたえ、ソファーのあたりで彼女をとりまいている帽子や頭のかげから、ネフリュードフに会釈《えしゃく》した。客間の向こうの端には、お茶をのせたテーブルのそばにご婦人連中がすわり、男たちが――軍人、文官とりまぜて――立っていた。そして、はじけるような男や女の声が絶え間なく聞こえていた。

「Enfin!〔やっとのことで！〕本当にどうしてあたくしたちに見向きもして下さらないんですの？　何かあたくしたちがお気に障ることでもいたしましたかしら？」

彼女とネフリュードフの間にこれまで一度もなかった親しさをあったように思わせる言葉で、アンナは入ってくるネフリュードフを迎えた。

「あなたたちお知合いですかしら？　お知合い？　こちらはマダム・ベリャフスカヤ、こちらはミハイル・チェルノフさん。もっとお近くにおすわり下さいな」

「ミッシー、venez donc à notre table. Ou vous apportera votre thé...〔あたくしたちのテーブルへいらっしゃい。あなたのお茶はこちらへ持ってこさせますよ……〕。あなたも……」アンナはミッシーと話している士官に声をかけたが、どうやらその名前を忘れてしまったようだった。「こちらへいらっしゃい。公爵、お茶を召し上がります？」

「ぜったい、ぜったい、賛成しませんわ――あの人はただ好きでなかっただけです」女の声が言った。

「好きなのは、ピロシキだったわけですか」

「いつもつまらない冗談ばかり」高く盛り上がった帽子をかぶり、絹と金と宝石を光らせた別の婦人が、笑いながら口をはさんだ。

「C'est excellent.〔すてきですわ〕このウエハースは、それに軽くて。もう少しこちらに下さい」

「どうです、まもなくお出かけで?」

「何しろもう今日が最後の日でしてね。ですから、ここへもうかがったわけです」

「実にすばらしい春ですな、いま田舎《いなか》は実にいいでしょう」

ミッシーは帽子をかぶり、生まれ落ちたときから着ているように小じわ一つなく細いウエストを包んでいる黒っぽい縞《しま》の服を着て、とてもきれいだった。彼女はネフリュードフを見て赤くなった。

「もうお出かけになったと思っていましたわ」と彼女はネフリュードフに言った。

「出かけるばかりだったんですが」ネフリュードフは言った。「用事に手間取りまして。こちらへうかがったのも用事があったからです」

「ママのところへ寄って下さいな。とてもあなたにお目にかかりたがっていますから」

彼女はそう言って、自分が嘘《うそ》をついているし、ネフリュードフもそれをさとっているのを感じて、ますます赤くなった。

「おそらく暇がないと思います」ネフリュードフは彼女が赤くなったのに気づかないふりをしようと努めながら、陰気に答えた。

ミッシーは怒ったように眉《まゆ》をひそめ、肩をすくめると、エレガントな士官に話しかけた、士官は空《から》のカップを彼女の手から受け取り、サーベルを腰掛けに引っかけながら、男らしく彼女を別のテーブルに移らせた。

「あなたも孤児院のために寄付をしなければいけませんわ」

「いや、私は断わるわけじゃありません。ただ、自分の気前のいいところをそっくり、宝くじまでとっておきたいんです。そのときになったらもう、精いっぱい根性を見せますよ」

「ほう、しっかりやって下さい！」いかにもわざとらしい客の笑い声が聞こえた。

接待日はすばらしかったので、アンナ夫人は大喜びだった。

「ミカの話では、あなたは監獄でお骨折りだそうですね。あたくしとてもよくわかりますわ」彼女はネフリュードフに言った。「ミカは(この子どもじみた愛称は、彼女のふとった夫、マスレンニコフのことだった)ほかに欠点はあるかもしれませんが、ご存じの通り善人でして。あの不幸な囚人たちはみんな、あの人の子どもなんです。あの人はそれ以外の目で囚人を見たりしませんのよ。Il est d'une bonté...〔あの人は温厚そのもので……」

人間をむち打たせる命令を出した夫の温厚さを表現できるような言葉が見つからなくて、彼女は口をつぐんだ、そしてすぐに、紫色のリボンをつけて入ってきたしわだらけの老婆に笑顔で声をかけた。

エチケットに反しないように必要とされるほどおしゃべりをし、同じように必要とされるほど無内容にしゃべって、ネフリュードフは立ち上がり、マスレンニコフに近づいた。

「じゃ、頼む、おれの話を聞いてくれるだろう?」

「ああ、そうそう! 何の話だ? こっちへ行こう」

二人は小さな日本風の書斎に入って、窓ぎわに腰をおろした。

58

「それじゃ、je suis à vous〔何なりと〕。煙草《たばこ》を吸うかい? ただ、ちょっと待ってくれ、ここを汚さないようにしてもらわんと」彼はそう言って、灰皿を持ってきた。

「お前に二つ用があるんだ」

「おやおや」

マスレンニコフの顔はけわしく、ゆううつそうになった。飼い主に耳の後ろを搔《か》いてもらった小犬の興奮は、すっかり跡形もなくなった。客間から声が聞こえてきた。ある女性の声が言った。「Jamais, jamais je ne croirais〔ぜったい、ぜったい、信じません〕」別の端では、別の男の声が何か話しながら、しきりに「la comtesse Voronzoff et Victor Apraksine〔ヴォロンツォフ伯爵夫人とヴィクトール・アプラクシン〕」（ヴォロンツォフ家、アプラクシン家はロシアの名門貴族）と繰り返していた。もう一方の側からは、大勢の声のどよめきと笑い声だけが聞こえていた。マスレンニコフは客間で起こっていることに耳を傾けていて、ネフリュードフの言うことも聞いていた。

「また例の女のことだがね」ネフリュードフは言った。

「ああ、無実の女か。知ってる、知ってる」

「あの女を病院の手伝いに移してほしいんだ。そういうことができると聞いたもんだから」

マスレンニコフは唇を結んで考えこんだ。

「できそうもないな」彼は言った。「ともかく、相談してから明日電報でお前に知らせる」

「病院には患者が多くて、手伝いが必要だそうだぜ」

「そりゃそうだ、そりゃそうだ。ま、ともかく知らせるよ」

「よろしく頼む」ネフリュードフは言った。

客間からみんなそろって、しかも、自然に笑う声が聞こえた。

「あれは例によってヴィクトールだ」マスレンニコフは微笑しながら、フランス風のアクセントで言った。「あいつは調子にのると、あきれるほど手きびしいんだ」

「それから」ネフリュードフは言った。「今、百三十人の人間が身分証明書《パスポート》の期限が切れただけの理由で監獄に入っている。一カ月も拘禁されてるんだ」

そして、彼は彼らが拘禁されている理由を話した。

「どうしてお前、そんなことを知った?」とマスレンニコフは訊《たず》ねた、そしてその顔に急に不安と不満の色が現れた。

「おれはある被告のところへ行ったんだ、すると、廊下でこの連中がおれを取り囲んで頼んだのさ……」

「どういう被告のところへ行った?」

「無実の罪を負わされている農民だ、おれはそいつに弁護士をつけてやった。しかし、問題はそれじゃない。何の罪もないあの連中が、身分証明書《パスポート》の期限が切れただけで監獄に拘禁されるなんて……」

「それは検事のすることだ」いらだって、マスレンニコフがネフリュードフをさえぎった。「お前こそ言ってるじゃないか――裁判は敏速にして公正なものだってな。検事の義務だよ――監獄に行って、囚人が合法的に拘禁されているかどうかを確かめるのは。やつらは何もしてない――トランプをやってるじゃないか」

「じゃ、お前はどうすることもできんのか?」知事は検事になすりつけるだろうという弁護士の言葉を思い出しながら、ネフリュードフはゆううつそうに言った。

「いや、やるよ。すぐに処置する」

「あの人にはかえって悪くなりますわ。C'est un souffre-douleur〔お気の毒な方〕」自分が話していることなどまったくどうでもよさそうな、女の声が客間から聞こえた。

「かえってけっこうですな、そいつも頂戴しましょう」別の側からふざけた男の声と、何かをその男にやるまいとしている女のふざけた笑い声が聞こえた。

「だめ、だめ、ぜったいだめです」女の声が言った。

「要するに、全部やるよ」マスレンニコフはトルコ玉の指輪をはめた白い手で煙草を消しながら繰り返した。「それじゃ、ご婦人たちのところへ行くか」

「そうだ、もう一つあった」ネフリュードフは客間に入らず、戸口のところに足を止めて言った。「昨日監獄で何人かに体刑をくわしたという話を聞いたんだが。本当かい？」

マスレンニコフは赤くなった。

「へえ、お前そんなことを？　いや、お前はぜったい監獄に入れちゃいかんな、何でも首を突っこむ。行こう、行こう。アンナが呼んでる」彼はネフリュードフの腕をかかえて、もう一度、重要な人物に目をかけられた後のような興奮をおもてに出しながら言った。しかし、今度はもう、それは喜びではなく、不安の興奮だった。

ネフリュードフは腕を振りほどくと、誰にも頭をさげず、何も言わずに、陰気な顔で、客間と広間と飛び出してきたボーイたちのそばを通りぬけ、玄関へ出、外へ出た。

「どうなさったの、あの方？　あなた、あの方に何をしたの？」アンナが夫に訊《き》いた。

「あれは à la française〔フランス式ですよ〕」誰かが言った。

「あれがフランス式なもんですか、あれは à la zoulou〔ズールー人式ですよ〕」

「いや、あの男はいつでもああでしたよ」

誰かが立ち上がり、誰かがやって来た、そして、おしゃべりは順調に進みはじめた。

一同はネフリュードフのエピソードを今日の接待日の格好の話題に利用した。

マスレンニコフを訪ねた翌日、ネフリュードフは彼から手紙を受け取った、紋章をつけ、判を押した、分厚い、つやのある紙に、しっかりした堂々たる筆跡で、マースロワの移動について自分が病院の医師に手紙を書いたこと、十中八九、自分の希望は叶《かな》えられるだろうということが書かれていた。結びには「君を愛する昔の同僚」と書いてあり、「マスレンニコフ」という署名の下にはびっくりするほどうまく、大きな、しっかりした花押《かおう》がしてあった。

「ばか者！」とネフリュードフは言わずにいられなかった、ことに「同僚」という言葉の中に、彼はマスレンニコフが一段上の立場から接していることを、つまり、道徳的にこの上もなくいまわしい恥ずべき職務を果たしながら、自分を重要な人間と考え、ネフリュードフの同僚と自称することで、彼をいい気分にしてやろうと思わないまでも、自分がえらさを自慢しすぎていないのを示そうと思っていることを感じたのである。

59

ごくありふれた、ひろく行き渡っている迷信の一つは、それぞれの人がある一定の性質を持っており、善人、悪人、利口、ばか、精力的、無気力な者などがいる――という考えである。人間はそういうものではない。われわれはある人間のことを、あの男は悪人より、むしろ善人のときが多いとか、ばかなときより、利口なときが多いとか、無気力なときより、精力的なときが多いとか、あるいはその反対だなどと言うことができる。しかし、ある人間のことを、あの男は善人だとか、利口だと言い、別の人間のことを、あの男は悪人だとか、ばかだと言うなら、嘘《うそ》になってしまう。ところが、われわれはいつもそんなふうに人間を分類している。そして、それは正しくない。人間は川のようなものだ。水はどの川でも同じようなものだし、どこでも変わらない、しかし、それぞれの川がせまくなったり、速くなったり、ひろくなったり、静かになったり、きれいになったり、冷たくなったり、濁ったり、温かくなったりする。人間もそれと同じだ。誰でも自分の中に人間のあらゆる性質の芽をいだいており、ときにはある性質を、ときには別の性質を現わし、自分と似ても似つかぬものになることがよくある、それでいて相変わらず同じ自分自身なのだ。ある人間の場合、その変化が特に激しい。そして、ネフリュードフはそういうタイプの人間だった。その変化は、肉体的な原因からも精神的な原因からも彼の中に生じた。そして、そのような変化が、いま彼の中に生じたのだった。

裁判の後で、また、カチューシャと初めて面会した後で感じたあの厳粛な気持ちや、新生を喜ぶ気持ちはすっかり消え、この前の面会の後では、それにかわって恐怖が、いや、彼女にたいする嫌悪の気持ちまでが生じてきた。彼女を見捨てるまい、彼女が望みさえすれば結婚するという決心を変えるまいと、ネフリュードフはきめていた。しかし、それがやりきれなくなり、苦痛になっていた。

マスレンニコフを訪れた翌日、ネフリュードフは彼女に会うためにもう一度監獄へ行った。

所長は面会を許可してくれたが、場所は事務所でもなく、弁護人室でもなく、女囚面会所だった。心はやさしかったのだが、所長はネフリュードフにたいしてこれまでより慎重だった。ネフリュードフとマスレンニコフの会話《やりとり》が、この面会人にはもっと注意せよという指令を出させる結果になったらしかった。

「面会はかまいません」所長は言った。「ただ、どうか金のことは私がお願いしたように頼みます……それから、あの女を病院に移すことは、閣下のお手紙の通りにできます、医師も承知しております。ただ、本人がいやがっておりまして――『あたしにぴったりなのかしら、汚いやつらのために便器《おまる》の始末をすることが……』などと言っておるんで。何しろ公爵、あれはそういった連中でして」と所長は言い添えた。

ネフリュードフは一言《ひとこと》も答えず、面会させてほしいと言った。所長は看守に行くように言った、そしてネフリュードフはその後について、がらんとした女囚面会所に入った。

マースロワはもうそこにいて、格子の向こうから静かにおずおずと出て来た。彼女はネフリュードフの近くに歩み寄ると、目をそらして小声に言った。

「おゆるし下さい、ドミートリーさま、一昨日《おととい》はいけないことを申しまして」

「ぼくがあなたをゆるすのじゃなくて……」とネフリュードフは言いかけた。

「いいえ、どちらにしましても、ともかく、あたくしを放っておいて下さい」彼女は言葉をついだ、そしてネフリュードフは、自分を見ているおそろしく斜めを向いた目の中に、ふたたび張りつめた恨みのこもった表情を読み取った。

「なぜ、あなたを放っておかなければいけないんです?」

「そりゃもう、ただ何となくですわ」

「ただ何となくって、どういうことです?」

彼女はもう一度ネフリュードフを見た、その視線にはやはり恨みがこもっているように、ネフリュードフには思えた。

「ま、ともかく」彼女は言った。「どうかあたくしを放っておいて下さい、これは本当に申し上げておきます。あたくし、やりきれません。こんなこと、きれいさっぱりおやめになって下さい」彼女は唇を震わせてそう言うと、ちょっと口をつぐんだ。「これ、本当なんです。首をくくったほうがましです」

ネフリュードフはこの拒絶の中には、自分にたいする憎しみや、まだゆるされていない怒りがあるけれども、何かほかのもの——大切なよいものもあると感じた。こうしてまったく平静な状態で、この前の拒絶が改めて繰り返されたことは、ネフリュードフの心にあった疑いをすっかりぬぐい去り、彼を以前の真剣で厳粛で感動的な気分に立ち戻らせた。

「カチューシャ、ぼくは今でも前に言ったのと同じことを言うよ」彼は一段と真剣に言った。「ぼくと結婚してほしいんだ。たとえ君にその気がなくても、そしてその気がない間でも、ぼくはこれまで通り君の行くところについて行く、君が連れて行かれるところに行く」

「それはあなたのご勝手です、あたくしはもうこれ以上何も申しません」と彼女は言った、そして、その唇はふたたび震え出した。

ネフリュードフも口をきく力がないのを感じながら、やはり黙っていた。

「ぼくはこれから田舎《いなか》に行って、その後でペテルブルグへ行きます」彼はやっと気を取り直して言った。「あなたの、いや、ぼくたちの件で奔走してみるつもりです、運がよければ判決は取り消されるでしょう」

「取り消されなくても——同じことですわ。あたくし、あの事件でなければ、別のことでそれぐらいのことはしてるんですから……」と彼女は言った。そして、ネフリュードフは、彼女が涙をこらえるために精一杯の努力をしているのを見てとった。「そうそう、いかがでした、メニショフにお会いになりました？」彼女は自分の心の乱れをかくすために、突然訊《たず》ねた。「本当でしたでしょう、あの人たちが無実なのは」

「ええ、そう思います」

「本当にすばらしいおばあさんですもの」彼女は言った。

ネフリュードフはメニショフから聞いたことを残らず彼女に話してから、彼女に何か必要なものはないかと訊ねた。彼女は何もいらないと答えた。

二人はまた黙った。

「あのう、病院のことですけれど」彼女は斜視の目でネフリュードフを見て、ふいに言った。「もしあなたがお望みでしたら、あたくし行きます、それから、お酒ももう飲みません……」

ネフリュードフは黙ったまま、彼女の目を見つめた。その目はほほえんでいた。

「そいつはすばらしい」彼はやっとそれだけしか言えなかった、そして彼女に別れのあいさつをした。

《そうだ、そうだ、彼女はもうすっかり別の人間だ》ネフリュードフは今までの疑いを振りきって、愛は何ものにも打ち負かされないという、いまだかつて味わったことのない、まったく新しい信念を感じながら、思うのだった。

この面会の後でいやなにおいのする自分の監房に戻ると、マースロワは囚人服をぬぎ、両手をひざに落として、寝板の自分の場所にすわった。房にいるのは、乳飲《ちの》み子をかかえたウラジーミル出身の肺病女と、メニショワばあさんと、二人の子どもを連れた踏切番だけだった。雑役僧の娘は昨日精神病と認められ、病院へ送られた。ほかの女たちはみな洗濯をしていた。ばあさんは寝板に横になって眠っていた。子どもたちは廊下にいて、廊下へ通じるドアはあいていた。赤ん坊を抱いたウラジーミル出身の女と、ひっきりなしに、すばやい指で靴下を編んでいる踏切番がマースロワに歩み寄った。

「よう、どうだった、会ったかい?」二人は訊ねた。

マースロワは返事をせずに、高い寝板にすわったまま、床に届かない足をぶらぶらさせていた。

「何をめそめそしてるんだい?」踏切番が言った。「何より気を落としちゃいけないよ。しっかりしな、カチューシャ!　ようったら!」彼女はすばやく指を動かしながら言った。

マースロワは答えなかった。

「うちの連中は洗濯に行ったよ。今日はもらいものが多いんだってさ。どっさり持ってきたって話だよ」ウラジーミルの女が言った。

「フィナーシカ！」踏切番がドアに向かってさけんだ。

「どこへ行っちまったのかね、いたずら小僧が」

そして、彼女は編み棒を一本抜き出すと、それを糸の玉と靴下に突き刺して、廊下へ出た。

そのとき、廊下に足音と女の話し声が聞こえて、素足につっかけ靴をはいたこの房の女たちが部屋に入ってきた、めいめいが一つずつ、ある者は二つも白パンを持っていた、フェドーシアはすぐにマースロワのそばに寄った。

「どうしたの、何かまずいことになったんじゃあるまいね？」フェドーシアは澄んだ青い目で情をこめてマースロワを見ながら訊ねた。「ほら、お茶うけをくれたよ」そう言って、彼女は棚に白パンを並べはじめた。

「どうしたんだい、まさか、あの男、結婚する気をなくしたんじゃないだろ？」コラブリョーワが言った。

「気が変わったわけじゃないよ、あたしのほうがいやなのさ」マースロワは言った。

「そう言ってやったの」

「ばかだねえ！」コラブリョーワがいつものバスで言った。

「むりもないさ、いっしょに暮らせなきゃ、なんだって結婚するのさ？」フェドーシアが言った。

「だって、あんたの亭主もいっしょについて行くじゃないか」踏切番が言った。

「むりもないさ、あたしたちはちゃんと結婚した仲だもん」フェドーシアが言った。

「でも、あの男は何のためにちゃんと結婚しなきゃならないんだい、いっしょに暮らせないとしたら？」

「へえっ、ばかったれ！　何のためだって？　あの男は結婚したら、この娘《こ》にお金の雨を降らしてくれるんだよ」

「あの人は言ったのよ『君がどこへ送られても、ぼくはついて行く』って」とマースロワは言った。「行くなら――行きゃいい、行かないんなら――行かなくていい。あたし、頼みなんかしない。あの人、これからペテルブルグに行って、いろいろ手を打ってくれるの。あちらじゃ、大臣がみんなあの人の親戚なのよ」彼女は言葉を続けた。「でも、ともかくあたし、あの人になんか用はないわ」

「当たり前さ」コラブリョーワが自分の袋をかき回しながら、どうやらほかのことを考えていたらしく、思いがけずあいづちを打った。「どう、一杯やるか？」

「あたしはやらない」マースロワは答えた。「飲みなさいよ、自分たちで」

第二編

1

二週間後に元老院で事件が審理されるかもしれなかったので、ネフリュードフはそのときまでにペテルブルグへ行き、元老院でうまく行かなかった場合は、嘆願書を作った弁護士がすすめてくれたように皇帝に嘆願するつもりだった。上訴が却下された場合――弁護士の意見では、上告理由が非常に弱いので、その覚悟をしておかなければならなかった――マースロワをふくめた懲役囚の一隊は六月はじめに出発する可能性があった、そこでネフリュードフが決意をかためていた通り、マースロワを追ってシベリアへ行く準備をするためには、今すぐ村々を回って、そこで自分の領地管理を整理しておく必要があった。

最初にネフリュードフはクズミンスコエ村へ出かけた、それはいちばん近くにある黒土地帯の大きな領地で、ここから主な収入が入ってきていた。彼はこの領地で少年時代と青春時代を過ごし、その後もう大人になってからも二度そこを訪れ、一度は母親の頼みでドイツ人の支配人をそこへ連れて行き、いっしょに経営状態を調べたことがあった、そのため彼はずっと以前から、この領地の状態や、農民たちと事務所、つまり地主との関係を知っていた。地主と農民の関係は、体裁よく言えば農民が完全な依存状態にあった、あからさまに表現すれば——事務所に奴隷的に従属しているといった種類のものだった。それは六一年に廃止されたもののように(ロシアでは一八六一年に農奴制が廃止された)、人身上の隷属、つまり一定の人間が主人に隷属しているのではなくて、土地を持たない者や、あまり持たない者が、主として大地主に、たまには例外的に農民の間で生活している地主に支配される、一般的な隷属だった。ネフリュードフはそれを知っていた、知らずにはいられなかった、だからこの隷属を土台にして経営が成り立っていたのに、彼はそういった経営の構造を助長していた。しかし、ネフリュードフはそれを知っていただけではない、それが不当で残酷なことも知っていた、しかも、学生時代からそれを知っていた、当時彼はヘンリー・ジョージの学説を信奉、宣伝しており、その学説にもとづいて、土地所有を五十年前の農奴所有と同じような現代の悪と考え、父親からもらった土地を農民に譲り渡してしまった。もっとも、軍務について、一年におよそ二万ルーブルも使いはたす癖がついてからは、こういった知識はすべてネフリュードフの人生にとってぜひとも必要なものではなくなり、忘れられてしまった、そして財産にたいして自分はどんな態度をとっているのか、母が渡してくれる金はどこから入ってくるのかなどと、自分に問いただしてみることは全然なかったばかりでなく、そんなことは考えないように努めていた。しかし、母が死に、遺産を相続し、自分の財産、つまり土地を管理することが必要になって、ネフリュードフはふたたび土地所有にどのような態度をとるべきかという問題に直面した。一月前《ひとつきまえ》なら、彼はいま存在している体制を変える力は自分にない、領地を直接管理しているのは自分ではないと、自分に言い聞かせただろう――そして、領地からはなれたところに暮らして金を受け取っていることで、いくぶん安心していたことだろう。だが、今では、シベリア行きと、監獄の世界を相手にした複雑、困難な関係が控えており、それにはどうしても金が必要だったのに、事態をこれまで通りに放っておくことはできない、自分が損失をこうむってでも事態を変えなければならない、とネフリュードフは結論を下《くだ》した。そのために、彼は自分の側で土地を耕作することをやめ、比較的安い値段で土地を農民に譲り、彼らが全般的に地主から独立できるようにしようと決心した。再三、土地所有者の立場を農奴所有者と比較しながら、ネフリュードフは小作人による耕作をやめて、土地を農民に与えるのは、農奴所有者が農民を夫役から年貢立てに移したときにしたことと似たり寄ったりだと思った。それは問題の解決ではなくて、問題解決へ向かう一歩だった――それは比較的乱暴な形の圧制から、それほど乱暴でない形のものに移ることだった。まさにそれをネフリュードフはしようと意図していたのだった。

ネフリュードフがクズミンスコエに着いたのは昼ごろだった。すべての点で生活を簡素にしていたので、彼は電報を打たず、宿場から二頭立ての旅行馬車を雇った。御者は若い男で、南京木綿《なんきんもめん》の上っぱりを着て、長い胴より下のひだのところに帯をしめ、駅馬車の御者風に横向きにすわり、すすんでだんなと話をした、二人が話をしている間は、くたびれきった、脚を引きずっている白い主馬《なかうま》と、こき使われ、やせこけた副馬《そえうま》が並足で行けるのでなおさらだった――馬たちはいつも並足で行くのが大好きだったのだ。

御者は自分が主人を乗せているとは知らずに、クズミンスコエ村の支配人の話をした。ネフリュードフはわざと何も言わなかった。

「シックなドイツ人でね」町で暮らし、小説を読んだことのある御者は言った。彼は客のほうに半ば横向きになって、長いむちの柄《え》をときには下から、ときには上からつかみながら、いかにも自分の教養を得意にしている様子だった。「黄色い馬を三頭買いこんで、かみさんとお出ましだ――まったく、手がつけられねえ！」彼は言葉を続けた。「冬、クリスマスには母屋《おもや》にツリーが立ってた、あっしもやっぱり客を乗せて行ったよ。電気《エレキ》の火玉がついててね。県庁の町にだってあんなのは見られねえ！　銭をくすねやがったんだね――しこたま！　造作ねえや――やつの思いのままなんだから。いい領地を買ったもんだなんて、人は言ってるよ」

ネフリュードフは、ドイツ人が領地をどんなふうに管理していようと、どんなふうに利用していようと、自分はまったく平気だと思っていた。しかし、胴長の御者の話は不愉快だった。彼はすばらしい昼のながめを楽しんでいた。ときおり太陽を覆う、厚くて黒ずんでいく雲、烏麦《からすむぎ》の中耕をしながら、至る所で農民が犂《すき》をおしている春まきの畑、上空にひばりが舞い上がる濃い緑の草、発芽のおそい樫《かし》以外はもう新緑に覆われている森、点々と色とりどりの家畜の群れや馬の見える牧草地、耕す人たちの姿の見える畑などに見とれていた——と、ふいに何か不愉快なことのあったのが思い出された、そして何だろう？　と自問すると——ドイツ人がクズミンスコエでわがもの顔をしているという、御者の話を思い出しているのだった。

クズミンスコエに着いて仕事にとりかかると、ネフリュードフはそんな気持ちを忘れてしまった。

帳簿を調べ、農民は土地が少なくて、地主の土地に取り囲まれているほうが有利だと、気軽に述べ立てる支配人と話し合ってみて、ネフリュードフは自分の農業経営を中止し、土地全部を農民に譲ろうというくわだてに、ますます自信を強めた。帳簿と支配人との話から彼が知ったところによると、これまで通り一番いい耕地の三分の二はネフリュードフの小作人たちが完備した道具で耕作しており、残りの三分の一の土地は一ヘクタール五ルーブルあたりの賃金で農民たちが耕作していた。つまり、五ルーブルもらって農民たちは一ヘクタールを三度耕し、三度平らにし、種をまき、それから刈り取って束ねたり、まとめたりして、打穀場へ運ぶ、つまり安い自由雇傭で一ヘクタール最低十ルーブルの値段になる仕事をやりとげていた。一方、農民たちは事務所からもらう必要のあるものには何にたいしても最高の代価を労働で支払っていた。彼らは牧草地や森林やじゃがいもの葉や茎を利用させてもらうために働いた。そして、ほとんどみんなが事務所に借りをつくっていた。そのため、農民に賃貸ししている劣等地一ヘクタールあたりの収入《あがり》は、五パーセントの金利計算でその土地の地価が生み出せる利益の四倍になっていた。

こんなことを何もかもネフリュードフは以前から知っていた、しかし今さらながら、それを新しいことのように知るようになって、ふしぎに感じた――どうして自分が、そして、みんな自分と同じ立場にいる人々が、このような関係の異常さを残らず見ずにいられたのか。土地を農民に与えると、農具類はその値打ちの四分の一でも売れないだろうから、ただで捨てるような結果になるとか、農民は土地をだいなしにしてしまうだろうとか、全体から見て、こんな形の譲渡などすれば、ネフリュードフの失うものが実に多いだろうなどという支配人の言い分は、農民に土地を与え、自分の収入の大部分を失うことによって、自分はよい行いをするのだというネフリュードフの確信をかためさせただけだった。彼はこの問題を今すぐ、今回来ているうちに片づけようと決心した。すでに播《ま》きつけた麦を収穫して売ること、農具類や不必要な建物を売り払うこと――それはみな、ネフリュードフが帰った後で、支配人がするべきことだった。さしあたり、彼は自分の考えを発表し、譲渡する土地の価格について打ち合わせるため、クズミンスコエの土地に囲まれている三カ村の農民の集会を明日招集するよう、支配人に頼んだ。

支配人の言い分に抵抗し、自分の強さと農民のために犠牲を払おうという覚悟を気持ちよくかみしめながら、ネフリュードフは事務所を出た、そして目前にせまった大切なことを考えながら、家のまわりをひとめぐりした、今年は荒れはてているいくつもの花壇を通り過ぎ(花壇は支配人の家の前に作られていた)、チコリーの茂ったテニスコートと、菩提樹《ぼだいじゅ》の並木道を通って行った、これはいつもネフリュードフが葉巻をくゆらしにくる道で、三年前母のところへお客に来た器量よしのキリーモワが、彼に思わせぶりなそぶりを見せたところだった。明日農民たちにする話を手短に考えてから、ネフリュードフは支配人の家へ行った、そしてお茶を飲みながらもう一度、農業経営全体をやめてしまうにはどうすればよいかという問題を支配人といっしょに検討し、この点ではすっかり安心して、自分のために母屋《おもや》に用意してくれている部屋に入った、それはいつも客を泊めるのに当てられていた部屋だった。

ヴェネチアの風景の絵が数枚飾られ、二つの窓の間に鏡の掛かっている、小ぢんまりした清潔なこの部屋には、スプリングのついた清潔なベッドと、水さし、マッチ、ろうそくにかぶせるキャップをのせたサイド・テーブルが置かれていた。鏡のそばの大きなテーブルには、ふたをあけたネフリュードフの旅行かばんがあり、その中から、洗面道具のケースと彼が持ってきた本が覗《のぞ》いていた。犯罪法研究試論というロシア語の本、同じテーマのドイツ語の本が一冊と英語の本が一冊だった。彼は村々を回る間、暇なときにこの本を読むつもりだったが、今日はもう時間がなかった、そこで彼は、明日なるべく早く農民たちとの話し合いの準備をするために、寝る支度をした。

部屋の隅に、象眼をほどこした先祖伝来のマホガニーの肘掛椅子《ひじかけいす》があった、そして母の寝室にあったのをおぼえているこの椅子を見ているうちに、ネフリュードフの心にふと思いがけない気持ちが頭をもたげた。彼は、朽ちはててしまう家も、荒れはててしまう庭も、切り倒されてしまう森も、そしてまた、家畜置き場、馬小屋、道具置き場、機械、馬、牛など、何もかもが急に惜しくなった、それは自分が手を下《くだ》したわけではないのだが、ともかく大変な努力でこしらえ、維持してきたのだ――彼はそれを知っていた。

これまで、こんなものをすっかり捨ててしまうのは簡単だとネフリュードフは感じていた、ところが今になって、こういうものばかりでなく、土地も、これから大いに必要になりそうな収入の半分も惜しくなった。すると、たちまちいろいろな理屈が、さあお役に立ちましょうとばかりに現れ出てきて、土地を農民に譲り、自分の農業経営をやめるのは軽率だし、してはならないという結論になりかけた。

《土地はおれが所有しているべきではない。土地を所有しないとすれば、こんな農業経営を全部維持していくことはできない。しかも今、おれはシベリアへ出かけようとしている、だから家も領地もおれにはいらないのだ》と一つの声が言った。《そりゃまったくその通りだ》別の声が言った。《しかしまず第一に、お前は一生シベリアで過ごすわけじゃあるまい。もしお前が結婚したら、子どもができるかもしれん。そして、お前がちゃんとした状態で受け取った領地を、同じ状態で伝えていく義務がある。土地にたいする義務もあるじゃないか。何もかも譲ったりやめたりするのはごく簡単なことだが、何もかも新しくととのえるのはひどく難しい。何よりも大切なことは――お前が自分の人生をよく考え、自分の身の振り方をきめてから、それに応じて財産の処分もしなければいけないということだ。その決断がお前の腹の中でかたまっているのか？　それに――お前は自分の良心にたいして誠実に今やっているような行動をしているのか、それとも人のためにてらうためにやっているのか？》ネフリュードフは自分に問いかけた、そして人々の言いそうな意見が自分の決定に影響していることを認めずにはいられなかった。そして、考えれば考えるほど、ますます多くの問題が湧《わ》き起こり、ますます解決の難しいものになっていった。そんな考えから逃れようとして、彼はきれいですがすがしい床《とこ》に横になって眠ろうとした、いま自分が迷路にはまりこんでいる問題を、明日すがすがしい頭で解決するためだった。しかし、彼は長いこと寝つかれなかった。開け放した窓から、すがすがしい空気や月の光といっしょに蛙《かえる》の声が流れこんできた、それをさえぎりながら、遠く、庭園の中で、短く、また長くさえずるうぐいすの声が聞こえた、一羽だけはすぐ近く――窓の下のひらきかけたライラックの茂みの中にいた。うぐいすと蛙の声を聞きながら、ネフリュードフは刑務所長の娘の音楽を思い出した。所長のことを思い出すと、マースロワのことを思い出し、彼女が「こんなことはすっかりおやめになって下さい」と言ったとき、唇が蛙の鳴くように震えたのを思い出した。やがて、ドイツ人の支配人が蛙のほうに降りて行った。彼を止めなければならなかった。ところが支配人は降りてしまわなかったばかりか、マースロワに変わってネフリュードフを責めはじめた――「あたしは懲役囚で、あなたは公爵さまよ」。「いや、へこたれるもんか」とネフリュードフは思って、はっと目をさました、そして自分に問いかけた。

《どうなんだ、おれのしていることはいいことなのか悪いことなのか？　わからない、それにどっちにしろ同じだ。同じことだ。ともかく寝なくちゃいかん》すると、彼自身も、支配人やマースロワが降りて行ったほうへ降りはじめた、そして、そこで何もかも終わってしまった。

2

次の日、ネフリュードフは午前九時に目をさました。彼が身動きするのを聞きつけて、主人の身のまわりの世話をしている若い事務員が、今まで見たこともないほどピカピカにみがき上げた靴と冷たい澄みきった泉の水を持ってきて、農民たちが集まりはじめていることを知らせた。ネフリュードフはわれに返りながら飛び起きた。土地を譲り、経営をやめるのは惜しいという、昨日の気持ちは跡形もなかった。彼は今ふしぎな気持ちでそれを思い出していた。今では、彼は目前に控えている仕事がうれしかったし、無意識のうちにそれを誇らしく思っていた。彼の部屋の窓からチコリーの茂ったテニスコートが見え、そこに支配人の指示に従って、農民たちが集まってくるところだった。蛙がゆうべから鳴いていたのも当然だった。天気は雨模様だった。朝から静かな風のない暖かい小雨が降り、小さなしずくとなって木の葉や枝や草にかかっていた。窓には、草や木の葉の香りのほかに、雨を求める土のにおいが立ちこめていた。ネフリュードフは服を着ながら何度か窓の外を覗《のぞ》いて、農民たちがテニスコートに集まってくるのを見ていた。彼らは次々に近づいてきて、たがいに帽子をとってあいさつし、杖をついて、まるく輪をつくった。支配人はむっちりした筋骨たくましい頑丈な若い男で、緑の立ちカラーと大きなボタンのついた短い上着を着ていたが、ネフリュードフのところに来て言った――全員集まりましたが、しばらく待っておりますから、先にネフリュードフさまがコーヒーかお茶をお飲み下さい、どちらも用意ができております。

「いや、みんなのところへ行くほうがいいだろう」ネフリュードフは目前にせまった農民たちとの話し合いのことを思うと、自分でもまったく思いがけず、気おくれと恥ずかしさを感じて言った。

彼が行くのは、安い値段で土地を譲るという農民の希望を――彼らが考えるのも厚かましいと思っていた希望を満たすためだった。つまり彼らに恩恵をほどこすためだった。だが、彼は何か気恥ずかしかった。集まった農民たちのほうに近づき、金髪、ちぢれ毛、はげ、白髪《しらが》などの頭が帽子をぬいでむき出しになったとき、ネフリュードフはすっかりまごついて、長いこと何も言えなかった。雨は小さなしずくになって降りつづけていた、そして農民たちの髪の毛や、あごひげや、コートのけばに止まっていた。農民たちは主人を見つめて、彼が何を言うか待ち受けていた、だが、彼はすっかりまごついて、何も言えなかった。当惑した沈黙をやぶったのは、冷静で自信を持ったドイツ人の支配人だった、彼は自分がロシアの農民のことに精通していると思っていたし、ロシア語をみごとに正確に話した。頑丈で栄養のつきすぎたこの男は、ネフリュードフ自身と同じように、農民たちのやせたしわだらけの顔や、コートの下から突き出しているやせた肩胛骨《けんこうこつ》と、驚くほど対照的だった。

「つまりだね、公爵さまがお前たちによいことをしてやろう――土地を渡してやろうというお考えなのだ。ただ、お前たちにはその値打ちがないがね」支配人が言った。

「どうして値打ちがないのかね、支配人さま、わしらがお前さまのために働かなかったとでも言いなさるのか？　わしらは亡くなった奥さまにはえらくいい目を見させてもらったし、若だんなさまも、ありがたいことに、わしらをお見捨てにならねえ」毛の赤っぽい弁の立つ農民が口をきった。

「ぼくがお前たちを呼んだのは、もしお前たちが望むなら土地を全部渡したいからだ」ネフリュードフが言った。

農民たちはまるでわからないか、信じられないかのように、黙っていた。

「つまり、どういう意味で土地をお渡し下さるのかね?」上っぱりを着た中年の農民が言った。

「賃貸しで渡すんだよ、お前たちが安い料金で利用できるようにね」

「えらいご親切なことじゃ」一人の老人が言った。

「ただ、払いがほどほどならだ」別の者が言った。

「土地をもらわねえ法はあるまい!」

「わしらにゃお手のもんじゃ――土地で食ってるんだから!」

「お前さまたちもそのほうが気楽だ、ただ遠慮なく銭をとってくんな、でねえと、えらい罪なことだよ」何人かの声が聞こえた。

「罪なのはお前たちのほうだろう」ドイツ人が言った。「働いて、決まりを守ってくれたらいいが……」

「わしらには無理だよ、支配人さま」鼻のとがった、やせた老人が言いはじめた。「お前さまは、なんで馬を麦の中に放したなんておっしゃるが、誰が放したりするもんかね、わしは昼は昼で――その昼がまるで一年みたいに長いんだが――鎌を振り回しているし、夜の放牧のときに眠りこんだりして、馬がお前さまの麦の中に入りこむ、すると、お前さまから生皮《なまかわ》ひんむかれるわけよ」

「じゃ、お前たちで決まりをこさえたらどうだ」

「お前さまは気安く決まりだなんておっしゃるが、わしらには荷が勝ちすぎる」黒い髪の、毛むくじゃらな、背の高い、いくらか若い農民が言った。

「だからわしが言っただろう、囲いを作ったほうがいいって」

「じゃ材木をおくんなさい」後ろのほうから、小柄な風采《ふうさい》のあがらない農民が口をはさんだ。「わしが去年囲いをしようとしたら、お前さんはわしを三カ月監獄に送りこんで虱《しらみ》の世話をさせたじゃねえか。囲いなんかしたらこのざまさ」

「いったい、あの男は何の話をしてるんだい?」ネフリュードフは支配人に訊《たず》ねた。

「Der erste Dieb im Dorfe〔村一番の泥棒なんです〕」と支配人がドイツ語で言った。「毎年森の中で見つかるじゃないか。ひとの財産を重んじることをおぼえたらどうだ」支配人が言った。

「じゃ、わしらがお前さまを上に見てないというのかね?」老人が言った。「わしらはお前さまを上に見ないわけにいかねえよ、お前さまの手に握られているんだからな。お前さまはわしらを縄みたいにひねることもできる」

「なあ、にいさん、誰もお前たちの気に障ることを言ってやしないんだ。お前たちも気に障るようなことは言わんほうがいい」

「とんでもない、気に障ることをするじゃねえか！　去年、おらの面《つら》をぶちのめして、それっきりだ。どうやら長いものには巻かれろってことらしいな」

「じゃお前、法律に従ってやったらいいじゃないか」

どうやら言葉だけの争いになったらしく、それに加わっている連中は、何のために何を自分がしゃべっているのかよくわかっていないようだった。はっきりわかったのはただ、一方にはおそろしいのでじっとこらえている憎しみがあり、一方には自分のほうが上に立っていて権力を持っているという意識があることだけだった。ネフリュードフはそれを聞いているのがつらかった、そこで彼は本題に戻って、価格と支払期間をきめようとした。

「ところで、土地の件はどうだ？　そうしてほしいかね？　で、土地を全部渡すとすれば、値段はどれぐらいにきめる？」

「売り物はお前さまのもんだ、お前さまが値段をきめなされ」

ネフリュードフは値段を指定した。例によって、ネフリュードフが指定した価格はまわりで支払っているものよりはるかに低かったのに、農民たちは値切りはじめ、値段が高いという見方をするのだった。ネフリュードフは自分の提案が喜んで受け入れられるものと期待していた。ところが、満足の様子は全然見られなかった。ただ、ネフリュードフが自分の提案は農民たちに有利だと判断できたのは、誰が土地を受けるのか――農村協同体全部か、それとも協同組合かということが話題になると、支払い能力がとぼしくて当てにならない者を土地の分け前からしめ出そうとする農民たちと、しめ出されそうな者との間に、ものすごい論争が始まったからにすぎなかった。やっと支配人の骨折りで価格と支払期限がきめられ、農民たちはがやがや話し合いながら、坂を下《くだ》って村のほうへ歩いて行った、ネフリュードフは支配人と契約草案を作るために事務所に向かった。

何もかもネフリュードフが望み、期待した通りにまとまった――農民はこの地方の賃貸料より三十パーセントほど安く土地を手に入れた。ネフリュードフの土地からの収入はほとんど半減したが、彼にとってはあり余るほど十分だった。売り払った森の代金として受け取った額や農具類の売却から入るはずの額を加えれば、なおさらだった。何もかもすばらしいように思えた、だが、ネフリュードフは絶えず何か気恥ずかしさを感じていた。農民たちは、一部の者がネフリュードフに礼を言っていたけれども、不満で、何かもっと多くを期待していることが、彼にはわかっていた。ネフリュードフは、自分から多くのものを取り上げてしまい、農民たちには彼らが期待していることをしてやらない、という結果になりそうだった。

次の日、内輪の契約が取り結ばれ、ネフリュードフは、やってきた代表の老人たちに見送られながら、何かやり残したような後味の悪い気持ちをいだいて、駅から来た御者の言葉を借りれば、シックな三頭立ての支配人の幌馬車《ほろばしゃ》に乗りこみ、納得がいかないように不満そうに首を振っている農民たちに別れを告げ、駅へ向かった。ネフリュードフは自分に不満だった。何が不満なのかわからなかったが、彼は絶え間なく何かわびしく、何か恥ずかしかった。

3

クズミンスコエを出ると、ネフリュードフは二人の叔母から遺産として譲り受けた領地へ——ほかでもない、カチューシャを知った領地へ向かった。彼はこの領地でも、クズミンスコエと同じように、土地の問題を整理したいと思っていた。それに、カチューシャのことや、彼女と自分の子どものことを、今でも確かめられる限り確かめてみたかった——子どもが死んだというのは本当か、どんな死に方をしたのか？　彼がパーノヴォに着いたのは早朝だった、そして庭に入ったとき、最初に彼を驚かしたのは、付属の建物全部と、ことに母屋《おもや》のさびれて古ぼけた姿だった。昔は緑色だったトタン屋根は長いこと塗り直されずに錆《さび》で赤くなり、何枚かのトタンが、たぶん嵐のためだろう、上のほうにまくれ返っていた。母屋の外まわりに張ってある羽目板はところどころはがれていた、誰かがはがれやすいところの錆びた釘《くぎ》をねじ取って、引っぱがしていったのだ。入口の段々は——表側のも、特にネフリュードフの記憶に残っている裏口のも、両方とも——腐ってくずれ落ち、木の枠だけが残っていた。いくつかの窓にはガラスのかわりに板が打ちつけられ、執事の住んでいた翼屋《ウィング》も台所も馬小屋も——みんな古ぼけ、色あせていた。ただ、庭だけは古ぼけていないどころか、草木が生《お》い茂り、群がり合って、今や一面の花ざかりだった。垣根の向こうから、まるで白い雲のように、花咲いた実桜《みざくら》や、林檎《りんご》や、すももが見えた。ライラックの生垣は、十四年前（十一年前の誤りだろう）、そのかげでネフリュードフが十八（十六の誤りだろう）のカチューシャと鬼ごっこをし、転んで、刺草《いらくさ》を刺したあの年とちょうど同じように花開いていた。ソフィア叔母さんが母屋のかたわらに植え、そのころは杭《くい》ほどの太さだった落葉松《からまつ》は、今では丸太にでもなりそうな大木になり、一面にやわらかい毛に覆われた黄緑の葉をまとっていた。川は春の出水も終わって岸におさまり、水車小屋の水を取り入れる樋《とい》の中で、さらさらと鳴っていた。川の向こうの草地では、色とりどりに入りまじった農民たちの家畜の群れが草をはんでいた。神学校中退の執事が笑顔を浮かべて庭でネフリュードフを迎え、相変わらず笑顔で事務所へ招き入れ、やはり笑顔のまま、まるでその笑顔が何か特別なことでも約束するように、仕切りのかげに引っこんだ。仕切りのかげでささやき声が聞こえ、それから静かになった。御者はチップをもらうと、鈴をガラガラ鳴らして庭から出て行った、そしてすっかり静まり返った。その後を追うように、刺繡《ししゅう》をしたシャツを着て、やわらかい毛を耳飾りにした娘が、窓のそばを走って行った、娘の後から一人の農民が太い長靴の釘を鳴らして、踏み固めた小道を走って行った。

ネフリュードフは窓ぎわに腰をおろして、庭をながめ、耳を傾けていた。彼の汗ばんだ額《ひたい》の毛と、ナイフで傷つけられた窓がまちの上のメモをそよがせながら、小さな両びらきの窓からすがすがしい春の空気と、掘り返された土のにおいが流れこんできた。川辺では、「タ・タタン、タ・タタン」とたがいに競い合いながら女たちの洗濯棒が鳴り、その音は水を満々とたたえて、日の光にきらめいている川の瀬にひろがっていった、そして水車小屋で規則正しく水の落ちる音が聞こえた、そしてまた耳もとを、驚いたように高い羽音を立てながら一匹の蠅《はえ》が飛び過ぎた。

すると、不意にネフリュードフは――いつのころか、ずっと前に、彼がまだ若くて純粋だったとき、ちょうどこれと同じように、規則正しい水車のざわめきの奥からこの川辺でぬれた下着をたたく洗濯棒の音が聞こえ、ちょうどこれと同じように、春風がぬれた額の髪と、ナイフで傷つけられた窓がまちの上の紙きれを動かし、ちょうどこれと同じように、蝿が驚いて耳もとをかすめて飛び過ぎたのを思い出した、そして彼は自分をそのころのような十八の少年のままに思い起こしたわけではなかったが、自分が当時と同じように、新鮮さと純粋さとこの上もなく大きな可能性に満ちた未来とを持っているような気分になった、しかもそれと同時に、よく夢の中であるように、彼はそれがもうないのを知っていた、そしてひどく悲しくなった。

「いつお食事になさいますか？」執事が微笑を浮かべながら訊《たず》ねた。

「いつでもそちらの都合のいいときに――ぼくは腹がへっていないから。ちょっと出かけて村をひと回りしてきます」

「なんでしたら、母屋に入ってごらんになりませんか、中はすっかりきちんとなっておりますので。ごらんになって下さいませ、たとえおもてのほうは……」

「いや、後にします、今は教えてもらいたいことがあるんですが、ここにマトリョーナ・ハーリナという女がいますね？」

それはカチューシャの叔母だった。

「おりますとも、村のほうに。どうにもあの女は手に負えません。酒の闇《やみ》売りをやっておりまして。知ってはおりますし、現場をおさえもし、小言も言っておりますが、調書を作るとなりますと――かわいそうで。年寄りですし、孫もたくさんおります」執事は相変わらず笑顔で言った、その笑顔は主人にいい感じを持たれたいという気持ちと、ネフリュードフが何ごとによらず、自分と同じような考え方をしているという確信を現わしていた。

「その女はどこに住んでいるんです？　行ってみたいんですが」

「部落のはずれでございます、向こう側の端から三番目の家で。左手に煉瓦《れんが》の家がありまして、その裏にハーリナのあばら家があります。いや、私がご案内したほうがよろしいでしょう」うれしそうな笑顔を浮かべて執事が言った。

「いや、ありがたいけれど、自分でわかりますよ、あなたは農民たちに集まるように知らせる手はずをしてくれませんか。ぼくは農民たちと土地のことで、ちょっと話をしたいんです」ネフリュードフはここでもクズミンスコエと同じように、農民たちのことにけりをつけたい、それもできれば今夜すぐにと思いながら言った。

4

門の外に出ると、ネフリュードフはオオバコと除虫草《グンバイナズナ》の茂った放牧場を通っている踏み固められた小道で、色のまだらな前掛けを身につけ、やわらかい毛の耳飾りをつけて、太いはだしの足をすばやく動かしている農民の娘に出会った。彼女はもう帰ってくるところで、左手一本だけを走る方向と直角にすばやく振りながら、右手では赤い雄鶏《おんどり》をかかえて、しっかり腹に押し当てていた。雄鶏は赤いとさかをぶらぶらさせながら、まったく落ち着き払った様子だった、ただ目玉をぐるぐる動かし、爪を娘の前掛けに引っかけながら、片方の黒い足をのばしたり、上げたりしているだけだった。娘はだんなさまのほうに近づきはじめると、まず足をゆるめて、駆け足から並足に移り、だんなさまのわきまで来ると、足を止め、顔を大きく後ろへそらせておじぎをし、だんなさまが通り過ぎてからやっと雄鶏をかかえて先へ歩き出した。井戸のほうへ下《くだ》って行くとき、ネフリュードフは今度は、汚れた粗末なシャツの曲がった背に、水のいっぱい入った重いバケツをかついでいる老婆に会った。老婆は用心ぶかくバケツをおろすと、やはり後ろに反動をつけておじぎをした。

井戸の先から村が始まっていた。晴れ渡った暑い日だった。十時にはもう焼けつくばかりで、群がりはじめた雲がときおり太陽をかくしていた。通りいっぱいに、つんと鼻をさす、いやな感じのしない肥やしのにおいが立ちこめていた、それは黒光りのする踏み固められた坂道をのぼって行く荷馬車の列からも、とりわけ家々の敷地を掘り返した肥やしからも漂ってきた、ネフリュードフはその家々の開け放した門のわきを通って行くところだった。肥やしのねばのしみこんだもも引きとシャツを着て、はだしのまま荷馬車の後について坂道をのぼって行く農民たちは、絹のリボンを日の光にきらめかせたグレーの帽子をかぶり、キラキラ光る握りのついた、節のある、つやのいいステッキで、一歩おきに地面をふれながら、村の坂道をのぼってくる背の高いふとっただんなさまを振り返っていた。畑から帰ってくる農民たちは、速足で行く空《から》の荷馬車の御者台で揺れながら、自分たちの道を歩いている見なれない人間を、帽子をとってふしぎそうに見まもっていた。女たちは門の外や戸口の段々の上に出て、おたがいにネフリュードフを指さしながら見送っていた。

　ネフリュードフは四軒目の門の前を通り過ぎようとしたとき、道をさえぎられた――平たくたたきつぶした肥やしを高く積み上げ、その上にすわるための筵《むしろ》をのせた荷馬車が、きしみながら門の中から出て来たのだ。六つぐらいの男の子が、馬車に乗れる期待にそわそわして、車の後について行った。草鞋《わらじ》ばきの若い農民が大股で歩きながら、馬を門の外に追い立てて行った。足のすらりとした青い子馬が門から飛び出してきたが、ネフリュードフの姿に驚いて荷馬車に身を寄せ、車輪に足をぶっつけながら、母馬より先に飛んで行った、重い荷車を門から引き出そうとしていた母馬は心配して、ちょっといなないた。次の馬を引き出してきたのは、やせた元気のいい老人で、やはりはだしに縞《しま》のもも引きをはき、長い汚れたシャツを着て、背中にはやせた鷹骨《せんこつ》が飛び出していた。焼けこげたような灰色の肥やしの塊《かたまり》の散らばっている、踏み固められた道に馬が出たとき、老人が門のほうへ引き返して来て、ネフリュードフに頭をさげた。

「うちのお嬢さまがたの甥御《おいご》さまですかな？」

「そう、ぼくはあの二人の甥です」

「ようこそおいで下さいました。何でございますか、わしらを訪ねにこられたんですかな？」話好きらしく老人がしゃべりはじめた。

「そうなんだよ。ところで暮らしはどうだい？」ネフリュードフは、何を言っていいのかわからずに言った。

「わしらの暮らしときたら！　どん底ですよ、わしらの暮らしは」話好きの老人はまるでうれしそうに、歌うような調子でゆっくりと言った。

「どうして、よくないのかね？」ネフリュードフは門のかげに入りながら言った。

「いったいどんな暮らしとお思いで？　どん底ですよ」老人はネフリュードフの後について、地面まできれいにされた廂《ひさし》の下に入った。

ネフリュードフはその後について廂の下に入った。

「うちには、ほれ、ごらんの通り、十二人おります」老人は二人の女を指さしながら言葉を続けた、女たちはスカーフを横にずらし、汗にまみれ、裾《すそ》をからげ、むき出しのふくらはぎを肥やしのねばで中ほどまで汚して、まだ片づいていない肥料のくぼみに熊手を持って立っていた。「月々、百キロ麦を買わなきゃならねえのに、どこで手に入れたらよいんでございましょう？」

「自分たちのじゃ、いったい足りないのかね？」

「自分のですと?!」さげすむような薄笑いを浮かべて老人が言った。「うちの土地は三人分でしてな、今年は全部でやっと八堆《はちやま》取り入れました——クリスマスまでもちませんでな」

「じゃ、いったいどうしてるんだね？」

「なんとなくやっております。そうそう、一人は作男に出して、だんなさまのおかげでちっとばかし銭をいただきました。精進節《しょうじんせつ》までにもう全部取りこんでしまいましたが、人頭税はまだ払っておりません」

「人頭税はいくらだね？」

「わしのところは四月《よつき》ごとに十七ルーブルほど持っていかれます。いやはや、とんでもねえ暮らしで、自分でも、どうやってしのいでいるのかわからねえ始末です」

「お前の家《うち》に入ってもいいかね?」ネフリュードフは小さな庭を奥へ進み、きれいになっているところから、まだ手をつけていない肥やしや、熊手で引っくり返されて、強烈なにおいを放っている、黄色いサフラン色の肥やしを幾層も積んだところに入りながら言った。

「いいですとも、お入りなされ」老人は指の間から肥料のねばをにじみ出させているはだしの足をすばやく運んで、ネフリュードフを追い越し、彼のために農家の戸をあけた。

袖《そで》に金の留め金をつけた身ぎれいなだんなさまが家に入ってくるのを、女たちは頭のスカーフを直し、スカートの裾をおろして、好奇心をこめておそるおそるながめていた。

家の中からシャツ姿の女の子が二人飛び出してきた。身をかがめ、帽子をとって、ネフリュードフは玄関に入り、すっぱい食べ物のにおいが立ちこめている、汚くてせまくて二台の機械にふさがれている農家に入った。家の中の炉のわきには、やせた筋だらけの日焼けした腕の袖をまくった老婆が立っていた。

「ほれ、うちのだんなさまがお客にみえたぞ」老人が言った。

「かまいませんとも、さあどうぞ」老婆はまくり上げた袖をおろしながら愛想よく言った。

「どんな暮らしをしているか見たいと思ってね」ネフリュードフが言った。

「こんな暮らしですよ、ほれ、ごらんの通り。家は今にもくずれそうで、うっかりしてると死人が出ます。だのに、おじいさんはこれでいいなんて言ってまして。それで、こうやって暮らしております――お城の主《あるじ》みたいに」元気のいい老婆は神経質に首をひくひく動かしながら言った。「もうじき飯にします。働いている者に食わせてやりますので」

「どんな食事をするんだね？」

「何を食うかとおっしゃるんで？　わしらの食い物は上等ですよ。一皿目がクワス（ロシア特有の清涼飲料。ライ麦のパンまたは粉を発酵させてつくる）を添えたパン、次がパンを添えたクワス」老婆は半分ほど虫くいになった歯をむき出しながら言った。

「いや、冗談ぬきで、今日召し上がる物を見せてくれませんか」

「召し上がるですと？」笑いながら老人が言った。「わしらの召し上がり物はこったものじゃありません。見せてあげな、ばあさん」

老婆は首を振った。

「わしらの農民式の食い物を見ようなんて気を起こしなさったのかね？　お見受けするところ、物好きなお人だね、だんなさま。何でも知らずには気がすまないんだから。

さっきも申しました通り、パンにクワス、それにキャベツ汁、昨日女どもが汁の実にする草をとってきましたのでね。それで、キャベツ汁、それからじゃがいも」

「それだけかい？」

「ほかに何がありますかい、牛乳で白味はつけますがね」老婆は笑いながら戸口のほうを見て言った。

戸はあいていて、玄関は人でいっぱいだった。小さな子どもたちや、女の子や、乳飲《ちの》み子をかかえた女たちが戸口にひしめいて、農民の食べ物を調べている変なだんなをながめていた。老婆はどうやら、だんなを応対する自分の手ぎわを自慢しているようだった。

「まったく、ひどい、ひどいもんですよ、わしらの暮らしは、だんなさま、まったくの話」老人が言った。「どこへもぐりこんできやがるだ！」彼は戸口に立っている者たちをどなりつけた。

「じゃ、さようなら」ネフリュードフははっきり理由のわからない気まずさと恥ずかしさを感じて言った。

「ほんとにありがとうございます、わしらのところへ来て下さいまして」老人が言った。

玄関では農民たちが体をくっつけ合って、ネフリュードフを通した、彼は通りに出て、上《のぼ》り坂《ざか》になっているほうに歩き出した。その後について玄関から二人の男の子がはだしで出て来た。年上のほうは元は白かった汚いシャツを着、もう一人はみすぼらしい色あせた桃色のシャツを着ていた。ネフリュードフは二人を振り返った。

「今度はどこへ行くだ?」白シャツの子が言った。

「マトリョーナ・ハーリナのところだよ」ネフリュードフは言った。「知ってるかい?」

桃色のシャツを着た小さな男の子は何か声を立てて笑ったが、年上のほうはまじめに訊《き》き返した。

「どのマトリョーナだい? 年寄りかい?」

「うん、年寄りだよ」

「ああ」少年は声をひきのばして言った。「それはセミョーニハだ、村はずれにいるよ。おいらたちが案内してやる。さあ、フェージカ、案内してやろう」

「でも、馬は?」

「ま、大したことねえさ」

フェージカはうなずいた、そして彼らは三人で村の坂道をのぼり出した。

5

ネフリュードフは大人よりこの子たちを相手にしているほうが気楽だったので、途中で二人とすっかり話しこんでしまった。桃色のシャツを着た小さいほうは笑うのをやめ、年上のほうと同じように、賢い、しっかりした口をきいた。

「ねえ、この村でいちばん貧乏なのは誰だい？」ネフリュードフが訊《たず》ねた。

「誰が貧乏かって？　ミハイラは貧乏だよ、セミョン・マカーロフ、それにマルハもえらく貧乏だ」

「じゃ、アニーシアはどうだい――あれはもっと貧乏だ。アニーシアは牛を持ってねえぞ――物もらいをしてるだ」小さなフェージカが言った。

「牛は持ってないけど、たった三人だけじゃねえか、マルハはみんなで五人だぞ」年上の子がやり返した。

「だけど、アニーシアはやもめだ」桃色の子がアニーシアを主張して譲らなかった。

「アニーシアはやもめだと言うけど、マルハだってやもめとおんなじだ」年上の子が言いつづけた。「おんなじことさ――亭主がいねえんだもん」

「亭主はどこにいるんだい？」ネフリュードフが訊ねた。

「監獄で虱《しらみ》を飼ってるよ」おきまりの表現を使って年上の子が言った。

「去年、だんなの林で白樺《しらかば》を二本切ったんで、ぶちこまれただ」小さな桃色の子がいそいで言った。「もう足かけ六カ月入ってて、かみさんは乞食《こじき》をしてる、三人の子どもと体のきかないばあさんだもんな」彼はことこまかに話してくれた。

「その女はどこに住んでるんだい？」ネフリュードフが言った。

「ほら、ちょうどその家だ」少年は一軒の家を指さして言った、その前には髪の白っぽい小さな子が、ひん曲がったがにまたの足でやっと体を支え、ふらふらしながら、ちょうどネフリュードフが通って行く小道に立っていた。

「ワーシカ、どこへ飛び出しただ、わんぱくめ？」まるで灰を振りかけたような、ねずみ色の汚れたシャツを着て、木造の民家から飛び出してきた女がどなった、そして、びっくりした顔でネフリュードフの先に飛んで行くと、子どもをつかまえて家の中に連れ帰った、まるでネフリュードフが自分の子どもに何かするのではないかと心配しているようだった。

それは、ほかでもない、ネフリュードフの林からとった白樺のために監獄につながれている男の女房だった。

「ねえ、マトリョーナのことだがね――あれは貧乏かい？」三人がもうマトリョーナの家に近づいたとき、ネフリュードフは訊ねた。

「あいつが貧乏なもんか、酒を売ってるんだもん」桃色のやせた子がきっぱり言った。マトリョーナの家にたどり着くと、ネフリュードフは子どもたちを放免して、玄関に入り、それから家の中に入った。マトリョーナばあさんの小屋は四メートルほどしかないので、炉のかげにある寝台は大きな人間なら手足を伸ばせないほどだった。《ちょうどこの寝台で》とネフリュードフは思った。《カチューシャがお産をし、それから病気で寝ていたのだ》小屋はほとんど全部機械に占領されていた、ネフリュードフが頭を低い戸にぶっつけて中に入ったとき、ばあさんはちょうどいちばん上の孫娘といっしょに、その機械の調子を直そうとしかけたところだった。ほかの二人の孫がだんなの後について一目散に家に駆けこみ、戸のわきの柱につかまりながら、だんなの後ろの戸口のところに立ち止まった。

「誰にご用ですかな？」機械の調子が悪いのでご機嫌ななめだったばあさんは、むかっ腹を立てて訊ねた。それに、こっそり酒の売買をしていたので、彼女は誰でも見知らぬ者をこわがっていた。

「ぼくは地主だよ。あなたとちょっと話をしたいんだが」

ばあさんはじっと見つめながら黙っていたが、やがて急にがらりと態度が変わった。

「まあまあ、これはだんなさま、あたしときたら、まぬけなことに、お見それいたしました。誰か通りすがりの人かと思いまして」愛想のいい作り声で、彼女はしゃべり出した。「まあ、ほんとにごりっぱなだんなさま……」

「人のいないところで話したいんだが」ネフリュードフはあいている戸のほうを見ながら言った、戸口には子どもたちが立っており、その後ろにはぼろで作った司祭のようなまるい帽子をかぶり、やせこけているのに、にこにこ笑っている、病気で青白い赤ん坊を抱いたやせた女が立っていた。

「何がめずらしいんだよ、ひとつ食らわしてやろうか、おいこっちにその杖をよこしな！」ばあさんは戸口に立っている者をどなりつけた。「しめたらどうだ！」

子どもたちは逃げ出し、赤ん坊を抱いた女は戸をしめた。

「あたしときたら、誰が来たんだろうなどと思いまして。ところが、ほかでもない、だんなさまじゃありませんか、ほんとにごりっぱな男前でございますねえ！」ばあさんは言った。「えらいところへお越し下さいました、よくお厭《いと》いなさらずに。ほんとに、だんなさま、まばゆいばかりでございます！　こちらにおすわり下さいませ、だんなさま、さあ、この箱椅子《はこいす》（ロシアの農家で使われていた、下部に引き出しのついた長椅子）に」彼女は箱椅子を前掛けでふきながら言った。「あたしときたら、どこの馬の骨がもぐりこんできたのかなどと思って。それがまあ、だんなさまご本人だなんて、ごりっぱな、あたしどもの恩人、あたしどもを養って下さるだんなさまだなんて、おゆるし下さいませ、このばかな年寄りを――目がきかなくなってしまいまして」

ネフリュードフは腰をおろした、老婆は彼の前に立って、右手を頬《ほお》に当てがい、そのとがった肘《ひじ》を左手でつかんで、歌うような声でしゃべりはじめた。

「あなたも年をお取りになりましたね、だんなさま、あのころはかわいらしいゴボウのようでしたのに、今ではどうでしょう。やっぱりご苦労がありなさるようで」

「ぼくはね、訊ねたいことがあって来たんだよ、お前はカチューシャ・マースロワをおぼえているかい？」

「カチューシャですと？　そりゃもちろんおぼえております、あの子はあたしの姪《めい》ですから……おぼえていますとも、あの子のことではさんざ涙を流しました。何しろ、あたしは何もかも知っていますので、だんなさま、神さまに悪いこともしておらず、皇帝さまに罪も犯していない者がおりましょうか？　若気の至りで、お茶やコーヒーを飲むようなもの、ほんとに魔がさしたんで、何しろ魔というのは強いものでしてね、やっぱり。しょうがありません！　あなたさまがあの子を捨てたのならいざしらず、十分つぐないをしてやっているんですから――ぽんと百ルーブル投げ出して。ところが、あの子のしたことといったら。分別がなくなってしまいまして。あたしの言うことを聞いていれば暮らしていけたものを。あたしにとっては姪ですけれど、はっきり言えば――ふしだらな娘です。あたしは何しろ、あの後でいいところに世話してやったんですが、言うことを聞かずに、ご主人に食ってかかりましてね。いったい、あたしどもがだんながたに食ってかかったりしてよいものでしょうか？　それで、あの子はじきに暇を出されてしまいました。その後もやっぱり山林監督さんのところに住みこめたんですが、それもいやだと申しまして」

「ぼくは子どものことを訊ねたいと思っていたんだよ。あの娘《こ》はこの家でお産をしたんだったね？　子どもはどこにいるんだい？」

「赤ん坊のことは、だんなさま、あたしもあのときよく考えてみました。あの娘はとても具合が悪くて、床をはなれる見込みもありませんでした。で、あたしは子どもにちゃんと洗礼をしてやって、養育院にあずけました。母親が死にかけているからといって、天使さまのようなかわいい赤ん坊を苦しめるわけにはいきませんからね。ほかの連中のやり方だと、赤ん坊を放りっぱなしにして、お乳もやらない――それで、赤ん坊はやせこけてしまう。ところが、あたしは、ひと骨折って養育院にやったほうがいいと思いましてね。金はあったもので、あずけたわけです」

「で、引き取ってくれるところはあったのかい？」

「引き取ってくれるところはありましたが、子どもはじきに死んでしまいました。あの女の話では、連れて行くと、すぐにいけなくなったそうで」

「あの女って、誰のことだい？」

「例の、あの女ですよ、スコロードノエに住んでいた。あの女がこういった仕事を引き受けていましたので。マラーニアという名で、もう死んでしまいました。利口な女でね――うまいことやっていましたよ！　あの女のところに赤ん坊を持って行くと、引き取って、自分の家に置いて、お乳をやってました。そうやって、連れて行けるほど集まるまで育てておくんですよ、だんなさま。で、三人か四人集まると、まとめて連れて行くんです。ほんとに利口なやり方でしてね――ダブル・ベッドみたいな、大きなゆりかごがあって、右にも左にものせるんです。取っ手までついてましてね。ぶっつからないように頭を別々の側に、足のほうをいっしょにして四人のせると、一度に連れて行くんです。乳首を口に吸わせてやるもんで、赤ん坊はおとなしくしていましてね、かわいそうに」

「そう、それでどうなった？」

「ええ、カチューシャの子もそんなふうにして連れて行きました。そう、二週間ばかり自分のところにあずかっていたようでした。まだあの女の家にいるうちにやせはじめましてね」

「いい子だったかね？」とネフリュードフは訊《き》いた。

「これ以上いい子を願っても望めっこないような赤ちゃんでしたよ。だんなさまに生き写しで」老婆は年おいた目をウインクしながら言い添えた。

「どうして弱ってしまったんだろう？　きっと乳が足りなかったんだろう？」

「お乳どころか！　ほんの見せかけでしてね。わかりきったことですよ、自分の子じゃなし。生きてるうちに届けさえすりゃいいんですから。やっとモスクワまでたどり着いたと思ったら、もうそのときは息を引き取ったという話でした。あの女は証明書を持って帰りました――何もかも文句のつけようがありません。利口な女でしたよ」

ネフリュードフが自分の子どもについて知ることができたのはこれだけだった。

6

家の中と玄関と、両方の戸にもう一度頭をぶっつけて、ネフリュードフは外へ出た。

子どもたち――白いすすけたシャツの子と桃色の子――が彼を待っていた。そのほかに新顔が何人か加わっていた。乳飲《ちの》み子を抱いた四、五人の女も待っていた、その中には、ぼろで作ったまるい帽子をかぶった、血の気のない赤ん坊を軽々と抱いている、さっきのやせた女もいた。その赤ん坊はひっきりなしに、年寄りのような顔いっぱいに奇妙な笑いを浮かべていた、そしてかたく曲がった両手の親指を絶えずひくひく動かしていた。ネフリュードフにはそれが苦痛の笑いだということがわかった。彼は、あの女は誰かと訊《たず》ねた。

「あれがさっきおらの言ってたアニーシアだよ」年上の少年が言った。

ネフリュードフはアニーシアに言葉をかけた。

「暮らしはどんなふうだい？」彼は訊ねた。「どうやって食ってるんだね？」

「暮らしはどうかですと？　物乞いをしとります」アニーシアはそう言って泣き出した。

年寄りのような赤ん坊はミミズのような細い足を曲げながら、顔をくしゃくしゃにして笑った。

ネフリュードフは紙入れを取り出して、女に十ルーブルやった。彼が二、三歩行くか行かないうちに、赤ん坊を抱いた別の女が追いすがった、それから老婆が、それからまた一人の女が追いついた。みんな自分のひどい貧乏を訴え、助けを求めた。ネフリュードフは紙入れの中にあった小銭の六十ルーブルをすっかり分け与えてしまい、やりきれないゆううつさを胸にいだいて家に、つまり執事の翼屋《ウイング》に帰り着いた。執事は笑顔でネフリュードフを迎え、農民たちは夕方に集まりますと伝えた。ネフリュードフは執事に礼を言うと、部屋には入らず、庭へ向かい、雑草に覆われ、林檎《りんご》の白い花びらの散りしいた小道をぶらつきながら、自分が目《ま》の当たりに見たさまざまのことを思いめぐらした。

はじめのうち翼屋《ウイング》のあたりは静かだったが、やがてネフリュードフは、翼屋《ウイング》の執事のところで先を争ってしゃべっている二人の女の声を耳にした、その合間に、ほんのときたま微笑をふくんだ執事の落ち着き払った声が聞こえた。ネフリュードフは聞き耳を立てた。

「無理だよ、なんだって、命より大事なもんまでひんむしるだ?」誰か、いきり立った女の声が言った。

「ちょっと走りこんだだけじゃないか」別の声が言った。「返しておくれって言ってるんだよ。ねえ、なんだってつらい思いをさせるんだい、牛も、乳の飲めない子どもも」

「金を払うか、働いて弁償しな」落ち着き払った執事の声が答えた。

ネフリュードフは庭を出て、入口の段々に歩み寄った、そこには髪を振り乱した二人の農婦が立っていた。片方の女はお腹《なか》が大きくて、お産も間近なようだった。入口の段々にはデニムのコートのポケットに両手を突っこんで、執事が立っていた。主人に気がつくと、女たちは口をつぐみ、ずり落ちた頭のスカーフを直しはじめた、執事のほうはポケットから手を出して、笑顔を浮かべ出した。

要するに、執事の話では、農民たちがわざと自分の子牛どころか親牛まで、主人の牧草地に放すというのだった。そして、この女たちの家の牛が二頭牧草地でつかまって、主人の家畜置き場に追いこまれてしまったのだ。執事は女たちに一頭あたり三十コペイカ支払うか、二日働いて弁償しろと要求していた。女たちのほうは、第一に、牛はちょっと入っただけだし、第二に、自分たちには金がないと言い張り、第三に、せめて働いて弁償する約束をすれば、朝から餌《えさ》も与えられずに家畜置き場に立ってあわれな鳴き声を立てている牛を、じきに返してほしいと要求していた。

「何度も筋道立てて頼んだだろう」笑顔を浮かべた執事は、証人になって下さいと言わんばかりに、ネフリュードフを振り返りながら言った。「昼飯に帰るにしても、自分の家畜には目をくばっておけよ」

「ほんのひとっ走り、がきの様子を見に戻ったら、牛が逃げちまったのさ」

「番をする役を引き受けたなら、その場をはなれちゃいかんな」

「じゃ、がきは誰が養ってくれる？　お前さんがおっぱいをやってくれるわけにもいくまい」

「草場を食い荒らして腹もこわさなかったから良かったってか？　ちょっと入っただけじゃないか」もう一人の女が言った。

「草場はどこもかしこも食い荒らされておるんです」執事がネフリュードフに向かって言った。「やかましく言いませんと、干し草なんぞからっきしできません」

「やれやれ、罪なこと言わないでおくれよ」お腹の大きい女がさけんだ。「うちのは一度も入ったことなんかないよ」

「ほほう、それが入ってるんだからな、金を出すか、働いて弁償するかだ」

「ふん、そいじゃ働いて弁償するよ、牛は返しておくれ、飢え死にさせるなよ！」女は憎らしそうにさけんだ。「ただでさえ朝から晩まで息つく暇もないんだよ。お舅《しゅうと》さんは病気がち、亭主は遊び癖がついちまった。一人であちこち駆けずり回ってへとへとだ。息が止まっても、働いて弁償しろというわけだ」

ネフリュードフは牛を返してやるように執事に頼んで、自分はさっきの考えをつきつめて考えるためにもう一度庭へ行った、しかし、もう何も考えることはなかった。今では、何もかもがあまりにもはっきりしてしまったので、これほど明らかではっきりしていることをなぜみんなが見ぬけないのか、また、自分自身もこれほど長いあいだ見ぬけなかったのか、いくら驚いても、驚き足りないほどだった。

《民衆は絶滅しかかっている、もう自分たちが絶滅しかかっていることに馴れてしまっている。民衆の中には絶滅に特有の生活形態ができている——子どもたちは死ぬ、女たちは無理な仕事をしている、みんな食う物が足りない、特に老人には。民衆はこんな境遇にほんの少しずつ落ちこんでいったので、自分自身その境遇のおそろしさを十分さとっていないし、不平も訴えない。だから、われわれもこの状態を自然なものと考え、それが当然だと考えている》民衆自身が意識しており、いつもおもてにも出している生活苦の根本的な原因は、民衆が食っていく唯一のよりどころである土地を、地主たちが民衆から取り上げている点にあった——今では、それがネフリュードフには火を見るように明らかだった。一方、子どもや老人が死ぬのは乳がないためであり、乳がないのは、家畜を放牧したり、穀物や干し草を取り入れたりする土地がないからだということも、まったく明白だった。民衆の悲劇はすべて、少なくとも民衆の悲劇の根本的な直接の原因は、その生活の糧《かて》となる土地が民衆の手にはなく、土地所有権を利用して、この民衆たちの労苦で生活している人々の手に握られている点にあることは、まったく明白だった。土地は民衆にとってなくてはならないものであり、それがないために人間が死んでいるほどだのに、その土地がほかでもない、ひどい貧困におとしいれられた民衆たちによって耕されている、そしてそれは収穫された穀物が国外で売られて、地主が自分のために帽子、ステッキ、幌馬車《ほろばしゃ》、ブロンズなどを買うためなのだ。それは囲いの中にとじこめられて、足もとの草を食い尽くしてしまった馬が、餌の見つかるような土地を使わせてもらえない限り、やせおとろえ、飢え死にしてしまうことが明らかなのと同じように、今ではネフリュードフに明らかだった、そして、それはおそろしいことであり、絶対にありえない、あってはいけないことだった。こんなことがなくなるように、少なくとも自分自身はこんなことには関与しないように方法を見つけなければならない。《おれは必ずその方法を見つけるぞ》ネフリュードフはいちばん近い白樺《しらかば》の並木道を行ったり戻ったりしながら思った。《学会や、政府機関や、新聞で、民衆の貧困の原因と、民衆を立ち上がらせる方法を議論しているが、ただ、民衆を必ず立ち上がらせる唯一の確実な方法は問題にされていない、それは民衆がどうしても必要としている土地を取り上げるのをやめることなのだ》そう考えて、ネフリュードフはヘンリー・ジョージの基本的主張と、自分がそのヘンリー・ジョージに傾倒していたことを、ありありと思い起こした、そしてどうして自分がそれをすっかり忘れることができたのかふしぎになった。《土地は財産の対象にはなりえない、それは水と同じように、空気と同じように、日光と同じように売買の対象にはなりえない。誰でも土地にたいして、また土地が人間に与えてくれる便益にたいして、同等の権利を持っているのだ》そして、ネフリュードフは、クズミンスコエ村での問題の処理を思い出すのがなぜ恥ずかしかったのか、今になってさとった。彼は自分自身をあざむいていたのである。人間は土地にたいする権利を持つことができないのを知りながら、その権利を自分に認め、心の底では権利がないことを知っているものの一部を農民たちにくれてやった。今度はこんなことはしない、クズミンスコエでしたことを変更するのだ。それで、彼は頭の中で一つの案を作った、それは土地を農民たちに賃貸し、賃貸料はやはりその農民たちの財産と認め、彼らにその金を支払わせて、それを人頭税や共同体の事業に使わせようというものだった。それは単一税ではなかったが、現行の制度で可能な限りそれに近いものだった。重要なのは、ネフリュードフが土地所有権の行使を放棄しようということだった。

彼が家の中に戻ると、執事は特別うれしそうな笑顔を見せながら、ごちそうが煮えすぎたり焼けすぎてはいけませんからと言って、食事をすすめた。それは執事の女房が、毛の耳飾りをつけた娘に手伝わせてこしらえたごちそうだった。

テーブルにはごわごわしたテーブル掛けがかぶせられ、ナプキンのかわりに刺繍《ししゅう》をした手ぬぐいをのせて、テーブルの上の vieux-saxe〔サクソン産の古風な陶器〕、つまり、取っ手の欠けたスープ・カップにはじゃがいものスープがつがれ、足を交互に突き出していたさっきの鶏が今では切り裂かれて、というよりもむしろ、こまかく切りきざまれて、あちこちに毛をつけたまま入っていた。スープが済むと、毛を焼きこがした同じ鶏と、バターと砂糖をたっぷり入れたカッテージ・チーズのパイが出た。それはどれもこれも到底うまくはなかったが、ネフリュードフは何を食べているのか気づかずに食べていた——村から戻って来たときのゆううつさをいっぺんに解決してくれた自分の考えに、彼はそれほど夢中になっていたのだった。

毛の耳飾りをつけた、おどおどした女中が皿を運んでいる間、執事の女房は戸のかげから覗《のぞ》きこんでいた、執事のほうは女房の腕前を得意がって、ますますうれしそうな笑顔を見せていた。

食事が済むと、ネフリュードフはむりやり執事をすわらせ、自分の考えを確かめると同時に、これほど自分をとらえているものを誰かに話すために、農民への土地譲渡私案を執事に話して聞かせ、それについての意見を訊ねた。執事は自分もずっと前からちょうど同じことを考えていたので、お話を聞いてとてもうれしいというような顔をして、笑顔を浮かべていた、しかし実のところ何ひとつわからなかった、それはおそらくネフリュードフの言い方があいまいだったからではなく、この案に従うと、ネフリュードフが他人の利益のために自分の利益を捨てる結果になるからだった。ところが、誰でも他人の利益を犠牲にして自分の利益だけに心をくばるものだという真理が、執事の頭の中にしっかり根をおろしていたので、ネフリュードフが土地からの収入は全部農民の共同体資本に入らなければならないと説明したとき、執事は自分が何か勘違いをしているのだろうと思った。

「わかりました。だんなさまは、つまり、その資本から利子をおとりになるわけで?」

執事はすっかり顔を輝かせて言った。

「そうじゃないよ。わかってくれたまえ、土地は個人の財産の対象にはなりえないんだよ」

「その通りですとも!」

「だから、土地がもたらすものは全部、みんなのものなんだ」

「そうしますと、だんなさまの収入はまるでなくなってしまうではありませんか!」

笑顔を消して執事が訊ねた。

「ぼくはそれを捨てようとしてるのさ」

執事は大きなため息をついてから、また笑顔を浮かべ出した。やっと執事はさとった。ネフリュードフはいささか常識はずれの人間だとさとったのだ、そしてすぐに土地を放棄しようとするネフリュードフの腹案に自分の得になりそうな点を探しはじめ、譲渡される土地を自分が利用できるようにこの案を解釈しようとした。

だが、それも不可能だとさとると、彼はがっかりして譲渡案に興味を失ってしまい、ただ主人のご機嫌をとりむすぶために、相変わらず笑顔を見せていた。執事が自分を理解してくれないのを見てとって、ネフリュードフは彼をさがらせ、自分はナイフの傷とインクがこぼれた跡のついたテーブルに向かい、自分の案を紙に書きはじめた。

太陽はもう、芽をふいたばかりの菩提樹《ぼだいじゅ》のかげに沈み、蚊が群れをなして部屋に飛びこんできてはネフリュードフを刺した。メモを書き終えると同時に、村から聞こえてくる羊の群れの鳴き声と、ひらかれる門のきしみと、寄合いに集まった農民たちの話し声を耳にして、ネフリュードフは執事に、農民たちを事務所に呼ぶ必要はない、自分が村に出向いて、農民たちの集まってくる家へ行くと言った。執事がすすめてくれたお茶を一杯いそいで飲み干すと、ネフリュードフは村へ向かった。

7

村長の家のわきの群衆の上には話し声が響いていたが、ネフリュードフが近づくと、すぐに静かになった、そして農民たちはみんなクズミンスコエと同じように次々に帽子をとった。この地方の農民はクズミンスコエの農民よりはるかにくすんでいた。娘や女房たちは毛の耳飾りをつけており、男たちも似たようなもので、ほとんどみんな草鞋《わらじ》をはき、自家製の下着と外套《がいとう》を着ていた。ある者は仕事からそのままやってきたように、はだしで下着だけしか着ていなかった。

ネフリュードフは自分を励まして口をきると、まず農民たちに土地をすっかり渡したいという自分の考えを発表した。農民たちは黙っていた、そしてその顔の表情には何の変化も生じなかった。

「なぜかというと、ぼくの考えでは」ネフリュードフは赤くなって言った。「土地はそこで働いていない者が所有すべきではないし、誰もが土地を利用する権利を持っているからだ」

「当たり前のことで。そりゃあ、確かにその通りでさ」あちこちで農民たちの声がした。

ネフリュードフは言葉を続け、土地の収益は全員の間で分配されなければならない、そこで農民たちが土地を引き取り、農民たちがきめる価格を、やはり農民たちが利用する共同資本に払いこむように提案する、と述べた。相変わらず了承や同意の声が聞こえていたが、農民たちの真剣な顔はますます真剣になり、さっきまで主人を見ていた目は下をむいてしまった、それはまるで、だんなのずる賢さはみんながさとってしまった、誰もだまされはしないが、そう言ってだんなに恥をかかせたくはない、というようだった。

ネフリュードフはかなりわかりやすく話したし、農民たちは物分かりのいい人間だった。ところが、執事が長いこと理解できなかったのと同じ理由で、農民たちはネフリュードフを理解しなかったし、理解できなかった。どんな人間でも自分の利益を守るのが本性だと、農民たちは疑う余地なく信じていた。地主についても、彼らは先祖代々の経験で、農民を犠牲にして自分の利益を守るものだということを知っていた。だから、地主が農民を呼び集めて何か新しいことを提案するとすれば、あきらかに、何とかして今までよりももっとずるいやり方で農民をだますためなのだ。

「で、どうだね、土地の料金はどれぐらいずつ支払ったらいいと思うかね?」ネフリュードフは訊《たず》ねた。

「どうしてわしらが値ぶみしなくちゃならねえんです? わしらにはできません。土地はお前さまのものだで、指図するのもお前さまだ」群衆の中から答えが聞こえた。

「そうじゃない、お前たち自身がその金を共同体の費用に使うんだからね」

「わしらにそんなことはできません。共同体は共同体だし、これはこれだ」

「わかってほしいな」ネフリュードフについて来た執事が問題点をはっきりさせようとして、笑顔を見せながら言った。「公爵さまは金をとってお前たちに土地を渡し、その金もやっぱりお前たちの資本に、つまり共同体に入るんだ」

「わしらはようくわかっております」歯のない怒りっぽい老人が目をあげずに言った。「銀行みてえなもんで、ただわしらが期限に払わなきゃなんねえだけのことだ。わしらはそんなこといやだね、ただでさえ苦しいのに、そんなことをしたら、早い話が一文《いちもん》なしだ」

「そんなことしてもはじまらねえ。わしらは元通りのほうがいいだ」不満そうな、乱暴なと言ってもよいほどの声があちこちで響きはじめた。

ネフリュードフが、契約を作って自分もそれに署名するし、農民たちも署名しなければならないという点にふれると、特に猛烈な反対が起こった。

「なんで署名なんかするだ？　わしらは今まで働いてきたように、これからも同じに働くだ。そんなことして何の役に立つ？　わしらは学のねえ人間だからな」

「賛成しねえよ、馴れねえことだからな。今まで通りにしといてくんな。ただ、種《たね》を改めてくれさえすりゃいい」そういう声が聞こえた。

種を改めるというのは、現在のきまりでは、収穫折半の小作地の種まきには農民の種が使われることになっているのを、地主の種にしてほしいという意味だった。

「お前たちは、つまり、反対なんだね、土地を受け取るのはいやなんだね？」ネフリュードフは、ぼろぼろのコートを着て、生気にあふれた顔の、比較的若い、はだしの農民に向かって訊ねた、この男は兵隊が号令で帽子をぬぐときのように、ぼろぼろの帽子を曲げた左手でことさらまっすぐ持っていた。

「その通りであります」とその農民が言った、この男はまだ兵隊時代の催眠術からぬけきっていないようだった。

「つまり、お前たちは土地が十分なんだね？」ネフリュードフは言った。

「全然違います」兵隊あがりが、誰でも使いたい人にあげますよというように、ぼろぼろの帽子を自分の前に一生懸命持ちつづけたまま、つくりものの陽気な表情で答えた。

「そうか、ともかくぼくが話したことをよく考えてくれ」腑《ふ》に落ちないネフリュードフはそう言って、もう一度自分の提案を繰り返した。

「わしらは何も考えることはねえ――さっき言った通りで、その通りになるのよ」歯のない陰気な老人が腹を立てて言った。

「ぼくは明日一日ここにいる――もし考えが変わったら、ぼくのところに使いをよこして、そう言ってくれ」

農民たちは何も答えなかった。

こうして、ネフリュードフは何の成果も得ることができずに、事務所にひきあげた。

「申しあげておきますが、公爵さま」二人が家に戻ると、執事が言った。「あの連中が相手では話はまとまりません。強情なやつらでして、寄り合いに出ると、たちまち我を張って、どうにも動かせません。何でも警戒するものですから。あの同じ農民が――賛成しようとしなかった白髪《しらが》のやつや、黒っぽいのでも――利口な男なんですが。事務所にやってきたときに、すわらせてお茶でも飲ませてやりまして」笑顔を見せながら執事が言った。「よく話してみると――大した頭で、切れるやつなんです。どんなことでもちゃんと判断します。ところが、寄り合いではまるで別人で、同じことばかり繰り返して……」

「じゃ、そういったいちばん物分かりのいい農民を四、五人ここへ呼ぶわけにはいかないかね？」ネフリュードフが言った。「その連中にこまかく説明してみたいな」

「それはできます」笑顔を浮かべた執事が言った。

「それじゃひとつ、明日までに呼んでくれないか」

「万事うまく行くと思います、明日までに集めます」

執事はそう言って、ますますうれしそうに笑った。

「ちぇっ、なんて抜け目のない野郎だ！」もつれたあごひげを一度もとかしたことのない髪の黒い農民が、食いふとった馬に揺られながら、自分の横に馬を並べて、その足を縛る鉄のひもを響かせている、もう一人のぼろコートを着た、年寄りのやせた農民に言った。

二人の農民は夜の放牧に出かけるところで、街道と、内緒だが、主人の林で、馬に草を食わせようとしていた。

「ただで土地をやろう、ただし署名をしろときた。おらたちがやつらに一杯食わされたことは、あんまりねえんだぜ。とんでもねえよな、おい、ふざけやがって、今じゃ、おれたちだって物がわかるようになってるんだ」そう言い添えて、彼は群れからはなれた当歳の雄馬を呼びはじめた。「馬っこ、馬っこ！」彼は馬を停め、後ろを振り返りながらさけんだが、子馬は後ろではなく、わきのほうにいた――草場に入りこんでしまったのである。

「どうだい、あん畜生、だんなの草場に入る癖がつきやがって」ひげもじゃの黒髪の農民がスカンポの踏みしだかれる音を聞きつけて言った、離れた子馬が快い沼のいいにおいのする露《つゆ》ぶかい草地から、スカンポを踏んで、いななきながら駆け出して行ったのだ。

「なあ、草場は茂ってきてるぜ、休みの日に女たちを折半の畑の草抜きに行かせなきゃなんねえ」ぼろコートのやせた農民が言った。「さもねえと、鎌が折れちまう」

「署名しろって、言いやがる」ひげもじゃの農民が主人の話の文句を言いつづけた。「署名なんぞしてみろ、生きたままひと飲みにされちまうわ」

「その通り」年とったほうが応じた。

そして、二人はもう何も言わなかった。聞こえるのはただ、かたい道を踏みしめる馬のひづめの音ばかりだった。

トルストイの生涯

藤沼　貴

トルストイは一八二八年八月二十八日から一九一〇年十一月七日まで、八十二年あまりの生涯を生きぬいた。そこに一つの肉体があったのではなく、生きたのである——生きるということが、絶え間のない自己変革だという意味において。だから、トルストイの一生はいくつものドラマティックな変転と起伏に満ちている。中でも特に目立つのは、大学中退、コーカサス行き、結婚、『懺悔《ざんげ》』執筆、家出の五つの事件であろう。

大学中退

トルストイはゆたかな伯爵家の領地ヤースナヤ・ポリャーナで生まれ、その美しく、広大な自然の中で幼年時代を過ごした。二歳にならぬうちに母を、九歳のときに父を失うという不幸はあったものの、物質的には何ひとつ不足のない子ども時代であった。

当時の貴族の習慣に従って、彼は家庭教師から初等・中等教育を受けたのち、一八四四年、カザン大学の東洋語学部に入学した。このとき、トルストイは十六歳。人が意識的に生きはじめると同時に、最初の人生の危機におそわれる、悩み多い年ごろであった。多感なトルストイにとって、この時期が無事に過ぎるわけはなかった。快楽だけを追う無目的な上流社会と、型にはまった大学の試験や授業の中に身を置きながら、彼は「これでよいのか?」と自分に訊《たず》ねつづける。その結果、普通の青年がそれほど抵抗なく受け入れていた上流社会と大学に、トルストイは背を向け、一生を左右するほどの決意に突き進むことになる。一八四七年春、彼は大学を中退し、都市の上流社会にも見切りをつけて、故郷ヤースナヤ・ポリャーナに帰ってしまったのである。それは、周囲の生活を惰性的に受け入れるのを拒否し、自分の理性と意志に従って生きようとする決意にほかならなかった。

そして、この決意を下《くだ》したとき、トルストイは自分でも知らぬまに、作家への第一歩を踏み出していたのであった。

コーカサス行き

ヤースナヤ・ポリャーナに帰ったとき、トルストイは二つの計画をいだいていた。一つは自分を成長させるための勉強と鍛練であり、もう一つは地主としての農業経営の仕事であった。この二つの計画は、新しい生活に踏み切った青年トルストイの二つの期待に裏づけられていた。一つは、自我を確立しようという期待であり、もう一つは、農民の間に確かな自分の位置を発見しようという期待であった。この二つの期待の中には、西欧の近代思想の枠におさまる発想と、そこからはみ出したロシア的な発想がはっきりと認められる。そして、この二つの課題は当時のロシアの良心的な貴族インテリゲンツィアが避けて通ることのできないものであった。

だが、トルストイの意気ごみもむなしく、二つの遠大な計画はたちまち無残な失敗に終わってしまう。それからおよそ四年、トルストイは迷いつづける。学士資格試験を受けようとしたり、ふたたび社交界にひかれたり、ジプシー女に魅力を感じたり、官吏《かんり》になろうとしたり、軍人をこころざしたり――いたましい感じのするほどの模索を繰り返した末、まったく行きづまってしまう。しかし、彼は絶望するかわりに、原点に立ち返って生活し、思索する道を選び取った。

一八五一年春のコーカサス行きと、その前後に始められ、まず、一八五二年七月、『幼年時代』に結実した創作活動がその現れであった。そして、人間本来のものを見つめ、その発展、崩壊、再生を追求しようとする創作活動によって、また、ロシア社会のさまざまな条件から切りはなされた辺地コーカサスの生活によって、トルストイはよみがえっていくのである。

結婚

コーカサスに「脱出」したのち、トルストイはまもなく軍隊に入る。しかし、彼は軍務に意味を感じることができず、一八五三年には退職届けを出してしまった。だが、ちょうどクリミア戦争が始まって、退職は許可されなかったため、トルストイは逆に実戦部隊への転属を願い出る。そして、一八五四年十一月から帰国までの一年を、クリミア戦争の激戦地セヴァストーポリで過ごすことになった。

コーカサス到着から帰国までの約四年間、トルストイは軍務でこそ恵まれなかったものの、実り多い年月を過ごした。この時期に、『幼年時代』『少年時代』をはじめ、『襲撃』『セヴァストーポリ三部作』など、十指におよぶ作品が生み出されたばかりでなく、トルストイ的な思想の骨組もここでかたちづくられた。

そのトルストイ的思想とは、人間本来のものを失った自分たち貴族に対置して、素朴な民衆を人間本来のものと見、それが自然と融合するものと考え、その自然のかなたに神を予定するものであった。

数年前、行きづまり、逃げるようにコーカサスに去ったトルストイは、一八五五年十一月、独自の思想と新進作家の名声をたずさえて、さっそうと帰還した。しかし、ロシアはまたしても新しい問題を用意して、トルストイを待ちかまえていた。その問題とは、当時のロシア思想の主流を占めていた「進歩」の問題であった。それは人間ひとりひとりの向上と完成という発想になじんでいたトルストイをとまどわせた。一つの理念や理想的状態に向かって社会が進歩することと、人間それ自体の問題とはどのように結びつくのか？　トルストイはふたたび模索を始める。

一八五九年から六二年にかけておこなったトルストイ独特の農民教育も、一八五七年と六〇年の二度の西欧旅行も、さらには、当時の多彩な創作活動も、多かれ少なかれ、この問題に関わっている。そして、その最終的な回答が、創作面では『コサック』について『戦争と平和』であり、生活面では一八六二年九月のソフィア夫人との結婚にほかならなかった。

『懺悔』

結婚後約十五年間のトルストイは、幸福の絶頂にあるように見えた。十八歳のソフィア夫人は愛らしく、家庭的なばかりでなく、原稿の清書まで手伝う献身的な妻であった。子どもは毎年のように生まれたし、農業経営はうまく行って、経済的にもゆたかになった。創作のほうでも、一八六三年から六九年にかけて『戦争と平和』を書き、七三年から七七年には『アンナ・カレーニナ』を執筆して、シェイクスピアやゲーテと並ぶ世界的作家の列に加わった。

このトルストイがやがて『懺悔』を発表して、自分の過去の生活を徹底的に批判したとき、人々は驚かずにいられなかった。そして、『懺悔』を突然起こった「どんでん返し」のようにさえ感じた。確かに、『懺悔』はトルストイの一大転機にはちがいない。しかし、それは十五年にわたる生活の帰結だったのだし、その底流は淀《よど》みながら、長く続いていたのであった。

すでに述べたように、結婚と『戦争と平和』は、当時の潮流にたいするトルストイ独自の回答であった。農奴制改革(一八六一年)直後、人々の関心が人間の内面より政治や社会に向けられていた時代に、新婚生活を楽しんでいたということほど、当時のトルストイの態度を象徴的に示しているものはない。社会の進歩が個人の幸福を導くという当時の思潮とは逆に、トルストイは個人の人間性の充実が全体の調和へ到りつくと考えたのである。

『戦争と平和』の基調もこれと同じ考えにほかならない。それは当時流行の歴史小説のかたちをとりながら、実は、逆説的な歴史小説であった。その中にあるのは、国家的事件そのものや英雄の賛歌ではなく、あらゆる生活の基盤にある日常的な人間性の確認であった。

だが、人間性とはつきつめて言えばいったい何か？　トルストイはこの問題を『アンナ・カレーニナ』で追求する。そして、ひと口に言えば、人間性とは愛にほかならないという結論にたどりつく。しかも、その愛とはエゴイズムではなく、人間関係の調和を意味するものであった。アンナを悲劇の中に立たせ、二つの「愛」の間に引き裂いた末トルストイはこのような結論に到達せずにいられなかったのである。

しかも、トルストイはこの追求を自分の生活にまで押しひろげる。そして、自分の過去の生活をエゴイスティックなものとして否定し、福音書の教えにもとづく愛を今後の生活の基礎に据えることを宣言する。その宣言が一八七八年から八二年に書かれた、痛烈な自己批判の書『懺悔』であった。

家出

『懺悔』で宣言された基本的な態度はその後ますますひろげられ、ますます極端《ラディカル》なものとなった。一八八二年、モスクワの戸口調査に参加し、貧民に接したときの経験にもとづく『さらば我ら何をなすべきか』(一八八二—八六年)では、『懺悔』の道徳的態度が経済的・政治的次元にまで適用された。また、一八八九年に書き上げられた中編『クロイツェル・ソナタ』では、愛の中にエゴイズムの一片も残さないために、人間の性欲が否定し去られた。さらに『芸術とは何か』(一八九七―九八年)では、善を促進するものだけが真の芸術とされて、彼自身の『戦争と平和』も『アンナ・カレーニナ』もいつわりの芸術の中に加えられてしまった。一方、『人生論』(一八八六―八七年)では、『懺悔』の中でまだ漠然としか示されていなかったトルストイの「宗教」が、実は神秘や奇跡へつながる純粋に宗教的なものではなく、人間の精神にもとづく道徳的なものであることが明らかにされた。

こうして、トルストイ独自の体系が築き上げられ、それはトルストイズムという名でいささか卑俗化されて、大きな社会的影響をおよぼすことにもなった。結果だけを見れば、トルストイの体系は非人間的なまでにきびしい。しかし、それは人間性を突きつめたあげくの厳格主義《リゴリズム》なのであった。

この当時のトルストイは独特の芸術観のために、民話などの形式を好んで用いたが、一方、中編『イワン・イリイッチの死』『クロイツェル・ソナタ』、戯曲『闇《やみ》の力』『生ける屍《しかばね》』など、普通の形式によるすぐれた芸術作品も生み出している。ことに、『復活』はトルストイの思想を最も多面的に反映している点でも、芸術性の点でも、後期の最高の作品と呼ぶにふさわしい。

いつでも自分の思想を実践しなければやまなかったトルストイは、『懺悔』以後の自分の主張を実現したいと願い、そのためには、完全な私有権の放棄、つまり、家出以外ないことを、早くからさとっていた。著作権を放棄し、難民を救い、自分の思想に近い異端教徒を援助したことなどでは、彼は満足できなかった。そしてついに、一九一〇年十月、生まれ故郷ヤースナヤ・ポリャーナからの家出を決行した。この家出こそトルストイの生涯の最大のクライマックスであった。が、それは最後のクライマックスともなった。彼はまもなく旅の途中で肺炎に倒れ、小駅アスターポヴォで、その長い生涯をとじたのである。

（講談社版世界文学全集第五二巻、一九七五年刊より再録）

＊九頁と四〇九頁の絵はレオニード・パステルナークの描いた挿絵から採った。（岩波文庫編集部）

復《ふっ》　活《かつ》（上）　トルストイ作

2014 年 7 月 16 日　第 1 刷発行
2025 年 1 月 15 日　第 3 刷発行

訳　者　藤沼《ふじぬま》 貴《たかし》

発行者　坂本政謙

発行所　株式会社 岩波書店
〒101-8002 東京都千代田区一ツ橋 2-5-5

案内 03-5210-4000　営業部 03-5210-4111
文庫編集部 03-5210-4051
https://www.iwanami.co.jp/

印刷・精興社　製本・中永製本

ISBN 978-4-00-357005-0　Printed in Japan

読書子に寄す

――岩波文庫発刊に際して――

岩波茂雄

真理は万人によって求められることを自ら欲し、芸術は万人によって愛されることを自ら望む。かつては民を愚昧ならしめるために学芸が最も狭き堂宇に閉鎖されたことがあった。今や知識と美とを特権階級の独占より奪い返すことはつねに進取的なる民衆の切実なる要求である。岩波文庫はこの要求に応じそれに励まされて生まれた。それは生命ある不朽の書を少数者の書斎と研究室とより解放して街頭にくまなく立たしめ民衆に伍せしめるであろう。近時大量生産予約出版の流行を見る。その広告宣伝の狂態はしばらくおくも、後代にのこすと誇称する全集がその編集に万全の用意をなしたるか。千古の典籍の翻訳企図に敬虔の態度を欠かざりしか。さらに分売を許さず読者を繋縛して数十冊を強うるがごとき、はたしてその揚言する学芸解放のゆえんなりや。吾人は天下の名士の声に和してこれを推挙するに躊躇するものである。このときにあたって、岩波書店は自己の責務のいよいよ重大なるを思い、従来の方針の徹底を期するため、すでに十数年以前より志して来た計画を慎重審議この際断然実行することにした。吾人は範をかのレクラム文庫にとり、古今東西にわたって文芸・哲学・社会科学・自然科学等種類のいかんを問わず、いやしくも万人の必読すべき真に古典的価値ある書をきわめて簡易なる形式において逐次刊行し、あらゆる人間に須要なる生活向上の資料、生活批判の原理を提供せんと欲する。この文庫は予約出版の方法を排したるがゆえに、読者は自己の欲する時に自己の欲する書物を各個に自由に選択することができる。携帯に便にして価格の低きを最主とするがゆえに、外観を顧みざるも内容に至っては厳選最も力を尽くし、従来の岩波出版物の特色をますます発揮せしめようとする。この計画たるや世間の一時の投機的なるものと異なり、永遠の事業として吾人は微力を傾倒し、あらゆる犠牲を忍んで今後永久に継続発展せしめ、もって文庫の使命を遺憾なく果たさしめることを期する。芸術を愛し知識を求むる士の自ら進んでこの挙に参加し、希望と忠言とを寄せられることは吾人の熱望するところである。その性質上経済的には最も困難多きこの事業にあえて当たらんとする吾人の志を諒として、その達成のため世の読書子とのうるわしき共同を期待する。

昭和二年七月

岩波文庫の最新刊

大岡 信著
折々のうた 三六五日
—日本短詩型詞華集

現代人の心に響く詩歌の宝庫『折々のうた』。その中から三六五日それぞれにふさわしい詩歌を著者自らが選び抜き、鑑賞の手引きを付しました。〔カラー版〕〔緑二〇二-五〕 **定価一三〇九円**

池澤夏樹訳
カヴァフィス詩集

二〇世紀初めのアレクサンドリアに生きた孤高のギリシャ詩人カヴァフィスの全一五四詩。歴史を題材にしたアイロニーの色調、そして同性愛者の官能と哀愁。〔赤N七三五-一〕 **定価一三六四円**

太宰 治作／安藤 宏編
走れメロス・東京八景 他五篇

誰もが知る〈友情〉の物語「走れメロス」、自伝的小説「東京八景」ほか、「駈込み訴え」「清貧譚」など傑作七篇。〈太宰入門〉として最適の一冊。(注・解説＝安藤宏) 〔緑九〇-一〇〕 **定価七九二円**

ゲルツェン著／金子幸彦・長縄光男訳
過去と思索(五)

家族の悲劇に見舞われたゲルツェンはロンドンへ。「四八年」が遠のく中で、革命の夢をなおも追い求める亡命者たち。彼らを見る目は冷え冷えとしている。(全七冊)〔青N六一〇-六〕 **定価一五七三円**

今月の重版再開

アナトール・フランス作／大塚幸男訳
神々は渇く
定価一三六四円
〔赤五四三-三〕

J・S・ミル著／大内兵衛、大内節子訳
女性の解放
定価八五八円
〔白一一六-七〕

岩波文庫の最新刊

川本皓嗣編
新編 イギリス名詩選

〈歌う喜び〉を感じさせてやまない名詩の数々。一六世紀のスペンサーから二〇世紀後半のヒーニーまで、愛され親しまれている九二篇を対訳で編む。待望の新編。
〔赤二七三-二〕 定価一二七六円

チェンニーノ・チェンニーニ
絵画術の書
辻 茂編訳／石原靖夫・望月一史訳

フィレンツェの工房で伝えられてきた、ジョット以来の偉大な絵画技法を伝える歴史的文献。現存する三写本からの完訳に、詳細な用語解説を付す。(口絵四頁)
〔青五八八-一〕 定価一四三〇円

ルートヴィヒ・ボルツマン著／稲葉肇訳
気体論講義 (上)

気体分子の運動に確率計算を取り入れ、統計的方法にもとづく力学理論を打ち立てた、ルートヴィヒ・ボルツマン(一八四四-一九〇六)の集大成といえる著作。(全二冊)
〔青九五九-一〕 定価一四三〇円

相馬御風編注
良寛和尚歌集

良寛(一七五八-一八三一)の和歌は、日本人の心をとらえて来た。良寛研究の礎となった相馬御風(一八八三-一九五〇)の評釈で歌を味わう。(解説＝鈴木健一・復本一郎)
〔黄二二二-二〕 定価六四九円

……今月の重版再開……

シュテファン・ツワイク作／高橋禎二、秋山英夫訳
マリー・アントワネット (上)
定価一一五五円
〔赤四三七-一〕

シュテファン・ツワイク作／高橋禎二、秋山英夫訳
マリー・アントワネット (下)
定価一一五五円
〔赤四三七-二〕

定価は消費税 10% 込です　　2025. 1